故事館

故事館

# 紅樓夢

經典文學之旅系列

曹雪芹◎原著
劉敬余◎編著

# 目錄

# 好評推薦

「熱愛閱讀的孩子不會變壞，認識歷史更能創造未來，從經典文學培養孩子們的文學力，更徜徉在想像力與創造力樂園，跳脫框架的美好人生。」

——Choyce 親職教養作家

「經典的文學：古代至今時雋永的悅讀記憶，最美麗的華文珍藏、傳承一代再一代，書座的風景！」

——林文義 散文作家

審訂序

# 以故事，走進真實人生

這套書含括四部經典，《西遊記》帶給我們一趟魔幻之旅，跟著主角們踏上成長與蛻變之路；《紅樓夢》的人物與故事，讓我們看盡世間百態與無常；《水滸傳》中好漢的反抗與生活的無奈，是真實人生的殘酷；《三國演義》則帶我們走一趟三國時代，看看風雲的英雄，引領整個時代。

有些人會覺得古典小說過多真實人性與殺戮的描繪，這適合孩子閱讀嗎？實際上，讓每個人提早瞭解世界的殘酷反而是好事，殺戮反抗、權謀算計、世事無常，不會因為我們躲避它，它就消失在生活中，我們越是善良，越需要瞭解外在的無常與殘忍，才能在變成一個大人的同時，理解外在的現實，卻也選擇善良。

除了瞭解真實的人性外，少年階段，能夠多閱讀古典名著，是相當重要的涵養與薰陶，能讓我們認識古典小說中的時代背景、古典知識，增進我們對文化的認知；此外，現今學子們的基礎教育，強調閱讀素養，但閱讀素養非一蹴可幾，須從少年時期開始培養，而閱讀古典名著就是奠定閱讀素養有效的方式。

文化的薰陶、教育的栽培都極為重要，然而，我認為閱讀古典名著還有最重要的事，那就是趣味、好玩，孩子不喜歡閱讀名著，很大一部分是覺得不有趣，認為這些書枯燥乏味。但其實經典名著都通過時間的考驗，才能流傳至今成為經典，其中蘊含了豐富的人生故事與哲理，若能夠有人從中帶領和陪伴青少年閱讀，使他們更瞭解書中人物特質、故事背景、趣味性的知識，其實孩子就能感受到閱讀的魅力。

這四部經典《西遊記》、《紅樓夢》、《水滸傳》、《三國演義》在保持小說原著的基礎上，也做了一定程度的白話潤飾和刪修，更適合青少年閱讀，加上插圖、小註解、白白老師的國學小教室，我相信大小朋友們閱讀起來不會覺得艱澀，反而能優游古典小說中。

前言

# 富含人生百味及多采社會樣貌的細膩之作

《紅樓夢》原名《石頭記》，是一部章回體長篇小說，也是我國古典文學四大名著之一。小說以賈家榮國府的日常生活為中心，以賈、史、王、薛四大家族由鼎盛走向衰亡為背景，以賈寶玉、林黛玉、薛寶釵的愛情婚姻故事及大觀園中點滴瑣事為主線，刻畫了賈寶玉和金陵十二釵等人豐富細膩的人性美，以及與生存環境間的衝突、掙扎、對抗所造成的悲劇美，真實生動地展示了廣闊的社會生活樣貌。作品內容包羅萬象，囊括了多姿多彩的世俗人情，全面地反映了中國封建社會末期的狀況，透過家族悲劇、女性悲劇及主人公的人生悲劇，深刻暴露了封建統治階級的奢靡醜惡，揭示了封建社會必然崩潰的歷史命運。

《紅樓夢》的藝術結構獨具匠心，語言曉暢洗練，極富表現力。其令人驚嘆的藝術成就，主要表現在人物的塑造上，它創造了眾多個性鮮明、內涵豐富的人物形象：性格叛逆、行為偏僻而乖張的「混世魔王」賈寶玉；才華橫溢、生性孤傲、天真率直、蔑視功名權貴的「病西施」林黛玉；容貌美麗、舉止嫻雅、八面玲瓏、熱衷於「仕途經濟」的「冷美人」薛寶釵；弄權作勢、兩面三刀、精明強幹、極度貪婪的「鳳辣子」王熙鳳；風流靈巧、口齒伶俐、反抗性極強的晴雯……這些令人難忘的人物形象囊括了世間百態，展示了紛繁複雜的社會人生。

《紅樓夢》中將看似龐雜瑣碎的情節，在讀者面前徐徐展開，有條不紊，點點滴滴的情感，水到渠成的感悟，逐漸蓄積，最後到達極高的文學境界，成為一部不朽的文學巨著，一部具有高度思想性和藝術性的偉大作品。《紅樓夢》在中國文學藝術史上取得了輝煌的成就，是中國古典小說的巔峰之作，在中國文學史乃至世界文學史上，都有著重要的地位。

《紅樓夢》的內容涉及政治、經濟、詩詞文化、民俗風情、衣著服飾、建築亭閣、飲食藥膳等方方面面，可以令讀者更深刻地感受中華文化的博大精深，是中國傳統文化的集大成者，被後人譽為「中國封建社會的百科全書」。

《紅樓夢》的作者曹雪芹，生於清朝康熙年間的一個官宦家庭。曾祖父曹璽，祖父曹寅，父輩曹頫相繼擔任江寧織造達六十餘年之久，頗受康熙帝寵信。曹雪芹在富貴榮華中度過了童年和少年時期，他愛好廣泛，多才多藝。雍正初年，由於統治階級內部鬥爭的牽連，曹家遭受多次打擊，日漸衰落。曹雪芹在家族的衰敗中飽嘗了人生的辛酸和世態炎涼。他的一生恰好經歷了曹氏家族從榮華富貴淪落到窮困潦倒的過程。生活上的天壤之別令他對人生有了深刻的感悟和體驗。之後，他開始專心寫作，憑藉堅韌不拔的毅力，「批閱十載，增刪五次」，著成中國古典文學史上的不朽名著《紅樓夢》。

為了使學生更好地閱讀這本經典之作，我們對原著中的精采篇目進行了精心改編，既保留了原著的精髓，又照顧到了他們的閱讀心理，能夠幫助他們提升閱讀國學經典的水準和能力。除此之外，本書對文中部分字詞做了精準的注釋和注音，還將一些歷史小知識以專欄的形式放到文中，並配上精美的插圖，為青少年理解《紅樓夢》提供了好的參照範本。

希望這本書能幫助廣大小朋友在提高閱讀欣賞水準、提高運用語言和寫作能力的同時，從閱讀中得到樂趣，擁有豐富的心靈、積極的人生態度，養成主動思考的習慣，進而對人生的意義有更深層次的思考和理解。

# 第一回 寶玉臨凡進賈府

傳說上古時，女媧娘娘煉石補天，煉成三萬六千五百零一塊頑石，只剩下一塊未用，扔在大荒山青埂峰下。這塊頑石經過女媧娘娘的鍛鍊，有了靈性，經常嘆息自己入不得娘娘法眼，無才補天，十分慚愧。

一天，一個癩頭和尚和一個跛足道人來到青埂峰下，坐在這石頭旁邊談論些仙凡逸事。那石頭聽後很是嚮往，對那人間的榮華富貴很是羨慕，於是開口央求二位僧道，求二位僧道發慈悲心，帶他入得紅塵，在那富貴場中、溫柔鄉裡享受幾年。那僧道苦勸不住，只得隨他，將其變成一塊鮮明瑩潔的美玉，只有摺扇的扇墜般大小。和尚將這玉托在手上，說：「在你身上刻上幾個字，讓人們見了就知道你是個寶貝，把你帶到繁榮昌盛的國家、讀書識禮的**豪門望族***#、花柳繁華之地、富貴溫柔之鄉走一趟。」石頭高興萬分，便隨這二位僧道飄然離去。又不知過了多少年，有個空空道人路過大荒山無稽崖青埂峰下，見到一塊巨石，上面刻著許多字，就從頭到尾看了一遍。原來石上刻的是那塊石頭被茫茫大士、渺渺真人攜入紅塵，投胎人世間的一番經歷。上面所記事情遍及世態炎涼、家庭瑣事，只是沒有朝代年月。

那石頭上寫了些什麼故事呢？空空道人將其記錄下來，定名為《石頭記》。

話說蘇州城十里街上有座葫蘆廟，廟旁住著一官人，姓甄，名費，字士隱。他生性恬淡，曾在夢裡聽到一樁祕聞，一個和尚和一個道人在一起談論著什麼。和尚說：「這塊石頭因女媧娘娘沒用他，就到各處遊玩。這天他來到警幻仙子處，警幻仙子就命他為赤瑕宮神瑛侍者。他見西方靈河岸三生石畔有**絳**(ㄐㄧㄤˋ)珠仙草一株，非常可愛，就每天用甘露澆灌，使仙草脫了草木之胎，修成女體。仙草為報石頭的澆灌之恩，在五臟中鬱結著一段纏綿不盡的情意，常說：「我若下世為人，要用一生的眼淚來報答他。就因為這事，牽連出許多風流冤家都要下凡。我們可把這石頭帶到警幻仙子那裡，給他掛了號，同這些情鬼下凡，了結此案。」道士說：「果然罕聞，我還從未聽說還淚報恩的事。」甄士隱聽到這種稀罕事，想打聽明白，卻忽然驚醒。後來，甄士隱的女兒英蓮三四歲時，於元宵節看花燈的時候被人拐走，甄士隱和他的夫人為尋女漸漸失了家產，寄住在岳父封家。

士隱是讀書人，不懂打理日常生計，因此，過不上一二年，越來越窮。士隱貧病交加，漸漸不想活了。這天，他拄著拐杖到街上散心，忽見一個坡道，腳蹬爛草鞋，身穿破道袍，正在那念《好了歌》。士隱聽後，與道人一番談論，為《好了歌》做出注解，自己也大徹大悟，和那道人一同離去。

不料想，葫蘆廟裡寄住的一個窮儒姓賈名化，表字時飛，別號雨村，曾得士隱贈銀，資助他進京赴試。他中了進士，輾轉多時，終於當了縣太爺，得知甄家的狀況後，一面派人去找英蓮，一面送些銀錢給甄家使用。

卻說那賈雨村雖有才幹，但在之前的任上依仗才能，怠慢上司，不久被參了一本，革去職務。他把家眷與積蓄送回故鄉安頓好，就獨自出來，遊覽天下名勝。一天他來到揚州，遇到兩個舊友，把他推薦給巡鹽禦史林如海，當了林家小姐的私塾老師。

＊有錢有勢、有聲望的家族。

＃編按：本書生僻字注音以深咖啡標色，註釋則以藍字標色。

這林如海姓林名海，表字如海，本是前科的探花*，蘇州人氏。他祖上也曾為侯，世襲到他父親，他便由科舉出身。他年已四十，僅正妻賈氏生有一女，乳名黛玉，年方五歲，夫妻倆愛如珍寶，所以儘管是女兒，也當成兒子養，請來先生教她讀書。黛玉年幼，身體又弱，功課不限定多少，所以雨村教起來格外省力。過了一年多，賈氏夫人忽然患病身亡。黛玉侍奉母親，守禮盡孝，大病一場，連日不曾上學。雨村無事，每當天氣晴朗，就到外面遊玩。

這天，他來到一家酒店中，想喝上幾杯，卻有一位酒客站起來，大笑著迎他進來。他認出那人是京城裡做古董生意的冷子興，在京城時二人非常投機。雨村與他見了禮，要上酒菜，閒談慢飲，敘些別後之事。雨村問：「近來京中有什麼新聞？」

子興說：「倒是老先生你貴同宗家出了件小小的稀罕事。」雨村說：「弟族中無人在京，何談及此？」子興說：「榮國府不也姓賈？」「原來是他家。若考證起來，我和榮國府還是一支。但他家那麼榮耀，我們不便去認親，倒越來越疏遠了。」

子興嘆道：「老先生休如此說。如今的這寧、榮兩門，也都蕭疏了，不比先時的光景。」雨村說：「當日寧、榮兩宅的人口也極多，如何就蕭疏了？」冷子興答：「正是，說來也話長。」雨村說：「去年我到金陵（南京）地界，因欲遊覽六朝†遺跡，那日進了石頭城（指南京），從他家老宅門前經過。街東是寧國府，街西是榮國府，二宅相連，竟將大半條街占了。大門前雖冷落無人，隔著圍牆一望，裡面廳殿樓閣，也還都崢嶸軒峻；就是後面的花園子裡，樹木也都是鬱鬱蔥蔥、茂盛潤澤的樣子，哪裡像個衰敗之家！」子興笑道：「虧你是進士出身，原來不通！古人云：『百足之蟲，死而不僵⁂。』如今雖說不似先年那樣興盛，較之平常仕宦之家，到底氣象不同。如今人口日繁，事務日盛，主僕上下，安富尊榮者盡多，運籌謀劃者無一；其日用排場費用，又不能將就省儉。如今外面的架子雖還沒倒，內囊卻也盡上來了。這還是小事，更有一件大事：誰知這**鐘鳴鼎食**‡之家，翰墨詩書之族，如今的兒孫竟一代不如一代了。」雨村聽說也納罕道：「這樣的詩禮之家，豈有不善教育之理？別門不知，只說這寧、榮二宅，是最教子有方的。」

子興嘆道：「現在說的就是這兩門呢。我告訴你吧，當日**寧國公與榮國公**§是一母同胞兄弟兩個。寧公是哥哥，生了四個兒子。寧公死後，長子賈代化襲了官，也養了兩個兒子：長名賈**敷**(ㄈㄨ)，長到八九歲就死了；只剩了次子賈敬襲了官，那敬老爺一味好道，平日只愛燒丹煉汞，其餘事情一概不放在心上。幸而早年留下一子，名喚賈珍，因他父親一心想做神仙，把官倒讓他襲了。他父親又不肯回原籍來，只在都中城外和道士們住在一起。這位珍爺也生了一個兒子，今年才十六歲，名叫賈蓉。如今敬老爺對家中大小事情一概不管，這珍爺也不曾正經讀書，只一味吃喝玩樂，把寧國府竟翻了過來，也沒有敢來管他的人。以後還不知會怎樣呢。再說那榮國府，就是他這府中出了件稀罕事。自榮公死後，長子賈代善襲了官，娶的也是金陵世勳史侯家的小姐為妻，生了兩個兒子，長名賈**赦**(ㄕㄜˋ)，次名賈政。如今代善早已去世，太夫人尚在。長子賈赦襲著官。次子賈政自幼酷愛讀書，祖父最疼，原欲以科甲出身；不料代善臨終時，遺本一上，皇

---

※ 明清時期科舉殿試一甲第三名。第一名被稱為狀元，第二名被稱為榜眼。

† 吳，東晉，南朝宋、齊、梁、陳都建都于金陵，故曰「六朝」。

** 這裡比喻大官僚們財產厚，依傍多，一時衰敗也不致完全破產。

‡ 形容權貴的豪奢排場。

§ 這是指賈家的兄弟兩人被皇帝封賞的爵位。哥哥賈演受封的是寧國公爵，弟弟賈源受封的是榮國公爵。

上很是體恤這位先臣，即時令長子襲官外，問還有幾子，立刻引見，遂額外賜了這政老爺一個主事之銜，令其入部學習處理政事，如今已升了**員外郎***了。這政老爺的夫人王氏，頭胎生的公子名喚賈珠，十四歲就考取秀才的功名，不到二十歲就娶了妻，生了一子，名叫賈蘭。沒承想這位大公子卻因一場大病就走了。第二胎生了一位小姐，生在大年初一，這已經很讓人驚訝了。不想後來又生了一位公子，說來更奇，這位公子一生下來，嘴裡就銜著一塊五彩晶瑩的玉，玉上面還刻了許多字，你說這是不是個奇異之事？」

雨村笑著說：「果然奇異。只怕這位公子的來歷不小。」子興冷笑著說：「大家都這樣說，因此他祖母愛如珍寶。他周歲時，政老爺為他辦了**抓周**

兒[†]，想看看他將來的志向。誰知他什麼都不抓，只抓脂粉釵環來玩。政老爺說他將來是個酒色之徒，便不喜愛他。唯獨史老太君把他當成命根子一樣。如今他已七八歲，雖然非常淘氣，但聰明異常，一百個同齡的孩子都不及他一個。他說出來的話也奇怪，常說：『女兒是水做的骨肉，男人是泥做的骨肉。我見了女兒便覺清爽，見了男子便覺濁臭逼人。』你聽他這話，不正說明他將來是個色鬼嗎？」雨村卻正色說：「不能這樣認為。只因你們不知他的來歷，就是政老前輩也錯看了他，不是高人是很難看透的。」

子興見他說得如此鄭重，忙請教緣故。雨村說：「天地生人，除大仁大惡者外，其餘人等其實並沒有多少差別。那大仁者是應運而生，大惡者是應劫而生。」然後他就詳細為子興說了其間的奧妙，列舉了各種仁德的明君、殘暴的昏君、治世的良臣、亂世的奸雄，甚至那些作詩詞的**魁首**[**]、書畫的翹楚，都是聰明靈秀在萬人之上，乖僻邪謬在萬人之下，只看他出生在什麼樣的門第，受到什麼樣的教育。

子興問：「照你這種說法，就是成者王侯敗者賊了？」雨村說：「正是這個意思。」他又列舉了自己曾經遇到的一些事，來說明這個問題，又提到了金陵城內甄家的幾位小姐非常出色。子興就接過話頭，說：「賈府中的四位姑娘也不錯。政老爺長女名元春，就是剛才說大年初一生的，因她孝敬長輩，有賢名，才德兼備，被選入皇宮做女史去了；二小姐是赦老爺的侍妾所生，名叫迎春；三小姐是政老爺**庶出**[§]，名探

---

* 古代官職之一，原指正員以外的郎官，是各部下面各司的副職，為郎中的助理，簡稱「外郎」或「員外」，通稱「副郎」。

† 舊俗，嬰兒周歲時，父母擺上各種物品任其抓取，用來試探嬰兒將來的志向、愛好等。

** 指為首之人，首領，多用來指在同輩中才華居第一位的人。

§ 姬妾所生。

春；四小姐是寧府珍爺的妹妹，名惜春。因史老太君極愛孫女，都跟在祖母這邊一處讀書，據說都很出色。」雨村說：「賈府的小姐，取名怎麼也如此俗套？」子興說：「卻是有原因的，因為大小姐是正月初一生的，叫了元春，其餘的姐妹就從了這個春字。她們上一輩的名字就是跟著弟兄們走的。你貴東家林公的夫人，就是榮府中赦、政二公的胞妹，家中的閨名喚作賈敏。」

雨村笑著說：「沒錯，我這個女學生讀書時，只要見到「敏」字，就會念作「密」字，寫字時遇著「敏」字，又減一二筆，我一直很是不解。聽你如此說，定是這個原因。可憐她母親上月竟亡故了。」

雨村問：「政公有個銜玉之子，又有長子所遺一個弱孫，難道赦公就沒一個兒子？」子興說：「政公有了玉兒後，他的妾又生了一個，還沒聽說是好是歹。那位赦公也有二子，大公子名叫賈璉，如今已二十多歲了，娶的是政公王夫人的娘家侄女，這是親上加親。二人成婚已有兩年。這位璉爺捐了個同知*的官職，也是不喜歡讀書的性子，為人善言談，現在住在政老爺家，幫著自家叔叔料理家務。他娶的這位夫人卻是全家上下沒有不稱讚的，模樣極標緻，言談極爽利，心機又極深，竟是一萬個男人也抵不上她一個。二公子叫賈琮，現下年紀還小，性情未定。」雨村笑著說：「我說得不錯吧？我方才說的這幾個人，只怕都是那正邪兩賦來的。」二人說說笑笑，又多飲了幾杯。雨村看了天色，說：「天不早了，別關了城門進不去。」

二人起身，準備結帳走人。忽聽有人說：「雨村兄，恭喜了！」雨村回頭一看，原來是當時一案革職的同僚張如圭。他是本地人，打聽到朝中傳來消息，準備起用舊人，便四下裡尋找門路，今日遇見雨村，所以道個喜。冷子興聽了，就讓雨村去求林如海，讓林如海給賈政寫封書信，就可保雨村官復原職。

＊明清時官名，為知府的副職。

延伸小知識

## 《紅樓夢》的別名

《紅樓夢》自問世以來，先後出現了很多別名，如《石頭記》《金玉緣》《情僧錄》《風月寶鑑》《金陵十二釵》等，都是不同時期各版本的名稱，但最深入人心，最流行的名稱依然是《紅樓夢》。

白白老師的
國學小教室

## 前世今生的愛情

《紅樓夢》的開頭起自中國著名的神話——女媧補天。透過一個虛幻的神話開頭，《紅樓夢》的故事給人一種似真似幻的感覺。

故事開頭交代女媧娘娘補天時，留下一塊石頭在大荒山無稽崖青埂峰。青埂的諧音即為「情根」，《紅樓夢》裡描述許多人物的真情，賈寶玉銜玉而生，銜著原本落在青埂峰的石頭，寶玉有著獨特的出生，他和歷經人世情愛的石頭綁在一起，他即是情到深處的至情之人。

除了以神話作為起頭，作者更安排了男女主角的前世今生，賈寶玉的前世是神瑛侍者，負責灌溉三生石畔的絳珠草，絳珠草發誓若來世為人，要用一生的眼淚回報神瑛侍者，這棵草痴情的草，轉世後就是林黛玉。所以賈寶玉和林黛玉今生的愛情是注定的，林黛玉一生為情流的淚也是她前世的許諾。

注定重逢的命運，注定流淚的悲戚，注定相愛的今生，前世今生的愛戀貫穿了《紅樓夢》繁華而淒美的夢。

# 第二回　寶黛初相見

賈雨村回到林府書館，找到朝廷的**邸報***看真切了。次日，他找林如海面談。林如海說：「這事情趕巧了。因我妻子去世，我岳母念及小女無人照顧，派了僕婦船隻來接她，我正要安排人手沿途護送小女。雨村兄悉心教導小女，這份恩情我林家尚未報答，如今趁著機會，正好報答老兄。我計畫著給我的內兄修書一封，托其打點周全，將老兄的事情處理好，而且不用你花費一分一厘。」雨村連連作揖致謝，問：「令親大人如今官居何職？我擔心自己行事草率，不敢貿然求見。」林如海說：「我家的這門親戚，和老兄倒是同姓，本是榮國公之後。大內兄名赦，字恩侯，現襲任一等將軍。二內兄名政，字存周，現任工部員外郎。其為人謙恭厚道，是個方正的人，沒有尋常紈絝子弟的劣跡，所以我才寫信將你的事情託付給他，放心，不會辱沒你的清譽的。」雨村再次拜謝。如海又說：「我已選定於下月初二送小女前往京城，老兄可一路同去。」

林黛玉原本不願意離開父親，無奈她外祖母對此事格外堅決，而且她父親也說：「你現在年紀小，身體也不好，在家裡沒有親生母親教育你，也沒有兄弟姐妹互相照應著。我忙於朝廷事務，無暇顧及你。你如果去了你外祖母家，她會疼愛你，我也不用一直擔心你。你還是去的好。」

* 又稱「邸抄」，中國古代報紙的通稱，是朝廷傳知朝政和臣僚瞭解朝廷政情的工具。主要登載皇帝諭旨、臣僚奏章和朝廷動態等方面的內容。

最終，黛玉還是同意了。離別那日，她哭著與父親告別，然後帶著自己的奶媽和幾個丫鬟並賈府來人一起乘船去了外祖母家。那賈雨村乘坐另一隻船，帶著人一路護送黛玉前行。

一連行船幾日，還算順利，到了金陵城後，黛玉一行人離船上岸。賈雨村拿著自己的名帖到榮國府求見，賈政看過林如海的信後，有意結交，便竭力幫助雨村謀了一個複職候缺。不到兩個月，賈雨村就得以補缺金陵應天府知府。於是，雨村拜辭了賈政，擇日上任去了。

而林黛玉上岸後，早就有外祖母家派來接她們的轎子和拉行李的車輛在那裡等著了。黛玉以前就經常聽母親說，她外祖母家與一般人家不同。她這幾天觀察了下那幾個賈府出來的三等丫鬟婆子，她們所吃的、穿的、用的事物已經頗有些不平凡了，想想看，賈府的主子們會是個什麼樣呢？於是黛玉越發步步留心，時時在意，不肯輕易多說一句話，多行一步路，唯恐行差踏錯，遭人恥笑。

很快，黛玉就坐到了外祖母家的轎子裡。進城後她從轎子的紗窗向外面看去，街上人來人往，顯得非常繁華，確實與其他地方不一樣。一行人走了半天，來到了榮國府。只見街北蹲著兩個大石獅子，三間獸頭大門，門前站著十來個衣服華麗考究的人。正門上的匾額上題有「**敕**ㄔˋ*造寧國府」五個大字，此時正門沒開，只有東西兩個角門有人出入。黛玉心中暗想：「這必是外祖父的長房了。」再往西走沒多遠，一樣也是三間大門，這就是榮國府了。轎夫們抬著林黛玉的轎子從榮府正門西邊的角門進去，走了一段路，快轉彎時，轎夫們就停下來，退出去了。這時來了幾個穿戴整齊、十七八歲的小廝，他們重新抬起黛玉的轎子。婆子們都下了轎，趕上前。在一座垂花門前落轎後，小廝們退了下去，眾婆子上來打起轎簾，扶黛玉下轎。林黛玉扶著婆子的手，進了垂花門，兩邊是**抄手遊廊**†，當中是穿堂，當地放著一個紫檀架子大理石的大插屏。轉過插屏，穿過三間廳房，廳後就是後面的正房大院。正面五間上房，全都雕樑畫棟，兩旁是穿山遊廊廂房，掛著各種鳥雀籠子。臺階上坐著的幾個丫頭忙站起來，笑著迎上來，說：「剛才老太太還念叨呢，可巧就來了。」邊說，三四個人邊搶著打起簾櫳。只聽見有人向內回話：「林姑娘到了。」

黛玉剛一邁進正房，就看見兩個人攙著一位鬢髮如銀的老太君迎上來，黛玉知道這就是自己的外祖母。她剛要下拜行禮，卻被外祖母一把摟入懷中，「心肝兒肉」地叫著大哭起來。黛玉也哭個不住。侍候的人也跟著流淚，好一會兒，眾人才勸住了。黛玉這才施禮下拜。

隨後賈母向黛玉介紹了站在旁邊的大舅母、二舅母和賈珠的媳婦李紈，黛玉一一拜見了。賈母又說：「請姑娘們來，今天家裡來了遠客，讓她們不必上學了。」

不大一會兒，就看見三個奶媽和五六個丫鬟簇擁著三位姑娘來了。三人珠圍翠繞，都是一樣妝飾。她們是賈府的三位小姐：迎春、探春和惜春。黛玉忙起身迎上來見禮，彼此相認，之後都落了座。談起黛玉之母的離世，賈母又傷感起來，說：「我的這些兒女中，最疼的就是你的母親。沒承想她卻先離我而去了，連最後一面都沒見上。如今看到你，我又豈能不傷心哪？」說完，拉著黛玉的手又哭起來。眾人好一番寬慰解釋，才勸住。

眾人見黛玉年齡雖小，但是言談舉止很是得體，就是整個人看上去有些虛弱，均斷定她有不足之症，便問她如今常服何藥，如何治療。黛玉說：「我從會吃飯時便吃藥，到現在一直都沒間斷。家裡也請了不少名醫診治，但是都沒有效果。現下還是吃人參養榮丸將養著呢。」賈母說：「正好，我這裡也正讓大夫配

＊ 皇帝詔令。
† 院門內兩側環抱的走廊。

丸藥呢，叫他們多配一服就是了。」

話音未落，一陣笑聲就從後院中傳來，只聽有人說：「我來遲了，不曾迎接遠客！」黛玉暗想：「府裡這些人個個嚴肅恭敬，都不敢大聲說話。來的這個人是誰？居然如此放誕，絲毫不顧忌這些規矩。」只見一群媳婦丫鬟擁著一個人從後房門進來。來人的打扮與其他姐妹不同，彩繡盛裝，恍若天仙：頭戴金絲八寶攢珠髻，綰著朝陽五鳳掛珠釵，身穿縷金百蝶穿花大紅洋緞窄裉襖，外罩五彩緙絲石青銀鼠褂，下著翡翠撒花洋縐裙。一雙丹鳳眼，兩彎柳葉眉。真是粉面含春威不露，丹唇未啟笑先聞。黛玉連忙起身相見。賈母笑著對黛玉說：「你不認得她。她是我們這裡出了名的潑皮破落戶，南方人稱作『辣子』，你叫她『鳳辣子』就是了。」

黛玉聽外祖母如此說，一時不知道要如何稱呼來人。旁邊的眾位姐妹忙告訴她：「這是璉嫂子。」黛玉恍然大悟，想起母親說過，大舅的兒子賈璉娶的是二舅母王夫人的娘家侄女，名叫王熙鳳，這個王熙鳳從小被父母當男孩子來教養的，想必就是自己眼前這位了。於是黛玉趕緊笑著見禮，稱呼她為嫂子。

王熙鳳拉著黛玉的手，上上下下很是仔細地打量了一番，然後把黛玉送到賈母身邊坐下，笑著說：「沒想到天下竟真有這樣標緻的人物，我今天算是開了眼了！看這氣質，一點也不像老祖宗的外孫女，竟是個嫡親*的孫女。怨不得老祖宗天天惦記著，整日念叨，一時不忘。只可憐我這妹妹竟如此命苦，怎麼姑媽偏就去世了。」說著，便用手帕擦起了眼淚。

賈母笑著說：「我才好了，你又來招我。你妹妹遠路才來，身子又弱，才把她勸住不哭了。你快別再提這些事了。」

王熙鳳聽了，連連自責，說自己一見到妹妹，心思都在她身上，一時忘記了老祖宗，真是該打。然後她又拉著黛玉的手，問：「妹妹幾歲了？可上過學？如今吃什麼藥調理？以後這裡就是你的家了，想吃什麼、玩什麼，只管告訴我。家裡下人伺候得不好了，也告訴我。」接著，她又吩咐婆子們把黛玉的行李搬進來，讓人先收拾兩間房，安排隨黛玉一起來的人先去歇著。

茶果這時已經端上來了，王熙鳳親手為黛玉端茶奉果，之後與王夫人說了些府中的事務。王夫人說：「從庫房裡拿出兩匹綢緞來，給你這妹妹去裁衣裳。」王熙鳳說：「我原就料想著妹妹這兩天會到，綢緞已經預備下了。等太太親自看過了，就送過來。」王夫人笑著點了點頭。

喝過茶後，大舅母邢夫人領著黛玉去拜見大舅舅賈赦，因大舅舅說怕見了黛玉彼此更傷心，還是改天再見的好。於是黛玉略坐了坐就告辭了，坐車返回榮府去拜見二舅舅賈政了。

黛玉回到榮府，由嬤嬤們陪著向東轉彎，走過一座東西穿堂，穿過榮禧堂，來到東邊的耳房內。二舅母王夫人攜黛玉上炕，挨著自己，對她說：「你舅舅今天齋戒去了，改日再見吧。我有話囑咐你：你那三個姐妹都是極好的，以後你們一起相處，都沒什麼問題的。只是我擔心家裡的那個『混世魔王』，就是你的表哥寶玉，他簡直是個孽根禍胎。他今天去廟裡還願去了，等晚上回來你就能見到他了。你以後不用理睬他，家裡你的這些姐妹都不敢沾惹他。」

黛玉在家時曾聽母親說過，二舅母家的這位表兄，出生時嘴裡含著一塊玉，所以取名寶玉。他不喜歡讀書，最愛與姐妹們一起玩。由於外祖母非常寵愛他，所以他在家中無人敢管。於是，黛玉笑著說：「舅母說的可是那位含著玉出生的哥哥？我在家常聽母親提起，這位哥哥比我大一歲，雖然比較頑皮，但很看

＊親生的或血統關係最近的親屬。

重姐妹間的情誼。況且，我來了自然是和姐妹們一起生活的，兄弟們想來也是另有別的地方玩的，又怎麼能沾惹他呢？」王夫人聽了，笑著說：「你不知道緣故。因老太太疼愛，他是與眾姐妹在一個園子裡生活的。你只不理他就完了。」黛玉點頭答應了。只見一個丫鬟進來傳話，說老太太那裡傳晚飯了。王夫人連忙帶著黛玉去賈母的住處。

王夫人進房後，眾人立刻安排桌椅。只見賈珠的**遺孀***李紈正在盛飯，王熙鳳在放筷子，王夫人也在盛湯。而賈母在榻上坐著，面對著飯桌。飯桌兩邊放了四張空椅子。王熙鳳見黛玉進來，趕緊拉著她在左邊第一張椅子上坐了，黛玉馬上推讓起來。賈母笑道：「你舅母和嫂子們不在這裡吃飯。你是客，本就應該坐這裡。」黛玉這才坐下了。賈母命王夫人也坐了。迎春姐妹三個也按次序坐下。兩邊的丫鬟們小心伺候著。不一會兒，吃完飯，又是漱口，又是淨手，最後端上茶來。賈母便說：「你們去吧，我和姑娘們說會兒話。」王夫人聽了忙起身，和李紈、王熙鳳一起出去了。賈母便問黛玉如今在念什麼書。黛玉說：「只剛念了《四書》。」黛玉又問姐妹們都在讀什麼書。賈母卻說：「她們哪兒讀過什麼書哇，也就認識幾個字，不是睜眼的瞎子罷了。」

這時只聽見外面傳來一陣腳步聲，丫鬟進來笑著說：「寶玉來了！」黛玉心中正疑惑著：「這個寶玉，也不知是怎樣的一個頑童，倒不如不見這個蠢物也好。」正想著，一位少年公子已經走進屋門。他面似中秋之月，色如春曉之花，鬢若刀裁，眉如墨畫，目似秋波，脖子上有金螭瓔珞，又有一根五色絲**絛**（ㄊㄠ）繫著一塊美玉。黛玉一見，吃一大驚，心中想道：「真是奇怪，我好像在哪兒見過他，不然怎麼這麼眼熟呢？」只見這寶玉向賈母請了安，賈母便說：「你先去拜見你娘，然後再回這裡來。」寶玉轉身去了，再回來時，早已經換了一身打扮，越發顯得英俊。賈母笑著責備：「外客還沒見，你怎麼就把衣服換了。還不快去見你妹妹。」寶玉初次進門時就已經注意到多了一位姐妹，便料定是林姑媽之女，於是趕緊上前行禮。兩人見禮後，各自歸座。寶玉便細看林姑娘的容貌：兩彎似蹙（ㄘㄨˋ）†非蹙籠煙眉，一雙似喜非喜含情目；神態嬌弱，淚光點點，嬌喘微微；閒靜時如嬌花照水，行動處似弱柳扶風。

寶玉看罷，立刻脫口而出：「我見過這個妹妹！」賈母笑了，說：「又胡說了，你們在哪裡見過？」寶玉笑著回答：「雖然沒有見過，但我看她面容和善，心裡就算是舊相識了，今天倒像是久別重逢一般。」賈母笑

※某人死後，他的妻子稱為某人的遺孀。

†皺。

道：「這樣更好，如果真像你說的，以後你們彼此就更加和睦了。」

寶玉走到黛玉身邊坐下，又細細打量黛玉一番，問她：「妹妹可曾讀書？」黛玉回答：「沒怎麼讀過，我只上了一年學，稍微認得幾個字。」寶玉問：「妹妹尊名是哪兩個字？」黛玉便說了名。寶玉又問：「表字是什麼？」黛玉說：「無字。」寶玉說：「我觀林妹妹眉尖若蹙，便送你一個表字，莫若『**顰顰**（ㄆㄧㄣˊㄆㄧㄣˊ）』二字最妙。」眾姐妹都打趣他，他也不在意。突然，寶玉問黛玉：「妹妹，你有沒有玉？」

黛玉不知道他這話究竟是什麼意思，琢磨著：「可能因為他有玉，所以才這麼問我吧。」於是黛玉便說：「我沒有。那玉是件稀罕物，怎麼能人人都有呢？」沒想到寶玉聽她這麼說，卻突然變得狂躁起來，摘下脖子上掛的那塊玉，狠命摔在地上，罵道：「什麼稀罕物，連人的高低貴賤都分不清，還通什麼靈呢，我不要這東西了！」

這下可把大家嚇壞了，急忙爭著去拾了那塊玉。賈母急得摟著寶玉說：「你這個**孽障**（ㄋㄧㄝˋㄓㄤˋ）*！你若生氣了，想打人罵人都行，何苦摔那個命根子！」寶玉此時已經是滿面淚痕，哭著說：「家裡這些姐妹都沒有玉，單我有，我就感到沒趣。如今來了這麼一個天仙似的妹妹也沒有，可知這不是個好東西。」賈母連忙哄他：「你這個妹妹原來是有玉的，只是因為你姑媽去世時，捨不得你妹妹，就把她的那塊玉帶著下葬了，這是你妹妹的一片孝心，所以她才說沒有玉。你怎麼好拿這個與她相比？趕緊把玉戴好，讓你娘知道了就不好了。」說著，親自從丫鬟手裡接過玉，給寶玉戴上。寶玉聽了賈母的話，覺得很有道理，便也不再計較這個了。

飯後，賈母安排黛玉住在她套間內的碧紗櫥裡，又見黛玉只帶了一個奶娘和一個丫鬟雪雁，那雪雁一團孩子氣，奶娘又年老不頂事，就把自己身邊的一個二等丫頭叫鸚哥的派給黛玉使喚，並改名叫紫鵑。還按照迎春等人的慣例，給黛玉也安排了十來個丫鬟僕人來伺候，當下那奶娘與鸚哥陪侍黛玉在碧紗櫥內；寶玉的乳母李氏和他的大丫鬟襲人，陪侍在外面的大床上。

這襲人本姓花，名珍珠，因素得賈母喜歡，便命她服侍寶玉。寶玉根據陸遊的詩句「花氣襲人知驟暖」替她改名叫襲人。當晚，襲人睡不著，見裡面黛玉和鸚哥還未安歇，就進來說話。恰巧看到黛玉因寶玉摔玉之事在床上傷心落淚，襲人便勸了幾句，讓黛玉別為此事多心。幾人又說了一會兒那塊玉的奇特之處，就各自安歇了。

＊舊時長輩罵不肖子弟的話。

# 白白老師的國學小教室

## 注定的重逢

林黛玉在小說裡的初登場，就交代了她的身分與特質，她是賈母的外孫女，年紀尚小、身體虛弱，孤身一人來到賈府，她本就心細，來到這樣不凡的大戶人家，父母又不在身邊，更得處處小心留意。

作者在描述林黛玉時，先交代她的身分特質，而未對她的外貌有詳細的敘述，直到男女主角相遇，才正式描寫賈寶玉眼中的林黛玉。男女主角的相遇看似平淡，但其實很有張力，眼中看到的對方，描述得十分別緻。黛玉的神態嬌弱，柔弱如柳；寶玉的面容與眉眼如月如畫。二人眼中的對方，都有著出眾的外貌與氣質。

而寶玉與黛玉的初次見面，彼此都覺得見過對方，因為在他們的前世，寶玉是神瑛侍者，黛玉是絳珠草，所以他們前世就已經有很深的緣分，今生再次相遇，只是在輪迴中的重逢，是注定要相見的。

還有一件值得注意的事，寶玉是銜玉而生，但因為如天仙般的林黛玉沒有玉，他覺得這不是件好東西，便把玉狠狠摔在地上。這裡可見到寶玉的乖張任誕，他又被稱為混世魔王，時常會有偏離世俗規範的行為；此外，也代表他對林黛玉的看重，家裡人都告訴他這塊玉是寶貝，但氣質與美貌如天仙的黛玉卻沒有玉，所以寶玉認定了這塊玉並不是寶貝，才會憤而摔玉。這段既描述了寶玉的古怪痴迷，也暗示他對黛玉獨特的情感與重視。

《紅樓夢》中寶玉與黛玉的初次相遇，沒有過度浮誇的情感渲染，但彼此眼中的對方都是最獨特的。

# 第三回　賈雨村如此斷案

第二天一早，黛玉起來向賈母問安，然後去了王夫人那裡，剛巧看見王夫人和王熙鳳正在拆一封從金陵來的信，還有王家派來的兩個家人在說話。原來是住在金陵城中的薛家姨母之子，姨表兄薛蟠倚財仗勢，失手打死了人，遭了人命官司。如今此案歸應天府審理，而這應天府的知府正是此前送黛玉來賈府的賈雨村，他得到賈政的推薦，順利地擔任了應天府知府。

令賈雨村沒想到的是，才上任沒多久，就遇到了這麼一樁人命官司。此案乃是兩家爭買一婢，各不相讓，以致打死了人。賈雨村很快便升堂審案，先傳原告上堂。那原告說：「被打死的人是小人的主人。只因那天我家小主人買了一個丫頭，沒想到卻是**拐子**＊拐來賣的。那個拐子已經收了我家小爺的銀子，我家小爺說三日後才是好日子，準備那天接那丫頭入門。可誰知這拐子不地道，他竟私下裡把那丫頭又賣給了薛家。我家小爺知道消息後便直接去找那買主，打算先接那丫頭出來。可是那薛家仰仗自家在金陵城裡的權勢，拒不交人，領頭的還指揮手下眾豪奴毆打我們，生生將我家小主人打死了。如今他們主僕已經逃得無影無蹤了，只有幾個不相干的人還在。小人告了一年的狀，竟無人敢出頭為小人做主。萬望大老爺捉拿兇犯，為我家小主人申冤，除惡揚善。」

＊拐騙人口、財物的人。

雨村聽了大怒，厲聲道：「豈有此理！光天化日之下，打死人命竟白白走了，本官怎容許他如此倡狂？」說罷，便命衙役準備捉拿兇犯來堂下問話。他正要簽發命令時，忽然看見案邊立著的一個**門子**＊連連向他使眼色。雨村心中一動，雖不明白他的用意，但還是停止簽發命令，退堂回到後衙。他將眾人都打發走了，只留下那門子一人，他倆一起到了密室。

這門子忙上前請安，笑問：「老爺如今官越做越大了，想來是不記得我了。也難怪，貴人多忘事嘛，老爺還記得當年葫蘆廟裡的事嗎？」雨村聽完，大吃一驚，八九年前的往事逐漸浮現在腦海中。原來這門子本是葫蘆廟內一個小和尚，當時雨村在廟內寄住，故此認識。後來葫蘆廟失火燒毀，這小和尚無處安身，又不願到別的寺廟去修行，遂趁年輕蓄了髮，到應天府當了個門子。

雨村認出他後，立刻拉著他的手，笑著說：「沒想到我們如此有緣，居然能在這裡相見。」又讓那門子坐下和他說話。門子再三推讓，見雨村堅持，就側著身子在椅子上小心翼翼地坐下了。

直到此時雨村才問他，剛才在堂上為什麼不讓自己發簽。這門子輕聲說：「老爺既然成了本省的知府老爺，難道上任前沒有抄一張本省的「護官符」嗎？」雨村忙問：「「護官符」？那是什麼東西？我對此竟然毫不知情。」門子說：「這還了得！連這個都不知道，在此地做官怎能做得長遠？如今凡做地方官的，都會有一個私密的名單，上面寫的是本省最有權有勢、極富極貴的大鄉紳的姓名，各省都會這麼做。如果對此不瞭解，一旦觸犯了這樣的人家，不用說身上的官爵，只怕連性命都保不成！所以綽號叫作「護官符」。方才所說的這薛家，老爺千萬不能惹他。他這件官司並無難斷之處，但是眾人都知道他家背後的勢力，所以才礙於情分臉面，未做深究，弄成現在這個樣子了。」他一面說，一面從衣袋中取出一張抄寫好的「護官符」來，遞給雨村看。賈雨村拿過來看，上面寫的是本地大族名宦之家的俗諺口碑，下面皆注著始祖官爵並房次：賈不假，白玉為堂金作馬†。阿房宮，三百里，住不下金陵一個史⁑。東海缺少白玉床，龍王來請金陵王‡。豐年好大雪，珍珠如土金如鐵§。賈雨村忙讓他詳細解說。這門子說：「這賈、史、王、薛四家彼此聯絡，互為姻親，是一榮俱榮，一損皆損的關係，彼此扶持，互相照應是其分內之事。如今這打死人的嫌犯姓薛，就是「豐年好大雪」中的「薛」。他家除了這三家姻親，外省的世交親友也有很多。如今老爺還怎麼去捉拿他？」雨村聽他這麼說，便笑著問他：「那照你的說法，這個案子該怎麼了結呢？那個嫌犯躲到哪裡去了想必你也知道吧？」

門子笑道：「不瞞老爺說，不但兇犯躲的方向我知道，而且這被拐賣之人我也知道，就連那死去的買主我也知道。容我將此事的來龍去脈詳細說與老爺聽。被打死的那個是本地一個小鄉紳家的兒子，名叫馮淵，他自幼父母早亡，又無兄弟，只有他一個人守著些薄產過日子。湊巧那天遇見這拐子賣丫頭，他一眼就看上了這丫頭，決定將這丫頭買來做自己的小妾，甚至發誓不再娶第二個了，所以才鄭重其事，要求等三日後才讓那丫頭過門。誰知道這拐子又把那丫頭偷偷地賣給了薛家，他本打算卷了兩家的銀子，再逃往別的地方。沒想到卻讓人察覺，沒能脫身，還被兩家拿住，將他打了個半死，這馮、薛兩家都不肯收回自己的銀子，只想著把人領回去。那薛家公子向來蠻橫慣了，哪裡是會讓人的，只招呼手下人毆打那馮家的

* 古代衙門裡站班的差役。

† 寧國公和榮國公之後，共二十房，除寧、榮親派八房在都外，現原籍住者十二房。

⁑ 保齡侯尚書令史公之後，共十八房，都中現住十房，原籍現居八房。

‡ 都太尉統制縣伯王公之後，共十二房，都中二房，余在籍。

§ 紫薇舍人薛公之後，現領內庫帑銀行商，共房。

人，將馮公子打了個稀爛，抬回家去三天後就死了。這薛公子原是早已選定日子上京去的，即便打了馮公子，奪了丫頭，鬧出一樁事來，他也沒當回事，仍然按計劃帶上家眷上京去了。這且別說。老爺你知道這被賣的丫頭是誰嗎？」

雨村說：「我還沒見過這女子，又哪裡知道她是誰呢？」門子冷笑道：「這人算來還是老爺的大恩人呢。她就是當年在葫蘆廟旁住著的甄老爺的女兒，名叫英蓮。」雨村聽完很吃驚，說：「原來是她！先前就聽說她那年被人拐走，怎麼等了這許多年才賣給別人呢？」

門子說：「這種拐子單管偷拐五六歲的小孩子，然後將其養在一個僻靜之處，到十一二歲，根據孩子的容貌，帶到其他地方轉賣。當日這英蓮，我們天天哄她玩耍。雖隔了七八年，如今這模樣也變了不少，但大體的相貌我還能認得出。而且她眉心中原有一顆米粒大小

的胭脂記，是從娘胎裡帶來的，所以我認定她就是英蓮。剛巧，這拐子又租了我的房舍居住。等拐子不在家的時候，我曾問過她。她是被拐子打怕了的，不敢說實話，只說拐子是他親爹，因無錢償債，所以才會賣她。我又哄了她很久，她卻哭著說：『我不記得小時候的事了。』很明顯，她就是英蓮。那日馮太遺憾了！」

雨村聽了，對英蓮的不幸遭遇也感嘆一番，然後問門子如今這官司如何斷才好。門子笑道：「老爺這是在考我嗎？聽說老爺能做眼下的官，是賈府、王府在背後運作的。這薛蟠就是賈府的親戚，老爺何不順水推舟，賣個人情給薛家，將此案了結，日後也好見賈、王二公的面。」雨村說：「你說的何嘗不是呢。但事關人命，我蒙皇上起復委用，正當竭力圖報，怎麼能徇私枉法呢？」門子聽了，冷笑道：「老爺說得很對，但這樣的道理在如今這世上是行不通的。如果老爺真的這麼做了，不但不能報效朝廷，恐怕連自身都難保。老爺要三思呀。」

雨村思忖了半日，才說：「若依著你，怎麼處理才好？」門子說：「小人已為老爺想了一個極好的主意。老爺明日升堂審案，只管簽發文書，捉拿嫌犯，元兇肯定是不會到案的。那原告必不肯甘休，老爺只管將薛家留下的僕人拿幾個來拷問。小的在暗中調停，讓他們報個『暴病身亡』，同時讓薛氏一族及地方上共遞一張保呈，將此事說定不改。然後小人再如此這般安排一番，最後讓薛家出些錢，判給馮家做馮淵的燒埋之費，想來馮家有了這銀子，也就無話了。老爺覺得此計如何？」雨村笑道：「不妥，不妥。等我再斟酌斟酌，或許才能讓眾人信服。」二人一直商量到很晚才散。

第二天一早，賈雨村就升堂審案，勾取一應有名人犯，詳細審問。雨村果然看到馮家人口少，的確存著借這個事情多要些錢的想法。而薛家則財大氣粗，毫不相讓，這才讓這個案子遲遲不能了結。雨村便徇情枉法，胡亂判決了此案。馮家得了許多銀子，也就沒有什麼話說了。

雨村斷了此案，急忙寫了兩封信，分別寄給賈政和京營節度使王子騰，信中不過說些「您外甥的事情已經了結，請不必擔心」之類的話。

只因這個案子並不是出自他自己的想法，而是完全按照葫蘆廟原來的小和尚，也就是那個門子的計策才最終結案的，所以雨村一直對此悶悶不樂，又擔心他對人說出自己當年貧賤時的事來，就找了個合適的藉口，把門子發配到邊疆充軍後，才徹底放心。

那買了英蓮打死馮淵的薛公子，名叫薛蟠，表字文起，因幼年喪父，寡母溺愛縱容，才讓他養成了仗勢欺人、奢侈無度、傲慢無禮的性格。整日只知鬥雞走馬，遊山玩水。寡母王氏乃現任京營節度使王子騰之妹，與榮國府賈政的夫人王氏是一母所生的姐妹，膝下有一子一女，兒子就是這薛蟠，女兒叫作寶釵，比薛蟠小兩歲。這寶釵生得肌骨瑩潤、舉止嫻雅。她父親在世時，酷愛此女，令其讀書識字，勝過她哥哥十倍。自父親死後，她便留心女紅家計等事，為母親分憂解勞。

近來因皇上崇尚詩禮，徵集才能，在世宦名家之女中選拔公主、郡主的伴讀，充為才人、**贊善***。王氏想送女兒入京候選，薛蟠正好趁機遊逛京城，恰巧遇到了英蓮，便立意買下，還命豪奴打死馮淵，但他根本沒把人命官司放在眼裡，認為花些錢財就能擺平，便收拾了行裝，與母親、妹妹進京了。

快到京城時，卻聽聞舅舅王子騰升了**九省統制**†，奉旨出京巡視邊關，這下薛蟠暗喜，自以為再無人管他。她母親得知消息後，卻是想著投奔自己多年未見的姐姐所在的賈家。薛蟠知道自己拗不過母親，便吩咐下人直奔榮國府來。

京城這邊，王夫人已知薛蟠官司一事，虧賈雨村從中維持了結，才放了心。又見哥哥升了官，還奉旨出京，正愁又少了娘家的親戚來往，略加寂寞，聽見薛家進京，喜得她忙帶人接出大廳，將薛姨媽等接了

進來。她們姐妹倆暮年相會，自不必說悲喜交集，相互說了一番往事。之後王夫人又帶著薛姨媽等拜見賈母，獻上人情土產，闔家相見了，再擺酒接風。薛蟠拜見過賈政、賈璉，又見了賈赦、賈珍。賈政便派人傳話，要留薛家住在梨香院，賈母也一心留客長住。這一來，正對了王夫人、薛姨媽的心思。薛姨媽對王夫人說：「日常供應要免了，我們才好長住。」王夫人知她不缺錢，也就答應了。

梨香院是當年榮國公養老的地方，小巧玲瓏，有十多間房，另有一門通大街，西南有個角門，正通王夫人的東院。每日飯後或晚上，薛姨媽常來走動。寶釵與黛玉、迎春等姐妹在一起或看書下棋，或做針線，也十分快樂。

薛蟠起初怕受姨父拘束，一心想搬走，待跟賈家的紈袴子弟混熟後，倒「同流合污」了。賈政雖然教子有方，治家有法，但是族人太多，他管不過來。再說如今賈氏一族的族長是賈珍，族中事歸他管，所以賈政對這些也就不再上心了。而且梨香院還有別門通街，可以任意出入，所以薛蟠倒不想走了。

＊ 宮中女官名。

† 古代高級武官名，負責統轄九省軍事。

延伸小知識

## 飛花令

飛花令屬於古人酒令的一種，源自古人的詩之趣。而酒令在筵席上是助興取樂的飲酒遊戲，萌生於儒家的「禮」，最早誕生於周。飲酒行令既是古人好客傳統的表現，又是他們飲酒藝術與聰明才智的結晶。

「飛花」出自唐代詩人韓翃的名詩《寒食》中的「春城無處不飛花」。主要是因為韓翃是唐德宗李適欣賞的詩人，而韓翃本人也是好酒之人，其不少詩作都和酒有關。

# 第四回 寶玉神遊太虛幻境

林黛玉自進入榮府以來，賈母萬般憐愛，飲食起居，一如寶玉，迎春、探春、惜春三個孫女反倒靠後了。寶玉和黛玉親密無間，二人日則同行同坐，夜則同息同止，真是言和意順，心意相通。怎料薛寶釵突然來了榮府，她年紀雖不大，但品格端方，容貌豐美，而且行為豁達，**隨分從時***，不像黛玉那樣孤高自許，因此下人們都很喜愛她，經常和她說笑玩耍。黛玉對此很是鬱悶，可寶釵卻沒有察覺。寶玉卻是個淳樸孩子，心中早將她們當成了自己的姐妹，所以，待她們並沒有親疏遠近之分。

因東邊寧府中花園內梅花盛開，賈珍之妻尤氏請賈母、邢夫人、王夫人等過府來賞花飲酒，賈母等人吃過早飯後就過來了，在寧國府中的會芳園遊玩。快到晌午時，寶玉玩得困乏了，想睡個午覺。賈母命人好生哄著，歇一會兒再來。賈蓉之妻秦可卿忙笑著對賈母說：「我們這裡有給寶叔收拾下的屋子，老祖宗放心，只管交與我就是了。」賈母知道這秦氏是個極妥當的人，她生得**嫋娜**†纖巧，行事又溫柔和平，是賈氏一族的重孫媳中第一個讓她中意的人，由她安置寶玉，賈母自是放心。

* 行動符合封建禮教的規定，又能隨機應變。

† 形容女子姿態美好。

當下秦氏引著寶玉等人來到**上房***內間。寶玉看見房內掛著一幅鼓勵人奮發勤學的《燃藜圖》，還貼著一副對聯：「世事洞明皆學問，人情練達即文章。」寶玉對此很是厭惡，不願在此處歇息。秦氏無奈，只得將寶玉帶到自己的房裡。剛到房門，便有一股細細的甜香襲人而來，寶玉登時骨軟，連說「好香」。房內的字畫和設施也很符合寶玉的喜好，寶玉笑著連說「這裡好」。於是眾奶媽服侍寶玉睡好，就都散了，只留襲人、媚人、晴雯、麝月四個丫鬟為伴。

寶玉剛合上眼就睡著了，恍惚間他覺得秦氏仍在眼前，便悠悠蕩蕩地隨著秦氏到了一個地方。只見此地朱欄白石，綠樹清溪，是個人跡罕至的有趣之所。寶玉見從山後走出一個仙姑來，還邊走邊唱歌，喜得忙來作揖，問：「神仙姐姐，你從哪裡來？到哪裡去？能不能帶上我？」那仙姑笑著說：「我是太虛幻境警幻仙姑，住在離恨天之上，灌愁海之中，主管人間男女之情。今日與你相逢，也非偶然。這裡離我那裡不遠，我那裡有自己釀的美酒，有新填詞的《紅樓夢》仙曲十二支，你是否願意和我一同前往遊玩呢？」寶玉聽她這麼說，也不再跟著秦氏了，就隨著這仙姑來到了「太虛幻境」。

當下隨了仙姑，進入二層門內，看見兩邊配殿都有匾額對聯，一時間竟然看不完。還有幾處寫著「痴情司」「結怨司」「朝啼司」「夜怨司」「春感司」「秋悲司」的，寶玉看了，便懇請仙姑帶他到各司中遊玩，初時仙姑因各司中存的都是普天之下所有女子過去及未來的檔案，不想讓他知道太多，沒有答應；但架不住寶玉再三央求，仙姑最後無奈地說：「好吧，你就在這薄命司內隨便看看吧。」

寶玉喜不自勝，抬頭看到寫著「薄命司」的匾，兩邊是一副對聯，寫著：「春恨秋悲皆自惹，花容月貌為誰**妍**(ㄧㄢˊ)。」他一邊感嘆，一邊抬腿進入門來。裡面擺著十多個大櫥櫃，都用封條封著，封條上寫著各省的地名。寶玉趕緊尋找家鄉金陵的封條看，只見那邊櫥櫃的封條上寫著七個大字——「金陵十二釵正冊」，就問仙姑是什麼意思。警幻說：「就是你們省裡前十二個極其出色的女子的檔案冊，所以才叫正冊。」寶玉不解：「金陵那麼大，怎麼可能只有十二個女子呢？只我們家就有好幾百個女孩子。」警幻冷笑一聲，說：「你們金陵的女子的確很多，不過能被記錄在冊的都是那些名氣大的重要人物。下邊兩個櫥櫃裡記錄的則比這個正冊裡的要差一些。至於平常的那些女子，是不會被記錄在冊的。」

聽仙姑這麼說，寶玉就看向下邊兩個櫥櫃，果然一個封條上寫著「金陵十二釵副冊」，另一個寫著「金陵十二釵又副冊」。寶玉打開「又副冊」櫥門，取出一冊翻開，只見這首頁上畫著一幅畫，是水墨渲染的滿紙烏雲濁霧，後面有幾行字跡。又翻一頁，還是一幅畫，後面寫著四句詞。寶玉沒看懂，就放回書冊，打開「副冊」的櫥門，取出一冊翻開，只見畫著一株桂花，下面畫的是一個乾涸的池塘，塘中一片蓮枯藕敗的景象，花後面仍舊是四句詞。寶玉看了還是沒什麼頭緒，就把這書冊放回去了，又從「正冊」的櫥櫃裡拿出一本書冊來，只見頭一頁上畫著兩株枯木，木上掛一條玉帶，下面是一堆雪，雪中有一根金簪，畫上寫著：「可嘆停機德，堪憐詠絮才。玉帶林中掛，金簪雪裡埋。」依舊是四句詞。寶玉看了仍舊不解其意，想要問身邊的仙姑，但料想那仙姑必定不會告訴他。於是他接著往下看，一連看了十頁，每頁都是一幅畫，後面寫四句詞。寶玉雖看不懂其中的含義，仍想繼續翻看。

但警幻仙姑知道他天資聰穎，看得久了恐怕就會明白些什麼，於是就合上了卷冊，笑著對寶玉說：「在這兒看這些多悶哪，趕緊跟我去遊玩吧。」

寶玉聽完就覺得自己恍惚間就不再關注卷冊了，緊緊跟隨警幻仙姑來到後面。只見此處珠簾繡幕，畫

※四合院裡位置在正面的房屋，通常是坐北朝南的，也叫正房。

†美麗。

棟雕樑，說不盡的玉影珠光，看不完的奇花異草。警幻招呼一聲「迎接貴客」，房中走出幾個仙子來，看到寶玉後紛紛埋怨警幻：「貴客在哪裡？我們在這等候絳珠妹子多時，你怎麼帶這濁物來污染這清淨女兒之境？」寶玉聽她們這樣說，頓時覺得自己的形體污穢不堪。警幻忙拉住寶玉的手，笑著說：「你們不知道原因，今日我去接絳珠妹子時，偶然遇見寧國公和榮國公二公之靈，他們對我說，他們賈家如今後繼乏人，只有寶玉可堪造就，希望我能幫他們勸導寶玉，將他引入正途，以便繼承事業。我也是慈悲心發作，就把他領到這兒來，先讓他看了記錄他家上中下三等女子命運的卷冊，可惜他沒能醒悟，所以我才把他領到這裡，想讓他經歷一番飲食聲色的幻境，希望將來能讓他有所覺悟。」

說完，警幻帶著寶玉進了屋。寶玉聞到屋內有一縷幽香，分辨不出是什麼，便忍不住詢問。警幻說這香是用名山勝景的異卉之精，配合各種寶林珠樹的油製成的，叫作群芳髓。塵世中是沒有的。寶玉很是羨慕。等大家入座後，丫鬟們捧上茶來。寶玉聞得這茶清香異常，又問是什麼茶。警幻告訴他這茶叫千紅一窟，是用仙花靈葉上的露珠烹製的。寶玉又讚賞一番。一時，飲過茶，寶玉問過各仙子的名號，喝過萬豔同杯酒。警幻吩咐十二個歌姬：「將新制《紅樓夢》十二支曲子演上來。」歌姬們答應了，趕緊整理檀板、銀箏，開始演唱。

警幻把《紅樓夢》原稿遞給寶玉，說：「此曲不比塵世中那些傳奇戲曲，要用生旦淨末等角色，還要限韻。都是詠嘆一人，或是感懷一事，偶然成的一支曲子，然後就譜入管弦。如果不是深明其理的人，是不會瞭解其中的妙處的。你先看看這曲子的手稿，然後仔細品味其中的妙處吧。」寶玉謝過，就一邊看著文稿，一邊聽著歌曲。

《終身誤》《枉凝眉》等十二支曲子紛紛演唱出來，這些曲子的唱詞說的是和寶玉關係密切的十二個女子的命運，可惜，寶玉聽完並沒有領悟其中的深意，只是覺得這些曲子音韻淒涼婉轉，能讓人銷魂醉魄。唱完後，還有副曲需要唱。警幻見寶玉對這些曲子不感興趣，嘆道：「你這痴兒，竟還沒有醒悟！」

寶玉忙讓歌姬們不必再唱了，一時間覺得精神恍惚，就告訴警幻仙姑，自己想找地方休息一會兒。

警幻將寶玉帶到一間香閨繡閣中，又是好一番說教。等她走後，寶玉很快就睡著了。他做了個很綺麗的夢，醒來後來到一個荊棘遍地、狼虎同群之地，迎面還有一道黑溪阻擋了去路，而且周圍並沒有橋樑可通行。正在他猶豫不決的時候，忽見警幻仙姑從後面追來，對他說：「寶玉，不要再向前走了，趕緊回頭！」寶玉忙停下腳步問：「這是什麼地方？」警幻說：「這裡就是迷津，下面深有萬丈，廣有千里，如果不小心掉下去，就會粉身碎骨。」話音未落，只聽迷津內水響如雷鳴，竟然出來許多夜叉鬼怪抓住寶玉就往下拖。寶玉嚇得渾身冷汗直流，只顧失聲大叫：「可卿救我！」襲人等丫鬟忙上來摟住他，安慰道：「寶玉別怕，我們在這裡。」寶玉驚醒過來，原來是個噩夢，他迷迷糊糊，若有所失。眾人忙端來桂圓湯，讓他喝了兩口。襲人又軟語開解，寶玉這才慢慢緩過神來。

京郊有一個小戶人家，說起來和賈府有些瓜葛，算是王夫人的一門遠親。這戶人家也姓王，祖上曾做過低級的京官，與鳳姐的祖父——王夫人的父親認識，因為貪圖王家的勢力，便跟王夫人父親連了宗，自認作侄兒，如今只有王熙鳳的父親與王夫人等在京的兄妹知道這層關係。這王家只有一個兒子，名叫王成，因家道敗落，就搬到城外鄉下去生活了。如今王成也過世了，留下個兒子名叫狗兒，狗兒和妻子劉氏育有一子一女，一家四口，以務農為生。狗兒的岳母劉姥姥和他們一起生活，幫著他們夫妻倆照顧孩子。劉姥姥久經世故，見女婿家日子貧困，便勸狗兒到城裡找王家的二小姐，就是賈府的王夫人，走動走動，希望得些照顧。狗兒拉不下臉，於是讓劉姥姥帶著外孫板兒先去找王夫人的**陪房***周瑞。劉姥姥應下了。

第二天，劉姥姥就帶著板兒進城了。她先到榮府門房那打聽到周瑞家在哪兒，然後繞到後門上，找到了周瑞家的。兩人寒暄過後，劉姥姥的來意周瑞家的已猜著幾分。因當初周瑞為爭買田地曾得狗兒相助，一來礙著面子，二來也想顯示一下自己的體面，就答應下來，又交代：「如今太太事多心煩，有客來了，都是璉二奶奶出面接待，這璉二奶奶就是太太的娘家侄女，小名叫鳳哥兒的。」說著，周瑞家的就派小丫頭去打聽老太太屋裡擺飯了沒有。周瑞家的接著說：「你今兒個既然來了，一定要見她一面，才不枉你來一趟。這位鳳姑娘年紀雖小，行事卻比旁人都大。她長得好看不說，還至少有一萬個心眼子。而且口齒伶俐，十個會說話的男人也說不過她。等你見到了，就會相信的。只有一件不甚完美，就是待下人太嚴了。」

那小丫頭回來了，說：「老太太屋裡已擺完飯，二奶奶在太太屋裡呢。」周瑞家的連忙帶劉姥姥起身，說：「只能趁這個空兒，遲一會兒回事的人多了，就難說上話了。」說完，周瑞家的趕緊帶著劉姥姥來到鳳姐的住處。到了地方，周瑞家的讓劉姥姥先等一會兒，她先找到了鳳姐的心腹平兒，將劉姥姥的情況介紹一番。平兒聽了便叫劉姥姥祖孫倆先進屋坐。劉姥姥進屋後，聞到一股異香，整個人好像到了雲端。那滿屋的陳設看著都耀眼爭光，使人頭暈目眩。等見到了遍身綾羅，插金戴銀，花容玉貌的平兒，劉姥姥便當是鳳姐了，剛要稱姑奶奶，就聽見周瑞家的稱她為「平姑娘」，才知道眼前的玉人竟然只是個有些體面的丫頭。平兒讓劉姥姥和板兒上了炕，自己和周瑞家的對面坐在炕沿上，吩咐小丫頭們上茶。不一會兒，傳來咯當咯當的響聲，劉姥姥不明就裡，不免東瞧西望的。忽見堂屋中柱子上掛著一個匣子，底下又墜著一個秤砣般的東西，不住地亂晃。劉姥姥心說：「這是個什麼東西？是做什麼用的？」正在她發呆時，又是當的一聲，接著一連八九下。只見小丫頭們一齊亂跑，說：「奶奶下來了。」平兒與周瑞家的忙起身迎出去，卻囑咐劉姥姥只管坐著。

劉姥姥聽到這麼說，也不敢出聲，就在屋裡默默等候。聽著外邊的動靜，似是在伺候人吃飯。周瑞家的忽然笑嘻嘻地走過來，招手叫她。劉姥姥趕緊牽著板兒跟著周瑞家的來到一處屋內，這裡應該是鳳姐的臥室了。只見門裡門外的陳設無比奢華，而鳳姐穿著貂皮外套，粉光脂豔，端端正正坐在那裡，手內拿著小銅火筷子撥手爐內的灰，慢聲問：「怎麼還不請進來？」等見到周瑞家的帶了兩個人在地下站著，這才忙著站起來，一邊滿面春風地問好，一邊埋怨周瑞家的怎麼不早說。劉姥姥在地下已是拜了數拜，問姑奶奶安。鳳姐忙說：「周姐姐，快攙起來，別拜啦，請坐。我年輕，不大認得，也不知是什麼輩數，不敢稱呼。」周瑞家的忙回答：「這就是我剛才回稟的那姥姥了。」

鳳姐笑著說：「親戚們不大走動，都疏遠了。知道的呢，說你們厭棄我們，不肯常來。不知道的那起小人，還只當我們眼裡沒人似的。」劉姥姥趕緊接話：「我們家道艱難，根本走不起親戚，來了還不是給姑

＊舊時指富家女子的隨嫁僕人。

奶奶丟人。」鳳姐一面說家裡也是個空架子，一面讓周瑞家的去告訴王夫人。

說話的工夫，周瑞家的回來了，向鳳姐回道：「太太說，今日不得閒，二奶奶陪著也是一樣。多謝費心想著。如果有什麼事，只管告訴二奶奶，都是一樣的。」周瑞家的一面說，一面遞眼色給劉姥姥。劉姥姥會意，卻是覺得自己很慚愧，但想到家中情形，只得忍著羞恥說：「今日我帶了你侄兒來，也不為別的，只因他老子和他娘如今在家裡連吃的都沒有。眼下天又冷了，家裡實在是沒轍了，這才讓我帶了你侄兒奔了你老來。」鳳姐早已明白了她的來意，聽她不會說話，便笑笑說：「不必說了，我知道了。」聽她說還沒吃早飯，鳳姐趕忙讓人帶了劉姥姥和板兒到旁邊屋裡去吃飯。趁這工夫，鳳姐又聽周瑞家的把王夫人的話學了一遍，才徹底明白了是怎麼回事。

劉姥姥吃完飯後，拉了板兒過來道謝。鳳姐笑著說：「方才你老人家的意思，我已知道了。但如今家裡花銷很大，也是有些艱難了。可今天你老頭一遭來，跟我張了口，我怎麼好教你空手回去呢。可巧昨兒太太給我的丫頭們做衣裳的二十兩銀子，我還沒動呢，你若不嫌少，就暫且先拿了去吧。」

那劉姥姥先聽見鳳姐說府裡如今也是**家道***艱難，頓時心灰意冷，以為這次是白來了，可轉眼便聽見鳳姐說給她二十兩銀子，又喜得渾身發癢起來，說：「唉，我也是知道艱難的。但俗話說：『瘦死的駱駝比馬大。』你老哪怕拔根汗毛，只怕比我們的腰還粗呢。」周瑞家的聽她說得粗俗，連連使眼色制止她。鳳姐看見了，卻是笑著並沒說什麼，命平兒把昨兒那包銀子拿來，再拿一吊錢來，都送到劉姥姥的跟前，說：「這是二十兩銀子，拿去給這孩子做件冬衣；這錢給你雇車用，以後要常來家裡走動啊。天色也不早了，就不留你們了，回去替我問候家裡人。」一面說，一面就站了起來。劉姥姥千恩萬謝地拿了銀子，隨周瑞家的來到外屋，又說了一會兒話。劉姥姥感謝不盡，仍舊從後門去了。

白白老師的
國學小教室

## 太虛幻境的象徵

太虛幻境在《紅樓夢》裡是極重要的象徵，作者從故事開頭就以神話鋪陳，製造真實與幻境的朦朧，究竟什麼是真？什麼是幻？

秦氏是秦可卿，秦，情也。賈寶玉在夢境中被喚醒了情慾，秦氏即象徵喚醒賈寶玉情慾的人。

而寶玉在太虛幻境中喝了千紅一窟茶、萬艷同杯酒。「窟」的諧音即哭，「杯」的諧音是悲。「千紅一哭」、「萬艷同悲」即是暗示十二金釵最後多以悲劇收場。

太虛幻境中的寶玉看到金零十二釵正冊，裡面紀錄的就是十二金釵的命運。像「可嘆停機德，堪憐詠絮才。玉帶林中掛，金簪雪裡埋。」是敘述薛寶釵和林黛玉的命運。「可嘆停機德」符合儒家的禮教與品德，可惜仍舊最終只是徒勞；「堪憐詠絮才」是同情具有文才的林黛玉。「玉帶林」反過來唸即是「林黛玉」，「金簪」即比喻寶釵。這句話暗示了寶釵和黛玉不幸的結局。

寶玉在太虛幻境裡看到了十二金釵的結局，但此時的他尚未理解自己看到的是什麼，也還未經歷情的劫難。要在後面的故事裡歷經更多人事的消散，他才能了悟。

＊家庭經濟狀況。

# 第五回 金玉良緣見端倪

送劉姥姥走後，周瑞家的就到王夫人處回話，誰知王夫人到薛姨媽那兒去了，於是周瑞家的就趕往梨香院。周瑞家的到了院門口，丫鬟們對她努嘴示意，她輕輕掀簾進去，看見王夫人正和薛姨媽說話，不敢驚動，就走進裡間，去探望寶釵。寶釵見了，趕緊招呼她坐下。談笑間，才知道寶釵這幾日沒去園子裡是因為舊病復發，在自己屋中靜養。周瑞家的忙問：「姑娘到底得的是什麼病？也應該請個大夫好好治一治。」

寶釵聽了，笑著說：「要說為了這病，不知請了多少名醫，吃了多少藥，總也不見好。後來來了一個和尚，說我這病是從娘胎裡帶來的一股**熱毒***，別的藥都不管用，只有用他的藥方才管用。他就說了一個不常見的藥方，又給了一包藥引子，也是異香異氣的。說來也奇怪，每次發病時，我吃下這藥，馬上就見好。」

周瑞家的又問：「是什麼藥方？竟然如此靈驗？叫個什麼名字？」寶釵說：「要說這藥，其實並不名貴，但卻瑣碎難得，藥料不難尋到，難在『可巧』上。幸好我運氣不錯，自他說了去後，一二年間，可巧都得了，好容易配成一料。如今從南帶至北，現在就埋在梨花樹底下呢。那和尚說這藥喚作『冷香丸』。」

周瑞家的點點頭，還要說話時，忽聽王夫人問：「誰在裡面？」周瑞家的忙出去回了劉姥姥的事，等了一會兒見王夫人沒話，正想走。薛姨媽忽然叫住她，讓她帶一宗東西去，然後吩咐丫頭香菱，捧來裝著宮花的小錦匣來。薛姨媽說：「這是宮裡頭做的新鮮樣法堆紗的花，一共十二枝，白放著太可惜了，送給園子裡的她們幾個姐妹戴吧。你來得巧，就給帶回去，你家的三位姑娘，每人一對，剩下的六枝，送林姑娘兩枝，那四枝給鳳姐。」王夫人說：「留著給寶丫頭戴吧，又想著她們做什麼？」薛姨媽說：「姨娘不知道，寶丫頭古怪著呢，她從來不愛這些花兒粉兒的。」這香菱就是薛蟠搶來的那個丫頭，如今成了薛蟠的侍妾。周瑞家的見她走過來，就拉著她的手細細看了一會兒，對著旁邊的金釧說：「模樣真好，有些像咱們東府裡的蓉大奶奶。」金釧笑著說：「我也是這麼說呢。」周瑞家的又問香菱：「你幾歲投身到這裡的？你父母如今在哪裡？今年十幾歲了？是哪裡人呢？」香菱聽後，搖搖頭，說：「不記得了。」周瑞家的和金釧聽了，都為她嘆息傷感了一回。

周瑞家的順路來到王夫人房後的抱廈內，先把花送給迎春、探春、惜春三姐妹，說明了原因。大家笑了一陣，周瑞家的又來到鳳姐處，拿出四枝花交給平兒，這才往賈母這邊來。等到了黛玉房中，卻沒見到黛玉，原來黛玉此時在寶玉房中，正和大家玩**九連環**†呢。周瑞家的進來，說明來意。寶玉一邊問是什麼花，一邊伸手接過錦匣，打開，原來是兩枝宮製堆紗新巧的假花。黛玉看了一下，便問：「是單送我一個人的，還是別的姑娘們都有呢？」周瑞家的說：「各位都有了，這兩枝是送姑娘的。」黛玉冷笑道：「我就知道，別人不挑剩下的也不給我。」周瑞家的聽了，一聲也不言語。

寶玉便問她是怎麼回事。周瑞家的就把怎麼從薛姨媽那兒拿了宮花，又送給幾位小姐的事說了。聽說寶釵病了，寶玉便和自己的丫鬟說：「誰去瞧瞧，就說我和林姑娘打發來問姨娘、姐姐安。問姐姐是什麼

＊也叫溫毒，是火熱病邪鬱結成毒，也是疔瘡、丹毒、熱癤等急性熱病的統稱，又被稱為「火毒」。

†流傳於我國民間的一種智力遊戲，漢朝時已經存在。通常以金屬絲製成九個圓環，將圓環套裝在橫板或各式框架上，並貫以環柄。遊戲時，按照一定的程式反覆操作，可使九個圓環分別解下或套上，一般以解下為勝。

病，吃什麼藥。說我才從雪裡回來，也著了些涼，改日再親自過去探望。」說著，茜雪便答應去了。周瑞家的見沒什麼事了，就回去了。

第二天鳳姐和寶玉到寧府去探望秦可卿，結識了秦可卿的弟弟秦鐘。寶玉和他聊得很投機，相約一起到賈府的私塾上課。回到榮府後，寶玉想起近日薛寶釵在家養病，便前去看望。到了梨香院，寶玉先來到薛姨媽屋裡請了安，然後來到裡間，掀開門簾進去，見寶釵坐在炕上做針線。她一身家常打扮，頭上挽著漆黑油光的鬢兒，穿蜜合色棉襖，玫瑰紫二色金銀鼠比肩褂，蔥黃綾綿裙，一色半新不舊，絲毫不讓人覺得奢華。寶玉看著寶釵問：「姐姐可大癒了？」寶釵抬頭見是寶玉，連忙起身，笑著說：「已經大好了，多謝你還記掛著。」說著，寶釵讓他在炕沿上坐了，命鶯兒倒茶來，接著問老太太、姨娘安，問姐妹們好。

寶釵打量著寶玉，瞧見了他脖子上掛著的那塊寶玉，便笑著說：「大家成天都在說你這玉，一直也沒有細細地欣賞過，今天我可要仔細瞧瞧。」說著，便挪近前來。寶玉也湊了上去，把玉從脖子上摘了下來，遞在寶釵手裡。寶釵把玉托在手上仔細觀察，只見那玉如麻雀蛋般大小，燦若明霞，瑩潤如酥，五色花紋纏護。這就是大荒山中青埂峰下的那塊頑石的幻相。那玉上有小如蠅頭的篆字。寶釵定睛細看，正面刻著「通靈寶玉」四字，下面是兩行字：「莫失莫忘，仙壽恒昌。」背面也刻著三行字：「一除邪祟，二療冤疾，三知禍福。」寶釵看畢，又從新翻過正面來細看，口內念道：「莫失莫忘，仙壽恒昌。」，念了兩遍。鶯兒站在旁邊聽了，嘻嘻笑道：「我聽這兩句話，倒像和姑娘的項圈上的兩句話是一對呢。」寶玉聽了，趕緊說：「原來姐姐那項圈上也有八個字呀，也讓我賞鑒賞鑒吧。」寶釵說：「你別聽她亂講，沒有什麼字的。」寶玉央求寶釵：「好姐姐，你怎麼瞧了我的，卻不給我瞧你的呢！」寶釵被他纏不過，就解了排扣，從裡面大紅襖上將那珠寶晶瑩黃金燦爛的瓔珞掏了出來，一面說：「就是兩句吉利話，沒什麼特別的。」寶玉忙托了細看，果然見一面有四個篆字，兩面八字，共成兩句吉利話：不離不棄，芳齡永繼。寶玉看了，也念了兩遍，又念自己的兩遍，笑著說：「姐姐這八個字倒真與我的是一對。」鶯兒笑道：「是個癩頭和尚送的，他說必須刻在金器上。」寶釵不等她說完，忙叫去倒茶，一面又問寶玉從哪裡來。

寶玉此時與寶釵靠得很近，只聞見一陣陣涼森森甜絲絲的幽香，他分辨不出這是哪種香氣，就問：「姐姐熏的什麼香？我怎麼從來沒有聞見過這味道。」寶釵笑笑說：「我最怕熏香了，想來是我早起吃的冷香丸的香氣。」寶玉接著問：「冷香丸是什麼？怎麼這麼好聞？好姐姐，給我一丸嘗嘗吧。」寶釵笑道：「又混鬧了，這藥也是能胡亂吃的？」

話未說完，忽聽外面有人說：「林姑娘來了。」話音未落，林黛玉已經搖搖地走了進來，見寶玉在這裡，便笑道：「哎喲，我來得不巧了！」

寶玉等忙起身笑著讓座。寶釵笑著說：「這話怎麼說？」黛玉說：「早知他來，我就不來了。」「這話怎麼解釋？」寶釵問。黛玉笑著說：「要來時都來，要不來一個也不來。今兒他來了，明兒我再來，如此錯開時間來看你，就可以天天有人來，既不至於太冷清，也不至於太熱鬧了。姐姐怎麼可能不明白這個意思？」寶玉見她外罩大紅羽緞對襟褂子，便問：「下雪了嗎？」婆子們說：「下了半天了。」寶玉就命人拿來斗篷預備著，讓李嬤嬤傳話，叫小廝們先回去。

此時，薛姨媽已擺了幾樣精緻的茶果，留他們吃茶。寶玉誇前日在寧府裡珍大嫂子的鵝掌鴨信好吃，薛姨媽聽了，忙也把自己糟的取了些來，拿給他嘗。寶玉笑道：「這個須得就酒吃才好。」薛姨媽便命人去灌了最上等的酒來。寶玉要喝冷酒，寶釵勸道：「寶兄弟，虧你平日裡看那麼多雜書，難道就不知道酒性最熱，如果趁熱喝下去，發散得就快；如果冷著喝下去，便凝結在身體內，靠著人體的五臟去暖它，這不就讓人受罪了嗎？以後千萬別再喝冷酒了。」寶玉覺得這話入情入理，便不再堅持喝冷酒，命人暖了再喝。

黛玉在一旁嗑著瓜子，只是抿著嘴笑。碰巧小丫鬟雪雁走來給黛玉送小手爐，黛玉於是含笑問她：「誰叫你送來的？難為她費心，哪裡就冷死了我！」雪雁說：「紫鵑姐姐怕姑娘冷，讓我送來的。」黛玉一面接了，抱在懷中，一面笑著說：「也虧你倒聽她的話。我平日和你說的，全當耳旁風，怎麼她說了你就依，簡直比聖旨還管用！」寶玉聽了這話，明白這是黛玉借此奚落他，但什麼都沒說，只嘻嘻地笑兩陣就過去了。寶釵向來知道黛玉的脾性，便沒說什麼，倒是薛姨媽好生勸了黛玉幾句。

一轉眼，寶玉已喝了三杯酒。他的奶娘李嬤嬤*上來勸阻。寶玉哪裡肯聽，只說「再喝兩杯酒就不喝了」。李

嬤嬤卻用寶玉父親要考他學問嚇唬他，惹得寶玉很不自在。黛玉忙說：「別掃大家的興。舅舅若叫你，只說姨媽留你說話呢。」那李嬤嬤也深知黛玉的脾性，於是說：「林姑娘，你別順著他說了，勸勸他，可能他還聽些。」黛玉冷笑道：「我為什麼要順著他？我也不犯著勸他。你這媽媽太小心了，往常老太太都會給他酒喝，如今在姨媽這裡多喝一口，料想也不礙事。難道拿姨媽當外人，不應該在這裡喝酒？」李嬤嬤聽了，又是急，又是笑，忙說：「真這林姑娘，說出一句話來，比刀子還尖。你這樣說算什麼？」寶釵也忍不住笑了，在黛玉腮上擰了一下，說：「林丫頭的一張嘴，叫人恨又不是，喜歡又不是。」薛姨媽說：「別怕，別怕，寶玉，在我這兒只管放心喝，有什麼事情，我幫你出面。就算晚了，喝醉了也沒事，乾脆跟著我睡才好。」寶玉聽了，才又高興起來。李嬤嬤無法，只好吩咐丫鬟們小心伺候，自己回家去了。

眾人這才高興地吃完了飯，又喝了茶，薛姨媽也放了心。黛玉問寶玉：「你走不走？」寶玉撐開眼皮說：「你要走，我和你一起走。」黛玉又說：「咱們來了這一日，也該回去了。還不知那邊怎麼找咱們呢。」說著，二人便告辭。這時，小丫頭忙捧過斗笠來，寶玉把頭略低一低，叫她給戴上。那丫頭便將這大紅猩氈斗笠一抖，才往寶玉頭上一合，寶玉便叫：「罷了！罷了！好個蠢東西，你到底也輕些！難道沒見別人戴過？我自己來吧。」黛玉站在炕沿上說：「過來，我給你戴吧。」寶玉連忙走上前去。黛玉用手輕輕攏住束髮冠，將笠沿掖在抹額之上，把那一顆核桃大的絳絨簪纓扶起，顫巍巍露在笠外。整理完，她端詳了一會兒，說：「好了，披上斗篷吧。」兩人這才跟薛姨媽道了別，一起回到賈母房中。見過賈母後，寶玉就回到自己的房中，和晴雯幾個說笑了一會兒，就睡下了。次日一早，賈蓉帶著秦鐘過來，先拜了寶

＊古代老年婦女的通稱，有時專指乳母。

玉，寶玉領他們拜見了賈母。賈母見秦鐘長得俊秀，舉止溫柔，十分歡喜，便留他們吃早飯，然後又去命人帶去拜見王夫人。眾人平常都喜歡秦可卿，如今見秦鐘一表人才，等他走的時候都贈了禮物。賈母給了他一個荷包與一個**金魁星**＊，取「文星和合」之意，又囑咐他：「你家住得遠，就住在我這裡，跟你寶叔在一起，別跟那些不長進的東西學。」

寶玉因急於和秦鐘在一起，於是就選定後日開始上學。這天一大早，寶玉就派人請秦鐘過來一起上學。等他自己起來時，襲人早已把書筆等物包好，收拾妥當，見寶玉醒來，服侍他梳洗，又叮囑了一些注意不要讀書累著了的話。寶玉穿戴齊備後，又囑咐了晴雯、麝月等人幾句，方出來見賈母。賈母也有幾句囑咐的話。寶玉然後去見王夫人，又去書房見賈政。剛巧賈政這日正在書房和清客們談話。賈政見寶玉進來請安，說要上學去，便冷笑道：「你如果再提『上學』兩個字，連我都要羞死了。依我的話，你去玩你的才是正理。小心站髒了我這地，靠髒了我的門。」眾人趕緊紛紛進言，替父子倆圓場。說話間，便有兩個年老的僕人帶寶玉出去了。賈政對跟隨寶玉的僕人李貴說：「你們成天跟他上學，他到底念了些什麼書？竟說些流言混語。你去給學校的老師請安，就說我說了，不要虛應故事，先把《四書》一氣講明背熟才是最要緊的。」李貴連忙答應，等賈政不說話了，才小心地退出去。

寶玉帶著人又來到賈母這邊，秦鐘已早來候著了，賈母正和他說話呢。二人見過，辭別了賈母。寶玉忽然想起還沒有和黛玉作辭，又忙來到黛玉房中作辭。黛玉正在窗下對鏡，聽寶玉說上學去，笑著說：「好，這一去可是要『**蟾宮折桂**†』了。我不能送你了。」寶玉說：「好妹妹，等我下了學再來和你吃晚飯。」嘮叨了半日，才轉身離開。黛玉忙又叫住問：「你怎麼不去辭辭你寶姐姐呢？」寶玉笑而不答，轉身同秦鐘上學去了。

## 白白老師的國學小教室

### 命定的金玉良緣

賈寶玉前世是神瑛侍者，且銜著轉世的玉石出生，而神瑛侍者負責灌溉前世是絳珠草的林黛玉，賈寶玉和林黛玉的緣分是「木石前盟」。

至於賈寶玉和薛寶釵則是命定的金玉良緣，寶玉的通靈寶玉和薛寶釵的金鎖上面所刻文字是一對，他們是命定的姻緣。

雖然寶玉和黛玉在今生重逢，但是黛玉要為寶玉流盡一生的眼淚，加上有命定的金玉良緣，決定了寶玉和黛玉的愛情悲劇。

林黛玉和薛寶釵二人，是作者刻意塑造的對比角色。林黛玉美麗柔弱，但性格倔強，孤高又敏感；薛寶釵則大方端莊、賢慧得體，遵守儒家禮教。黛玉是寶玉心靈相通的對象，他們都叛逆自我，能相互理解，但在封建的社會裡，情人兩情相悅、心意相通是不重要的，世俗的禮教規範遠比情意重要。所以薛寶釵在長輩心中，無疑是封建社會貴族人家最好的少奶奶人選。

寶玉和黛玉注定要重逢，但在封建禮教的壓迫下，他們的愛戀終究是悲劇。

※神話中所說的主宰文章興衰的神。舊時很多地方都有魁星樓、魁星閣等建築物。

†比喻應考得中。

## 第六回 鳳姐協理榮國府

秦可卿病了，賈蓉為了妻子的病四處求醫問藥，但秦氏的病絲毫未見好轉，反而一天比一天嚴重。全家上下都很著急，公公賈珍和婆婆尤氏更是不斷打聽名醫給她治病。這年冬至前幾日，賈母、王夫人、鳳姐日日派人去看秦氏，回來的人都說這幾日也未見添病，也不見甚好。眾人都是一陣唏噓，賈母囑咐鳳姐臘月初二親自過府去探望秦氏。鳳姐一一答應了。到了初二那天，鳳姐吃了早飯，就去了寧府，看見秦氏雖沒有添病，但是整個人瘦得不成樣子，那臉上身上的肉幾乎看不到了。於是她和秦氏坐了半日，說了些閒話，開導秦氏一番。隨後鳳姐叮囑她好好休息，將養身子，然後就出來，到尤氏上房坐下。尤氏問：「依你看，媳婦如今的情況是個什麼樣？」鳳姐低頭尋思了半晌，才說：「不太好。這實在沒法了。你也該將所有後事用的東西給她料理料理，沖一沖也是好的。」尤氏說：「我也叫人暗暗地預備了，如今只有那壽材還沒著落，只盡心辦吧。」

眼看到了年底，不料林如海卻寄來書信，說自己眼下身染重疾，特意差人來接黛玉回去。賈母聽了，又是擔心又是煩悶，仍命人打點黛玉起身，而且特意讓賈璉送黛玉去揚州，等事情解決了要他將黛玉好好地帶回賈府。到了啟程的日子，賈璉與林黛玉辭別了眾人，帶領僕從，登舟往揚州去了。

鳳姐自賈璉送黛玉往揚州去後，心中實在無趣，每到晚間，不過和平兒說笑一回，就睡下了。這天夜裡，鳳姐正睡得迷迷糊糊，忽然見秦氏從外面走來，含笑說：「嬸子好睡！我今日回去，你也不送我一程嗎？咱們娘倆平日相處得好，我捨不得嬸嬸，特意來你這裡道別。我還有一件心願未了，一定要告訴嬸嬸才行，告訴別人不見得能做到。」鳳姐聽了，恍惚間問：「你有什麼心願沒完成？只管告訴我就是了。」秦氏說：「嬸嬸，你是個巾幗英雄，尋常的男子都不如你。難道還不明白『月滿則虧，水滿則溢』的道理嗎？如今我們家繁榮富貴，已經將近百年，一旦樂極生悲，就真應了那句老話——**樹倒猢猻散***了！」鳳姐聽了這話，心裡十分敬畏，忙問：「這話說得很有道理，只是有什麼辦法可以保證永遠無憂呢？」秦氏冷笑道：「嬸嬸莫不是痴傻了？所謂**否極泰來**†，榮辱總是周而復始、不斷變化的，人力怎麼可能永保無憂呢？不過如果咱們家能做好這兩件事，以後尚可保存一些元氣。」

鳳姐便問是哪兩件事。秦氏說：「如今我們雖然按照時節到祖墳那裡祭祀先人，但是這項消費支出卻不是固定的；第二，族中雖有家塾，依然沒有固定支出供應此處。家道繁榮時，這些祭祀供給也不算什麼，但是將來如果家道敗落，這兩項就會斷了供應。我的意見是，趁著如今家中還富貴繁榮，在祖墳附近多買些田產、多建房屋，以後祭祀用的費用都從這些田產中出。同時把家塾也設在那裡。全族所有人一起定下規矩，日後按房頭輪流掌管一年的田產收入，並負責提供祭祀和家塾所需的經費。如此迴圈開來，族中人不會惡意競爭，也不會有人把這些田地給賣掉。這樣就算將來獲罪，官府要沒收家產，也不會把祭祀用的田產沒收。那時候就算家道敗落，賈家子孫回家讀書務農，也有這些田地用來謀生，而祭祀用的經費也就有了永久的保障。千萬不要以為榮華富貴會永遠持續下去，不為將來打算，終究不是長久的謀劃。」

* 指靠山一旦垮臺，依附的人無所依靠，也就隨之散去。
† 指壞運到了盡頭好運就來了。

鳳姐還想再問時，只聽得外面傳來叩門聲，有人來回：「東府蓉大奶奶沒了。」鳳姐聽了，嚇出一身冷汗，出了一回神，趕忙穿好衣服，往王夫人的住處走來。

聽到秦氏的死訊，榮、寧二府上上下下都很傷心。長一輩的想起她素日孝順，平輩的想起她素日和睦親密，小一輩的想起她素日慈愛，以及家中僕從老小想起她素日憐貧惜賤、慈老愛幼的種種恩情，全都號啕大哭起來。寶玉睡夢中聽見說秦氏死了，連忙翻身爬起來，只覺心中像被戳了一刀似的，一時沒忍住，「哇」的一聲，噴出一口血來。襲人等忙問怎麼樣，又要回稟賈母去請大夫。寶玉擺擺手，說：「不用忙，沒事的。這是急火攻心，吐出血來就好了。」說著，趕緊起身換了衣服，來見賈母，打算去寧府那邊。賈母不想讓他現在就過去，但拗不過他，便多派人護著他過去。

到了寧國府前，只見府門大開，兩邊燈籠照如白晝，人來人往，一片亂哄哄的，裡面哭聲震天。寶玉下了車，快步來到停靈的屋子，痛哭一番，然後出來見賈珍。這時賈赦、賈政等賈氏一族男丁都來了。賈珍哭得淚人一般，對眾人說：「闔家大小，遠近親友，誰不知我這兒媳婦比兒子還強十倍，如今就這麼去了，這是老天要絕我呀。」說著，又哭起來。眾人忙勸：「人既然已經走了，哭也沒有用處，趕緊商議一下怎樣料理後事才是正經。」賈珍表示，為了辦好兒媳的身後事，就算傾盡家財也在所不惜。這時，秦可卿的父親和她的弟弟秦鐘也帶著人來了，賈珍便命賈瓊等四人去陪客。他堅持大辦喪事，停靈七七四十九日，每日請一百零八名和尚在大廳上念經，超度亡靈；另設一壇於天香樓上，請九十九位全真道士，打四十九日解冤洗**孽醮**（ㄋㄧㄝˋ ㄐㄧㄠˋ）*。然後停靈於會芳園中，靈前另請了眾多高僧高道做法事。他還從薛蟠那裡買了一副名貴的檣木棺木，花了一千兩銀子；又找關係給兒子賈蓉買了個五品龍禁尉的官職，花了一千二百兩銀子，這些都是為了讓秦可卿出殯時榜文上好看些。此後，不斷有達官顯貴來寧府弔孝。這四十九天，寧國府人來人往，王公貴族和各級官員來往不斷。不巧這時尤氏犯了舊疾，躺在床上不能理事，賈珍擔心怠慢了各位有誥命的官員夫人，虧了禮數，惹人笑話，因此心中不自在。寶玉得知後向他推薦了鳳姐。賈珍聽了，喜不自禁，拉著寶玉來到上房，和王夫人、鳳姐等人商議暫時幫忙料理家事。鳳姐平常最喜歡攬權管事、賣弄才幹，現在遇見這個機會，正想趁機顯示自己的本領，心中很是歡喜，便和王夫人商量想應下來。王夫人見賈珍說得懇切，而鳳姐也躍躍欲試，於是順水推舟，答應下來。

賈珍見王夫人和鳳姐都同意了，忙從袖中取了寧國府對牌出來，讓寶玉送與鳳姐，說：「妹妹愛怎樣就怎樣，要什麼只管拿這個取去，也不必問我。只求別存心替我省錢，事情辦得體面漂亮就行。再者，就是把這寧府的下人和榮府一樣對待，別怕有人會抱怨。別的事，我沒有不放心的了。」鳳姐不敢就這麼把對牌接過來，只看著王夫人。王夫人說：「你哥哥話都說到這個分上了，你就幫著照看照看。不過別自作主張，有什麼事多問問你哥哥和嫂子。」說話間，寶玉早把對牌塞到鳳姐手裡了。賈珍問：「妹妹是住在這裡，還是天天過來呢？依著我，給妹妹收拾出一個院落來，妹妹在這邊安穩地住一個月才好。」鳳姐說：「不用。那邊也需要我照看著，我還是天天過來吧。」賈珍聽她這麼說，也沒強求，又說了一會兒閒話，才出去了。鳳姐也辭別了王夫人，開始思索自己從哪裡著手理順寧府的家事。

寧國府的總管來升聽說賈珍請了鳳姐來處理府中的事務，連忙提醒寧府的其他下人：「西府裡的璉二奶奶如今要過來管理咱們府裡的事，如果她派人取什麼東西，或是找人問話，大家一定要小心回話，交代的事謹慎些，千萬別把自己的老臉丟了。這位二奶奶可是出了名的心腸硬，下手狠，如果誰惹她生了氣，她可不

＊道士設壇念經做法事。

會給你面子。」大家聽了，都說：「理當如此。」也有人說：「我們這裡也該來個厲害點的人整治一番了！」

鳳姐命人釘造簿冊，又派人去東府取來花名冊來查看，又傳下去明日一早眾人都來大廳前等候差遣。第二天一大早，鳳姐就來寧國府了。鳳姐見人都來齊了，就對來升媳婦說：「既然你們老爺托了我來管理家事，你們就要按我說的來辦。我可不會像你們奶奶那樣的好性子，如果誰沒照我說的去辦，哪怕錯了一星半點，不管是誰，一律嚴肅處治。」說完，便吩咐身邊的丫鬟念花名冊，眾人按名字一個一個被叫進來分派任務。鳳姐強調，各人要管好各人的事。一旦發生損壞或者丟失的情況，誰負責就讓他照價賠償。誰敢偷懶、賭錢、吃酒，一經發現，定會嚴處。她還宣布，每件事必須在規定時間內辦完，她身邊的人隨身都帶著鐘錶，上房裡也有時鐘，她每天都要帶人親自檢查各處，如果有誤事者，也要處罰。鳳姐如此一番安排之後，寧府的每一個人都有了明確的事情可以做，府中很快變得井然有序，即使是人來客往，各項事務也都是安靜地進行，不像原來那麼亂糟糟的了。眾人見她如此精明嚴格，都各司其職，兢兢業業，原來的弊病一掃而光。鳳姐看到這個情形，心裡十分得意。

五七正五日這天，鳳姐先到會芳園登仙閣靈前哭祭了秦氏，然後回到抱廈，按冊點名。各處的人都到齊，只有迎送親客的一人未到。鳳姐傳來那人，冷笑著說：「原來是你遲到了！你比她們體面，所以不聽我的。」那人惶恐地求饒。鳳姐又處理了幾件事，才說：「明兒她遲到，後兒我也遲到，將來都沒有人了。我要饒了你，下次就難管人了！」頓時變了臉色，命人把她拉出去打二十板子，又傳出話去，讓管家來升扣她一個月的工錢。寧府眾人這下充分領教了鳳姐的厲害，於是更加小心翼翼地幹活兒，再不敢偷懶了，一個個都謹小慎微、兢兢業業地幹好自己分內的事。鳳姐見自己威重令行，心中十分得意，於是非常勤快，每天很早就到寧府來處理事情。

出殯的日子越來越近，府裡的大小事情更多了，鳳姐忙得茶飯都沒工夫吃，一刻清閒的時間都沒有。剛到寧府，榮府的人就跟著到寧府找她，回到榮府，寧府的人又到榮府找她。鳳姐見此，雖忙碌，但心中倒十分歡喜，並不偷懶推脫。為了不讓別人說閒話，鳳姐更是費盡心思，將事情安排得井井有條。此舉贏得了賈氏全族上下的交口稱讚。

出殯這天，很多王公貴族都來送殯，讓賈府顯得非常風光。人群浩浩蕩蕩，送殯的人中有鎮國公、理國公、齊國公、治國公、修國公五公的子孫，繕國公之孫因守孝沒有前來，這六公和寧國公、榮國公二公，都屬於當時的「京都八公」。其餘各大王侯的子孫也都來了，乘坐的大小轎子車輛，不下百輛。加上其他人員浩浩蕩蕩，整個出殯的隊伍有三四里長。送葬隊

伍走了不多遠，就看見前面路邊有東平、南安、西寧、北靜四家郡王府所設的路祭用的棚子。與賈家關係更好的當今北靜王水溶更是親自坐著大轎子來了。這水溶年未弱冠，生得形容秀美，性情謙和。因他念著昔日兩家祖父之間的深厚情誼，特意親自前來弔喪。賈珍得到下人彙報後，趕緊令隊伍停下來，然後與賈赦、賈政出來迎接，以國禮相見。溶在轎內欠身含笑答禮，仍以世交稱呼接待，並不妄自尊大。言談間，水溶點名要見寶玉。賈政聽後忙回去令寶玉脫去孝服，領他前來。

寶玉平日就聽家裡人稱讚水溶是個賢王，而且生得才貌雙全，風流瀟灑，不為官俗國體所縛，十分仰慕，早就想著與之相會。如今見到水溶坐在轎內，頭上戴著潔白簪纓銀翅王帽，穿著蟒袍，繫著碧玉紅鞓帶，面如美玉，目似明星，真是儀錶堂堂。寶玉趕緊行禮參見，水溶連忙從轎內伸出手來挽住，他見寶玉戴著束髮銀冠，勒著雙龍出海抹額，穿著白蟒箭袖，圍著攢珠銀帶，面若春花，目如點漆，於是笑著說：「名不虛傳，果然如寶似玉。你的寶貝在哪裡？」寶玉連忙從衣內取了那玉，遞過去。水溶細細地看了，又念了那上頭的字，一面極口稱讚，一面親自給寶玉戴上，然後拉著寶玉的手問他多大了、讀什麼書之類的細小問題。寶玉都一一回答了。水溶見他語言清楚，談吐有致，就當著賈政的面，誇讚了寶玉一番，又對賈政說要好好教導寶玉。水溶又將皇上親賜的一串念珠送給寶玉。寶玉連忙接了，回身告訴了賈政。賈政與寶玉一齊謝過。

辭別了水溶，送殯的隊伍繼續前進，一路上熱熱鬧鬧，最後出城到了鐵檻寺。寺中眾僧人一起來接靈柩到寺內，然後重做佛事，將靈柩安置在內殿。眾位親友家眷陸續離開，王夫人要帶寶玉回城，寶玉不肯，要跟鳳姐留下。王夫人無法，只得依他，囑咐鳳姐照看好他便回城了。

這鐵檻寺原是寧、榮二公當日修造，今日出殯結束後，族中很多人都在鐵檻寺暫時住下。但鳳姐覺得住在寺裡不方便，很早就派人和附近水月庵的尼姑淨虛說好，騰出兩間房子來讓她們一行人住下。

鳳姐和淨虛閒話幾句，就準備回屋休息，身邊跟著幾個心腹丫鬟，那淨虛老尼趁機說：「我正有一事，要到府裡求太太，先請奶奶一個示下。」鳳姐問是什麼事。淨虛說：「我以前在長安縣內善才庵內出家時，認識一個姓張的大財主，他有個女兒小名金哥。那次她來我們廟裡進香時，遇見了長安府的府太爺的小舅子李衙內。李衙內一眼就看上了金哥，要娶金哥，就派人來求親。沒料到這金哥已經和原任長安守備的公子有了婚約，兩家連聘禮都送了。張家若退親，恐怕守備不依，只得對那李衙內說自家女兒已許了人家。誰知李公子執意不依，定要娶他女兒。張家正兩處為難之際，守備家卻得知了消息，就和張家打官司告狀起來。那張家急了，只得著人上京來尋門路。我想如今長安節度雲老爺與府上相熟，可以求太太與老爺說說，給雲老爺寫封信，讓雲老爺和那守備說一聲，不怕那守備不依。此事若成了，張家定會極力巴結賈府的。」

鳳姐聽了笑著說：「這事倒不大，只是太太不會管這樣的事的。」淨虛說：「太太不管，奶奶也可以做主哇。」鳳姐聽了，笑笑說：「我也不等銀子使，是不會做這樣的事的。」淨虛聽了，想了想，又拿話激鳳姐：「奶奶這麼說原也沒什麼，只是張家已知曉我來求府裡了。如今府上不管這事，張家不知道是沒工夫管這事，不稀罕他的謝禮，反倒以為府裡連這點手段也沒有。」

鳳姐聽了這話，便發了興頭，說：「哦，有意思。既如此，你叫他拿三千兩銀子來，我就替他出這口氣。」淨虛老尼連忙答應，又誇了鳳姐一番，鳳姐雖還是雲淡風輕的樣子，但到底被人奉承，心裡還是很高興的，就和淨虛攀談起來。

第二天一大早，鳳姐便悄悄命心腹來旺找府中管文書的幕賓，假託賈璉所囑，修書一封，連夜送往長安縣。那節度使雲光見是賈府之情，對於這點小事豈有不允之理，於是寫了回書，讓來旺帶回來。

鳳姐得了雲光的回信，知道事情已辦妥。果然那守備忍氣吞聲地收回了前聘之物。誰知那張財主雖如此愛勢貪財，卻養了一個知義多情的女兒。金哥聽說父母退了婚，悄悄自縊了。而守備之子也是個多情之人，聽到金哥自縊的消息後決定不負妻義，投河而死。張、李兩家都落了個人財兩空。鳳姐卻坐享了三千兩銀子，王夫人等連一點消息也不知道。自此鳳姐膽子越來越大，以後有了這樣的事，便任意妄為起來。

白白老師的
國學小教室

## 狠辣的鳳辣子

王熙鳳在故事前半部登場時，描述了她的外貌：

彩繡輝煌，恍若神妃仙子。頭上戴著金絲八寶攢珠髻，綰著朝陽五鳳掛珠釵，項上戴著赤金盤螭瓔珞圈；裙邊繫著豆綠宮條，身上穿著縷金百蝶穿花大紅洋緞窄褙襖，外罩五彩刻絲石青銀鼠褂；下著翡翠撒花洋縐裙。一雙丹鳳三角眼，兩彎柳葉吊梢眉，身量苗條，體格風騷，粉面含春威不露，丹唇未啟笑先聞。

這段描述相當細膩，王熙鳳的穿著珠光寶氣，艷麗至極，而且身形苗條，有著柳葉眉和丹鳳眼，美麗而風騷。除了擁有美麗的外貌，王熙鳳也極其會觀察人，她與黛玉初見時，上下打量黛玉，又故作親暱的流淚，善於觀察和做表面功夫。

在這章中，可見到她好權貪財的一面，她精明嚴厲，能將賈府上下打理得很好，所以賈府眾人都十分敬重她，但她為了金錢利益，即使有人犧牲生命，她也毫不在意，反倒是為了利益更加任意妄為。所以王熙鳳被稱為鳳辣子，她精明狠辣、能幹俐落，這個稱呼再適合不過。

# 第七回　寶玉遊園呈才藻

這天是賈政的壽辰，寧國府、榮國府都是眾人齊集慶賀，熱鬧非常。忽然門吏進來報說，有六宮都太監夏老爺來降旨。賈赦、賈政等人均不知發生了什麼，趕緊撤去酒席，擺上香案，開了中門跪接聖旨。只見六宮都太監夏守忠帶著隨從乘馬而至，在府門前下馬，滿面笑容地走到廳上，南面而立，說：「奉旨：立刻宣賈政入朝，在臨敬殿**陛見***。」說完，立刻就乘馬回宮了。

賈政不知所為何事，但也不敢耽擱，急忙更衣入朝。全府上下人心惶惶，不斷派人去打探消息，生怕出了什麼差錯。兩個時辰後，三四個管家氣喘吁吁地跑來報喜，說：「我等奉老爺命令傳話，請老太太帶領太太等進宮謝恩。」賈母趕緊喚人進來詳細詢問，才知道原來賈政的大女兒賈元春被晉封為鳳藻宮尚書，加封賢德妃。賈政得到消息後命人回府告知老太太，帶領府中有誥命的女眷進宮謝恩。賈母等人喜氣洋洋，於是都按品大妝起來，賈母帶領邢夫人、王夫人、尤氏，一共四乘大轎進宮謝恩。寧、榮兩府上下裡外，無不歡喜雀躍，人人臉上都有得意之狀。

黛玉此時也回來了。當時黛玉的父親林如海病重，賈璉送黛玉往揚州探親。沒多久，林如海不幸病故，賈璉幫著料理諸事，直到將林如海葬入祖墳，賈璉和黛玉才準備進京。原本計畫是下個月到家，但聽

* 面見皇帝。

到元春被晉封為鳳藻宮尚書，加封賢德妃的喜訊，他們就晝夜兼程地趕了回來。等見面時，寶玉覺得黛玉越發出落得超逸了。黛玉帶來了許多書籍，忙著打掃臥室，安插器具，又將些紙筆等物分送寶釵、迎春、寶玉等人。寶玉將北靜王所贈的那串念珠珍重地取出來，轉贈給黛玉。黛玉卻嫌棄那是什麼臭男人拿過的，說自己是不會要的。寶玉無法，只好收回。

賈璉見過長輩後，回到自己房中，鳳姐忙中抽空為他接風洗塵。賈璉問鳳姐自他走後家中的事情，又感謝鳳姐連日來管家的辛苦。兩人正在訴說別後情形，有下人傳報：「老爺在大書房裡等著二爺呢。」賈璉連忙整衣前去。賈璉出去後，平兒向鳳姐悄悄地說：「奶奶瞞著二爺放的高利貸的利錢銀子，碰巧剛才二爺在家時就送來了。幸虧我在堂屋裡撞見攔住了。要不然，以我們二爺那脾氣，聽見奶奶有了這個私房錢，他還不放心地花光了。」鳳姐聽了就笑著誇她。

等賈璉見完老爺回來，鳳姐命人擺上酒席，夫妻兩個坐下對飲。過了一會兒，賈璉的奶媽趙嬤嬤來了，讓賈璉和鳳姐給她兩個兒子找些有油水的事幹，還說：「如今咱們府上竟從天上跑出一件大喜事來，哪裡用不著人呢？」鳳姐於是問賈璉：「剛才老爺叫你去有什麼事？」賈璉說：「就為省親的事。」鳳姐忙問：「省親的事定下來了？」賈璉笑道：「雖不十分准，也有八分准了。」鳳姐高興地說：「這可是當今皇上的恩典！歷來聽書看戲，古時候都是沒有的。」賈璉說：「當今皇上體貼萬人之心，認為這世上最珍貴的就是『孝』字，人不分貴賤，都是有孝心的。皇上有感於自己日夜侍奉太上皇、皇太后，尚不能略盡孝意。而宮裡的妃嬪才人入宮後，已經多年不能與家人見面，又怎麼會不思念父母呢？因此請求太上皇、皇太后，允許妃子和親人每月逢二和六的日子，在宮裡相見。太上皇、皇太后聞之大喜，深贊當今皇上至孝純仁，體天格物，甚至特意降諭旨：除逢二、六日入宮之恩外，允許凡是家裡有大的別院的，妃嬪還可以回家與親人見面，共用天倫。現在周貴人的父親已經在家裡開工修建省親別院了。吳貴妃的父親也到城外察看地方去了。這樣看來，豈不是有八九分了？」趙嬤嬤說：「阿彌陀佛！原來如此。這樣說，咱們家也要預備接大小姐了吧。」賈璉說：「這是自然，要不，這會兒忙的是什麼？」鳳姐笑道：「如果真能如此，我可要見個大世面了。」

正說得熱鬧，王夫人派人來找鳳姐。鳳姐知道有事需要她處理，於是趕緊吃了半碗飯，漱了口要走。剛巧寧國府的賈蓉、賈薔來了。賈璉見是他二人，便問：「有什麼話？快說。」鳳姐就沒著急走，想聽他們說些什麼。

賈蓉說：「我父親打發我來告訴叔叔，老爺們已經商議好了，從東邊一帶借著東府裡花園起，一直轉到北邊，大約有三裡半大，可以用來蓋省親別院。已經傳人畫圖樣去了，明天就能畫好。叔叔才回家，為了避免太勞累，就不用去西府那邊了。有什麼事情，明日一早再過去商議。」賈璉笑著說：「多謝大爺費心體諒，我就不過去了。這個主意是好的，不會太費事。你回去說這樣很好。明日一早，我過去給大爺請安，再和他仔細商量。」賈蓉忙應幾個「是」。賈薔上前說：「到姑蘇請教習，採買女孩子，置辦樂器行頭的事，大爺派了我，帶著來管家的兩個兒子，還有兩位清客一同前去辦理，所以命我來見叔叔。」賈璉聽了，打量了他一下，笑道：「你在行嗎？這事雖然不大，裡頭的油水卻不少。」賈薔也笑著說：「我也只好學習著辦吧。」鳳姐在一旁幫著說情。賈璉問：「辦這件事動用哪一處的銀子？」賈薔說：「賴管家說江南甄家還欠我們五萬兩銀子，明天寫一封書信匯票讓我們帶去，先支三萬兩，剩下的兩萬存著，等置辦彩燈花燭和各色簾櫳帳幔時用。」賈璉點頭說：「這個主意好。」鳳姐趁機讓趙嬤嬤的兩個兒子跟著去辦事。賈薔連忙答應下來。鳳姐一邊說別忘了，一邊出去了。賈蓉忙送出來，問鳳姐：「嬸嬸要什麼，開個單子，我替您辦。」鳳姐笑著啐他：「我不稀罕！」邊說邊笑著走了。賈薔也在屋裡問賈璉：「叔叔要什麼東西，侄兒順便帶回來孝敬。」賈璉笑道：「你別高興過頭，才學著辦事，就先學會了這把戲。我要什麼，會寫信告訴你。」說完，就打發他們走了。

第二天早上，賈璉見過賈赦、賈政，便帶著幾個老管事的家人和幾位長期來往的清客一同來到寧國府，勘察兩府地方，繪製省親殿宇，選派辦事的家丁。自此以後，各行的工匠都集齊，金銀銅錫以及土木磚瓦等物源源不斷地搬運過來。工匠們拆了寧府會芳園的牆垣閣樓，接入榮府的東院。二府中間原有一條小巷，是賈家的私地，也被圈入。會芳園本從北牆角下引來一股活水，也不用再引水。山石、樹木就近拆會芳園和榮府花園的，省了不少錢。這些工程全虧一個號山子野的人，一一進行布局安排。賈政從不過問這些瑣事，聽憑賈赦、賈珍、賈璉等人率領眾家丁操辦。下朝的閒暇時間，他也會到各處看望看望，挑一些要緊的建築和賈赦等商議一番。而賈赦高臥在家，有事賈珍等人自會前去請示；賈蓉專管打造金銀器皿；賈薔已經動身往姑蘇去了。賈家的省親別院轟轟烈烈地開建了，榮國府和寧國府上下人等忙得不亦樂乎。不知過了多久，別院終於建成了。

這天，賈珍來稟報賈政：「園內工程都已經完成，大老爺已經瞧過了，只等老爺瞧了，如有不妥之處，也好改造，然後就能題寫匾額對聯了。」賈政沉思了一會兒，說：「按理，這匾額對聯應該請貴妃賜題，然而貴妃還沒見過園中的景致，想來也不願胡亂題字。如果等到貴妃遊園時再題，偌大景致若干亭榭卻無字標題，甚是寥落無趣，哪怕是花柳山水，也斷不能生色。」眾清客建議，先擬訂一些出來，做成燈匾聯懸掛起來。待貴妃游幸時，再請貴妃定名，方是兩全之策。賈政認為此法甚好。於是便趁今日天氣和暖，領著眾人前往園中閒逛，親自領略其中景致的美妙之處，以便題寫各處的匾額對聯。

賈珍先去園中知會眾人。可巧寶玉才到園中戲耍散心，賈珍走來，笑著對他說：「你還不出去！老爺一會兒就來了。」寶玉聽了，立刻帶著人朝園外跑。可他們剛轉過彎，就迎頭撞見賈政帶著眾人進來了。寶玉一看來不及躲避了，索性就在路邊上站著。賈政最近聽家塾裡的先生稱讚寶玉雖然不喜讀書，卻善於對對聯，有些歪才情似的。今日偶然撞見這機會，便命寶玉跟自己一起走。寶玉只得跟在賈政身後走向園內，卻不知道是什麼意思。

賈政命人將園門關了，自己一行人仔細欣賞。先看到正門五間，那門欄窗格皆是細雕新鮮花樣，並無朱粉塗飾；一色水磨群牆，下面的白石臺階，鑿成西番草花樣；左右一望皆雪白粉牆，下面的虎皮石隨勢砌去，果然式樣新穎，不落富麗俗套。賈政很是喜歡，命人開門，只見迎面一帶**翠嶂***擋在前面。眾人齊贊：「好山，好山。」

賈政也說：「沒有這山，園中景色一覽無餘，那還有什麼趣味呢？」那山石千姿百態，奇形怪狀，中間有條羊腸小徑。賈政命賈珍在前引導，自己扶了寶玉，緩步進入山口。見山頭上有一塊鏡面般光滑的白石，正是此處留著題字用的。賈政就讓眾位清客議論應題什麼字才好。眾人心知賈政是要以此來試試寶玉的功課，因此只說些俗套的來敷衍。賈政聽完，便回頭命寶玉來說。寶玉說：「古人云：『編新不如述舊，刻古終勝雕今。』此處並不是主山正景，不如直書『曲徑通幽處』這句舊詩在上面，顯得大方氣派。」眾人聽了，紛紛讚嘆寶玉才情高遠。賈政不置可否。

* 青綠的像屏障一樣的山峰。

說著，一行人進入一處石洞，看見一帶清流從花木深處曲折瀉於石隙之下。再往前走幾步，道路變得平坦寬闊，兩邊飛樓插空，雕甍*繡檻在山坳樹梢間若隱若現。低頭可見清溪瀉雪，石階穿雲。眾人來到一座亭子裡，此亭在石橋之上，只見白石為欄，環抱池沿。賈政問眾人此處該擬題什麼名字合適。眾清客紛紛建議，根據歐陽修的《醉翁亭記》中「有亭翼然」一句，取名「翼然」比較合適。賈政笑道：「『翼然』雖佳，但此亭壓水而成，還須與水有關才相稱。我覺得歐陽修還有一句『瀉出於兩峰之間』，可取其中的『瀉』字。」立刻有人應和道：「是極，是極。還是『瀉玉』二字最妙。」賈政叫寶玉也擬一個來。

寶玉說：「用『沁芳』二字比『瀉玉』要好，而且既新雅又含而不露。」他還進一步解釋其中的原因：此園是貴妃省親的別墅，用「瀉」字不妥當，顯得粗陋不雅，應當含蓄一些。賈政聽後點頭不語。眾人都忙迎合，稱讚寶玉才情不凡。賈政讓寶玉為沁芳亭再作一副七言對聯。寶玉在亭上四顧一望，就得到一聯，於是念出來：「繞堤柳借三篙翠，隔岸花分一脈香。」賈政聽了，點頭微笑。眾人更是稱讚不已。

眾人出亭過池，欣賞著映入眼簾的山石花木。再往前走，就看到了一片翠竹掩映著一帶粉牆和裡面的幾間整潔的房屋。眾人見了都說這是個好地方，於是進入欣賞。只見入門處是曲折遊廊，階下用石子砌成甬路。上面有一明兩暗三間小小的房舍，裡面的床幾椅案擺放得都很合理。從裡間小門出去就是後院，種著大株的梨花和芭蕉。後院牆下開著一個口子，引出一脈泉水來，還挖了一條一尺來寬的溝，灌入牆內，圍繞在階前屋後，直到前院盤旋竹下而出。賈政說：「若能在月夜坐此窗下讀書，也不虛度一生。」說完，看著寶玉，寶玉趕緊低下頭。眾人忙用話岔開：「此處的匾該題四個字。」賈政問是哪四個字。有人說：「淇水遺風。」還有人說：「睢園雅跡。」賈政都嫌名字俗。於是，賈珍說：「還是寶兄弟擬一個吧。」賈政嫌寶玉先前議論別人，顯得輕薄，但眾人勸說後，便讓寶玉先說出議論來，得眾人允許後才能擬名。寶玉說：「這是第一處行幸†的地方，必須讚頌聖上才對。若用四字的匾，古人有現成的。」賈政質問：「難道『淇水』『睢園』不是古人的？」寶玉說：「這些還是呆板迂腐了，不如『有鳳來儀』四字。」眾人齊聲叫好。賈政讓他再題一聯。寶玉念道：「寶鼎茶閑煙尚綠，幽窗棋罷指猶涼。」賈政搖頭說：「也沒見多好。」說完，帶著眾人出來。

眾人出了小院往前走，忽見青山斜阻。山環中隱隱露出一道黃泥牆，牆上用稻草掩護，牆邊有幾百枝盛開的杏花。牆內有幾間茅屋，四周用桑、榆、槿、柘等各種樹的嫩枝編成碧綠的籬笆。籬外山坡下有一口土井，井邊有取水用的轆轤。再往外則是一望無際的田地，種著各種瓜果蔬菜。賈政說：「此處雖是人工穿鑿，倒別具一格，勾起我退隱歸農之意。」眾人見籬門外路旁有一石碣**，都說在此留題最好，若在茅草屋上掛塊匾，反而破壞了田園風光。賈政讓眾人題名。眾人說，這種風光古人都說盡了，很難再出新意，不如直接題「杏花村」。賈政就讓賈珍明天做一個酒幌，配合此處的田園風光，不用太華麗，用竹竿挑在樹梢上就行。賈珍答應了，又提到這裡不可養別的鳥雀，只養些雞、鴨、鵝就行了。寶玉在一旁早等急了，不待賈政吩咐，就說：「舊詩云『紅杏梢頭掛酒旗』，此處就題『杏簾在望』四字。」眾人都說好。寶玉又說：「村名用『杏花』太俗，唐詩云『柴門臨水稻花香』，不如用『稻香村』。」眾人都拍手稱妙，賈政卻怒斥寶玉，說他不過讀了幾句舊詩，卻敢在老先生們面前賣弄。

眾人從此處出來又欣賞了幾處景致，寶玉也按自己的想法擬出了「蓼汀花漵」「蘅芷清芬」的匾額名。

* 屋脊

† 這裡指元春省親。

** 圓頂的石碑。

可惜被賈政批作胡說，還說他套用前人舊作。

大家來到正殿，只見崇閣巍峨，層樓高起，青松拂簷，玉欄繞砌，金碧輝煌。賈政說：「這正殿太富麗了些。」眾人說：「雖然貴妃崇尚節儉，但禮儀如此，並不為過。」說著，正面現出一座玉石牌坊，上面蟠螭護，玲瓏鑿就。賈政問：「此處擬何題？」眾人說：「此處題『蓬萊仙境』才妙。」賈政搖頭不語。寶玉看著眼前的正殿，心中忽有所動，感覺自己似乎到過這個地方，卻又一時想不起來，不由得走了神，連賈政讓他題詠也無心了。眾人還以為他是受了半天的折磨，才思跟不上了，眾人又擔心賈政會發火，於是趕緊勸解。賈政也擔心過分為難寶玉，賈母那裡不好交代，於是要求寶玉明天擬出來，擬不出會施加懲罰。

又欣賞了幾處景致，眾人也走累了，賈政見前面有一座院落，就進去歇腳。院中點綴著幾塊山石，一邊種著幾株芭蕉，另一邊種著一棵西府海棠，格外嬌豔。眾人議論一番海棠，然後到廊外抱廈下面的榻上坐下歇息。賈政問：「這裡題什麼新鮮字呢？」有的說：「題『蕉鶴』。」有的說：「『崇光泛彩』更好。」賈政與眾人也同意，寶玉卻說：「妙是妙，可惜只說了此處海棠的『紅』，卻遺漏了芭蕉的『綠』。依我看，不如題『紅香綠玉』，正好兩全其美。」賈政連連搖頭，說：「不好，不好！」說著，眾人進入房內。只見房內收拾得與別處不同，竟沒分出間隔來。原來四面都是雕空玲瓏木板，板上是高手匠人雕出的各種花樣。牆上是按古董的外形摳出的槽子。眾人都稱讚這設計精巧無比，顯出玲瓏心思。眾人沒走多遠，竟然迷了路。好容易找到門了，卻見迎面走來一群與自己相貌一樣的人，原來是面大鏡子。轉過鏡子，門就更多了，最後還是賈珍帶著眾人從後院轉出去了。整個遊園就結束了。

寶玉心裡還想著正殿，又不見父親讓自己離開，只好跟著來到賈政的書房。賈政見他跟來，立刻吩咐他去老太太那裡問安，免得老人家掛念他。

寶玉來到院外，幾個傳話小廝上來將他攔腰抱住，都說他今天露臉有他們一份功勞，老太太派人問，是他們回的話，於是紛紛討賞。他們也不要錢，直接上來把寶玉身上的荷包、扇囊這些佩物搶走了。他們一起將寶玉送到賈母處。林黛玉見他身邊的佩物一件都沒有了，就問寶玉：「我給你的那個荷包也給他們了！你明兒再想我的東西，可不能夠了。」說完，黛玉賭氣回房，將前天寶玉求她做的那個只做了一半的香袋拿過來就剪破了。寶玉趕過來看見，覺得很可惜，就趕忙把衣領解了，從裡面的紅襖襟上將黛玉所給的荷包解了下來，遞給黛玉，說：「你瞧瞧，這是什麼！我哪回把你的東西給人了？」黛玉見他如此珍重，竟然貼身戴著，知道他細心呵護的用意。因此後悔自己剛才的莽撞，對自己不分青紅皂白就剪破香袋的行為，更是又愧又氣，低著頭一言不發。寶玉竟說：「你也不用剪，我知道你是懶得給我東西。我連這荷包也還給你，行了吧？」說著，把那荷包扔到黛玉懷中，他卻轉身就走。黛玉見他這樣，更加生氣，哽咽起來，眼淚止不住地流下來，拿起荷包來又想剪。寶玉連忙回身搶過荷包，笑嘻嘻地央告：「好妹妹，饒了它吧！」黛玉將剪子一摔，抹著眼淚說：「你和我這一會兒要好一會兒生氣的，算怎麼回事？」說著，賭氣上床，躺在床上掉眼淚。寶玉趕緊上前「妹妹」長「妹妹」短地賠不是。黛玉被寶玉纏得不耐煩，只好起來說：「你要是不叫我安生，我就離了你。」說著，就往外走。寶玉說：「你去哪兒我就跟到哪兒。」說著，仍拿起荷包來。黛玉見他如此，終於破涕為笑了。兩個人一起去王夫人那邊了。

此時王夫人這裡非常熱鬧。原來賈薔已從姑蘇買回了十二個女孩子，還請了教習，一應行頭*也都置辦齊了，安排在梨香院演練戲曲。薛姨媽一家從梨香院遷到東北方一所幽靜的房舍居住。還有十個小尼

＊演員的服裝。

姑、十個小道姑也都買齊了。另外還有一個帶髮修行的姑娘，今年才十八歲，法名妙玉。她本是蘇州人氏，祖上也是仕宦之家，因自小多病，親自入了空門後，病才好了。如今她的父母都已經去世，身邊只有兩個老嬤嬤、一個小丫頭服侍。這姑娘精通文墨，長相出眾，有些自傲。王夫人念她是官宦小姐，特意下個帖子請她來。

白白老師的國學小教室

## 賈政與寶玉的思想歧異

這章的內容展現了寶玉的才情，他替園中的空間命名，都取得十分雅致。但我們需要注意的是寶玉和父親賈政的互動，寶玉命名園林，富有文學上的詩情，但是父親賈政的態度卻不以為然，從這裡就可見父親賈政跟寶玉思想上的差異。

賈政恪守儒家規範，一切合乎禮教，重視的學問也是聖賢之書；但寶玉的志向卻不在四書五經，他對生活上的雅趣更有興趣，可惜的是賈政無法認同他這方面的興趣，只認為是不入流的小技。這是他們父子觀念與思想上大相逕庭之處。

透過賈政和寶玉的視角，帶我們走了一圈大觀園，在前面的章節中，寶玉曾進去太虛幻境，太虛幻境是夢中虛幻的，而大觀園就是人間的太虛幻境，一假一真，一個夢境，一個現實，整部《紅樓夢》都以真假貫穿。

「假作真時真亦假，無為有處有還無」真假本就一體兩面，人世間的一切看似真實，其實最終也是虛幻的無常泡影。

## 第八回

# 賈元春省親大觀園

為籌備省親各項事宜，王夫人等人天天忙亂，直到十月底，總算將一切準備齊全。於是賈政題本上奏朝廷。皇上見到奏本後，朱批准奏：次年正月十五上元之日，恩准賈妃省親。賈府領了這道聖旨，更加忙碌，全府上下年都沒有好好過。

正月初八這天，就有太監來賈府查看，安排各項禮儀之事。打掃街道、紮花燈煙火這些事也都有專人去做，一直到正月十四才將所有工作安排妥當。賈府上下更是一夜都沒睡。

到了正月十五的晚上，賈府上下歡天喜地，賈母等有爵位的人都按照品級大小，穿上了禮服，化好妝。園內各處布置得富麗堂皇、奢華無比，四處靜悄悄的，沒有一絲聲音。賈赦領合族子侄在寧榮西街門外等著，賈母領合族女眷在榮府大門外等候。街頭巷口早就用帳幕遮擋掩飾了。

一直等到晚上七點多，賈府各處點上了燈。一隊隊太監才出現，整理迎駕事項。他們過完後，才是八個太監抬著一頂金頂金黃繡鳳的版**輿**＊緩緩行來。賈母等人連忙在路旁跪下。幾個太監飛跑過來，扶起賈母、邢夫人、王夫人。眾太監將那版輿抬進大門，到一所院落門前停下。這是請貴妃下輿更衣，於是抬輿進門後太監們散去，有宮中女官引領元春下輿。元春入室更衣後，重新登上版輿，進了園子。

＊古代的交通工具。

只見園內香煙繚繞，五彩繽紛，處處燈光相映，時時細樂聲喧，真是說不盡的太平氣象、富貴繁華。元春看罷，輕輕嘆了口氣，覺得太過奢華。有執事太監跪請登舟，元春於是下輿，上了船。船上垂著珠簾，有著各種精緻的盆景和花燈。只見兩岸石欄上掛著水晶玻璃製成的各色風燈，映得水面如銀花雪浪；岸邊的柳樹、杏樹的樹枝上粘著用通草綢綾紙絹做成的花葉，每棵樹上還掛著幾盞風燈；池中還有用螺蚌殼和羽毛做成的荷花、水鳥。所有燈盞交相輝映，將這裡的玻璃世界，映得有如珠寶乾坤。船駛入一處石港，港上

有一面匾燈，現出「蓼汀花漵」四字。這四個字和「有鳳來儀」等園子裡各處用花燈題寫的對聯和名稱，都是上次賈政考校寶玉才情時寶玉所擬的那些。只因元春十分憐愛寶玉這個嫡親的幼弟，與其他兄弟姐妹不同。寶玉三四歲時，元春作為長姐親自教他識字讀書，二人情同母子。自入宮後，元春時時帶信出來，讓父母好生撫養寶玉，期望他將來能成器。可以說，元春對寶玉的眷念關愛之心時刻都沒忘記。現在用寶玉的題詞，可以體現自家的風範，更可以讓元春看見愛弟的才情，安慰她素日對寶玉的切望之意。元春看了這四字後，說：「『花漵』二字就很好，不用加『蓼汀。』」身邊伺候的太監聽了，立刻下舟登岸，傳與賈政知道。賈政聽了，馬上派人移換。

到了岸邊，元春下船上輿，遊至正殿，見此處金碧輝煌，氣勢不俗。石牌坊上寫著「天仙寶境」四個大字，元春立刻命人換成「省親別墅」。進入行宮後，但見巨燭燎空，香屑遍地，火樹琪花，金窗玉檻。來到行宮，元春問：「此殿為什麼沒有匾額呢？」隨侍太監跪下回話：「這裡是正殿，外臣未敢擅自題擬。」元春點頭不語。禮儀太監跪請升座受禮，兩邊臺階下奏起樂來，兩個太監帶著賈赦等於月臺下排班，殿上有女官傳諭：「免。」太監便引賈赦等退出。又有太監引榮國太君及女眷等自東階升月臺上排班，那女官再傳諭：「免。」於是引退。

禮儀結束後，元春退入側殿更衣，然後乘坐車駕出園。進了賈母的正室，元春想行禮參見長輩，賈母等趕緊跪在地上相勸。元春只好含著眼淚上前彼此相見，她一手攙著賈母，一手攙著王夫人，三個人心裡都有很多話想說，可是又都說不出來，只剩下相對嗚咽哭泣。邢夫人、李紈、王熙鳳，迎、探、惜三姐妹也都圍在旁邊，跟著默默地流淚。好半天，元春才忍住傷悲，勉強笑著安慰賈母和王夫人：「當日既送我到皇宮這種不得見人的地方去，現在我好不容易回家和大家相聚，應該一起說說笑笑，怎麼反倒哭起來了？等會兒我走了，還不知什麼時候才能回來！」說著，又哽咽起來。邢夫人等人忙上來勸解。賈母讓元春坐好，又和大家一一見過，不免又哭泣一番。然後寧、榮兩府的家丁都在廳外行禮。元春沒看到薛姨媽、寶釵、黛玉，就問去哪兒了。王夫人說：「因她們是外眷，無召不敢擅入。」元春忙命請進來。薛姨媽等進來後，大家又說了些離情別景和家中趣事。

正說著，賈政到門簾外問安。元春隔著門簾，含淚對父親說：「普通人家，雖說粗茶淡飯，卻能享天倫之樂；如今我雖富貴至極，然而骨肉分離，終究沒什麼意趣。」賈政聽了，卻只能按君臣之禮，含淚寬慰元春，說些皇恩浩蕩的勉勵之語和「貴妃要保重身體，切勿掛念父母」之類的話。他又說：「這園子裡的匾額對聯，都是寶玉作的。」元春得知寶玉大有長進，非常高興，忙命人領他進來。小太監引寶玉行了國禮後，元春將他攬入懷中，摸著他的頭，笑著說：「比先前長高了好多呀。」話還沒說完，已經是淚如雨下。

尤氏、鳳姐等人上前，說筵席已經備好，請貴妃娘娘入席。元春於是起身，讓寶玉在前引導，和大家一起走到園門前。只見園內燈光閃耀，各種布置在火樹之中顯得不同尋常。元春和眾人進園後，依次欣賞了「有鳳來儀」「紅香綠玉」「杏簾在望」「蘅芷清芬」等處，每到一處都要眺覽徘徊一番。這些景致處處鋪陳不一，椿椿點綴新奇。元春看後極力誇讚，但仍舊勸家人以後萬不可如此奢華，現在這些已經有些過於奢華了。沒多久，來到了正殿，元春讓大家都免禮歸座。隨後，元春和眾人大開筵宴，賈母等在下相陪，尤氏、李紈、鳳姐等親自在一旁伺候著。筵席結束後，元春命人將筆墨紙硯呈上來，親自給剛才園中看到的幾處自己最喜歡的景點賜名，正殿的匾額寫的是：顧恩思義。對聯是：天地啟宏慈，赤子蒼頭同感戴；古今垂曠典，九州萬國被恩榮。園名改為「大觀園」，「有鳳來儀」改為「瀟湘館」，「紅香綠玉」改為「**怡紅快綠**」*，「蘅芷清芬」改為「蘅蕪苑」，「杏簾在望」改為「浣葛山莊」，其他還有「大觀樓」「綴錦閣」

「藕香榭」「紫菱洲」等等。賜完名，元春還寫了一首七絕：銜山抱水建來精，多少工夫築始成。天上人間諸景備，芳園應錫†大觀名。

寫完後，元春讓幾個姐妹各自題寫一匾一詩，讓寶玉為「瀟湘館」「蘅蕪苑」「怡紅院」「浣葛山莊」這四處景致各寫一首五言律詩，順便考查下寶玉的才學。寶玉答應了下來，然後退到一邊去構思。

在迎春、探春、惜春三姐妹中，探春的才學是最好的，但是她覺得自己的才華是競爭不過薛寶釵和林黛玉的，於是就勉強寫了一首詩。李紈也勉強寫了一首律詩。元春依次看過眾人寫的詩，每個都稱讚了一番，最後笑著說：「終究還是寶釵和黛玉兩位妹妹所作的詩與眾不同啊，不是我們姐妹幾個能比得了的。」原本黛玉想著在今晚充分展示自己的才情，一舉將眾人比下去，沒想到元春只是讓眾人題寫一個匾名、作一首詩，她不好不聽貴妃諭旨多作，只是隨便寫了一首五言律詩交差。

寶玉此時只完成「瀟湘館」與「蘅蕪苑」二首，「怡紅院」這首只寫了「綠玉春猶卷」一句。寶釵瞅見了這一句，便抽空悄悄告訴寶玉：「娘娘因為不喜歡『紅香綠玉』四字，才改成了『怡紅快綠』。你怎麼還敢用「綠玉」呀？難道你還想和貴妃娘娘爭論一番不成？趕快改了吧。」寶玉趕緊向寶釵請教關於蕉葉的典故。寶釵說：「唐代錢珝ㄩˇ詠芭蕉詩的頭一句是『冷燭無煙綠蠟乾』，你可以據此改『綠玉』為『綠蠟』，這樣豈不更好？」寶玉聽了，連連稱謝，還叫寶釵「一字師」。寶釵怕耽誤寶玉作詩，很快便走開了。寶玉也完成了第三首詩。

＊即名曰「怡紅院」。
†賜。

林黛玉因沒有機會施展才華，心裡面不舒服，這會兒看見寶玉正在一邊為那四首律詩費神，便想替他作兩首，免得寶玉如此費神。於是黛玉走到寶玉案旁，問作得如何了。寶玉說：「我只作出了三首，還有一首『杏簾在望』沒作。」黛玉說：「這樣吧，你把已作出來的三首先抄錄出來，我幫你寫那首。等你抄完了，這首我也替你作好了。」說完，低頭一想，很快就有了腹稿，然後寫在紙條上，搓成個團子，扔到寶玉跟前。寶玉打開一看，只見上面寫著：「杏簾招客飲，在望有山莊。菱荇鵝兒水，桑榆燕子梁。一**畦**（ㄑㄧˊ）春韭綠，十里稻花香。盛世無饑餒，何須耕織忙。」頓時覺得這首比自己所作的三首高過十倍，真是喜出望外，於是連忙工整地抄下來，交給元春查看。

元春看完後，非常高興，說：「寶玉，你的學業果然進步了很多！」還說「杏簾在望」一首在這幾首詩中成就最高，於是根據「十里稻花香」一句，將「浣葛山莊」改為「稻香村」。元春讓探春用彩色的紙把大家剛才寫的十幾首詩抄寫下來，命太監傳給外面的賈政等人看。外面的人看後都稱讚不已。賈政也寫了《歸省頌》送給元春。

這時賈薔正領著十二個唱戲的女孩子，在樓下等著，忽然一個太監跑過來說：「貴妃那裡已經作完了詩，趕緊把戲目拿來呈上！」賈薔急忙將排演的曲目名單和演戲的這些人的名單一起呈上。很快，就有太監出來告知，貴妃點了四齣戲，依次是：《豪宴》《乞巧》《仙緣》《離魂》。賈薔立刻張羅起來，候場的那些演員紛紛扮演起來，將一齣齣戲做盡悲歡情狀。演完後，元春叫太監賞了其中一個叫齡官的女孩子一盤糕點，讓她再演兩齣自己的拿手戲。於是這個齡官又演了《相約》《相罵》兩齣戲。元春看後很喜歡，下令好生教習，還額外賞了她兩匹宮綢、兩個荷包，還有一些**金銀錁**（ㄎㄜˋ）子以及食物。撤下筵席後，元春又把之前沒去的地方遊覽一遍，看到山中的佛寺後，還進去焚香拜佛，又題寫了匾額「苦海慈航」，將寺中的出家

人打賞了一番。

回到正殿後，由太監上前奏報，說本次省親所賜物品都已備齊，請貴妃過目。元春接過清單，看後覺得很合適，就下令照此實行。自賈母起，邢夫人、王夫人、賈敬、賈赦、賈政等長輩賞賜豐厚，其餘人等也各有不同賞賜，內院的奶娘、丫鬟以及在外邊負責管理工程、陳設、廚役等各處的家丁也都有賞賜。眾人趕緊謝恩。

有執事太監說：「現在已經到了丑†正三刻，請貴妃起駕回宮。」元春聽了，不由得滿眼又滾下淚來，卻又勉強堆笑，拉住賈母、王夫人的手，緊緊地不忍放開，再三叮嚀：「不用掛念我，你們都要好生保養。如今皇上有恩典，每月都能進宮探視一次，以後有的是機會見面。不過明年如果還准許回家省親，千萬不要這樣奢華鋪張了！」賈母等人哭得哽咽難言。元春雖不忍心離別，但是礙於皇家規矩，不得違抗，再是不忍也只好硬下心上轎走了。

元春回宮後，第二天就到皇帝跟前謝恩，說了自己省親之事。皇帝聽完很高興，下令賞賜省親各家彩緞金銀等物無數。

＊用於計算種在畦上的作物的數量。

†夜晚一點到三點。

白白老師的
國學小教室

## 「原應嘆息」的四春

賈元春是寶玉的同胞姐姐，後來成為皇帝的嬪妃，縱然享有榮華富貴，但長年身居深宮，無法和家人見面，過著極其寂寞的生活。

賈迎春是寶玉的堂姐，性格溫柔善良，但較膽怯懦弱，後來嫁給凌虐她的丈夫，最後被凌辱致死。

賈探春是寶玉同父異母的姐姐，因為是姨娘所生，為庶出的孩子，出身較低，但個性精明能幹、果斷爽朗、才智卓越，在家中頗受尊敬。最後遠嫁他鄉，遠離熟悉的環境。

賈惜春是寶玉的堂妹，性格冷淡寡言，後來看著賈府的衰敗，和眾姐姐的悲劇下場，她看淡一切，選擇出家為尼。

《紅樓夢》裡的四春諧音即是「原應嘆息」，四姐妹出生富貴，享盡榮華，如美麗盛開的花朵，可惜花開不長久，最終都凋零枯萎，悲劇收尾。

# 第九回　寶玉情重得真心

榮、寧二府上下因迎接貴妃省親一事，連日操心忙碌，人人疲憊不堪。元春回宮後，大家依舊收拾了兩三天，才將園中的陳設安排妥當。這些事情寶玉根本不會去做，他還是一天到晚無所事事的樣子。這天一早，襲人的母親來榮府，回過賈母，要接襲人回家吃年茶，和家人團聚一下，到了晚上就會把她送回來。寶玉一陣無聊，剛巧賈珍派人來請他去寧府看戲、放花燈。寶玉回過賈母，就過去看戲。看了一會兒覺得沒意思，寶玉就溜了出來，叫上自己的小廝茗煙，二人騎馬去襲人家看她。見寶玉親自來家裡了，襲人的母親和哥哥都非常驚訝，不知道怎麼招待賈府的這位寶貝公子。襲人只好自己招呼寶玉，一邊埋怨寶玉不該任性兩個人就敢出來玩，一邊讓寶玉上炕，給他上茶，遞果子吃。略坐了一會兒，襲人就讓哥哥雇了一頂小轎送寶玉回去了。

晚上襲人回來後，寶玉特意給她剝栗子吃。等屋裡就剩下他倆了，襲人說：「自我進賈府這幾年，就沒和家裡的姐妹待在一起過。如今我要回去了，她們卻都要出嫁了。」寶玉聽完大吃一驚，忙問：「什麼叫你要回去了？」襲人就把今天回家，自己的母親和哥哥想要給她贖身的事情和寶玉說了一番。寶玉聽後愣了一會兒，他很捨不得襲人，就說自己不想放她回家，老太太也不會放的。襲人說：「我從小跟著老太太，先服侍了史大姑娘幾年，如今又服侍了你幾年。況且我不是你們家的**家生子**＊，我們家只有我在這裡。如今我母親要贖我出去，只怕老太太連身價錢也不要，就開恩叫我去呢。」寶玉聽她這麼說，越覺得她出去才是合理的，心中很著急，本想硬留她。但襲人說賈家從沒幹過這倚勢仗貴霸道的事。況且強迫人骨肉分離的事，老太太、太太是必定不會允許的。於是寶玉認定襲人離去的心意已決，暗恨襲人薄情無義，便賭氣上床睡覺了。

其實襲人知道母親和哥哥要贖她回去後，明確告訴他們自己不回去，甚至為此很是苦惱了一陣。她母親和哥哥見她如此堅持，就不再提為她贖身了。況且，賈府從不苛待下人，像襲人這樣在主子面前得寵的，比尋常寒薄人家的小姐都尊貴，這天襲人的母親和哥哥見到寶玉竟然親自到家裡來看襲人，就更是放心了，再無贖念了。

現在襲人見寶玉默默睡去了，知道他捨不得自己離去，自己原本只是想借此勸他一番，便過去推寶玉，只見他已淚痕滿面。襲人便笑道：「這有什麼傷心的！你如果一定要留我，需要答應我幾件事，只要你做到了，我自然就不出去了。」寶玉趕緊問：「好，你說，是哪些事？我答應了。」甚至賭咒發誓，答應襲人，只求襲人看著他，守著他。襲人急忙捂住他的嘴，說：「我只有三件事對你說，你要依了我，就是真心留我了，就算刀擱在脖子上，我也不出去了。這頭一件就是，你以後不能再說化成輕煙之類的渾話了，一定要改；第二件，在老爺或別人跟前，不要亂說讀書的不好，哪怕做做樣子，也讓老爺少生些氣；第三件，再也不要罵和尚和道士，擺弄那些脂粉了，最要緊的是再也不許吃人嘴上擦的胭脂了。」寶玉滿口答應著：「都改，都改。再有什麼？快說。」襲人說：「沒有了。你若都依了我，就是拿八抬大轎抬，我也不出去。」

寶玉說：「你在我這裡住得長遠著呢，總會有八人轎來抬你的。」二人正說著，只見秋紋走進來，說：

「快三更了，該睡了。方才老太太派人來問了，我說已經睡下了。」寶玉取過表來一看，果然已到亥†正，於是重新洗漱一下，就脫衣睡了。

第二天清晨，襲人起來後覺得頭暈目眩，四肢發熱，總是犯困。寶玉回明賈母，請來大夫診治，說是偶感風寒，需要吃一兩劑藥疏散就會好的。寶玉命人按藥方取來藥煎好，讓襲人喝了，又給她蒙上被子發汗。然後寶玉就去黛玉房中探視。此時黛玉正躺在床上睡午覺，丫鬟們都躲了出去，滿屋靜悄悄的。寶玉走進裡間，見黛玉睡在那裡，忙上去把她推醒，說：「好妹妹，怎麼才吃了飯，就要睡覺呢？」黛玉見是寶玉，便說：「你先出去逛逛，我前天鬧了一夜，到今天還沒歇過來，渾身酸痛。」寶玉說：「酸痛事小，睡出來的病才大，我替你解悶兒，混過困去也就好了。」黛玉合著眼說：「我不困，只想稍微歇歇，你先到別處去玩，一會兒再來。」寶玉說：「我往哪裡去呢？見了別人就怪膩的。」黛玉聽了，笑著說：「既然這樣，那你去那邊老老實實地坐著，咱們說說話。」寶玉卻想歪在床上，跟黛玉枕一個枕頭，臉對著臉說話。黛玉見他如此，著實拿他沒辦法，只好將自己的枕頭推給寶玉，自己重新拿了一個枕了。兩人一起躺著說話。

黛玉抬眼看見寶玉左腮上有一塊紐扣大小的血跡，便湊近他身邊，用手摸著問：「這裡是被誰的指甲劃破了嗎？」寶玉笑著說：「不是劃的，可能是幫她們弄胭脂時，濺上了一點。」黛玉便用自己的手帕幫他擦掉了，還說：「這種事你做了就做了，但別帶出破綻來呀，讓人看見了，又會傳到舅舅那裡，白白惹大家一起生氣。」正說著，寶玉聞到一股幽香，是從黛玉袖中發出來的，這香味簡直令人醉魂酥骨。寶玉便伸手拉住黛玉的袖子，想看看袖中籠著什麼東西。黛玉說：「如今這天寒地凍的，誰會帶香啊。」寶玉便

※ 封建時代，奴婢在主人家所生的孩子。

† 晚上九點到十一點。

追問這奇怪的香味是從哪兒來的。黛玉見他如此好奇，想起寶釵的冷香丸，於是冷笑著說：「難道我也有什麼『羅漢』『真人』給的香不成？就算我真有這樣的奇香，也沒有親哥哥親弟弟為我炮製。我用的也不過是些俗香而已。」寶玉見黛玉扯到寶釵身上，有些不講理，就說：「你竟然這麼說我，今天非要給你個厲害嘗嘗。」說完就翻身起來，將兩隻手呵了兩口，便伸手向黛玉的胳肢窩內亂撓。黛玉向來害怕被人撓癢，這下寶玉兩手伸來亂撓，黛玉便笑得喘不過氣來，連連說：「寶玉，你再鬧，我就惱了。」寶玉這才停手，問黛玉：「你以後還說這些不？」黛玉說：「以後再也不敢了。」

之後黛玉又拿「暖香」「冷香」的事擠對寶玉，兩人又是一陣笑鬧。黛玉又倒在床上，用手帕蓋上臉。寶玉有一搭沒一搭地和她說些閒話，黛玉卻沒理他。寶玉問她幾歲時進京，路上見到什麼景致和古跡，揚州有什麼遺跡和故事，風俗民情是什麼樣的，等等。黛玉一概不回答。寶玉擔心她會睡出病來，就編了個小耗子偷香芋的故事講給她聽。黛玉還真以為這故事靠譜，就讓寶玉講。誰知講到最後，黛玉才明白是寶玉故意編派她，罵她是耗子精。於是黛玉翻身起來，按住寶玉，說要撕他的嘴。寶玉被擰得連連求饒：「好妹妹，饒了我吧，我再也不敢了！我因為聞著你身上的這股香味，才忽然想起這個典故來的。」黛玉笑道：「你罵了人，卻還說是典故呢。」

話音未落，只見寶釵走進來，笑著問：「誰說典故呢？我也聽聽。」黛玉忙讓座，說：「還能有誰？他繞著彎罵人，還說是典故。」寶釵笑道：「哦！原來是寶兄弟！他肚子裡的典故本來就多嘛！只可惜，該用的時候他偏就忘了。現在記得的，元宵夜裡作詩就該記得呀！別人冷得不得了，他只是出汗，這會兒偏又有記性了！」黛玉說：「阿彌陀佛！寶姐姐對我真好。寶玉，你總算遇到對手了，可知一報還一報，說的是不錯的。」於是，三人在房中互相譏諷取笑起來。寶玉本來因為擔心黛玉飯後貪睡，壞了身子；見寶釵來了後，大家一起說笑，黛玉也就沒了睡的念頭，寶玉這才放了心。

三人正說著，忽然聽到寶玉房中傳來一片吵嚷聲。黛玉聽出是寶玉的奶娘李嬤嬤與襲人在吵鬧，寶玉就要過去，寶釵拉住他說：「她老糊塗了。你不要和她吵，讓著她點。」寶玉說聲「知道」，就匆匆回房。李嬤嬤仍在一個勁地罵襲人，說她忘本，自己來了理都不理，連床都不下。襲人趕緊解釋，說自己因為病了，正蒙頭髮汗，沒看見她老人家。李嬤嬤更加沒好氣，張口「狐媚子」，閉口「小妖精」地罵襲人，要把她拉出去「配小子」。寶玉趕緊為襲人說了兩句好話，說她的確是病了。李嬤嬤不相信，依舊吵個沒完沒了。黛玉和寶釵也都過來相勸，這下李嬤嬤更是跟她倆嘮叨個沒完。剛巧這時候鳳姐過來辦事，聽到了吵嚷聲，趕緊過來，半是威脅半是勸阻地拉著李嬤嬤跟她喝酒去了。李嬤嬤邊走邊余怒未息地和鳳姐嘮叨著。

寶釵和黛玉見鳳姐這般行事，都拍手笑道：「虧了鳳姐這一陣風來，才把這老婆子拉走了。」寶玉見襲人還在哭，想著她的病情，又添了這樣的煩惱，連忙好言安慰，讓她仍舊睡下發汗，還親自喂她吃藥。襲人怕寶玉煩惱，強忍著眼淚，對寶玉說：「你去老太太、太太跟前坐一會兒，免得老太太生氣，和姐妹們玩一會兒再回來。我想安靜地躺一會兒。」寶玉親自照顧她躺下，才去了賈母那裡。吃過飯，寶玉見賈母要和人打牌，就回自己房中看襲人去了。

第二天，寶玉見襲人已經在夜裡發了汗，病勢輕了很多，便放了心，吃過飯後，去薛姨媽那邊閒逛。寶玉的弟弟賈環也過這邊來玩。這賈環和探春都是趙姨娘所生，賈環是賈政庶出的兒子。寶釵平時對他和寶玉一樣，沒有什麼兩樣。此時，寶釵、香菱、鶯兒三個人正在玩趕圍棋的遊戲，便邀他一起玩。開始賈環還贏了，後來接連輸了幾盤，便有些著急，甚至到最後竟然耍賴。惹得鶯兒很委屈，忍不住嚷嚷了幾句，嫌棄賈環遠不如寶玉待下人好。寶釵急忙喝止她。賈環早就聽到了，大聲說：「我哪裡比得過寶玉。

你們怕他，都和他好，都欺負我不是太太養的。」說著，便哭了。寶釵忙勸他：「好兄弟，快別說這話，讓人聽了會笑話你的。」說完，又罵鶯兒。

剛巧，寶玉這時候進來，看到這般情形，就問怎麼了。賈府規矩，凡是兄弟都怕哥哥。寶玉雖不想這樣，但因為賈母的寵愛，賈環等人還是會讓他三分。因此聽到寶玉發問，賈環卻不敢說話。寶釵恐怕寶玉教訓賈環，忙替他掩飾。寶玉便說了幾句，讓賈環不要在正月裡哭，自己找好玩的地方去。賈環聽了就趕緊走了。趙姨娘知道後，便罵賈環：「誰叫你上高臺盤*去了？不清楚自己的身分嗎？去哪兒玩不行，非要自己上趕著去討沒意思！」鳳姐剛巧從窗外經過，這話就聽得清清楚楚的，於是她隔著窗戶說：「這大正月的，怎麼又鬧開了？環兄弟還小，哪兒做錯了，你儘管教導他，罵他幹什麼！再怎麼著，還有太太、老爺管他呢。他現是主子，不好了，總會有管教他的人，和你有什麼干係？環兄弟，出來，跟我玩去。」賈環平日怕鳳姐比怕王夫人還厲害，聽見叫他，忙答應著出來。趙姨娘在屋裡都不敢出聲。鳳姐一邊教育賈環，一邊安排丫鬟豐兒帶他去後園玩。

寶玉正和寶釵說笑，忽然有人進來通傳：「史大姑娘來了。」寶玉聽了，立刻起身，想過去看看。寶釵說：「等會兒，咱們兩個一起過去看她。」說著，下了炕，同寶玉一起去賈母這邊。史湘雲正在屋裡大聲地笑著說話，見他倆進來，趕緊上前問好相見。黛玉也在屋裡，她問寶玉：「剛才去哪裡了？」寶玉說：「在寶姐姐那裡說了會兒話。」黛玉冷笑道：「我說呢，原來是在她那兒絆住了，不然早就飛過來了。」寶玉說：「我一直都是和你一起玩、給你解悶兒的，只是偶爾才去她那裡一次，結果你就說這話。」黛玉說：「這是什麼話！你去不去她那兒關我什麼事，我又沒叫你給我解悶兒。以後你再也不理我都成！」說著，便賭氣回房去了。

寶玉忙跟了過去，問：「好好的怎麼又生氣了？是我說錯了話。可你幹麼自己回來生悶氣呀，好歹在那兒多坐一會兒，和別人說說笑笑哇。」黛玉說：「你管我呢！」寶玉說：「我自然不敢管你，只是不想看著你自己糟蹋自己的身子。」黛玉說：「我死我的，與你何干？」寶玉說：「你這是幹什麼，大正月裡的，快別說這些死呀活了的了。」二人就這樣又拌起了嘴。

寶釵這時進來說：「史大妹妹等你呢。」說完，就把寶玉推走了。黛玉越發生氣，一個勁地在窗前落淚。很快，寶玉就回來了，看見黛玉依舊抽抽噎噎得哭個不停，趕緊搜腸刮肚地想找各種溫柔話來安慰她。不料黛玉卻搶白他：「你又來幹什麼？橫豎如今有人和你玩了，比我又會說，又會笑，又怕你生氣，拉了你去，你別來找我。」寶玉聽了，趕緊說：「你要明白，咱倆可是姑舅表兄妹，而我和寶姐姐是姨表姐弟，論親戚，她比你疏遠。而且你先來的，打小咱們兩個一桌吃、一床睡，一直到這麼大了；她是才來的，我怎麼可能因為她而疏遠你呢？」林黛玉啐道：「我難道叫你疏遠她了？那我成什麼人了？我為的是我的心。」寶玉說：「我也為的是我的心。難道你就知道你的心，卻不知道我的心嗎？」黛玉聽了，低頭不語，好半天才說：「你只擔心我會責怪你，卻不知道你自己才最讓人難受。就像這天氣，都冷成這樣了，你怎麼反倒是把披風脫了呢？」寶玉說：「本來穿著的，見你一惱，我一煩躁就脫了。」

二人正說著，只見湘雲走來，說：「二哥哥，林姐姐，你們天天在一起玩，我好容易來了，卻誰都不理我。」黛玉笑道：「你呀，偏是咬舌子，還愛說話，連這『二』哥哥也叫不出來，只是『愛』哥哥『愛』哥哥的。回頭趕圍棋，你又該喊『么愛三四五』了。」寶玉說：「你就學她吧，當心下次你自己也咬起來

＊代指高級或上等的地方。

呢。」湘雲說：「她專挑人的不好。你要是敢挑寶姐姐的短處，我就服你。我是不如你的，那她比得上你嗎？」黛玉聽了，冷笑著說：「原來你說的是她呀，的確，我哪兒敢挑她的毛病呢。」湘雲說：「我只求神佛保佑得一個咬舌的林姐夫，叫你整天聽『愛』呀『厄』呀的，那時我才開心呢！」說得眾人一笑，湘雲忙回身跑了。黛玉隨後趕來，寶玉忙雙手攔住門框，隔開二人，代湘雲求饒。黛玉扳著手說：「這回我若饒過雲兒，就不活了。」湘雲趕緊央告：「好姐姐，饒我這次吧！」寶釵恰好來到湘雲身後，便勸她倆丟開手。黛玉仍不依。幾人鬧成一團，直到有人來請吃飯，方才作罷。飯後，湘雲仍舊在黛玉房中安歇。

第二天天剛亮時，寶玉就到了黛玉房中，沒看到紫鵑、翠縷二人，黛玉和湘雲仍在床上安睡。黛玉嚴嚴密密地裹著紅綾被，睡得很安穩。湘雲卻隨意得多，被子齊胸蓋著，露出了雪白的肩膀。寶玉輕輕給她蓋上被子，免得著涼。這時黛玉醒了，見是寶玉，就問：「你這麼早就跑過來幹什麼？」寶玉說：「不早了，你們也快起來吧。」說完來到外間。黛玉起來叫醒湘雲，二人穿好衣服，梳洗完畢。寶玉又進來湊熱鬧，還央求湘雲給自己梳頭髮。湘雲不肯，但架不住寶玉軟磨硬泡，只好把他的頭髮梳篦好，又給他編好辮子，加好飾品。寶玉坐在鏡臺前一邊和黛玉拌著嘴，一邊拿起臺上的胭脂，挑了一點，就往嘴裡送。湘雲看見了，立刻伸手「啪」的一下，把他手上的胭脂打落，還說：「你這個不長進的毛病，什麼時候才能改呀？」襲人來尋寶玉，見到這個樣子，知道梳洗過了，就回去了。寶玉回房後，襲人帶頭，幾個丫鬟都和寶玉賭氣，寶玉也不知怎麼了，也生起氣來。最後還是寶玉賭咒發誓地說聽她們勸，幾個人才和好。

一天，賈母和園子裡的各位說話時，問起大家的年紀生日來，聽到寶釵今年十五歲了，過幾天就是生日之期。賈母向來喜歡寶釵穩重和平，現在趕上她在賈府過及**笄**ㄐㄧ*之年的生日，便命人從自己的月俸裡拿出二十兩銀子給鳳姐，讓她安排酒宴、戲班。鳳姐應下了，還說笑一番，引得賈母十分喜悅。晚上，眾人都到了賈母跟前。大家說笑時，賈母問寶釵愛聽什麼戲、喜歡吃什麼東西。寶釵深知賈母這樣上了年紀的老人，喜歡看場面熱鬧的戲，愛吃甜軟一些的食物，便按照賈母平日裡喜歡的說了幾樣。賈母聽了很是高興。

到了正月二十一，賈母內院中搭了個家常小巧戲臺，定了一班新出的小戲，唱的是昆山腔和弋陽腔。在賈母的上房中排了幾席家宴酒席，沒有一個外來客人，薛姨媽、史湘雲、寶釵算是客，其他的都是自己府中的人。吃完飯點戲時，賈母讓寶釵先點。寶釵推讓一遍，賈母堅持，寶釵沒法，只得點了一折《西遊記》。賈母很是歡喜，然後依次命鳳姐、黛玉、寶玉、湘雲等人也點各自喜愛的戲。眾人點過之後，賈母又讓寶釵點，寶釵點了一齣《魯智深醉鬧五臺山》。寶玉因不喜這樣的熱鬧戲，忍不住嘟囔了幾句。寶釵便將這齣戲的好處講給寶玉聽，說其中的排場好，辭藻更妙，還將戲中的一首《寄生草》的詞念了出來。寶玉聽了，稱讚不已，又誇寶釵無書不知。黛玉在一旁笑道：「安靜點看戲吧，還沒唱《山門》，你倒《妝瘋》了。」說得湘雲也笑了。於是大家繼續看戲。

散場時，賈母因為喜歡其中扮作**小旦**†和**小丑**⁑的，便命人帶進來，問了他們年紀，小旦十一歲，小丑才九歲。賈母命人拿來食物和賞錢給他倆。鳳姐笑道：「這個女孩子好好妝扮一下，活像一個人。」寶釵心裡也知道，卻只是笑了笑，並沒說是誰。寶玉也猜出來了，但是不敢說。只有湘雲脫口而出：「很像林妹妹的模樣。」寶玉聽了，趕緊朝湘雲使眼色。眾人聽了這話，都留神細看，很快笑了起來，說果然不錯。

---

＊ 女子成年。
† 戲劇角色，扮小女子。
⁑ 戲劇角色，扮丑角。

回到臥室後，湘雲命丫鬟翠縷收拾衣服包裹，準備回家。翠縷不解，說走的時候再收拾也來得及。湘雲說：「明天一早就走。還賴在這裡幹啥？看人家的臉色，有什麼意思？」寶玉聽了這話，趕緊上前拉住她，說：「好妹妹，你錯怪我了。林妹妹是個多心的人，別人都知道，剛才都不肯說出來，是怕她生氣。沒想到你嘴快，直接就說了出來，她會生你氣的。我是怕你得罪了她，所以才向你使眼色。你如果因此惱我，不但辜負了我，而且委屈了我。若是別人，他得罪了人，又跟我有啥關係？」湘雲摔開寶玉的手，說：「你少哄我。我本就不如你的林妹妹。別人說她、取笑她都可以，只有我說不得。我原不配說她。她是小姐主子，我是奴才丫頭，得罪了她，使不得！」寶玉趕緊解釋，湘雲正在氣頭上，根本不聽，去賈母裡間躺著去了。

寶玉沒趣，只得又來尋黛玉。剛走到門口，黛玉就把他推出來，重新關上門。寶玉心裡沒底，只好在窗外小聲叫著「好妹妹」。黛玉卻一直不理他。寶玉不知道如何是好，只是呆呆地站在那裡。黛玉以為他

回房去了，便起來開門，見寶玉還站在那裡。黛玉反而不好意思再關門了，只好回身上床躺著。寶玉跟進來問：「怎麼好好的就惱了，究竟是因為什麼？」黛玉冷笑道：「問得好，我也不知為什麼。我原來是給你們取笑的，都拿我跟戲子比，還取笑。」寶玉趕緊說：「我並沒有比你，也沒笑，為什麼惱我呢？」黛玉道：「你還要比？你還要笑？你不比不笑，比別人比了笑了的更讓我生氣。」寶玉聽完，一聲不吭，無可分辯。黛玉又說：「這一條也能原諒。可你為什麼又朝雲兒使眼色？這安的是什麼心？莫不是她和我玩，她就自輕自賤了？她原是公侯的小姐，我是貧民的丫頭不成？你還說我是小心眼，怕她得罪了我。我和她置氣，和你有什麼關係？她得罪了我，又和你有什麼關係？」

寶玉這才知道剛才自己對湘雲說的，黛玉也聽見了。寶玉細想自己因擔心她們兩個結怨生恨，才在中間調和，不想不但沒調和成功，反而在兩處都受了氣。因此，越想越無趣，便一言不發地轉身回房躺在床上了。襲人知道其中的原委，但不敢說，只好用別的事逗他開心。襲人說：「別人隨和，你也要隨和些，這樣才是大家彼此有趣。」寶玉說：「什麼是『大家彼此』！他們有『大家彼此』，我是『赤條條來去無牽掛』。」剛說了這句話，寶玉頓時流下眼淚，細想其中的意味，不禁大哭起來，於是翻身起來，到書桌旁寫了一段禪語。寫完，又怕別人看不明白，在後面又填了一首詞，詞牌名也叫《寄生草》，自己又念了一遍，覺得很好，便上床睡了。

黛玉見寶玉果斷離去，有些擔心，就以尋襲人為由，來看動靜。襲人說：「已經睡了。」順便把寶玉作的禪語和詞拿來，遞給黛玉看。黛玉看了，立刻明白是寶玉一時感念所作，覺得很是可笑可嘆，和襲人說這沒什麼的，便拿回去與湘雲同看。第二天，又拿給寶釵看。寶釵看完，笑著說：「這個人悟透禪機了，都是我昨天一支曲子惹出來的。明兒認起真來，說些瘋話，我就成了罪魁了。」隨後把那紙撕碎了，遞給丫頭們讓燒了。黛玉說：「不該撕，等我問他。你們跟我來，包管叫他收了這個心思。」

於是，三人都往寶玉屋裡來。一進來，黛玉便問：「寶玉，我問你，至貴者是寶，至堅者是玉。你有何貴？你有何堅？」寶玉答不上來。三人拍手笑道：「你反應這麼慢，還參什麼禪呢？」寶玉自以為覺悟，不想突然被黛玉這麼一問，自己竟然不能作答，便認為自己確實沒必要自尋煩惱，於是笑道：「誰參禪了？那不過是一時玩笑的話而已。」就這樣，四人又和好如初了。

## 白白老師的國學小教室

### 紅樓夢裡的婢女們

襲人，是賈母給寶玉的婢女。因為姓花，寶玉以陸游詩句：「花氣襲人知驟暖，鵲聲穿竹識新晴」將她命名為花襲人。

襲人對寶玉來說是非常重要的人，不僅僅是婢女，同時也是照顧陪伴她的人。襲人個姓溫柔善良、善解人意，對待主人忠誠體貼。這章節中，寶玉願意為了襲人的留下發誓，就可見襲人在寶玉心中的地位。

賈寶玉曾說過一句名言：「女兒是水做的骨肉，男人是泥做的骨肉。我見了女兒便清爽，見了男子便覺得濁臭逼人。」古代重男輕女，甚至輕賤婢女，但是對寶玉而言，女子是清爽乾淨的，上至小姐，下至婢女，眾姊妹們亦是他的知己友人，所以他並不輕視婢女，甚至十分疼愛襲人、晴雯等人。

# 第十回　寶黛共讀《西廂記》

一天，元春在宮裡命一個小太監給賈府的眾人送來一個四角平頭紅紗燈，上面有她寫的燈謎，讓大家去猜。猜對了的人，也要作一個送到宮裡元春那兒。大家都到賈母房中觀看燈謎。那小太監說，娘娘有諭旨，各位小姐要是猜出來了，不要說出來，寫在紙上即可，他帶回宮，娘娘會自行驗證。眾姐妹其實早就猜出來了，但為了湊趣，就說難猜，一直磨蹭了半天，才寫下了謎底，然後紛紛選了一個物件，寫成一個謎語，掛在燈上，讓那個小太監帶進宮去。到了晚上，又有太監來賈府傳諭，說娘娘的謎語眾人多數猜對了，娘娘也將眾人寫的猜了，寫出來給大家核對。大家都說娘娘猜對了。太監又將娘娘賞賜之物分給了猜對的人。

賈母見元春對燈謎如此有興趣，心裡很是喜歡，於是命人做了一架小巧精緻的圍屏燈來，放在自己的屋裡，然後讓這些孩子想一些燈謎，寫出來粘在屏上，還叫人預備下香茶細果以及各色玩物，作為猜對謎底的獎品。

賈政下朝回家，見賈母對燈謎如此感興趣，為了讓自己的老母親高興一番，也來這邊湊趣猜謎取樂。一家人坐在一起說笑取樂。但平時喜歡高談闊論的寶玉，爽朗健談的湘雲，今日卻都非常安靜。賈母知道這一切都是因為賈政在此所導致的，於是喝過幾次酒之後，便示意賈政去休息。賈政明白，只有自己離開這裡，這些孩子才能恣意取樂。於是，他故意抱怨賈母偏心，只疼惜孫子孫女，卻不願意理會自己這個做兒子的。賈母為了活躍氣氛，便說了一個謎語讓賈政猜：「猴子身輕站樹梢。打一果名。」

賈政知道謎底是荔枝，但故意亂猜別的，被賈母罰了許多東西；最後方猜著，也得了賈母的東西。然後他也念一個讓賈母猜：「身自端方，體自堅硬。雖不能言，有言必應。打一用物。」說完，還把謎底告訴寶玉，讓他悄悄告訴賈母。賈母於是說：「是硯臺。」賈政立刻稱讚老太太厲害，然後拿出了自己的賀彩。賈母見都是些新巧之物，很高興，便讓賈政去猜一猜屏上眾人所作的謎語。賈政答應了，然後來到屏前，依次猜出了元春寫的爆竹、迎春寫的算盤、探春寫的風箏和惜春寫的海燈。但他心裡卻想著：「娘娘作的燈謎是爆竹，是一響而散之物。迎春作的燈謎是算盤，是打動亂如麻的東西。探春作的燈謎是風箏，是隨風飄浮搖盪之物。惜春作的燈謎是海燈，更是透著一股清淨孤獨的感覺。今天是上元佳節，怎麼這些孩子寫的都是些不祥之物呢？」他越想越鬱悶，因為在賈母面前，不敢表露出來，只得勉強往下看。下一個燈謎是寶釵寫的，謎底是更香，也不吉祥。賈政看完，更覺得煩悶，心裡很是悲戚，也沒了剛才的興致，只是垂頭沉思。

賈母見賈政如此，便讓他去休息。等賈政走後，賈母讓孩子們自行品評燈謎，玩鬧一番。

元春自省親那日回宮後，便命人收集當天所有的題詠，讓探春依次抄錄完整，然後自己編定次序；還擔心賈政在自己走後將大觀園封鎖，致使滿園景致無人欣賞，冷落在一旁，於是便下了一道旨意，讓家裡的姐妹都搬到園中居住，不用封園，命寶玉一同到園中去讀書。

寶玉聽到這個消息後，完全不像別人那種無動於衷的樣子，他真的是異常歡喜，正在賈母那裡，和賈母商量著自己都想要些什麼。不想有人來傳話，說老爺叫寶玉過去一趟。寶玉害怕，但仍然在賈母的勸說下去了。

賈政在王夫人房中商議事情，見到寶玉後，好生勸誡了一番，王夫人也好生叮囑了一番，這才放他出去。寶玉趕緊退了出來，重新去了賈母那裡。

只見黛玉也在那裡，寶玉便問她：「林妹妹，你想好住在哪裡了嗎？」黛玉心裡正琢磨這件事呢，聽到寶玉問她，便笑著說：「我心裡想著瀟湘館好，我喜歡那裡的幾竿竹子隱著一道曲欄，比別處顯得更加幽靜。」寶玉聽了，拍手笑道：「正和我的主意一樣，我也想著你住在那裡才是最合適的呢。我就住怡紅院。咱們兩個離得近，都是住清幽的地方。」

賈政遣人來回賈母，說園子已經收拾好，孩子們擇日就可以搬進去了。於是，寶釵住了蘅蕪苑，林黛玉住了瀟湘館，迎春住了綴錦樓，探春住了秋爽齋，惜春住了蓼風軒，李紈住了稻香村，寶玉住了怡紅院。每一處都增添了六個供使喚的下人。到了二月二十二日，大家帶著各自身邊伺候的人一齊進園子去了。登時園內花招繡帶，柳拂香風，增添了很多生氣，比之前的寂寞強過許多。

寶玉自從住進大觀園以後，很是心滿意足，每天只和姐妹丫頭們一起讀書寫字，或彈琴下棋，或作畫吟詩，甚至鬥草簪花，低吟悄唱，拆字猜枚，各種有趣的活動都玩遍了，日子過得十分舒心，也就不去想其他玩鬧的事了。他曾寫過春、夏、秋、冬四首即事詩，雖不算很好，卻是真情真景。誰知這些詩不知怎麼竟流傳出去了，被一些輕浮的勢利人得到，知道是榮國府的小公子寫的，就互相抄錄，到處稱頌，甚至寫在扇面上、牆壁上，不時地吟誦賞贊。而且，還有人特意上門求詩覓字，或是求畫求題。寶玉因此越發得意，每天都忙著應付這些事。

誰想此後的某一天，寶玉突然莫名地感到不自在，覺得這也不好，那也不好，在房裡進進出出的，煩悶不已。寶玉身邊的小廝茗煙見他如此，就想逗寶玉開心，可是想出來的那些都是寶玉玩煩了的。茗煙依舊挖空心思地想，猛地想起了一件事，寶玉肯定沒見過，就用這個來討他歡心。於是，茗煙去了街上的書坊，買了許多古今小說以及趙飛燕、武則天、楊貴妃等傳奇女性的外傳拿給寶玉看。寶玉對這些自己從未見過的書很感興趣，將它們視作珍寶。茗煙又囑咐他：「千萬別拿進園子裡去，否則讓別人知道了，我就會吃不了兜著走。」寶玉正打算拿進去仔細欣賞，不過他也知道被別人知道了不好，於是猶豫了很久才選了幾套文理細密的帶進了自己的住處，放在床頂上，想著無人時自己好好欣賞。剩下的放在外面的書房裡。

三月中旬的一天，吃過早飯後，寶玉帶了一套《西廂記》，來到沁芳閘橋邊桃花底下一塊石頭上坐著，翻開書從頭細看。看到「落紅成陣」這句話時，忽然一陣風把樹上的桃花吹下一大半來，落得滿身滿書滿地都是花瓣。寶玉本想把花瓣抖下來，又怕這些花瓣被人踩踏，於是就把這些花瓣用衣襟兜起來，走到池邊，抖在池內。那花瓣浮在水面上，隨著水流漂漂蕩蕩地流出了沁芳閘。

回來後看到地上還有很多花瓣，寶玉就想如何解決了才好。忽聽背後有人說：「寶玉，你在這裡做什麼呢？」寶玉回頭一看，原來是黛玉。只見她肩上擔著花鋤，鋤上掛著花囊，手裡拿著花帚。寶玉笑著說：「林妹妹，你來了就好了。趕快把地上的這些桃花掃到一起，放到那邊的水裡吧。我剛才就兜了不少花瓣放水裡了。」林黛玉說：「放在水裡並不好。你看這水在咱們這裡乾淨，但是流到外面有人家的地方時，這水就會被倒入些或是髒的，或是臭的東西，依舊會把這花糟蹋了。我在那邊的角落弄了個花塚（ㄓㄨㄥˇ）*，我們把這些花瓣掃了，裝在這個絹袋裡，然後拿土埋上，日子一久這花瓣就會隨土化了，這樣多乾淨。」

寶玉聽了非常高興，笑著說：「等我把書放好，就過來幫你收拾。」黛玉問：「什麼書？」寶玉見來不及藏書了，只好說：「就是家學裡要讀的《中庸》《大學》。」黛玉說：「你少在我跟前裝神弄鬼。趕緊拿出來給我看看。」寶玉說：「好妹妹，只給你看，其實我是不怕的。不過你看了後，可千萬不要告訴別人哪。

這可是好書哇！保准你看了，會連飯都不想吃。」說著，寶玉就把手裡的書遞了過去。黛玉把花具都放下，接過書仔細瞧。她是越看越愛看，從頭到尾，一本書十六齣看完後，覺得書中的詞句能警示人，令人回味。雖看完了書，卻只管出神，心中還默默記誦書中的內容。

寶玉問：「妹妹，你說這書好不好？」黛玉說：「果然有趣。」寶玉笑著說：「我就是個『多愁多病身†』，你就是那『傾國傾城貌‡』。」黛玉聽了，頓時滿面通紅，瞪著眼，指著寶玉怒道：「你這該死的，胡說什麼！好好的把這淫詞豔曲弄了來，還學著說上面的渾話來欺負我。我告訴舅舅、舅母去。」說完眼圈一紅，轉身就走。寶玉趕緊上前攔住，說：「好妹妹，是我不好，我說錯話了，你就饒了我這一回吧。我如果成心欺負你，就讓我明天掉到池子裡，變個大王八，等你做了『一品夫人‡』病老歸西時，我就到你的墳*上替你馱一輩子的碑去。」黛玉「嗤」的一聲笑了，揉揉眼睛，說：「看你嚇得這個樣子，還只管胡說。『呸，原來是苗而不秀§，是個銀樣鑞槍頭。』」寶玉聽了，笑著說：「你還說我，你呢？我也告訴太太去。」黛玉說：「你能『過目成誦』，我就不能『一目十行』嗎？」寶玉收起書，說：「我們快把花收拾了吧，別再說書的事了。」兩人收拾了落花，剛掩埋好，就看見襲人來了，說：「那邊大老爺身上不好，

* 墳墓。
† 《西廂記》中的詞句，說的是張生。
‡ 《西廂記》中的詞句，說的是崔鶯鶯。
‡ 誥命夫人中級別最高的封號。
§ 比喻虛有其表。

姑娘們都過去請安了，老太太叫你也過去請安，快回去換衣服。」寶玉聽了，忙拿了書，別了黛玉，同襲人回房換衣服去了。

這裡黛玉見寶玉走了，又聽見眾姐妹也不在房中，自己一個人很無聊，就想著回屋去。剛走到梨香院的牆角，她就聽見牆內笛韻悠揚，歌聲婉轉。黛玉知道是那十二個女孩子演習戲文呢。黛玉平時並不喜歡看戲文，所以沒留心去聽，只管往前走。偶然兩句傳到耳朵內，明明白白，一字不落，唱的是：「原來姹紫嫣紅開遍，似這般都付與斷井頹垣。」黛玉聽了，覺得十分感慨纏綿，便停下腳步側耳細聽。又聽到唱的是：「良辰美景奈何天，賞心樂事誰家院。」黛玉聽了這

兩句，不覺點頭自嘆，暗自想著：「原來戲上也有好文章，可惜世人只知看戲，未必能領略其中的趣味。」想到這兒，又後悔自己不該胡想，耽誤了聽曲子。再聽時，恰唱到：「**則為你如花美眷，似水流年。**」＊

黛玉聽了這兩句，不覺心動神搖，越發如醉如痴，索性蹲身坐在一塊山石上，細嚼「如花美眷，似水流年」八個字的滋味。忽然想起前日見古人詩中有「水流花謝兩無情」之句，詞中也有「流水落花春去也，天上人間」之句，再加剛才所見《西廂記》中「花落水流紅，閒愁萬種」之句，都一時想起來，湊在一處。仔細琢磨，不覺心痛神痴，眼中落淚。

忽然，有人在背後拍了她一下，問：「你一個人在這裡幹什麼？」黛玉回頭一看，原來是香菱，就說：「你這個傻丫頭，倒嚇了我一跳，你來做什麼？」香菱笑著說：「我來尋我們姑娘，總找不著她。紫鵑也找你呢，說璉二奶奶送了什麼茶葉來給你。走吧，回家去坐著。」說著，拉著黛玉的手回了瀟湘館。

寶玉被襲人找回房去，換好衣服，同鴛鴦一起去見過賈母。出來後，寶玉正準備上馬去看望染了風寒的賈赦，剛巧遇到了賈璉和後廊上五嫂子的兒子賈芸。那賈芸長得斯文清秀，為人伶俐乖覺，幾個人談笑間，就被寶玉認作了乾兒子。寶玉讓賈芸改天來見他，然後就去看賈赦了。寶玉先把賈母問候的話說了，然後自己給賈赦請安。賈赦站起來回了賈母的話，然後派人將寶玉帶到太太房中。

寶玉來到後面上房，邢夫人見他進來，先站了起來，請過賈母的安。寶玉方請安。邢夫人拉他上炕坐了，賈琮來問寶玉好。邢夫人嗔怪他只顧著玩，身上的衣服都髒了，還罵了他的嬤嬤。一會兒，賈環領

＊以上唱詞均是明代湯顯祖《牡丹亭》中的句子。

著賈蘭進來請安。邢夫人叫他倆在椅子上坐著。賈環見寶玉坐在炕上，邢夫人又百般愛撫，心中很不是滋味，坐了不多會兒，就拉上賈蘭告辭。寶玉見他們要走，也起身要一同回去。邢夫人說：「你再坐一會兒，我還有話跟你說呢。」邢夫人又對賈環、賈蘭說：「你們回去，各人向各人母親替我問好。今天我這裡人來人往的，鬧得我頭暈，就不留你們吃飯了。」等他倆走後，寶玉問：「大娘有什麼話要和我說？」邢夫人說：「哪有什麼話，你的那些姐妹們都來了，不過叫你跟她們吃了飯再走。」吃過晚飯後，寶玉向賈赦辭別，和姐妹們一同回家，見過賈母、王夫人，就回房休息了。

一天晚上，寶玉身邊得用的大丫鬟們居然個個有事，不在他跟前侍候，房裡只剩下寶玉一個人。寶玉此時口渴想喝茶，他一連喊了兩三聲，都沒人給他端茶來。寶玉剛想自己去倒茶喝，就聽背後有人說：「二爺當心，可別燙了手，還是讓我來倒吧。」一面說，一面走過來，接過茶杯，去倒茶。原來是一個俏麗乾淨的丫頭，容長臉面，身材纖細。寶玉看著她，問：「你也是我這屋裡的人嗎？我怎麼不認得？」那丫頭說自己是這怡紅院裡的丫鬟，只平時不常到屋裡伺候。這丫頭叫小紅，本姓林，小名紅玉，只因「玉」字犯了黛玉、寶玉，眾人便都叫她「小紅」。他倆正說著，只見秋紋、碧痕兩個嘻嘻哈哈地說笑著進來。兩個人一起提著一桶水，一手撩著衣裳，那水潑潑灑灑的。丫鬟小紅趕緊迎上去接住。秋紋、碧痕正互相抱怨，忽見屋裡走出一個人來接水，竟然是小紅。兩人很詫異，便將水放下，忙進房來查看，見只有寶玉，便很不高興。伺候著寶玉洗澡，二人等寶玉開始洗澡，就帶上門出來，走到那邊房內找小紅，問她剛才在屋裡說了什麼。小紅說：「我哪裡是去了屋裡？我是因為自己的手帕找不到了，才到後頭去找手帕的。剛好聽到二爺要茶吃，叫姐姐們，沒有回應，於是我就進屋去了，剛倒了茶，姐姐們就回來了。」秋紋聽了，兜臉便啐了她一口，罵道：「沒臉的下流東西！那會兒叫你催水去，你說有事，倒叫我們去，你可等著做這個巧活兒。你也拿鏡子照照，看看自己配不配端茶遞水！」碧痕說：「明兒我就告訴她們，以後凡是端茶遞水、送東西的活兒，咱們都別做，就讓她去做。多好。」這小紅如今才十六歲，雖然是個不懂事的丫頭，卻因為長得還有幾分姿色，心裡就想著攀個高枝，於是就打算在寶玉面前表現表現。只是寶玉身邊的這些人，都是不好惹的角色，她哪裡插得下手去，直到今天才算得到了一個好機會，沒想到卻被秋紋等人惡意指責，心內早灰了一半。

## 白白老師的國學小教室

### 心靈上的知音——寶玉和黛玉

《西廂記》是元代王實甫所寫的雜劇，故事描寫千金小姐崔鶯鶯在後花園與張生相遇，兩人一見鍾情，歷經坎坷，有情人終成眷屬。由於張生和崔鶯鶯在故事中私定終生，且兩人主動追求愛情，想打破家庭與封建的束縛，所以《西廂記》在清代列為禁書。

寶玉跟黛玉共讀《西廂記》，二人需要遮遮掩掩地讀，就在於此書為禁書，但越是禁止，當然越引發人的好奇心，寶玉跟黛玉才會被引起更大的興趣。

還有個值得注意的地方，《西廂記》寫的是打破家庭束縛的愛情，這和寶玉和黛玉想追求的愛情是相同的，他們兩人亦渴望自由獨立，追求心靈的自由，兩人的內心契合一致，在共讀《西廂記》的過程中，可以得到彼此相互理解的趣味。

寶玉和黛玉是彼此的知音，二人皆厭棄科舉功名、四書五經、封建規範，追求自由，他們是心靈上的伴侶。

# 第十一回 寶玉鳳姐被暗算

這一天是王子騰夫人的壽誕，王家派人來請賈母、王夫人。賈母因身上不自在就沒去，而王夫人見賈母沒去便也不去了。結果是薛姨媽同鳳姐和賈家幾個小姐、寶釵、寶玉一起去了，直到晚上才回來。

這邊王夫人見賈環下了學，便命他抄寫《金剛咒》。賈環就到王夫人的炕上坐著，命人點上燈燭，裝模作樣地抄寫，還時不時地支使丫鬟們幹這幹那。丫鬟們平時就很討厭他，便不怎麼搭理他。只有丫鬟彩霞還願意與他說幾句話，便給他倒了茶，悄悄勸他安分些。他不但不領情，反而嚷起來：「你當我看不出來嗎？如今你和寶玉要好，就不想搭理我了。」彩霞氣得直戳他的腦門，說：「沒良心的！狗咬呂洞賓，不識好人心。」正說著，只見鳳姐來了，拜見過王夫人。王夫人便問起王家那邊的情況，鳳姐一一回了。很快，就見寶玉也來了，進門見了王夫人，規規矩矩地說了幾句，便命人除去抹額，脫了袍服和靴子，然後一頭滾在王夫人懷裡。王夫人便用手滿懷慈愛地撫弄他，寶玉也摟著王夫人的脖子說長說短的。王夫人說：「好孩子，你今天又喝多酒了，臉上這麼熱，當心一會兒鬧上酒來！趕緊到床上靜靜地躺一會兒！」說著，便叫人拿個枕頭來。於是寶玉就在王夫人身後倒下，又叫彩霞來替他拍著。

寶玉便和彩霞說笑，不過彩霞卻只是淡淡的，不大搭理他，兩眼總是向賈環那裡看。寶玉便拉她的手，和她玩鬧。賈環正好瞧見了，他平時就嫉恨寶玉，如今又見他和彩霞廝鬧，嘴上雖然不敢說，心中卻想著算計寶玉一次。他見寶玉離自己很近，就想用燈裡的熱油燙他一下。於是故意裝作失手，把那一盞油汪汪的蠟燈推向寶玉臉上……只聽寶玉「哎喲」一聲，屋裡的眾人都嚇了一跳，連忙將地下的燈和裡外間屋裡的燈拿過來仔細觀察，只見寶玉滿臉滿頭都是蠟油。王夫人又急又氣，一面命人來替寶玉擦洗，一面罵賈環。鳳姐三步並作兩步地上炕去替寶玉收拾，一邊還教訓賈環：「老三還是這麼慌腳雞似的，上不得高臺盤，趙姨娘時常也該教導教導他。」這句話提醒了王夫人，王夫人便不再罵賈環，而是叫過趙姨娘來，罵道：「養出這樣黑心的下流種子來，你也不管管！幾次三番我都不和你們計較，你們卻是遂了自己心意了，越發上來了！」那趙姨娘平日雖然常懷嫉妒之心，憎恨鳳姐、寶玉兩個，但不敢在明面上露出來，如今賈環又鬧了這麼一齣，她也要受這場惡氣，不但要吞聲承受，而且還要走去替寶玉收拾。只見寶玉左邊臉上燙了一溜**燎**(ㄌㄧㄠˊ)**泡**出來，幸好沒傷到眼睛。

王夫人看了，心疼得不得了，命人取來敗毒消腫的藥膏給寶玉敷上，然後又安慰了寶玉一回，派人好生送寶玉回房中修養。

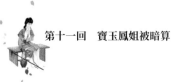

襲人等見了，驚慌不已。黛玉見寶玉出了一天門，就覺悶悶的，沒個可說話的人。等到了晚上，黛玉已經派人過來問了兩三遍寶玉是否回來。這遍倒是看見寶玉回來了，偏偏寶玉又被燙了。黛玉便趕緊過來看望，只見寶玉正拿鏡子照呢，左邊臉上滿滿地敷了一臉的藥。黛玉只當燙得十分厲害，忙上來問怎麼燙了，要瞧瞧。寶玉見她來了，忙把臉遮住，不想讓她看見自己如今的模樣。寶玉知道黛玉一直有潔癖，見不得這些東西。黛玉也知道自己有潔癖，明白寶玉是怕自己嫌髒，於是笑道：「給我瞧瞧燙了哪裡了，沒必要和我遮著藏著。」一面說，一面就湊上來，伸著脖子仔細瞧了瞧，問寶玉疼不疼，現在感覺怎麼樣。寶玉說：「現在已經不很疼了，休養一兩日就好了。」黛玉坐了一會兒，就悶悶地回去了。

第二天，寶玉見了賈母，雖然他主動說是自己不小心燙的，和別人沒什麼關係，但是賈母仍舊把跟著寶玉伺候的人罵了一頓。

又過了一天，寶玉寄名的乾娘馬道婆進榮國府來請安，見了寶玉後，她嚇了一跳，聽說是燙的，便點頭嘆惜一回，然後向寶玉臉上用指頭比畫了一陣，說這不過是一時飛災，過幾天就會好。她又向賈母說：「鬼神也忌恨富貴人家的子弟，不是掐他，就是絆他，所以王孫公子大多不長壽。」賈母趕緊向她請教怎樣才能消災。馬道婆就建議賈母，除香燭供養外，可以點長明燈供奉西方大光明普照菩薩。賈母考慮一番後，決定一天給她五斤香油錢，由她去辦這事。然後賈母又吩咐：「以後寶玉出門，拿幾串錢交給跟他的小子們，一路施捨給僧道與窮苦人。」

馬道婆辭了賈母，又往各處問安去了，最後來到趙姨娘房中。兩個人聊得很投機，馬道婆要了兩塊做鞋面的零碎綢緞，趙姨娘則向她抱怨寶玉和鳳姐。她說寶玉只不過長得俊秀，就處處討人喜歡，鳳姐因負責管理家中諸事，處處虧待她和賈環，因此她恨不得讓寶玉、鳳姐立時就死了，將來榮府的財產都由賈環繼承。馬道婆就說她有辦法，只要趙姨娘捨得錢財，她就能讓寶玉、鳳姐橫死。趙姨娘大喜，立刻打開箱子，取出些衣服首飾與自己攢的體己銀子，又寫了一張五百兩的欠條，按上自己的手印，一起都遞給馬道婆。馬道婆先伸手抓了銀子收起來，又收了欠條，然後她從褲腰裡掏出十個用紙剪成的青面白髮的鬼和兩個紙人，遞給趙姨娘，悄悄地說：「把他們兩個的生辰八字寫在這兩個紙人身上，然後把紙人連同五個鬼都藏在他們各自的床上就行了。我會在家裡作法，很快就會有效果的。別怕，小心去做吧。」王夫人派人來找馬道婆，她倆這才散了。

黛玉知道寶玉因近日燙了臉，總是不方便出門，於是時常過來和他在一處說說話。這天飯後，黛玉覺得煩悶，便出了自己的院門，信步便往怡紅院中來。聽見房內有笑聲，黛玉便進入房中看，原來李紈、鳳

姐、寶釵都在這裡。眾人見黛玉進來，都笑道：「這不又來了一個。」黛玉說：「今日人還真齊全，誰下帖子請來的？」鳳姐問：「前天我派人送了兩瓶茶葉給姐妹們，只你沒在家，是去哪兒玩了？」林黛玉笑道：「哦，我倒忘了這事了，真是多謝鳳姐姐了。」鳳姐又說：「你嘗了沒有？味道好不好？」眾人都說不大好，只有黛玉說：「我喝著還不錯，不知你們的脾胃是怎樣的？」寶玉說：「你要是喜歡，把我的也拿去自己喝吧。」鳳姐笑道：「我那裡還有呢，你要喝得順口，也不用過來取，我打發人給你送來就是了。明天我還有一件事求你，一同打發人送

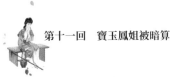

來。」黛玉聽了笑道：「你們聽聽，這是喝了他們家一點茶葉，就來使喚人了。」鳳姐說：「我還沒說什麼事呢，你倒說這些閒話。你既然喝了我們家的茶，怎麼還不給我們家做媳婦？」眾人聽了都笑起來。黛玉紅了臉，一句話也沒說，便回過頭去了。李紈笑著跟寶釵說：「我們這位二嬸子真是風趣得很！」黛玉說：「她哪是風趣呀，不過是貧嘴賤舌討人厭罷了。」說著，便啐了一口。鳳姐笑道：「你還真別做夢。你給我們家做媳婦，會少什麼嗎？」又指著寶玉說：「你瞧瞧，是人物、門第配不上你，還是家底、私產配不上你，還能埋沒了你不成？」

林黛玉抬身就走，寶釵便叫：「顰兒急了，還不回來坐著，走了倒沒意思。」說著，便站起來拉住黛玉。剛到房門前，只見趙姨娘和周姨娘兩個人進來瞧寶玉。李紈、寶釵、寶玉等都讓她倆坐下。只有鳳姐在和黛玉說笑，正眼也不看她們。寶釵剛想說話時，只見王夫人房內的丫頭進來說：「舅太太來了，請奶奶、姑娘們出去呢。」李紈聽了，連忙叫上鳳姐等人走了。趙、周兩位姨娘也忙辭了寶玉出去。寶玉說：「我不能出去見客，你們千萬別叫舅母進來。」又對黛玉說：「林妹妹，你先別急著走，我有話要說給你聽。」鳳姐聽了，回頭對黛玉笑道：「有人叫你說話呢。」說著，便把黛玉往裡一推，和李紈一同出去了。

寶玉拉著黛玉的袖子笑，他心裡有話，只是嘴上說不出來。黛玉的臉色禁不住又紅漲起來，掙著要走。忽然寶玉「哎喲」了一聲，說：「好頭疼！」轉眼又大叫一聲：「我要死！」突然跳起三四尺高，口內亂嚷亂叫，說起胡話來。黛玉和丫頭們都嚇慌了，忙去報知王夫人、賈母等人。等眾人知道消息來看時，寶玉已經拿刀弄杖，尋死覓活的了，鬧得天翻地覆。賈母、王夫人見了，嚇得渾身直哆嗦。只顧著放聲大哭大喊了。這下府裡上上下下、裡裡外外的一干家人和下人們，都來園內看望。頓時園內如亂麻一般。大家正沒個主見，又見鳳姐手持一把明晃晃的鋼刀砍進園來，她是見雞殺雞，見狗殺狗，見人就要殺人。眾人越發驚慌了。周瑞家的忙帶著幾個有力氣的膽壯的婆娘上去抱住鳳姐，奪下刀來，抬回房去。平兒、豐兒等人更是哭得淚天淚地。賈政等人心中也有些繁難，顧了寶玉這裡，也丟不下鳳姐那裡。

當下眾人趕緊查看究竟是怎麼回事，對寶玉、鳳姐二人更是百般醫治，求神問卜也都做了，但總不見效。眼看過去了三天，可鳳姐和寶玉依舊躺在床上，甚至連氣都快沒了。全家人無不驚慌，都說沒了指望，忙著將他二人的壽衣都準備好了。賈母、王夫人、賈璉、平兒、襲人這幾個人哭得別提多傷心了，甚至都尋死覓活的了。可趙姨娘、賈環等人卻是暗自高興不已。

到了第四天早晨，賈母等人正圍著寶玉哭時，只見寶玉睜開眼說：「從今以後，我就不在你家了！快收拾了，打發我走吧。」賈母聽了這話，如同摘心去肝一般。趙姨娘在旁也勸道：「老太太也不必過於悲痛。如今看來寶玉已是不中用了，不如把他的衣服穿好，讓他早些回去，也少受些苦。只管捨不得他，這口氣不斷，他在那世裡也受罪不得安生。」話沒說完，被賈母照臉啐了一口唾沫，罵道：「爛了舌頭的混帳婆娘，誰叫你來多嘴多舌的！你怎麼知道他在那世裡受罪不得安生？怎麼就見得他不中用了？他要是死了，有你什麼好處？你別做夢了！他要是死了，我只和你們要人。平日還不都是你們**調唆***著，逼他寫字念書，結果把膽子嚇破了，都不敢見他老子！這會兒逼死了他，你們以為就遂了心，看我會饒了哪一個！」一面罵，一面哭。賈政在旁邊聽見這些話，心裡越發難過，便喝退趙姨娘，自己上來委婉解勸。一時又有人來回話：「兩口棺材都做齊了，請老爺出去看。」賈母聽了，如火上澆油一般，罵道：「是誰做了棺材？」一直喊著叫人把做棺材的拉來打死。

*挑撥離間。

正鬧得天翻地覆，沒個開交，只聽外面有人念了一句：「南無解冤孽菩薩。有那人口不利，家宅顛傾，或逢兇險，或中邪祟者，我們善能醫治。」賈母、王夫人聽見這些話，哪裡還耐得住，便命人去快請進來。賈政雖不樂意，但是不敢**違拗**ㄠˋ＊賈母的吩咐，又想到賈府這樣的深宅大院，能聽得這樣真切，也是稀罕，於是命人請了進來。眾人舉目看時，原來是一個癩頭和尚與一個跛足道人。

賈政問：「兩位仙長在哪裡修行？」那僧人笑道：「長官不用多問。我們聽說府上有人生病，所以特來醫治。」賈政說：「的確有兩個人中邪了，不知你們有何仙方可治？」那道人笑道：「你家裡就有現成的稀世奇珍，可治此病，何須問什麼仙方？」賈政心中一動，猜到他指的是什麼了，就說：「小兒出生時雖帶了一塊寶玉下來，上面刻著能除邪祟，卻不見靈驗。」和尚說：「那『寶玉』原是靈的，只因為如今被**聲色貨利**†所迷，所以不靈了。你把此寶拿來，我們持誦一番，就靈驗了。」賈政便從寶玉項上取下那玉來，遞給他二人。那和尚接了過來，擎在掌上，長嘆一聲，說：「青埂峰一別，轉眼已過去十三年了。人世光陰如此迅速，奈何塵緣未斷，可嘆。」說著念了兩首似偈似詩的話，又把玉摩弄一番，遞給賈政，說：「此物已靈，但不可將其弄髒了，可以掛在臥室的檻上，將他二人安置在一個房間裡，除自己的妻子、母親外，不要讓任何女性沖犯。三十三天之後，包管病退身安，復舊如初。」說著，回頭便走了。賈政趕著還讓二人坐了喝茶，要送謝禮，他二人卻早已出去了。賈母等還只管讓人去追趕，卻連個蹤影都看不到了。於是，大家就按照那二人的吩咐去做，將寶玉和鳳姐二人安放在王夫人的臥室之內，將玉懸在門上，王夫人親自守著，不許別人進來。

到了晚上，寶玉和鳳姐真的漸漸醒來，還說腹中饑餓。賈母、王夫人如得了珍寶一般，立即叫人熬了米湯給他二人喝了。等他倆漸漸有了精神，一家子才把心放下來。李紈和眾姐妹帶人在外間聽到這個消

息，別人還未開口，黛玉先就念了一聲「阿彌陀佛」。寶釵回頭看了她半天，嗤的一聲笑了，眾人都不解其意。惜春問：「寶姐姐，你在笑什麼？」寶釵說：「我笑如來佛比人還忙，又要講經說法，又要普度眾生，如今這寶玉、鳳姐姐病了，又燒香還願，賜福消災；今日才好些，又要管林姑娘的姻緣了。你說忙得可笑不可笑？」林黛玉不覺紅了臉，啐了一口道：「你們這些人都不是好人，不跟著好人學，只跟著那些貧嘴爛舌的學。」一面說，一面摔簾子出去了。

這叔嫂二人一天比一天好轉，養過了三十三天後，便完全康復了。寶玉不但身體強壯，連臉上的瘡痕也平復了，一點痕跡都看不出來，於是仍舊回大觀園去住。

※ 違背。違反，不服從。

† 泛指尋歡作樂和要錢等行徑

## 第十二回 黛玉葬花泣殘紅

寶玉病好後，賈芸這日前來探望，寶玉和他說了會兒話，就打發他回去了。然後他自己依舊懶洋洋地歪在床上，眼看就要打瞌睡。襲人讓他出去轉轉，別老是待在屋裡膩歪。於是寶玉無精打采地晃出房門，在回廊上逗了一會兒鳥，就走出了院子，順著沁芳溪，看了一會兒金魚，然後輕車熟路地來到瀟湘館。寶玉信步走進屋裡，來到窗前，只覺得一縷幽香從碧紗窗中暗暗透出。寶玉便將臉貼在紗窗上往裡看，忽然聽見黛玉長嘆了一聲，吟誦了一句：「每日家情思睡昏昏。」寶玉聽了，知道是《西廂記》裡崔鶯鶯的唱詞，頓時心中一動。再看時，只見黛玉正在床上伸懶腰。寶玉一邊笑著問為什麼，一邊掀簾子進了屋。黛玉知道是自己忘形了，不由得紅了臉頰，忙用袖子遮住臉，翻身朝裡裝睡。寶玉走上前，要扳她翻身，只見黛玉的奶娘和兩個婆子跟了進來，說：「你林妹妹正睡覺呢，等她醒了你再來吧。」剛說完，黛玉便翻身坐了起來，說：「誰睡覺呢。」婆子們見黛玉醒了，就叫紫鵑進來伺候，她們都退出去了。

黛玉坐在床上問寶玉：「人家睡覺，你進來做什麼？」寶玉笑著問：「你剛才說什麼了？」二人正說話，只見紫鵑進來了。寶玉說：「紫鵑，把你們的好茶倒一碗給我。」紫鵑說：「我們這裡哪有什麼好茶？想要好的，等襲人來吧。」黛玉說：「別理他，你先給我舀水去。」紫鵑說：「他是客，自然先倒了茶來再舀水去。」說著倒茶去了。寶玉笑道：「好丫頭，『**若共你多情小姐同鴛帳，怎捨得疊被鋪床？***』」黛玉聽他說完，登時撂下臉來，說：「二哥哥，你說什麼？」寶玉卻說：「我何嘗說什麼。」黛玉便哭著說：

「如今你在外頭聽了村話來，也說給我聽；看了混帳書，也來拿我取笑。我成了替爺們解悶兒的了。」一面哭，一面下床來往外就走。寶玉不知要怎樣，心下慌了，忙趕上來說：「好妹妹，我一時該死，你千萬別往心裡去。我再也不敢了，要是還有下一次，就讓我長個疔，爛了舌頭。」

正說著，只見襲人走來說：「快回去換衣服，老爺叫你呢。」寶玉聽了，感覺像被雷劈了一般，也顧不得別的，急忙回來穿衣服。出園來，只見茗煙在二門前等著，寶玉問：「你知道老爺叫我是為什麼嗎？」茗煙說：「爺，咱們趕緊走吧。有什麼事，到那裡就知道了。」一面說，一面催著寶玉。他倆轉過大廳，卻聽見牆角一陣哈哈大笑。回頭一看，薛蟠拍著手跳了出來。原來五月初三是薛蟠的生日，他假冒賈政的名義，把寶玉騙出來，一起和幾個朋友給自己過生日的。寶玉不好推辭，就和他們一起喝了一頓酒，到晚間才散。

黛玉見寶玉被賈政叫去了，一整天都沒有回來，心中不免替他擔心。晚飯後，聽說寶玉回來了，黛玉不放心，便想往怡紅院去，看看寶玉怎麼樣了。她一步步走來，遠遠地看見寶釵進寶玉的院內去了，便也慢慢地跟去，到了怡紅院，只見院門已經關了，黛玉便舉手敲門。

誰知晴雯和碧痕正拌了嘴，沒好氣，見寶釵來了，晴雯就把氣移在寶釵身上，正在院內發牢騷。忽然聽到又有人敲門，晴雯越發動了氣，也並不問是誰，便說：「都睡下了，明兒再來吧！」黛玉平日知道這怡紅院的丫頭們的性情，只當是院內的丫頭沒聽出來是她的聲音，還以為是別的丫頭們來了，所以才不開門，因而又高聲說：「是我，還不開嗎？」晴雯偏偏就沒聽出來，依舊使性子說：「憑你是誰，二爺吩咐

＊這也是《西廂記》中的唱詞，很是輕佻。

的，一概不許放人進來！」黛玉聽了，不覺氣得在門外怔住了，正打算高聲質問這個回話的丫頭，轉念一想：「雖說是舅母家如同自己家一樣，可到底我也是這賈府的客人。如今我父母雙亡，無依無靠，現在依附在他家生活。如果較起真來，也沒什麼趣味。」一面想，一面又滾下淚珠來。就在她站在門外糾結，不知道自己該回去還是留下的時候，就聽到院裡傳出一陣笑語之聲，仔細聽一聽，竟是寶玉、寶釵二人。這下黛玉心中更是氣得不行，忽然想起了早上的事，越發傷感起來，於是，也不顧蒼苔露冷，花徑風寒，獨自立在牆角邊花蔭之下，悲悲戚戚地嗚咽起來。

黛玉正哭著，忽聽「吱扭」一聲，院門開了，就看見寶釵出來了，後面寶玉、襲人等一群人送了出來。黛玉想去問寶玉，又怕寶玉當著眾人害羞，所以就閃到了一旁，讓寶釵去了。等寶玉一群人進去關了門，黛玉才轉過來，望著那門灑了幾點眼淚，等自己覺得無聊了，就轉身回了瀟湘館。她倚著床欄杆，兩手抱著膝，眼睛含著淚，好似木雕泥塑的一般，直坐到二更多天方才睡了。紫鵑、雪雁幾個丫頭都看慣了黛玉獨自流淚的情形，也就沒人來管她。

第二天是四月二十六日，是今年的芒種節。按舊時風俗，這一天要擺設各色禮物，祭花神。因為芒種一過，就到了夏日，眾花都會逐漸凋謝，所以花神退位，需要為其設酒送行。明顯女孩子們更喜歡這個風俗，所以大觀園中的人都早起來了。那些女孩子們，或用花瓣柳枝編成轎馬，或用綾錦紗羅疊成乾**旄旌**（ㄇㄠˊ ㄐㄧㄥ）**幢**（ㄔㄨㄤˊ），然後把這些事物都用彩線繫在每一棵樹、每一枝花上。

寶釵、迎春、探春、惜春、李紈、鳳姐等人和丫鬟們都在園內玩耍，獨不見黛玉。迎春以為她還在睡懶覺，而寶釵說自己去瀟湘館尋她。快到瀟湘館時，寶釵忽然看見寶玉進去了，便站住低頭想了一想，覺得寶玉和黛玉從小一處長大，他倆彼此間很少會避嫌疑，相互嘲笑也是常有的事；而且黛玉素來就會猜忌別人，發發自己的小脾氣，如果自己這個時候在寶玉後面進去了，不但寶玉會覺得不方便，而且黛玉也會疑心的。於是寶釵抽身回來了。

寶釵剛要去找其他姐妹，忽然看見前面有一雙玉色的蝴蝶，大如團扇，一上一下地迎風飛舞，覺得十分有趣。寶釵想捉了這雙蝴蝶來玩，於是從袖中取出扇子，向草地上來撲蝴蝶。只見那一雙蝴蝶忽起忽落的，反倒是將寶釵引得一直跟到池中的滴翠亭邊，累得寶釵香汗淋漓。寶釵也無心撲了，就想著回去。剛要走，只聽滴翠亭裡邊有兩個人在說話。原來是墜兒和小紅，正在說賈芸撿了小紅丟失的手帕之事。她倆怕被人聽見，就打算把窗子都推開。

寶釵在外面聽見她倆說的話，正想著怎麼離開，便使個「金蟬脫殼」的法子。她故意放重了腳步，笑著說：「顰兒，我看你往哪裡藏？」一面說，一面故意往前趕。那亭內的小紅和墜兒剛一推窗，就聽見寶釵說著話往前趕，兩個人都被嚇得怔住了。寶釵裝作剛巧看見她倆，問她二人：「你們把林姑娘藏在哪裡了？」墜兒說沒見到林姑娘，寶釵說：「我剛才在那邊看見她在這裡蹲著玩水的呀。我本打算悄悄地嚇她一跳，哪想她倒先看到了我，往東邊一繞就不見了，怕是她藏在這亭子裡面吧。」一面說，一面故意進去找了找，見裡面沒人，寶釵轉身就走，心裡還說：「總算把這事圓過去了。」

小紅聽了寶釵的話，竟信以為真，等寶釵走遠了，便拉著墜兒說：「出大事了！林姑娘剛才蹲在這裡，一定聽到我們說的話了！」墜兒說：「聽到了又能怎麼樣呢？還不都是各自顧著自己的事。」小紅又說：「若是寶姑娘聽見，倒還罷了。林姑娘說話時喜歡刻薄人，她心思又細膩，她聽見了，如果走漏了風聲，會怎麼樣呢？」二人正說著，只見文官、香菱、司棋、侍書等人上亭子來了，二人只得停下來不再說這事，和她們一起玩耍起來。

只見鳳姐站在山坡上招手叫人，小紅連忙跑過去，問鳳姐有什麼事要做。鳳姐見她生得乾淨俏麗，說話知趣，就囑咐她去找平兒，幫她辦件事情。小紅麻利地辦完事，然後去找鳳姐，在李紈的房中，跟鳳姐把要辦的事回了，又把平兒安排的事回得一清二楚，乾脆利索。鳳姐對這個條理清楚、說話利索、辦事爽快的小丫頭很有好感，就對小紅笑道：「好孩子，難為你說得齊全。你明兒過來服侍我去吧，我一調理，你就出息了。」小紅當然願意，心裡正高興呢，立即就答應了，說要跟著奶奶好好學習，長長見識。

黛玉因夜間失眠，芒種節這天就起來遲了，聽說眾位姐妹都在園中開餞花會，擔心別人笑話自己賴床，於是連忙起來梳洗打扮一番才出門。她剛到了院中，就看見寶玉進來了，對著她笑道：「好妹妹，你昨天的氣消了沒有？這一夜我可是過得提心吊膽的。」黛玉卻裝作一副看不到寶玉的樣子，只是吩咐紫鵑收拾好屋子，倚住院門，然後冷冷地向外走。寶玉見黛玉如此行事，以為她還在為昨天晌午的事跟自己鬧彆扭，忙打躬作揖地賠不是。黛玉還是愛搭不理的，自己出了院門，去找別的姐妹了。寶玉心中納悶，明白黛玉如此對自己不是因為昨天的事，可自己也不知道哪裡又得罪了她，邊想邊遠遠跟在她身後。

黛玉見寶釵、探春正在那邊看鶴舞，於是湊上去，三個人一同站著說話。寶玉很快趕了過來，探春見了，和他互相道了好。然後他倆到一棵石榴樹下說話，探春說她攢了些錢，想請寶玉出門給她買些稀罕玩意。寶玉要叫小廝們去，不用幾個錢就可買回很多。探春嫌小廝們眼光俗氣，要寶玉幫她選樸素但不俗氣的，還說只要寶玉幫她買了，她做一雙鞋謝寶玉。他倆又聊了些家長裡短的瑣事。這時寶釵過來，說他們兄妹只顧著聊自己的體己話，都不讓別人聽見。寶玉見黛玉沒和她在一起，便知道她躲到別處去了，想著去找她，轉念一想，乾脆過兩天，等她的氣不這麼大了再去會好一些。他低頭看見許多鳳仙、石榴等各種顏色的花落了一地，於是嘆道：「她這是心裡生了氣，連這裡這麼多落花都不來收拾了。我先把這些花收

拾一下，明天再去問她吧。」這時，寶釵約大家往外頭去。寶玉說：「我稍後就來。」說完，等寶釵等人走遠了，他就把那些落花兜了起來，登山渡水，過樹穿花，一直奔向那日同黛玉葬桃花的地方。快到花塚，還未轉過山坡時，山坡那邊傳來一陣陣的嗚咽之聲，哭得好不傷感。寶玉心下想：「這不知是哪個房裡的丫頭，受了委屈，跑到這個地方來哭。」一面想，一面停住腳步，聽她哭的是：

花謝花飛花滿天，紅消香斷有誰憐。
遊絲軟系飄春榭，落絮輕沾撲繡簾。
閨中女兒惜春暮，愁緒滿懷無釋處。
手把花鋤出繡簾，忍踏落花來複去。
柳絲榆莢自芳菲，不管桃飄與李飛。
桃李明年能再發，明年閨中知有誰。
三月香巢已壘成，梁間燕子太無情。
明年花發雖可啄，卻不道人去梁空巢也傾。
一年三百六十日，風刀霜劍嚴相逼。
明媚鮮妍能幾時，一朝飄泊難尋覓。
花開易見落難尋，階前悶殺葬花人。
獨把花鋤淚暗灑，灑上空枝見血痕。
杜鵑無語正黃昏，荷鋤歸去掩重門。

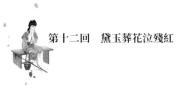

青燈照壁人初睡，冷雨敲窗被未溫。
怪奴底事倍傷神，半為憐春半惱春：
憐春忽至惱忽去，至又無言去不聞。
昨宵庭外悲歌發，知是花魂與鳥魂？
花魂鳥魂總難留，鳥自無言花自羞。
願奴脅下生雙翼，隨花飛到天盡頭。
天盡頭，何處有香丘？
未若錦囊收豔骨，一堆淨土掩風流。
質本潔來還潔去，強於汙淖ㄋㄠˋ*陷渠溝。
爾今死去儂ㄋㄨㄥˊ†收葬，未卜儂身何日喪？
儂今葬花人笑痴，他年葬儂知是誰。
試看春殘花漸落，便是紅顏老死時。
一朝春盡紅顏老，花落人亡兩不知！

* 爛泥。
† 我。

這是黛玉在掩埋落花後，因感花傷己，不由得哭了幾聲，隨口念了幾句。不想剛巧被趕來的寶玉在山坡上聽見，開始聽時，寶玉不過點頭感嘆，等聽到「儂今葬花人笑痴，他年葬儂知是誰」「一朝春盡紅顏老，花落人亡兩不知」這幾句時，心裡很傷感，竟然哭得倒在山坡之上，懷裡兜的落花撒了一地。一想到黛玉的花顏月貌，將來也會有無可尋覓之時，怎不讓人心碎腸斷！既然黛玉會有這樣的結局，那麼推及其他人，寶釵、香菱、襲人這些人也會有終歸無可尋覓之時，那自己到時候又會在哪裡呢？自己都不知道將來會到哪裡，那眼前的這園、這花、這柳，終究不知道會歸屬於哪家！

寶玉正在那兒感慨，沒注意到黛玉已經看到他了。原來黛玉正獨自傷感，忽聽山坡上也有悲聲，心下想道：「人人都笑我有些痴病，難道還有一個痴人不成？」想著，抬頭一看，見是寶玉。黛玉啐了一口，說：「我當是誰呢，原來是這個狠心短命的……」剛說到「短命」二字，黛玉便掩口長嘆了一聲，轉過身就走了。

寶玉在山坡那感傷痛哭了一回，忽然抬頭卻沒見到黛玉，便知黛玉看見他躲開了。寶玉頓時覺得索然無味，於是抖抖土站起來，循著下山的舊路，回怡紅院去了。可巧看見黛玉在前頭走，寶玉連忙趕上去，說：「林妹妹，你站住。我知道你不理我。我只說一句話，以後我再也不會打擾你了。」黛玉回頭看了眼寶玉，還是不打算理他，但聽他這麼說覺得這話裡有文章，於是就站住了，說：「就一句話，你說吧。」寶玉笑道：「我要是說兩句，你聽不聽？」黛玉一聽，扭頭就走。寶玉在後面嘆道：「既有今日，何必當初！」

黛玉聽見這話，不由得站住，回頭說：「當初怎麼樣？今日怎麼樣？」寶玉嘆道：「當初姑娘來了，什麼時候不是我陪著你玩和說笑的？就算是我心愛的東西，姑娘要，只管就拿去；我愛吃的，聽見姑娘也愛吃，連忙乾乾淨淨地收著等姑娘吃。咱倆從小就一桌子吃飯，一床上睡覺。丫頭們想不到的，我怕姑娘生氣，我替丫頭們想到了。我心裡想：咱倆從小一起長大，親也罷，熱也罷，和和氣氣的，才見得比別人好。沒想到如今姑娘人大了，心也大了，不把我放在眼睛裡，倒把**外四路***的什麼寶姐姐、鳳姐姐的放在心坎上，倒把我三日不理，四日不見的。我又沒個親兄弟、親姐妹。就是有的那兩個，你難道不知道和我不是一個媽生的？我也和你一樣孤單，沒個親兄弟、親姐妹，所以我只當你和我的心思一樣。誰知我是白操了這個心，弄得有冤無處訴！」說著，不覺滴下眼淚來。

黛玉聽了這話，見了他現在的這個樣子，心裡的那股氣早就散了一大半，也不覺滴下淚來，低頭不語。寶玉見她如此，趕緊說：「我也知道我如今有很多不好的地方。但不管我怎麼不好，也萬萬不敢在妹妹跟前有錯處。就算有了一二分錯處，你儘管教導我，別讓我下次再錯，或者你罵我兩句，打我兩下，我都不灰心。誰知你總不理我，叫我摸不著頭腦，少魂失魄，不知道怎麼樣才好。這讓我多委屈呀。」

黛玉聽他這麼說，不覺將昨晚的事都忘在九霄雲外了，說：「你既然這麼說，昨天為什麼我去了你那兒，你不叫丫頭開門？」寶玉很奇怪，趕緊說沒有這回事，還發誓自己不會那麼做的，然後提到昨晚是寶姐姐過來坐了一會兒，他才沒去見黛玉。黛玉聽完，想了一想，說：「想必是你的丫頭們懶得動，喪聲歪氣的也是有的。」這下好了，兩個人先前的誤會都解釋清了，重新和好了。

＊血緣關係疏遠的。

白白老師的
國學小教室

## 寶釵撲蝶和黛玉葬花

寶釵撲蝶與黛玉葬花是小說中著名的內容，後來成為薛寶釵、林黛玉的代表事件。

暮春時節，寶釵撲蝶，她追求的是往上飛的生命力、是幸福美好的事物；黛玉則在感傷春逝，因花兒的凋零聯想到自身的青春逝去與身世飄零。一樣的季節，兩位女子因為性靈個性的不同，他們所追求的生命價值也截然不同，在春季中展現不一樣的生命樣態。

在這章節中，我們也能發現寶釵和黛玉處事的不同，寶釵是理性的，黛玉是感性的。寶釵在撲蝶之際，發現了小紅的祕密，她卻能在慌亂時，理性的處理。而黛玉相反，她情感豐沛，前一晚的委屈，加上春天花朵的凋謝，令她悲傷的情感宣洩而出。〈葬花詞〉哀悼的不只是花朵，也是林黛玉自身生命的自輓詞，也哀悼一切短暫而美麗繁華的事物。

寶釵撲蝶是一種追求，黛玉葬花則是一種傷逝，象徵著她們的心之所向與性格。

# 第十三回　疑金玉寶黛鬥氣

端午節前，元春從宮裡派夏太監來賈府，賞了眾人端午節的節禮，還送來了一百二十兩銀子，叫在清虛觀做法事。貴妃所賜之物不是每個人都有，寶玉得了上等宮扇兩柄，紅麝香珠二串，鳳尾羅二端，芙蓉簟（ㄉㄧㄢˋ）*一領。老太太的多著一個香如意，一個瑪瑙枕。太太、老爺、姨太太的只多著一個香如意。寶釵的和寶玉的一樣，黛玉和迎春、探春、惜春的一樣，單有扇子與數珠，和寶玉的不同。李紈和鳳姐每人兩匹紗，兩匹羅，兩個香袋，兩個**錠子藥**†。其他人就沒能得到貴妃的賞賜。

寶玉叫過丫鬟紫綃，讓她拿著這些東西去黛玉那裡，讓黛玉喜歡什麼儘管留下。紫綃答應了，拿了去，不一會兒回來說：「林姑娘說了，昨天也得了賞賜，這些還是二爺自己留著吧。」

寶玉聽到這樣的回話，也不再堅持，便命人收了賞賜之物。然後他洗完臉出來，打算往賈母那裡請安去。剛巧出門就看見黛玉走來了，寶玉馬上趕上去問：「我讓人拿東西給你，你怎麼不挑幾個呢？」黛玉卻說：「我可沒那麼大的福氣，怕是自己禁受不住，我也比不得那些有金哪玉呀的，我不過是個草木之人！」寶玉聽黛玉提出「金玉」二字來，心裡頓時疑惑不已，趕緊說自己從沒在意過什麼金玉之類的

＊竹席。

†這裡專指「紫金錠」一類暑藥。

說法，甚至發誓向黛玉保證。黛玉知道他開始猜疑了，便不再用這個擠對他，轉而說：「我知道你心裡有「妹妹」，但只是見了「姐姐」，就把「妹妹」忘了。」寶玉說：「那是你多心，我才不會。」

正說著，只見寶釵從那邊來了，二人便走開了。寶釵分明看見了，卻也裝作沒看見，低著頭過去了。在賈母房裡，寶釵到底還是遇上了寶玉。寶釵因為往日母親對王夫人等人曾提過「金鎖是個和尚給的，等日後有玉的方可結為婚姻」這樣的話，所以總遠著寶玉。昨天見元春所賜的東西，只有她與寶玉的一樣，心裡越發沒意思起來。幸虧寶玉心心念念只記掛著黛玉，並不理論這事。寶玉忽然問寶釵：「寶姐姐，讓我瞧瞧娘娘賞你的紅麝香珠串吧。」寶釵左手腕上剛好籠著一串，見寶玉問她，就褪（ㄊㄨㄣˋ）*了下來。寶釵生得肌膚豐澤，不容易褪下來。寶玉在旁看著她雪白的一段小臂，羨慕不已。忽然，寶玉想起「金玉」一事來，看著寶釵，不覺就呆了。寶釵褪了串子來遞給他，他也忘了接。寶釵見他發呆，自己倒不好意思了，只得丟下串子，回身才要走，就看見黛玉蹬著門檻，嘴裡咬著手帕在笑。寶釵說：「你身子弱，今天怎麼反倒站在風口裡了？」黛玉說：「原本是在屋裡的。只因聽見天上一聲叫喚，出來瞧了瞧，原來是個呆雁。」寶釵問：「呆雁在哪裡？我也瞧瞧。」黛玉說：「我才出來，他就『忒兒†』一聲飛了。」嘴裡說著，將手裡的帕子一甩，向寶玉臉上甩來，正碰在眼睛上。寶玉沒防備，「哎喲」了一聲，嚇得趕緊問是誰。黛玉說：「還請原諒啊。寶姐姐要看呆雁，我比給她看，不想失了手。」寶玉揉著眼睛，想要說些什麼，但沒開口。

過了一會兒，鳳姐來了，說了五月初一要在清虛觀打醮**的事，然後就約寶釵、寶玉、黛玉等人到時候一起去看戲。寶釵嫌熱，不願去。鳳姐就說觀裡樓上涼快，先把道士們趕出去，掛起簾子，不許閒人入內，又說就算他們都不去自己也要去。賈母說：「我同你去。」鳳姐說：「老祖宗也去，敢情好，可就是我不得受用了。」賈母說：「我在正面樓上，你在旁邊樓上，不用到我這邊來。」鳳姐高興地說：「這是老祖宗疼我了。」賈母讓寶釵母女都去，又派人去請薛姨媽，告訴王夫人。王夫人就通知園中的人，想去的初一都跟老祖宗逛逛去。這一來，把不能隨便出園門的丫頭們樂壞了。

到了初一這一天，榮國府門前車輛紛紛，人馬**簇簇**(ㄘㄨˋ ㄘㄨˋ)‡。賈母坐一乘八人抬的大轎，李紈、鳳姐、薛姨媽各坐一乘四人轎，寶釵、黛玉共坐一輛翠蓋珠纓八寶車，迎春、探春、惜春三姐妹共坐一輛朱輪華蓋車。各位主子的大丫頭們也都坐著車，嬤嬤奶娘、家人媳婦也有車。賈母等人的轎已走出很遠，府門前的人還有沒上車的。眾人聚在一處，嘰嘰喳喳，說笑不絕。直到周瑞家的提醒她們是在街上，眾人才逐漸安靜下來。

前頭的全副執事擺開，早已到了清虛觀了。寶玉騎著馬，在賈母轎前。街上人都站在兩邊。將至觀前，只聽鐘鳴鼓響，早有張道士執香披衣，帶領眾道士在路旁迎接。這張道士是當日榮國府國公的**替身**§，曾經被先皇御口親呼為「大幻仙人」，如今掌道錄司印，又被當今聖上封為「終了真人」，現在的王公藩鎮都稱他為「神仙」，他又常往榮、寧二府裡去，所以賈府眾人對他很是尊敬。賈母當先下了轎，和張道士互相問好後，寶玉也過來行禮。張道士忙抱住寶玉問了好，又向賈母誇讚了寶玉一番，說他同當日國公爺一個樣子。賈母深有同感。又說了會兒話，張道士提出想幫寶玉說一門親事。賈母說：「上回有和尚說了，

---

※ 使套著的東西脫離。
† 形容鳥振動翅膀起飛的聲音。
⁑ 道士為人做法事，求福禳災。
‡ 聚集的樣子。
§ 替代別人出家的人。

這孩子命裡不該早娶，等再大一些再定吧。你如今可以打聽著，不管女方出身如何，只要她模樣俊、性格好，配得上寶玉就行。」然後張道士請下寶玉身上的通靈玉來，放在盤內，他親自捧了出去，讓那些遠來的道友和徒子徒孫們見識一番。等眾人遊玩一番回到樓上時，張道士已經帶著道友們回贈的敬賀之物回來了。這些都是他們各人傳道的法器，有金璜（ㄏㄨㄤˊ），也有玉玦（ㄐㄩㄝˊ），還有如意，等等，共三五十件。賈母本想謝絕，不願收，責備他胡鬧。張道士解釋這是眾人的一點心意，如果賈母拒收，就沒把他當成一家人。寶玉要把禮物散給窮人，張道士說不如散些錢給窮人，這些東西還是寶玉留下的好。於是，寶玉就收下了禮物。

賈母與眾人上了樓坐好，賈珍到神前拈戲目，上樓回賈母。頭一齣唱的是劉邦斬蛇起義的《白蛇記》，第二齣唱郭子儀七子八婿都封官晉爵的《滿床笏》，第三齣是唱榮華富貴如雲煙的《南柯夢》。賈母雖對第三齣不滿意，但因在神前拈的，也無話可說。賈珍在神前焚燒了金銀紙錠，開了戲。

寶玉坐在賈母身邊，叫人捧著方才那一盤子賀物，將自己的玉戴上，用手翻弄尋撥，一件一件地挑與賈母看。賈母看見一個赤金點翠的麒麟，便拿起來說：「我好像見誰家孩子也戴著這麼一個。」寶釵說：「史大妹妹有一個，比這個小些。」寶玉聽說湘雲也有一個，忙將那麒麟拿起來揣在懷裡。他怕別人起疑，偷眼四下瞟了瞟，見眾人都沒什麼，只有黛玉瞅著他點頭，似有讚嘆之意。寶玉有些不好意思，又掏出來，對黛玉說：「這個東西倒好玩。我給你留著，到家穿上繩給你戴。」黛玉一扭頭，說：「我不稀罕。」寶玉見她不要，就又揣了起來。

馮紫英家得知賈家在觀裡做法事，忙派了兩個管家送禮過來。馮家的兩個還沒走，接著趙侍郎家也有禮來了。隨後，接二連三地有賈府的親朋好友前來送禮。賈母見驚動了這麼多人，心裡過意不去，後悔自己不該來。因此，中午就回去了，第二天便不來了。寶玉因昨日張道士提起給自己說親的事，一整天心中都不自在，回家來生氣，口口聲聲說從今以後不再見張道士了。

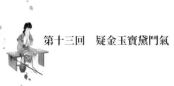

黛玉昨日回家時中了暑。寶玉因見她又病了，心裡放不下，飯也懶得去吃，不時過來探望。黛玉怕他有個好歹，讓他去看戲。寶玉以為黛玉是拿提親的事奚落他，便說：「我白認得你了。」黛玉聽說，便冷笑了兩聲，說：「我也知道你白認得了我，哪裡像人家有什麼配得上你的呢。」

寶玉聽了，更是煩惱百倍，便向前來直問到黛玉臉上：「你這麼說，是存心咒我天誅地滅？」黛玉一時沒明白這話是什麼意思。寶玉又說：「我昨天才為這賭了幾回咒，今天你到底准我一句。我便天誅地滅了，對你又有什麼好處？」黛玉聽他這麼說，方想起昨天的話來，知道自己說錯話了，於是又急又愧，只得戰戰兢兢地說：「我要安心咒你，我也天誅地滅。我知道，昨日張道士說親，你怕阻了你的好姻緣，你心裡生氣，來拿我撒氣。」寶玉又聽見她說「好姻緣」三個字，越發逆了自己的本意，心裡難受得很，嘴裡說不出話來，便賭氣向頸上抓下通靈玉來，咬牙狠命往地下一摔，說：「什麼玩意，我砸了你完事！」偏生那玉非常堅硬，摔了一下，竟紋絲沒動。寶玉見沒摔碎，便回身找東西來砸。林黛玉見他如此，早已哭起來，說：「何苦來，你摔砸那啞巴物件，不如來砸我。」

二人鬧著，紫鵑、雪雁忙來勸解。後來見寶玉下死力砸玉，忙上來奪，又奪不下來。見比往日鬧得大了，只好去叫襲人。襲人忙趕了來，才奪了下來。寶玉冷笑道：「我砸我的東西，和你們有什麼相干！」襲人見他臉都氣黃了，眼眉都變了，便拉著他的手說：「你同妹妹拌嘴，也犯不著砸它呀。萬一砸壞了，你讓妹妹心裡臉上怎麼過得去？」黛玉正在旁邊哭，聽見這話正說到自己心坎上，便覺得寶玉還沒有襲人瞭解自己的心思，越發傷心大哭起來，「哇」的一聲，把剛才吃的解暑湯都吐了出來。紫鵑連忙用手帕接住，雪雁也趕緊上來給黛玉捶背。紫鵑說：「即使生氣，姑娘也該保重些。如果犯了病，寶二爺怎麼過得去呢？」寶玉聽了這話，覺得說到自己心坎上來了，頓時認為黛玉還不如紫鵑明白自己。再看黛玉那臉紅頭脹，嬌喘微微，哭得泣不成聲的模樣，寶玉頓時又後悔剛才不該和她較真，心裡想著，不由得流下淚來。襲人想勸寶玉，又怕冷了黛玉，索性也哭起來。紫鵑一面收拾黛玉吐出的藥，一面拿扇子替黛玉輕輕地扇著，見三人默默無言，各哭各的，也跟著傷心抹淚。一時間，四個人都無言對泣。

好一會兒，襲人勉強笑著和寶玉說：「你不看別的，就看這玉上穿的穗子，也不該同林姑娘拌嘴。」黛玉聽了，也不顧病，起來奪過去，順手抓起一把剪子來要剪那穗子。襲人、紫鵑剛要奪，已經剪成了幾段。黛玉哭道：「我是白費心思了，他也不稀罕，自有別人替他再穿好的去。」襲人忙接了玉，說：「何苦來，都怪我剛才多嘴了。」寶玉說：「你只管剪，反正我也不再戴它了。」他們正鬧著，賈母和王夫人早已得到婆子們的報告，興師動眾地趕來，見寶玉也無言，黛玉也無話，問起來又沒為什麼事，便將紫鵑和襲人數落了一頓。直到賈母帶了寶玉出去，這事情才算平息。

第二天初三，是薛蟠的生日，他在家裡擺酒唱戲，賈府的人都去了。寶玉因得罪了黛玉，心中煩悶，沒心情去看戲。黛玉本沒大病，不過中了暑，聽說寶玉不去，知道他是因為昨天的事才不去的，也後悔自己不該剪了那玉上的穗子，同樣沒心情去。賈母見他倆都生了氣，本想趁今天看戲時二人見了面，也就和好了，誰知都沒去。老人家急得抱怨說：「我這是造了什麼孽，偏偏碰上這麼兩個不省事的小冤家，沒有一天不叫我操心，真是俗語說的『不是冤家不聚頭』。什麼時候我閉了眼，斷了這口氣，由他們鬧上天去，我眼不見心不煩，偏又不咽這口氣。」自己抱怨著，也哭了。這話傳到寶、黛二人耳中，他倆從未聽見過「不是冤家不聚頭」這句俗語，如今忽然得了這句話，好似參禪一般，都低頭細嚼此話的滋味，不禁潸然淚下。二人雖未見面，但一個在瀟湘館臨風灑淚，一個在怡紅院對月長嘆，正是人居兩地，情發一心。

這裡，襲人勸寶玉：「千萬不是，都是你的不是。往日家裡小廝們和他們的姐妹拌嘴，或是兩口子生氣，你聽見了，都罵男人不能體貼女孩子的心。可現在你也這麼著了。眼看就到初五端午節下了，你們兩個再這麼仇人似的，平白惹老太太生氣，弄得大家也不安生。依著我，你趕緊給林姑娘正經賠個不是，大家還是和以前一樣，多好。」於是，寶玉去瀟湘館登門賠罪。

那邊，紫鵑也在勸黛玉：「前日之事姑娘的確浮躁了些。寶玉那脾氣，難道姑娘還不瞭解嗎？好好的，姑娘為什麼剪那穗子？這下寶玉就只有三分不是，姑娘倒有七分不是了。而且平時他就對姑娘好，一心在你身上，倒是姑娘經常使小性子，多疑猜忌。」黛玉正要答話，只聽院外有人叫門。紫鵑聽了聽，說：「這是寶玉的聲音，想必是賠不是來了。」黛玉不許開門，紫鵑卻逕自出去開了院門，將寶玉讓了進來，說：「我只當寶二爺再不上我們這門了，沒想到你還能再來。」寶玉說：「好好的，為什麼不來？妹妹可大好了？」紫鵑說：「身上病好了，只是心裡氣不大好。」寶玉說：「我曉得有什麼氣。」說著進了屋，見黛玉又在床上傷心落淚。寶玉笑著走近床，問：「妹妹身上可大好了？」黛玉只顧拭淚，什麼都沒說。寶玉便挨在床沿上坐了，說：「我知道妹妹不惱我，只是我不來，叫旁人看著，倒像是咱們又拌了嘴似的。若等他們來勸咱們，到時候咱們豈不會覺得生分了？不如趁這會兒，你要打要罵，憑著你怎麼樣，千萬別不理我。」說著，又把「好妹妹」叫了好多遍。

黛玉心裡原是打算再不理寶玉的，這會兒見寶玉說別叫人知道他們拌了嘴就生分了似的這一句話，又覺得寶玉待她遠比別人親近，於是忍不住哭道：「你也不用哄我。從今以後，我也不敢親近二爺，二爺也全當我去了。」寶玉說：「你去哪兒呢？」黛玉說：「我回家去。」寶玉說：「我跟著你一起去。」黛玉說：「我死了。」寶玉說：「你死了，我做和尚！」黛玉一聞此言，登時將臉放下來，問：「想是你要死了，胡說些什麼！你家可是有幾個親姐姐、親妹妹呢，明天都死了，你幾個身子去做和尚？」寶玉知道自己這話說得冒失了，不由得漲紅了臉，低著頭不敢出聲。黛玉直瞪瞪地瞅了他半天，見他如此狼狽，咬著牙狠命在他額上戳了一指頭，說：「你這——」剛說了兩個字，便又嘆了一口氣，仍拿起手帕來擦眼淚。

寶玉說錯了話，正後悔不迭，也不由得流下淚來，他想擦淚，又忘了帶手帕，就用衣袖擦。黛玉瞟見了，抓過一塊綃帕摔到他懷裡。寶玉接過擦擦淚，挽住她一隻手，說：「我的五臟都碎了，你還只是哭。走吧！我們到老太太跟前去。」黛玉把手摔開，說：「誰跟你拉拉扯扯的！都這麼大了，還死皮賴臉的。」忽然有人喊道：「好了！」寶、黛二人沒防備，都嚇了一跳，回頭看時，只見鳳姐跳進來，笑道：「老太太在那裡抱怨天抱怨地，只叫我來瞧瞧你們好了沒有。我說不用瞧，過不了三天，他們自己就好了。老太太罵我，說我懶。我來了，果然應了我的話了。也沒見你們兩個人有什麼可拌嘴的，三日好了，兩日惱了，越大越成孩子了！還不跟我走，到老太太跟前，叫老人家也放心。」說著，拉上黛玉就走。黛玉回頭叫丫頭們，一個也沒有。鳳姐說：「叫她們做什麼，有我服侍你呢。」一面說，一面拉了就走。寶玉在後面跟著出了園門。

到了賈母跟前，鳳姐說：「我說他們不用人費心，自己就會好的。老祖宗不信，一定叫我去說和。我到黛玉那裡要說和，誰知兩個人早在一處對賠不是了，倒像『黃鷹抓住了鷂子*的腳』，兩個都扣了環了，哪裡還要人去說和。」說得滿屋裡都笑起來。

此時寶釵也在這裡。黛玉一言不發，挨著賈母坐下。寶玉沒什麼說的，便和寶釵說：「大哥哥的生日，我沒去，要是挑理了，寶姐姐替我分辯幾句。」寶釵說：「你身體欠安，去不去沒關係。真那麼想，反倒顯得生分。」寶玉又問：「寶姐姐怎麼不看戲去？」寶釵道：「我怕熱，只看了兩齣，熱得我想走，但是客人還沒散，我就說有些不舒服，就出來了。」寶玉說：「怪不得他們拿姐姐比楊妃，原來也是體豐怕熱。」寶釵聽他這麼說，不由得大怒，待要怎樣，又不好怎樣。回想了一會兒，臉紅起來，便冷笑了兩聲，說：「我倒像楊妃，只是沒一個好哥哥、好兄弟，可以做得楊國忠的！」寶玉自知又把話說造次了，頓時不好意思起來，趕緊回身同別人搭訕去了。

黛玉聽見寶玉奚落寶釵，心中著實得意，剛要趁勢取笑，不想靛兒因為找扇子，寶釵又發了兩句話。於是，黛玉便改口笑道：「寶姐姐，你聽了兩齣什麼戲？」寶釵見黛玉面上有得意之態，知道她一定是聽了寶玉方才奚落自己的話，遂了她的心願，現在又見她這麼問，便笑道：「我看的是李逵罵了宋江，後來又賠不是。」寶玉說：「姐姐通今博古，什麼都知道，怎麼連這一齣戲的名字也不知道？這叫《負荊請罪》。」寶釵笑道：「原來這叫《負荊請罪》呀！你們通今博古，才知道負荊請罪，我不知道什麼是負荊請罪！」一句話未說完，寶玉、黛玉二人知道這是在嘲諷他倆嘔氣的事，早把臉羞紅了。

鳳姐見三人這情景，便也笑著問：「你們在大暑天，誰還吃生薑呢？」眾人不解其意，便說：「沒有吃生薑。」鳳姐故意用手摸著腮，詫異道：「既沒人吃生薑，怎麼這麼辣辣的？」寶玉、黛玉二人聽見這話，越發不好過了。寶釵再要說話，見寶玉十分慚愧，也就不好再說，只得一笑收住。別人雖不明白其中深意，但不好深究，這事就這麼揭過了。

＊雀鷹。

延伸小知識

## 八股文

八股文也稱「時文」、「制藝」、「制藝」、「八比文」，是明清科舉所規定的文體，所以舊時的科舉考試也被稱為「八股考試」。八股文專講形式，沒有實質內容，文章的每個段落都死守在固定的格式裡面，連字數都有一定的限制，人們只是按照題目的字義敷衍成文。每篇由破題、承題、起講、入手、起股、中股、後股、束股八部分組成。

# 第十四回　為一笑晴雯撕扇

時節已是盛夏，這日早飯後，賈府各處主僕人等都在歇息。寶玉背著手，到一處，一處鴉雀無聲。最後，寶玉來到王夫人的上房內，只見幾個丫頭手裡拿著針線，卻在打盹呢。王夫人在裡間涼榻上睡著，丫鬟金釧坐在旁邊給她捶腿，也乜（ㄇㄧㄝ）斜著眼亂晃。

寶玉輕輕地走上前，把她耳上戴的墜子一摘。金釧睜開眼，見是寶玉，便抿嘴一笑，擺手讓他出去，仍合上眼。寶玉悄悄地探頭瞧見王夫人合著眼，便從自己身邊的荷包裡掏出了一粒香雪潤津丹，向金釧嘴裡一送，讓她含著。寶玉拉著她的手，悄悄地和她說話，說要向王夫人討她到怡紅院去。金釧推了他一把，說：「你急什麼？你還是往東小院捉環哥兒與彩雲去。」不巧，王夫人此時醒來，聽到了這句話，立刻翻身起來，照金釧臉上就打了一個嘴巴子，指著罵：「下賤丫頭，好好的爺們，都叫你們教壞了！」寶玉見王夫人起來，早一溜煙出去了。

金釧這時半邊臉火熱，一聲不敢言語。眾丫頭聽見王夫人醒了，都忙進來。王夫人便叫玉釧：「把你媽叫來，帶你姐姐出去。」雖然金釧苦求，王夫人仍不肯收留。金釧忙跪下哭求王夫人看在她伺候太太十來年的分上，別攆她出去，只管發落。可王夫人沒答應，只因這事犯了她的大忌。金釧只得含羞忍辱地出了賈府。

寶玉逃進大觀園，只見烈日當空，樹蔭滿地，蟬聲陣陣，四下寂靜無人語。寶玉信步走到薔薇花架下，聽到有哽咽之聲，頓時疑惑不已，便站住細聽，果然架下那邊有人。如今五月之際，那薔薇正是花葉茂盛之時，寶玉便悄悄地隔著籬笆洞一看，只見一個女孩子蹲在花下，手裡拿著根簪子在地下摳土，一面悄悄地流淚。寶玉心中想著，這丫頭也是個痴丫頭，像是學黛玉在葬花，再看時，覺得這個女孩子面生，不是個侍女，倒像是那十二個學戲的女孩子之一，卻辨不出她是哪個角色。剛要問，卻忙將口掩住，想道：「幸而不曾造次。前兩次皆因造次了，顰兒也生氣，寶兒也多心。如今再得罪了她們，越發沒意思了。」當下留神細看，只見這女孩子眉蹙(ㄘㄨˋ)春山，眼顰秋水，嫋嫋婷婷，大有黛玉之態。

只見她雖然用金簪劃地，卻並不是掘土埋花，竟是在土上畫字。寶玉用眼隨著簪子的起落，一筆一畫看了去，又在手心裡用指頭按著她剛才下筆的順序寫了，猜是個什麼字。寫成一想，原來就是個薔薇花的「薔」字。寶玉還以為她要作詩填詞呢，就見那女孩子還在那裡畫呢，畫來畫去，還是個「薔」字，再看，還是個「薔」字。她畫完一個又畫一個，已經畫了有幾千個「薔」。寶玉心裡想：「這女孩子一定有什麼說不出來的大心事，才會如此行事，心裡不知怎麼煎熬呢。」

忽然一陣涼風吹過來，唰唰地落下一陣雨來。寶玉看著那女孩子頭上滴下水來，紗衣裳頓時溼了。寶玉擔心她禁不住這驟雨一激，於是說：「趕緊別再寫了。這麼大的雨，你看你身上都溼了。」那女孩子聽到有人說話，倒嚇了一跳，抬頭一看，只見花外有一個人叫她不要寫了，下大雨了。一則寶玉面容俊秀；二則花葉繁茂，上下俱被枝葉隱住，剛露著半邊臉，那女孩子只當是個丫頭，沒想到是寶玉，笑著說：「多謝姐姐提醒了我，難道姐姐在外頭有什麼遮雨的？」這句話提醒了寶玉，他「哎喲」了一聲，才覺得渾身冰涼。低頭一看，自己身上也都溼了，說聲「不好」，立刻一口氣跑回怡紅院去了，心裡卻還記掛著那女孩子沒處避雨。

寶玉冒雨跑回怡紅院，見院門緊閉，聽見裡面一片笑鬧聲。原來，那十二個學戲的女孩子都放了學，進園來各處玩耍。小生寶官與正旦玉官來找襲人玩，被雨阻住。幾個人把溝堵了，將院門關了，讓雨水積在院內，把些綠頭鴨、彩鴛鴦，捉的捉、趕的趕，放在院內玩耍。襲人等人都在遊廊上笑鬧著。

寶玉見關著門，便以手叩門，裡面的人只顧笑，沒聽見叩門聲。寶玉等了半日，不見有人來開門，心中焦躁，把門拍得山響，裡面方聽見了，可她們認為寶玉這會兒不會回來。襲人問：「有人在叫門，誰去開門？」寶玉說：「是我。」麝月說：「像是寶姑娘的聲音。」晴雯說：「寶姑娘這個時候不會來的。」於是襲人順著遊廊到門前，隔著門縫一看，只見寶玉淋得落湯雞一般。襲人忙開了門，笑得彎著腰說：「這麼大雨裡跑什麼？哪裡知道爺回來了。」

寶玉一肚子沒好氣，滿心裡要把開門的踢幾腳。等開了門，也沒看是誰，還只當是那些小丫頭們，便抬腿踢在肋上。襲人「哎喲」了一聲。寶玉還罵道：「下流東西們！我平日慣得你們太得意，一點也不怕我，還拿我取笑了！」正說著，一低頭見是襲人哭了，方知踢錯了，趕緊說：「怎麼是你？踢到哪兒了？」襲人也知寶玉不會故意踢她，只得忍住痛，說：「沒有踢著。你還不換衣裳去。」寶玉一面進房來換衣裳，一面笑著向襲人道歉。襲人連說沒事，原本這事就是她挑頭的。

襲人只覺肋下疼得心裡發鬧，晚飯也不曾好生吃。至晚間洗澡時，脫了衣服，只見肋上青了碗大一塊，把她嚇了一跳，又不好聲張。到夜間，已是疼得直喊「哎喲」。

寶玉聽襲人喊出聲來，知道踢重了，就提著燈過來看看。只見襲人咳了兩聲猛地吐出一口鮮血。寶玉頓時慌了，只說：「了不得了！」襲人見了，不覺將平日想著將來爭榮誇耀的心都灰了，眼中滴下淚來。寶玉見她哭了，趕緊問：「覺得怎麼樣？我讓人去請大夫吧。」襲人怕這事鬧得眾人皆知，連累寶玉，讓他等天亮了派人去請王太醫來。忍到天明，寶玉顧不得梳洗，親自去將王濟仁叫來，親自確問。王濟仁問其緣故，不過是傷損，便開了藥方，交代了寶玉如何內服外敷。寶玉記下了，回園後，依方給襲人調治。

到了端午節這天，各處門上都插了驅祟的菖ㄔㄤ蒲、艾蒿，孩子們的手臂上繫了避邪的虎符。中午的時候，王夫人置了酒席，請薛家母女過節。寶玉見寶釵淡淡的，也不和他說話，知道是昨天之事的緣故。王夫人見寶玉沒精打采，還以為他因為金釧的事不好意思，才這副模樣，越發不理他。黛玉見寶玉懶懶的，只當是他因為得罪了寶釵的緣故，心中不自在，也就懶懶的。鳳姐在昨日晚間就從王夫人那裡知道了寶玉、金釧的事，知道王夫人不自在，自己如何敢說笑，也就隨著王夫人的氣色行事，更覺淡淡的。迎春姐妹見眾人都無精打采的，一個個也都沒什麼意思了。因此，大家坐了坐就散了。

黛玉喜散不喜聚，倒沒覺什麼。寶玉喜聚不喜散，更加悶悶不樂，回到自己房中，忍不住長籲短嘆。偏巧晴雯上來換衣服，不小心把扇子掉在地上，將扇股跌折了。寶玉於是嘆道：「蠢材，蠢材！將來怎麼辦？明日你自己當家，難道也是這麼顧前不顧後的？」晴雯冷笑道：「二爺近來氣大得很，動不動就給我們臉色看。前兒連襲人都打了，今兒又來尋我們的不是。要踢要打憑爺去，就是掉了扇子，也是平常的事。先前連那麼貴重的玻璃缸、瑪瑙碗，都不知弄壞了多少，也沒見你發多大脾氣，這會兒一把扇子就這麼著了。何苦來！要嫌我們，就打發我們走，再挑好的使。好離好散的，倒不好？」寶玉聽了這些話，氣得渾身亂顫，說：「你不用忙，將來有散的日子！」

襲人在那邊早已聽見，忙趕過來對寶玉說：「好好的，又怎麼了？可是我說的『一時我不到，就有事』了。」晴雯聽了，冷笑道：「姐姐既會說，就該早來，也省得爺生氣。自古以來，就是你一個人服侍爺的，我們原沒服侍過。因為你服侍得好，昨日才挨了窩心腳；我們不會服侍的，到明兒還不知是個什麼罪呢！」襲人聽了這話，又是惱，又是愧，待要說幾句話，又見寶玉已經氣得黃了臉，少不得自己忍了性子，推晴雯道：「好妹妹，你出去逛逛，原是我們的不是。」晴雯聽她說「我們」，冷笑道：「這個『我們』是誰呢？這是什麼時候稱上『我們』的？」

襲人羞得臉紫漲起來，想一想，原來是自己把話說錯了。寶玉趕緊護著襲人，說：「你們氣不忿，我明兒偏抬舉她。」襲人忙拉了寶玉的手說：「她一個糊塗人，你和她爭論什麼？況且你平時對這個多有擔待，今天怎麼變了？」晴雯冷笑道：「我原來是糊塗人，哪裡配和你說話呢！」登時三個人就吵成一團。

寶玉對晴雯說：「你也不用生氣，我也猜著你的心事了。我回太太去，你也大了，打發你出去，好不好？」晴雯聽了這話，不覺又傷起心來，含淚說：「為什麼我出去？要嫌我，變著法打發我出去，也不能夠。」寶玉說：「我什麼時候經過這樣的吵鬧？一定是你想出去了。不如回太太，打發你去吧。」說著，站起來就要走。襲人忙回身攔住，說：「去哪兒啊？你還真要回太太去呀。好沒意思！真的回了，你就不擔心晴雯，不怕她害臊？便是她真的要走，也等把這氣順下去了，等無事的時候回了太太也不遲。這會兒急急地當作一件正經事去回，豈不叫太太犯疑？」寶玉說：「太太不會犯疑的，我只明說是她自己鬧著要出去的。」晴雯哭道：「我什麼時候鬧著要出去了？自己生了氣，儘管拿話壓派我。只管去回，我一頭碰死了也不出這門。」寶玉說：「這也奇了。你又不出去，卻又鬧些什麼？我經不起這麼吵，不如去了倒乾淨。」說著，一定要去回。

襲人見攔不住，只得跪下央求。碧痕、秋紋、麝月等眾丫鬟見他們吵鬧，都在外頭聽消息，現在聽見襲人跪下央求，便一齊進來都跪下了。寶玉忙把襲人扶起來，嘆了一聲，在床上坐下，叫眾人起來，對襲人說：「叫我怎麼樣才好？這個心使碎了也沒人知道！」說著，不覺滴下淚來。襲人見寶玉流下淚來，自己也哭了。

晴雯在旁哭著，剛要說話，見黛玉進來，便出去了。黛玉見這場景，便問：「大節下怎麼好好的都哭起來了？難道是為爭粽子吃，爭惱了不成？」一句話把大家逗笑了。黛玉拍著襲人的肩，逗著襲人叫嫂子，卻勾起襲人的傷感，說她只知為主子盡忠，除非死了才罷。黛玉說：「你死了，別人不知怎麼樣，我先就哭死了。」寶玉說：「你死了，我做和尚去。」黛玉笑他：「做了兩回和尚了。我從今以後都記著你做和尚的遭數。」寶玉知道這是黛玉點

他前日的話，自己一笑了之。

黛玉離開後，薛蟠又派人過來請寶玉去喝酒。寶玉不好推辭，一直喝到晚上才回來。帶著幾分醉意，寶玉踉蹌著回到自己院內，只見院中早把乘涼枕榻備好，榻上有個人睡著。寶玉只當是襲人，一面在榻沿上坐下，一面推她，問：「好些了嗎？還疼不疼？」不想那人翻身起來說：「何苦又來招我！」寶玉一看，原來不是襲人，卻是晴雯。寶玉將她一拉，拉在身旁坐下，說：「你的性子越發嬌慣了。早起就是跌了扇子，我不過說了那兩句，你就說上那些話。說我也罷了，襲人好意來勸，你又連帶上她。你自己想想，是不是不該這麼做？」

晴雯說：「怪熱的，拉拉扯扯做什麼！叫人來看見像什麼樣子！我這身子也不配坐在這裡。」寶玉笑道：「你既知道不配，為什麼還在這兒睡呢？」晴雯聽了沒說話，很快就「嗤」地笑了，說：「你不來，便使得；你來了，就不配了。起來，讓我洗澡去。襲人、麝月都洗了澡了，我叫她們來伺候你。」寶玉說：「我剛才喝了不少酒，還沒來得及洗。你既沒有洗，拿了水來，咱們兩個一塊兒洗。」晴雯擺擺手，說：「行了，行了，我可不敢惹爺。你也不用和我一起洗。之前你不是洗過了麼，這會兒可以不用再洗。我倒一盆水來，你洗洗臉，通通頭，再吃點拔*好的果子。」寶玉說：「既這麼著，你也別洗了。去洗洗手，過來拿果子吃吧。」晴雯說：「我慌張得很，連扇子都跌折了，哪裡還配吃果子呢？如果再打破了盤子，就更了不得了！」寶玉說：「你愛打就打，這些東西原不過是借人所用，你愛這樣，我愛那樣，各自隨各自的性情去就好了。比如那扇子，原是扇風的，你要撕著玩也可以，只是不可生氣時拿它出氣。就像

＊用冰或涼水鎮果品或飲料，使之變冷。

這些杯子和盤子，原本是盛東西的，你喜歡聽那聲響，就故意摔了也可以，只是別在生氣時拿它出氣。這就是愛物了。」晴雯聽了，笑道：「既這麼說，你就拿了扇子來我撕，我最喜歡撕的。」寶玉聽了，便笑著遞給她一把扇子。晴雯果然接過來，「哧」的一聲，撕成了兩半，接著「哧哧」又撕幾下。寶玉在旁邊說：「響得好，再撕響些！」

正說著，只見麝月走過來，說：「你們倆少作些孽吧。」寶玉趕上來，一把將她手裡的扇子也奪了過來，遞給晴雯。晴雯接了，也撕了好幾下，二人都大笑。麝月說：「這是怎麼說，拿我的東西尋開心？」寶玉說：「打開扇子匣子，你隨便挑新的去，這也不是什麼好東西！」麝月說：「既這麼說，就把匣子搬了出來，讓她盡力撕，豈不更好？」寶玉說：「那你就搬去。」麝月說：「我可不造這孽。她也沒折了手，叫她自己搬去。」晴雯笑著，倚在床上說：「我也乏了，明天再撕。」寶玉說：「古人云：『千金難買一笑。』幾把扇子能值多少錢？」一面說，一面叫襲人。襲人換了衣服走出來。小丫頭佳蕙過來拾去破扇，大家一起乘涼。

## 白白老師的國學小教室

### 晴雯撕扇

晴雯是寶玉的婢女，漂亮標緻，眉眼有點像黛玉，性格剛烈坦率，和黛玉一樣極為感性。

有人認為寶釵、襲人是故事中的理性組，黛玉、晴雯則是感性組，用以相互對照。曹雪芹不僅用心刻劃賈府中富貴小姐的姿態性格，寫婢女時，也將她們的容貌特質描述得鮮明生動。

在晴雯撕扇的情節中，因為晴雯弄壞一把扇子，被原就心情不好的寶玉責備，晴雯因而鬧脾氣，寶玉就讓晴雯多撕幾把扇，撕到開心為止。在這個故事情節裡，可以注意到晴雯雖然是婢女，但脾氣很執拗剛烈，也因為寶玉的寵愛而恃寵而驕，所以敢直接對寶玉表達不滿。

「心比天高，身為下賤，風流靈巧招人怨。」晴雯的直率倔強，是她的魅力所在，但她極為自負驕傲，仗著美貌和寶玉的寵愛，時常逾越自己的身分，也替後來自身的悲劇埋下禍端。

## 第十五回 寶黛互訴衷腸

第二天中午，王夫人同寶釵、黛玉等眾位姐妹都在賈母房內坐著，有人進來稟報：「史大姑娘來了！」很快，就看見史湘雲帶領眾多丫鬟媳婦走進院來。寶釵、黛玉等忙迎至階下相見。湘雲和眾位姐妹已經有幾個月沒見面了，這次相逢，其親密自不必說。

眾人講了些湘雲往日淘氣的事情，紛紛笑了起來。寶釵笑著向湘雲的奶媽說：「周媽，你們姑娘還是那麼淘氣嗎？」周奶媽也笑了。迎春說：「淘氣也罷了，就是太愛說話了，整天嘰嘰喳喳的，說個不停，笑一陣說一陣的，也不知哪裡來的那些話。」王夫人說：「只怕如今好了。快出閣了吧，不會還這麼淘氣的。」賈母問：「今晚是住這兒呢，還是回家去呢？」周奶媽說：「姑娘是要住兩天的，這不，換洗的衣服都帶來了。」湘雲沒看見寶玉，於是問：「寶玉哥哥不在家嗎？」寶釵說：「看看，這丫頭不想著別人，只想著寶兄弟。」

正說著，只見寶玉進來了。他笑著說：「雲妹妹來了。前天打發人去接你，怎麼那會兒不來？」王夫人說：「這裡老太太才說了這個，你又來提名道姓了。」黛玉說：「你哥哥得了個好東西，等著你呢。」湘雲問：「什麼好東西？」寶玉說：「你信她呢！幾日不見，你可是越發高了。」湘雲說：「襲人姐姐還好嗎？」寶玉說：「多謝你還記掛著她。」湘雲說：「我給她帶了好東西來了。」說著，拿出手帕來，挽著一個疙瘩。寶玉問：「是什麼好東西？你倒不如把前兒送來的那種**絳**（ㄐㄧㄤˋ）*紋石的戒指帶兩個給她。」湘雲說：

「你看這是什麼？」說著，便打開手帕。眾人看時，果然就是上次送來的那絳紋石戒指，一包四個。

黛玉說湘雲前天才派人送了戒指過來，今天自己親自帶了來，可見是糊塗了。湘雲說今天帶的是給丫頭的，還把四個戒指放下，接著說：「襲人姐姐一個，鴛鴦姐姐一個，金釧姐姐一個，平兒姐姐一個。給她們四個人的，怕下人記不清楚，所以我才親自帶了來。」眾人聽了，都笑道：「果然明白。」寶玉說：「還是這麼會說話，不讓人。」黛玉聽了，冷笑道：「她就算不會說話，她的金麒麟也會說話。」說完，起身就走了。還好這句話眾人都不曾聽見，只有寶釵抿嘴一笑。寶玉聽見了，正後悔又說錯了話，忽見寶釵一笑，也不由得笑了。寶釵見寶玉笑了，忙起身走開，找黛玉去說話。

賈母對湘雲說：「喝了茶，歇一歇，瞧瞧你的嫂子們去。園裡也涼快，同你姐姐們去逛逛。」湘雲答應了，將戒指包上，歇了一歇，便起身去鳳姐那裡，和鳳姐說笑了一會兒就出來，往大觀園去了。見過了李紈後，湘雲就帶著下人們往怡紅院來找襲人。她對跟著自己的丫鬟媳婦們說：「你們不必跟著我了，只管瞧你們的朋友親戚去，留下翠縷服侍我就行了。」

眾人聽了，各自散去。湘雲和翠縷兩個人一路走，一路說笑，很快就到了薔薇架下。湘雲說：「翠縷，你看那是誰掉的首飾，金晃晃在那裡。」翠縷聽了，忙趕上拾在手裡攥著。湘雲讓她拿給自己看，原來是一個光彩照人的金麒麟，比自己佩戴的那個還要大、還要明亮。湘雲把這金麒麟托在手上看，卻是默默不語。就在她出神的時候，寶玉忽然從那邊來了，笑著問她：「你們兩個在這日頭底下做什麼呢？怎麼不找襲人去？」湘雲連忙將那金麒麟藏起來，說：「正要去呢。咱們一起走。」說著，他們一起進入怡紅院。

＊深紅色。

襲人正在階下倚檻迎風，見湘雲來了，連忙迎下來，兩人拉著手說了些各自最近的狀況。寶玉說：「你該早來，我得了一件好東西，專等你呢。」說著，就在身上摸掏，掏了半天也沒掏出來，便問襲人：「前天那個麒麟你收起來了嗎？」襲人說：「你天天帶在身上的，怎麼這會兒問我？」寶玉聽了，將手一拍，說：「可能是丟了，這要往哪裡找去呢？」說完，就要起身出去找。湘雲聽了，知道自己剛才撿的那個麒麟是寶玉落下的，便笑著問：「你什麼時候又有了麒麟了？」寶玉說：「前兒好不容易才得到的，可惜不知什麼時候丟了，我也糊塗了。」湘雲說：「幸而是玩的東西，看你，還是這麼慌張。」說著，將手攤開，說：「你瞧瞧，是不是這個？」寶玉見這是自己得的那個麒麟，頓時高興起來，便伸手來拿，說：「虧你撿著了，你是在哪裡撿的？」湘雲笑道：「幸虧是這個。明兒要是把印也丟了，難道也就罷了不成？」寶玉說：「倒是丟了印平常，若丟了這個，我就該死了。」

襲人斟了茶來，遞給湘雲喝。兩個人互相取笑了一番，然後湘雲打開手帕，將戒指遞給襲人。襲人感謝不盡，說：「你前天送來的那一批，寶姑娘將自己的送給我了。今天你又親自送來給我，可見你是真心待我的。」湘雲說：「原來是寶釵姐姐的給了你，我還以為是林姐姐給你的。這寶姐姐是真好，我真想有這麼個親姐姐。」寶玉在旁邊說：「行了，可別提這事了。」湘雲說：「提這個怎麼了？你是怕你的林妹妹聽見這話，又會挖苦我嗎？」襲人趕緊勸湘雲，說她現在變得心直口快了，順便央求她替自己做雙鞋。湘雲很奇怪，說：「你家做針線的、負責裁剪的巧人那麼多，哪裡就需要找我做呢？」襲人說：「我這兩日身子不爽利，不方便做，而且我們這屋裡的針線，向來是不讓那些人做的。」湘雲聽了，知道是給寶玉做鞋，於是答應了。

正說著，有人進來回話，說是興隆街的賈雨村來了，老爺叫二爺出去見一見。寶玉聽了，心中很不自在，便抱怨道：「有老爺和他坐著就行了，回回定要見我。」湘雲一邊搖著扇子，一邊笑著說：「自然是覺得你慣會接待這些賓客，老爺才叫你出去相見的。」寶玉說：「才不是呢，都是他自己要請我去見的。」湘雲說：「主雅客才來得勤哪，自然你有些警他的好處，他才只要會你。」寶玉說：「好了吧。我可不敢稱雅，俗中又俗的一個俗人罷了，我才不願和這些人來往呢。」湘雲說：「你還是這個情性，該改改了。如今年歲日長，你就算不願意讀書，不想將來考舉人、中進士什麼的，也該經常會會這些在朝為官的人，聽他們講一些仕途經濟的學問，也好將來應酬事務，日後也能有個場面上的朋友。你哪裡就只能整天在我們女孩子中間瞎混！」

寶玉聽了，對她說：「姑娘，請到別的姐妹屋裡坐坐，當心我這裡弄髒了你這種懂得當官學問的人。」襲人趕緊說：「雲姑娘，可別說這話了。上回寶姑娘也說過一回，他也不管人家臉上過得去過不去，咳了一聲，抬起腳來就走了。那會兒寶姑娘的話還沒說完，見他走了，登時羞得臉通紅，說又不是，不說又不是。幸而是寶姑娘，要是林姑娘，不知又會鬧成什麼樣，哭成什麼樣呢。提起這個話來，我是真覺得寶姑娘讓人敬重，她自己只是覺得怪不好意思的，過了一會兒就走了。我反倒是過意不去，覺得她惱了。沒想到這之後她還是和以前一樣，真是個有涵養的人，心地也寬大。誰知道這一個反倒同她生分了。要是林姑娘見你賭氣不理她，你得賠多少不是呢。」寶玉卻說：「林姑娘說過這些混帳話嗎？如果她也說過這些混帳話，我早和她生分了。」襲人和湘雲都點頭笑道：「是，這些都是混帳話。」

原本黛玉就知道湘雲在這裡，寶玉又趕來，一定會說那個麒麟的故事。因此黛玉心中暗自推測，近日寶玉弄來的那些外傳野史裡，有很多才子佳人都因為小巧玩物的撮合，比如鴛鴦、鳳凰或是玉環金珮什麼的，最終都訂了終身。如今她看見寶玉也有了麒麟，就擔心他和湘雲之間也會有什麼。於是黛玉悄悄走來，打算見機行事，看看他倆的意思。不想她剛走來，就聽見湘雲對寶玉說了一堆如何經營當官的事，寶玉說林妹妹不會說這樣的混帳話，若她也說這話，早和她生分了。黛玉在門外聽了這話，不覺又喜又驚，又嘆又悲。喜的是，自己的眼力果然不錯，平日把他當作知己，他果然就是自己的知己。驚的是，他在人前如此稱讚我，可見待我有多親密，竟然絲毫不避嫌疑。嘆的是，你當我是你的知己，自然我也會當你為知己；既然你我已經是知己了，又何必有金玉姻緣的說法；就算有金玉姻緣的說法，也該是你我所有，又何必把寶釵引進來！悲的是，自己父母早逝，雖然有銘心刻骨的話，卻沒人替我說。況且她近日每每感到神思恍惚，病已漸成，覺得你我雖為知己，但恐怕無法長久相待，你縱然是我的知己，卻想不到我會如此福淺命薄。想到這裡，黛玉不禁滾下淚來，想要進去相見，卻覺得已經完全沒了興致，於是抽身回自己院裡去了。

這會兒寶玉已經穿好衣服出來了，剛好看見黛玉在前面慢慢地走著，似乎在抹眼淚，便急忙趕上來，問：「林妹妹，這是要去哪裡呀？怎麼又哭了？是誰得罪了你？」黛玉回頭見是寶玉，便勉強笑道：「好好的，我哪裡哭了。」寶玉說：「你瞧瞧，眼睛上的淚珠都沒幹，還撒謊呢。」一面說，一面禁不住抬起手來替她擦拭眼淚。黛玉忙向後退了幾步，說：「你又要死了！這麼動手動腳的幹什麼！」寶玉笑著說：「說話忘了情，不自覺地就動了手，也就顧不得死活了。」黛玉說：「你死了倒不值什麼，只是丟下了什麼金，還有什麼麒麟的，可怎麼辦呢？」聽黛玉又說這話，寶玉頓時急了，趕上來問：「你還說這話，到底是咒我，還是氣我呢？」黛玉聽他的語氣，也想起前日的事來，便覺得自己這話說得莽撞了，於是有些後悔，忙笑道：「你別著急，是我說錯了。看把你急的，筋都暴起來了，出了一臉汗。」說著，禁不住上前伸手替寶玉擦臉上的汗。

寶玉瞅了黛玉半天，才說出「你放心」三個字。黛玉聽後，愣住了，好半天才說：「我有什麼不放心的？你這話是什麼意思？我有些不明白。你倒說說，怎麼放心，怎麼不放心？」寶玉嘆了一口氣，問：「你真的不明白這話？難道我平時花費在你身上的心思都用錯了？如果連你的意思我也琢磨不透，就難怪你天天為我生氣了。」黛玉說：「果然，我還是不明白放心不放心的話。」寶玉點頭嘆道：「好妹妹，你別哄我了。如果你不明白這話，不但我平時的心思白用了，怕是連你平日待我之意也都辜負了。你也是因為這不放心的緣故，才弄了一身病。但凡寬慰些，這病也不會一日比一日加重！」黛玉聽了這話，耳邊如同響了個炸雷一般，仔細想想，竟然比從自己肺腑中掏出來的話還懇切，自己腹中有千言萬語，滿心要說，卻是半個字也不能吐，只能怔怔地望著寶玉。此時寶玉心中也有千言萬語，卻不知從哪一句說起，也怔怔地望著黛玉。

兩個人怔了半天，林黛玉咳了一聲，兩眼不覺滾下淚來，回身便要走。寶玉忙上前拉住，說：「好妹妹，你先別走，聽我說一句話再走。」黛玉卻說：「有什麼可說的。你的話，我早知道了！」說完，頭也不回地就走了。寶玉站著，只管發起呆來。

寶玉因為急著出門，把扇子落下了。襲人怕他熱，忙拿了扇子趕來送給他。她看到寶玉和黛玉面對面站著，也不說話，不一會兒，黛玉就走了，寶玉卻還站著不動，於是走過來，說：「你怎麼把扇子忘了帶在身邊，還好我看見了，給你送來了。」寶玉正在出神，聽見有人和自己說話，還以為是黛玉，就一把拉住她，說：「好妹妹，我的心事，從來也不敢說，今天當著你的面大膽說出來，我死也甘心！我為你也弄了一身的病在這裡，又不敢告訴人，只好藏著。等你的病好了，我的病怕是才會好。」襲人聽了這話，嚇得魂銷魄散，推了他一把，說：「你說的是什麼話？是中邪了嗎？還不趕緊走。」寶玉頓時清醒過來，知道是自己錯將襲人認作黛玉了，羞愧不已，於是一把拿過扇子，立刻抽身跑了。

襲人見他走了，琢磨他剛才說的話，一定是為了黛玉才這麼說的。如此看來，將來極有可能發生一些驚世駭俗的事，想到這裡，襲人擔心得都掉下淚來，一邊還想著如何解決掉這事。正在她思索的時候，寶釵走過來，問：「你就這麼在日頭底下曬著自己，出什麼神呢？」襲人趕緊回說，自己就是發了會兒呆，沒啥事。寶釵又問起湘雲在怡紅院做什麼，襲人說請她給寶玉做鞋。寶釵見周圍沒人，便對襲人說：「你這麼個明白人，怎麼這次卻不體諒人情了。我近來看著雲丫頭的神情，再**風裡言風裡語地***聽起來，才曉得雲丫頭在她那個家裡竟一點做不得主。她們家嫌費用大，竟然不留用那些專門做針線的人，很多繡品織物都是她們娘兒們動手自己做的。這幾次她來了，和我在一處說話時，她就說家裡累得很。我再問她兩句家常過日子的話，她就連眼圈都紅了，嘴上含含糊糊的。這也不難想像其中的情形，自然是從小沒爹娘的苦。我看著她，也不覺傷起心來。」

襲人這才知道湘雲竟如此勞累，後悔不該請她做活兒。寶釵讓襲人只管把寶玉的東西讓做針線的僕人做去，襲人說根本瞞不過寶玉，只好自己慢慢做了。寶釵說自己可以替襲人分擔一些針線活兒。二人正說著，忽然見一個老婆子跑來，說：「金釧姑娘不知怎麼回事，好好的，竟投井死了！」襲人嚇了一跳，忙問：「哪個金釧？」那老婆子說：「哪裡還有兩個金釧呢？就是太太屋裡的那個。前兒不知為什麼給攆了出去，在家裡哭天哭地的，也沒人理會她。誰知找不見了。剛才打水的人在那東南角上井裡打水，看見一個屍首，趕著叫人打撈起來，誰知是她。她家裡人還只管亂著要救活，可哪裡還來得及呀！」寶釵說：「這事情有些奇怪。」襲人聽了，點頭嘆惜，想起平日和金釧之間的情誼，不覺流下淚來。寶釵忙向王夫人處來道安慰。襲人也回了怡紅院。

寶釵來到王夫人那裡，只見鴉雀無聲，只有王夫人在裡間房內坐著垂淚。寶釵便不好提這事，只得在一旁坐下。王夫人問她從哪兒來的，寶釵說從園裡來。王夫人又問她見沒見到寶玉，寶釵說看見寶玉穿著見客的衣服出去了。王夫人點點頭，帶著哭腔說：「金釧忽然投井的事你知道了吧？」寶釵說：「好好的，她怎麼就投井了？這也太奇怪了。」王夫人說：「原是前兒她把我的一件東西弄壞了，我一時生氣，打了她幾下，攆了她下去。我原打算氣她兩天，等我這氣消了就叫她回來。誰知她竟這麼大氣性，居然投井死了。豈不是我的罪過。」

寶釵嘆道：「姨娘是慈善人，當然會這麼想。但是我覺得她並不是賭氣投井的，多半她是在外頭住著，常到井跟前玩，不小心掉下去的。她在府裡拘束慣了，這一出去，自然要到各處去玩玩逛逛，怎麼可能生氣尋短見呢？就算她氣性大，也不過是個糊塗人，算不上可惜。」王夫人點頭嘆道：「這話雖然這麼說，到底我心裡不安。」寶釵嘆道：「姨娘不必過於介懷此事。可以多賞幾兩銀子讓她家裡辦個風光點的葬禮，也算盡主僕之情了。」

王夫人說：「剛才我賞了她娘五十兩銀子，原來還要把你妹妹們的新衣服拿兩套給她**裝裹**†。誰知只有你林妹妹過生日做的兩套。我想你林妹妹那個孩子平日是個有心的，況且她也三災八難的，既然說了給她過生日，這會兒又給人裝裹去，豈不忌諱？所以我現叫裁縫趕兩套給她。金釧不比別的丫頭，一直伺候我，我是拿她當女兒看待的。」說著，不覺流下淚來。寶釵忙說：「姨娘不用這麼費事。我前兒倒做了

＊非正式地透露出來。

†給死者穿衣服。

兩套，正好拿來給她，還省事。而且我和她身量差不多，再說我也從不忌諱這些。」一面說，一面起身就走，王夫人忙叫了兩個人跟寶釵一起去。

很快，寶釵取了衣服回來，只見寶玉在王夫人旁邊坐著垂淚。王夫人正在說他，見寶釵來了，就掩口不說了。寶釵見此景況，早將內裡的情形猜到了八分，於是將衣服交給王夫人。王夫人喚金釧母親上來，賞了些首飾衣物，又吩咐請人做法事。金釧母親磕頭謝了，然後就出去了。

## 第十六回　寶玉因事遭責打

寶玉見過賈雨村回來後，就知道金釧投井自盡的消息了，他也知道金釧這是含羞賭氣才用了這麼激烈的手段，心中非常難過，進屋後又被王夫人數落教訓了一番。見寶釵進來，寶玉就出來了，但他茫然不知所措，背著手，低頭一面感嘆，一面慢慢地走著。等他信步來到大廳，卻與人撞了個滿懷，抬頭一看，是他的父親賈政。寶玉心中一怕，立刻垂手站在一旁。賈政見他垂頭喪氣的樣子，很是不滿，加上剛才和賈雨村見面時寶玉也沒給自己長臉，頓時將他好一頓數落。寶玉此時為金釧感傷，無心應對，只是傻傻地站在那兒。

忽然，有下人來稟報，說：「忠順親王府裡有人來要見老爺。」賈政心下雖疑惑，但仍命「快請」，自己也出來看，是忠順府長史官，忙接進廳上坐了獻茶。那長史官也沒客套，直接就說：「下官此來，是奉王命而來，有一件事相求。煩請老大人看在王爺面上為我們做主。」賈政摸不著頭腦，忙賠著笑臉問：「大人既奉王命而來，還請大人宣明，學生好遵諭*承辦。」那長史官冷笑道：「也不必承辦，也就是大人一句話的事。我們府裡有一個唱小旦的琪官，本來一直待在府裡的，不想最近這三五日卻見不到人了。我們四處去找也沒找見，後來聽人說他和銜玉的那位令郎交情深厚。下官不敢擅自來要人，只好稟明王爺。王

*遵諭：遵守上級發下來的命令。

爺說這琪官為人機敏，很合他的心意，身邊不能少了此人。故此求老大人轉告令郎，請將琪官放回。」說完，還打了一躬。

賈政聽了這話，又驚又氣，立即派人喚寶玉來。寶玉不知父親如此急切地喚自己是為了什麼，只好趕緊過來。賈政見寶玉來了，怒喝：「你不在家好好讀書，只管做些無法無天的事來！那琪官現是忠順王爺駕前得用的人，你把他藏在哪裡了？」寶玉聽了大吃一驚，忙回道：「我實在不知此事，連琪官是什麼我都不清楚，又怎麼會藏他呢？」那長史官冷笑著說：「公子如果不知此人，那紅汗巾子怎麼到了公子腰裡？有這現成的證據，公子還想抵賴嗎？」寶玉聽了這話，如遭雷擊，知道無法隱瞞下去了，於是就想先把眼前的事情應付過去，免得再說出別的事來。因此寶玉說：「大人既知他的底細，想來也知道他置買房舍的事。聽說他在東郊離城二十里處的紫檀堡置了幾畝田地，幾間房舍，想來他此時在那裡。」那長史官聽了，笑道：「這樣說，一定是在那裡。我去找一下，如果找不到，還要來請教公子的。」說完，就匆匆告辭離去。

賈政此時氣得目瞪口呆，一面送那長史官，一面回頭命寶玉：「站在那兒別動！一會兒回來有話問你！」將那官員送走後，賈政一回身，看見賈環帶著幾個小廝一陣亂跑，頓時勃然大怒。賈環見了他父親，嚇得骨軟筋酥，忙低頭站住。賈政問：「你跑什麼？像什麼樣子？莫不是討打嗎？」賈環見父親盛怒，便乘機說：「方才原不曾跑。只因從那井邊一過，那井裡淹死了一個丫頭，泡得實在可怕，我被嚇到了，所以才趕著跑了過來。」賈政聽了，驚疑地問：「好端端的，怎麼會去跳井？我家從無這樣的事情，自祖宗以來，一直寬柔對待下人。這種給家族招禍的事究竟是誰做的，這讓祖宗顏面何在？」喝命叫賈璉、賴大、來興過來。

小廝們剛要去叫，賈環忙上前拉住賈政的袍襟，貼膝跪下，說：「父親不用生氣，此事除太太房裡的人，別人一點也不知道。」賈政見他似有下情要說，就命小廝們退下。小廝們明白，都往兩邊後面去。賈環這才悄悄地說：「我母親告訴我說，寶玉哥哥前日在太太屋裡，拉著太太的丫頭金釧調戲未遂，打了一頓，那金釧便賭氣投井死了。」

話未說完，把個賈政氣得面如金紙，大喝：「快拿寶玉來！」他一邊朝書房走，一邊喝命：「今日再有人勸我，我把這官爵和財產都交給他與寶玉過去！我自己尋個乾淨去處，免得辱沒先人！」門客僕從見此，知道是因為寶玉，連忙退出書房。賈政喘吁吁、直挺挺地坐在椅子上，滿面淚痕，大喊：「拿寶玉！拿大棍！把他給我捆上！把各門都關上！有人敢往裡頭傳信，立刻打死！」眾小廝們只得齊聲答應，有幾個來找寶玉。

寶玉聽見賈政吩咐他不許動，便知自己凶多吉少，想著找人往裡頭傳個信進去，可總不見有人來。他急得跺腳，只見賈政的小廝走來，逼著他出去了。賈政一見寶玉，眼都紅紫了，也顧不上多問他那些事的來龍去脈，命小廝們堵上寶玉的嘴，用力打。小廝們不敢違拗，只得將寶玉按在凳上，舉起大板打了十來下。賈政嫌打輕了，一腳踢開掌板的，自己奪過來，咬著牙，狠命打了三四十下。眾門客見打得重了，忙上前奪勸。賈政哪裡肯聽，說：「你們問問，他幹的勾當可饒不可饒？平日都是你們這些人把他慣壞了，到這步田地還來勸解！難道等明日他弒君殺父，你們才不勸不成？」眾人聽了這話，知道賈政氣急了，忙找人進院裡去送信。王夫人得信後，不敢先回賈母，只得自己趕往書房中來。慌得眾門客小廝等避之不及。王夫人一進書房，賈政更如火上澆油一般，那板子越發下去得又狠又快。按寶玉的兩個小廝忙鬆了手走開，寶玉早已動彈不得了。

賈政還要打時，被王夫人抱住板子。賈政說：「你們今日必定要氣死我才罷！」王夫人哭道：「寶玉雖然該打，老爺也要自重。如今老太太身上也不大好。打死寶玉事小，如果老太太一時不自在了，事情就會鬧大了！」賈政冷笑道：「別再提這話了。我養了這個孽障，已是不孝，教訓他一番，又有眾人護持。不如趁今日勒死他了，以絕將來的禍患！」說著，便要拿繩索來勒死寶玉。

王夫人連忙抱住，哭道：「老爺管教兒子雖然應當，但也要看在夫妻的情分上。我如今已將近五十歲的人，只有這個孽障，他是我的命根子呀。老爺要勒死他，我也不敢勸。快拿繩子來，先勒死我，再勒死

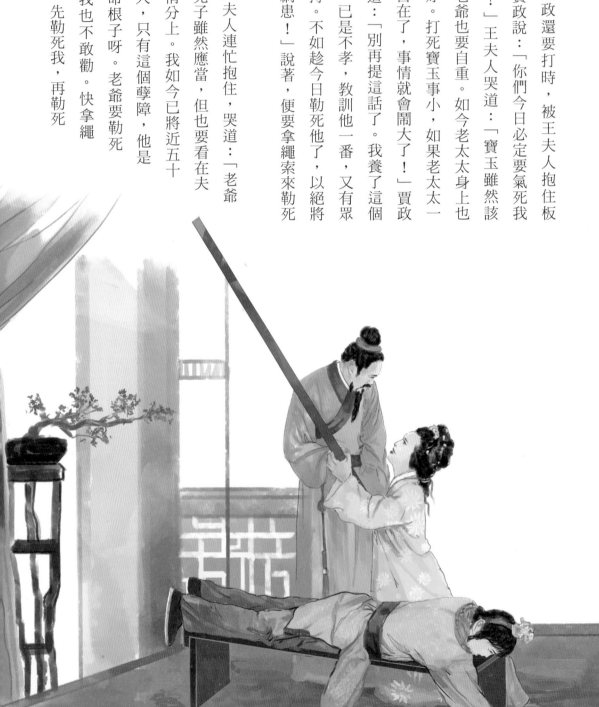

他。我們娘兒倆今日一起死，在陰司裡也有個依靠。」說完，趴在寶玉身上大哭起來。

賈政聽了這話，不覺長嘆一聲，在椅子上坐了，淚如雨下。王夫人抱著寶玉，只見他面白氣弱，底下穿著的一條綠紗內衣都是血，禁不住解下衣服細看。只見由屁股到小腿，或青或紫，或整或破，竟無一點好處，不覺失聲大哭起來。剛喊了句「苦命的兒」，又想起賈珠來，便叫著賈珠，哭道：「若有你活著，便死一百個我也不管了。」此時李紈、鳳姐與迎春姐妹幾人已出來了。王夫人哭著喊賈珠的名字，李紈聽了禁不住也放聲哭了。賈政聽了，那淚珠更似滾瓜一般滾了下來。

這時，忽聽丫鬟來說：「老太太來了。」一句話沒說完，只聽窗外傳來一個顫巍巍的聲音：「先打死我，再打死他，豈不乾淨了！」賈政見母親來了，又急又痛，連忙迎出來。只見賈母扶著丫頭，氣喘吁吁地走來。

賈政上前躬身賠笑，說：「這麼熱的天，母親生誰的氣了，還親自過來？有什麼話，只管叫兒子進去吩咐就是。」賈母聽了，便止住步，喘息一會兒，厲聲道：「你原來是和我說話！我倒有話吩咐，只是可憐我一生沒養個好兒子，卻叫我和誰說去！」賈政聽母親如此說話，忙跪下含淚說：「為兒的教訓兒子，也為的是光宗耀祖。母親這話，我做兒子的如何禁得起？」賈母聽說，便啐了一口，說：「我說了一句話，你就禁不起，你那樣下死手的板子，難道寶玉就禁得起了？你說教訓兒子是光宗耀祖，當初你父親是怎麼教訓你的！」說著，不覺就滾下淚來。

賈政又賠笑道：「母親也不必傷感，都是兒子一時糊塗，從此以後，再不打他了。」賈母冷笑著說：「你也不必和我使性子賭氣。你的兒子，我也不該管你打不打。我猜你也厭煩我們娘兒們了，不如我們趕早離了你，大家乾淨！」說著，便命人：「看轎備馬，我和你太太、寶玉立刻回金陵去！」家裡下人只得

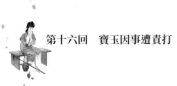

乾答應著。

賈母又對王夫人說：「你也不必哭了。如今寶玉年紀小，你疼他；他將來長大成人，為官做宰的，也未必想著你是他母親了。如今不疼他，將來還少生一口氣。」賈政聽說，忙叩頭哭道：「母親如此說，賈政無立足之地。」賈母冷笑道：「你分明使我無立足之地！我們回去了，你心裡就乾淨了。」說著，命人快些打點行李車轎。賈政無法，只得苦苦叩頭認罪。

賈母記掛著寶玉，一面說話，一面忙著進來看，只見今日這頓打不比往日，又是心疼，又是生氣，也抱著寶玉哭個不停。王夫人與鳳姐等解勸了一會兒，才漸漸地止住。幾個丫鬟、媳婦上來，要攙寶玉。鳳姐罵道：「糊塗東西，也不睜開眼瞧瞧！打成這麼個樣子，還怎麼攙著走！還不快進去，把那長條的凳子抬出來！」眾人聽到吩咐，連忙進去，抬出凳子來，將寶玉抬放在凳上，隨著賈母、王夫人等進去，送到賈母房中。

賈政見母親還沒消氣，也跟了進去，看著寶玉如今的樣子，也覺得自己這次打重了，再看看王夫人，「兒」一聲「肉」一聲地哭，又數落寶玉不爭氣，怎麼不替賈珠死了，留下賈珠，也免你父親生氣。賈政聽了，也就灰了心，後悔不該下毒手，將寶玉打到如此地步。賈政剛開口勸賈母，不料被賈母喝退。

此時薛姨媽同寶釵、香菱、襲人、湘雲也都過來了。襲人見眾人圍著寶玉，自己插不上手，便走出來，到二門前，令小廝們找了茗煙來細問這究竟是怎麼回事。茗煙急忙說：「偏偏我當時沒在跟前，打到半中間，我才聽見了，忙打聽緣故，卻是為琪官和金釧姐姐的事。」襲人問：「老爺怎麼知道的？」茗煙說：「琪官的事，可能是薛大爺故意捅出去的，找人在老爺面前給二爺下套。至於金釧的事，是三爺說的。這是老爺身邊的人說的。」襲人聽了這兩件事都**對景***，心中也就信了八九分。

那邊寶玉已有人療治了一番，調停完備，賈母命好生抬到他房內去。眾人把寶玉送入怡紅院內自己床上臥好，才漸漸散去。襲人便進前來寶玉身邊坐下，含淚問他怎麼就打到這步田地。寶玉嘆氣說：「不過為那些事，別提了！只是下半截疼得很，你瞧瞧打壞了哪裡？」襲人輕輕地將他中衣褪下。寶玉略動一動，便咬著牙叫「哎喲」，襲人連忙停住手，如此三四次，才褪了下來。襲人看時，只見腿上半段青紫，都有四指寬的僵痕高起來。襲人咬著牙說：「我的天哪，怎麼下這般的狠手！幸虧沒傷到筋骨，萬一打出個殘疾來，可叫人怎麼辦呢？」

正說著，只聽丫鬟們說：「寶姑娘來了。」襲人連忙拿了一床夾紗被替寶玉蓋了。只見寶釵手裡托著一丸藥走進來，向襲人說：「晚上把這藥用酒研開，替他敷上，把那瘀血的熱毒散開，就好了。」說完，遞給襲人，又問寶玉現在是不是好些了。寶玉說好些了，連忙道謝，又讓寶釵坐下說話。

寶釵見寶玉睜開眼說話，不像開始時那樣嚴重，心中也寬慰了些，便點頭嘆道：「早聽人一句話，也不致弄到今日這個地步。別說老太太、太太心疼，就是我們看著，心裡也疼。」剛說了半句又忙咽住，後悔說得急了，不覺就紅了臉，低下頭來。寶玉聽得這話如此親密，似有深意；又見她咽住不往下說，紅了臉，低下頭，顯出一種嬌羞怯怯的樣子，頓時心中大暢，將疼痛早丟在九霄雲外。他想著：「我不過挨了幾下打，她們一個個就對我這樣憐惜，如果我一時竟遭殃橫死，她們還不知多麼悲傷呢！被她們如此珍惜，我就是死了，也沒什麼可嘆惜的了。」正想著，只聽寶釵問襲人：「怎麼好好的，就挨了打呢？」襲人便把茗煙的話說了出來。寶玉原來還不知道是賈環的話才讓自己遭了這麼一遭罪，見襲人說出，方才知

＊這裡指對得上，情況相符。

道。聽見涉及薛蟠，怕寶釵沉心*，忙止住襲人，說：「薛大哥從來不這樣，你們別亂猜。」寶釵知道寶玉是怕自己多心，才用話攔住襲人，禁不住想道：「都被打成這樣了，還是這樣細心，怕得罪了人，可見是個有心人。如果在外頭大事上這樣用心，也不會吃虧了。」於是寶釵也開導了他和襲人一番，然後就走了。

之後，寶玉一直昏昏沉沉，半夢半醒的，恍惚間好像聽到有人在哭泣，又覺得有人推他。寶玉從夢中驚醒，睜眼一看，不是別人，正是黛玉。寶玉還以為是在做夢，忙又將身子欠起來，仔細看了看，只見她兩個眼睛腫得桃子一般，滿面淚光，不是黛玉還是哪個？寶玉還想看時，可下半截疼痛難忍，支援不住，便「哎喲」一聲，倒下了。他嘆了一聲，說：「你又跑來做什麼！雖說太陽落下去，那地上的餘熱仍未散，走兩趟又要受了暑。我雖然挨了打，並不覺得疼痛。我這個樣子，只裝出來哄他們，好讓老爺在外頭聽見。其實是假的，你不要當真。」此時黛玉雖然不是號啕大哭，但越是這種無聲的哭泣，氣噎喉堵，越覺得厲害。聽了寶玉這番話，黛玉心中雖然有千言萬語，卻什麼都說不出來。好半天，她才抽抽噎噎地說：「你從此可都改了吧！」寶玉聽了，長嘆一聲，說：「你放心，別說這樣的話。就是為這些人死了，我也心甘情願！」

一句話未說完，只聽院外有人說：「二奶奶來了。」黛玉便知是鳳姐來了，連忙立起身，說：「我從後院回去了，回頭再來。」寶玉覺得奇怪，便拉住黛玉問：「好好的怎麼怕起她來？」黛玉急得跺腳，悄悄地說：「你瞧瞧我的眼睛，讓她瞧見了，又該拿我取笑開心了。」寶玉聽她這麼說，趕忙放手。黛玉立刻轉過床後，出後院而去。

鳳姐從前頭已進來了，問寶玉：「可好些了？想什麼吃，叫人往我那裡取去。」接著，薛姨媽又來了。一會兒，賈母又打發了人來。王夫人也叫人送來兩瓶木樨清露和玫瑰清露，說這些可以化解熱血熱毒。

＊多心。

延伸小知識

## 香

香在中國古代人們的生活中有著廣泛的應用，以熏燃、懸佩到塗抹、飲用，乃至用來計時，這反映了古人對「香」這種海外來物的認識以及古人雅致的生活情趣。人們常在彈琴、練字、畫畫和練武的時候熏香，一則可使人凝神靜氣，二則可使人更容易沉浸到意境中去。除此之外，熏香能使人身上常留香味，還可以起到治病、驅邪的作用。

## 第十七回 送舊帕寶玉題詩

寶玉這裡安頓好了後，王夫人派人來「叫一個跟二爺的人」去問話。襲人想了一想，便和晴雯、麝月、檀雲、秋紋等說了，然後親自來到王夫人的上房。王夫人交代了一番好生照顧寶玉的話後，問襲人：「聽說寶玉今天挨打是環兒在老爺跟前說了什麼話，你知道這事嗎？你要講實話，放心，我不會讓人知道是你說的。」襲人說：「我只聽見有人說是因為二爺霸佔著戲子，人家來和老爺要，為這個才打的。」王夫人搖搖頭，說：「也為這個，還有別的原因。」襲人說：「別的原因，我就不知道了。我今天在太太跟前想大膽說句不知好歹的話，還請太太千萬別生氣。」王夫人道：「好，你儘管說。」

襲人說：「論理，我們二爺也得老爺教訓兩頓。若老爺再不管，將來還不知會做出什麼事來呢。」王夫人一聽這話，立刻合掌念聲佛，說：「好孩子，難得你能說出這麼明白的話，和我的心思一樣。你珠大爺在時，我是如何管教他的？難道我如今倒不知管兒子了？我不過是想著，我已經快五十歲的人，通共剩了他一個，他又長得單弱，老太太也拿他當寶貝。管緊了他，擔心他會有個好歹，會氣壞了老太太，惹得府裡上下不安，反而不好，這才把他寵壞了。我經常苦口婆心地勸他，也哭過，也罵過，可他過後總是由著自己的性子，時好時壞，直到吃了虧才算完。可如果把他打壞了，將來我靠誰呢？」說著，不由得滾下淚來。

襲人見王夫人如此悲傷，也不覺傷心落淚，接著說：「二爺是太太養的，怎麼能不心疼呢？就是我們這些做下人的，也都盼望著他能平平安安的。我也經常勸他，可惜他卻聽不進去。那些人又喜歡親近他，也確實怨不得他會那樣。我一直記掛著一件事，想跟太太討個主意，但擔心太太疑心我，所以一直猶豫著沒說。」王夫人說：「好孩子，你有話只管說。我知道你和我一樣，都是為了寶玉好，你大膽說出來。」襲人說：「我想請太太想個辦法，讓二爺搬到園外來住就好了。」王夫人聽了，大吃一驚，忙問：「寶玉難道又鬧出什麼事了嗎？」襲人連忙說：「沒有，太太別多心，這只是我的一點小見識。如今二爺也大了，裡頭姑娘們也大了，況且林姑娘、寶姑娘又是他的表姐妹。雖說是關係親切，可到底有男女之分，日夜一處起坐不方便，總是會讓人擔心的。而且那些有心人看見了，定會議論的。我們二爺的性格，太太是知道的，他又喜歡和女孩子一起玩鬧。如果不小心出了一點半點差錯，不論真假，那些小人一定會添油加醋地埋汰二爺。二爺一生的名聲品行豈不完了！俗語說『君子防未然』，不如趁這個機會好好防備一番。近來我為這事日夜懸心，又不好說給別人聽。現在請太太拿個主意。」

王夫人聽了這話，如被閃電擊中了一般，想起了金釧的事，心裡越發喜愛襲人，忙笑道：「好孩子，你竟有這個心胸，難得你想得如此周全！我又怎能不想到這些，只是總被各種事岔開，就忘了。難為你能想得到，維護寶玉和我的名聲體面。你今天既然說了這樣的話，我就把他交給你了，好歹留心，保全了他，就是保全了我。我自然不虧待你。」襲人連連答應著去了。

寶玉記掛著黛玉，滿心裡要打發人去，只是怕襲人多心，便讓襲人往寶釵那裡去借書。

襲人走後，寶玉叫了晴雯來，說：「你到林姑娘那裡看看她怎麼樣了。她要問起我，就說我好了。」晴雯說：「我就這麼去嗎？好歹帶句話，或者送件東西，或是取件東西。不然我去了說什麼？」寶玉想了想，便伸手拿了兩條舊手帕交給晴雯，說：「也對。那就說我叫你給她送這個來了。」晴雯說：「你這有些奇怪呀。林姑娘要這半新不舊的兩條手帕幹什麼？她要是惱了，定說你打趣她。」寶玉笑道：「你放心，她自然知道。」

晴雯聽了，只得拿了帕子往瀟湘館來。只見屋裡並未點燈，黛玉已睡在床上，問：「是誰？」晴雯忙答：「晴雯。」黛玉又問：「幹什麼來了？」晴雯說：「二爺讓我來給姑娘送手帕。」黛玉聽了，心中納悶：「好端端的，送手帕給我幹什麼？」於是問晴雯：「這帕子是誰送他的？叫他留著送別人吧，我現在不用這個。」晴雯說：「不是新的，就是家常舊的。」黛玉聽了，越發納悶，仔細思考了一番，才恍然大悟，連忙說：「放下，回去吧。」晴雯聽了，只得放下，抽身回去，一路都在琢磨，不知道這兩人是什麼意思。

黛玉已體會出寶玉送兩條舊手帕的意思，心裡非常激動：「寶玉這番苦心，能領會我這番苦意，又令我可喜。我這番意思，不知將來如何，又令我可悲。他突然就送兩條舊手帕給我，若不是明白我的心思，單看這帕子，又令我可笑。可他卻讓人私下裡送給我，又讓我感到害怕。我每次都為了他而哭泣，想想也沒什麼意思，又令我可愧。」如此左思右想，一時五內如沸。興致上來，黛玉讓人點燈，研墨蘸筆，在那兩條舊帕上寫了三首詩：

其一

眼空蓄淚淚空垂，暗灑閑拋卻為誰。
尺幅鮫綃*勞解贈，叫人焉得不傷悲。

其二

拋珠滾玉只偷潸†，鎮日無心鎮日閑。
枕上袖邊難拂拭，任他點點與斑斑。

其三

彩線難收面上珠，湘江舊跡已模糊。

窗前亦有千竿竹，不識香痕漬也無。

這三首詩寫出了黛玉心中的纏綿幽怨。她還要往下寫時，覺得渾身火熱，臉上發燒，對著鏡子一照，只見腮上通紅，卻不知這是生病的先兆，直到她上床睡覺，手裡還拿著那帕子在思索。

襲人來見寶釵，沒承想寶釵不在蘅蕪苑，去了她母親那裡，襲人便空手回來。原來寶釵聽襲人說薛蟠有可能是這事的始作俑者，其實已經有些相信了，因為薛蟠的品行她是知道的。她來就是和母親一起敲打下薛蟠。不過這次的事的確不是他幹的。薛蟠回來後，見寶釵勸他，母親又數落他，都說寶玉挨打是他引起的。薛蟠本是個心直口快的人，見自己被母親和妹妹誤會，早已急得亂跳，賭咒發誓地為自己分辯，順便提了琪官的事。薛姨媽和寶釵趕緊讓他別再提這個了。

薛蟠見寶釵說的話句句有理，難以反駁，只好說：「好妹妹，你不用和我鬧，我早知道你的心了。從前媽和我說，你這金要揀有玉的才可正配。你留了心，見寶玉有那通靈寶玉，你自然如今行動護著他。」話未說完，已把寶釵氣愣了，拉著薛姨媽哭道：「媽媽，你聽哥哥說的是什麼話！」薛蟠見妹妹哭了，知道自己唐突了，便賭氣走到自己房裡去了。

這裡薛姨媽氣得亂戰，一面又勸寶釵：「你也知道你的哥哥向來說話都這樣，明兒我叫他給你賠不是。」寶釵滿心委屈氣憤，待要怎樣，又怕母親不安，少不得含淚別了母親，回來在自己房裡整整哭了一夜。

＊傳說中鮫人所織的綃，亦泛指薄紗。

†流淚的樣子。

次日一早，李紈、迎春、探春、惜春帶著人來怡紅院看望寶玉，她們走後不久，只見賈母搭著鳳姐的手，後頭邢夫人、王夫人，跟著周姨娘和丫鬟媳婦等人都進院去了。寶釵去問候了自己母親，薛蟠也在，他特意為昨天的事向寶釵道歉，薛姨媽也在一邊勸和，讓這兄妹倆重新和好。然後薛姨媽和寶釵一起去了怡紅院瞧寶玉，只見抱廈裡外回廊上許多丫鬟婆子站著，便知賈母等人都在這裡。進屋後，見過眾人，薛姨媽見寶玉躺在榻上，問他可好些。寶玉想起身，嘴裡說：「已好些了，驚動姨媽、姐姐，我禁不起。」薛姨媽忙扶他躺下，又問他：「想什麼，只管告訴我。」寶玉說：「我想起來，自然會和姨媽要的。」王夫人問：「你想吃什麼？叫人給你送來。」寶玉說想喝小荷葉、小蓮蓬的湯。鳳姐連忙安排拿模具來，薛姨媽先接過來瞧，原來是個小匣子，裡面裝著四副銀模子，都有一尺多長，一寸見方，上面鑿著有豆子大小的模型，也有菊花的，也有梅花的，也有蓮蓬的，也有菱角的，共有三四十樣，做得十分精巧。薛姨媽笑著對賈母、王夫人說：「你們府上也都想絕了，吃碗湯還有這些樣子。若不說出來，見了這個，我也不知道是做什麼用的。」鳳姐說：「姑媽哪裡曉得，這是舊年備膳，底下的人想到的。做了些面印，借著新鮮荷葉的清香，其實味道全仗著好湯呢。誰家會常吃這個呢，難為他竟能想起這個來。」說著，接了過來，遞給下人，吩咐廚房裡立刻拿幾隻雞，另外添了東西，做出十來碗來，讓眾人都嘗嘗。

寶釵在一旁說：「我來了這麼幾年，留神看起來，鳳丫頭憑她怎麼巧，也再巧不過老太太去！」賈母聽了，說：「我如今老了，還能巧到哪裡去？當年我像鳳哥兒這麼大時，比她還來得巧呢！她如今雖說不如我們，也算好的了，比你姨娘強遠了。你姨娘為人實在，不大說話，和木頭似的，在公婆跟前就不大顯好。鳳兒嘴乖，怎麼能怨人疼她！」寶玉笑道：「若這麼說，不大說話的就不疼了？」賈母說：「不大說話的又有不大說話的可疼之處，嘴乖的也有厭惡的地方，倒不如不說話的好。」寶玉說：「我說大嫂子也不大說話，老太太也是和鳳姐姐一樣疼愛。如果單是會說話的可疼，這些姐妹裡頭也只是鳳姐姐和林妹妹可疼了。」賈母說：「說起這些個女孩子，不是我當著姨太太的面奉承，從我們家四個女孩算起，全不如寶丫頭。」薛姨媽聽了，忙笑道：「這話老太太說得偏了。」王夫人也說：「老太太時常背地裡和我說寶丫頭好，這倒不是假話。」寶玉本來想讓賈母贊黛玉的，不想反贊起寶釵來，倒也覺得是意外之喜，便朝著寶釵一笑。寶釵卻早扭過頭和襲人說話去了。

忽然有人進來稟報該吃飯了，賈母這才立起身來，命寶玉好生養著，又囑咐丫頭們好生伺候著，然後帶著大家出房去了。

荷葉湯做好後，王夫人令玉釧給寶玉送去。鳳姐說這湯一個人拿不去。寶釵便對丫鬟鶯兒說：「寶兄弟之前叫你去打絡子，你們兩個一同去吧。」鶯兒答應，同玉釧出來，叫人備好食盒，一起去了怡紅院。

寶玉見了玉釧，想到她姐姐金釧，又是傷心，又是慚愧，便和玉釧說話。襲人則拉著鶯兒去了另一間屋喝茶。玉釧正眼也不看寶玉，臉上帶著怒色。寶玉覺得沒趣，好半天才問：「誰叫你給我送湯來的？」玉釧說：「不過是奶奶、太太們！」寶玉知道她是因為金釧才這麼對自己，於是將屋裡的人都支出去，然後笑著問長問短的。玉釧開始的時候雖然不高興，只是見寶玉憑她怎麼給臉色，還是和氣地和自己說話，自己倒不好意思了，臉上才有三分喜色。寶玉便笑著求她把湯端來，自己嘗嘗。喝了兩口湯後，寶玉故意說這湯沒有味道，不好吃，不吃了。還說如果玉釧不信，也嘗嘗就知道了。玉釧嘗過之後，寶玉又說好吃。玉釧頓時明白過來，寶玉這是哄著她也喝一口湯，頓時心裡好受了很多。

這邊手巧的鶯兒正給線配色，準備按照寶玉的要求打攢心梅花樣式的絡子。寶玉和她說話，寶釵來了，看了鶯兒打的絡子，就建議她用金線配黑珠線打個裝通靈玉的絡子。寶玉高興異常，叫襲人拿金線來。襲人進來，說是太太派人專給她送來兩碗菜，還不叫她去磕頭謝賞，感到奇怪。寶玉認為是叫大家吃的，寶釵卻看出王夫人的用意，就讓襲人只管吃了。襲人說：「這多不好意思。」寶釵說：「以後還有比這更不好意思的呢！」襲人想起之前王夫人和自己說的話，方明白王夫人的用心，於是不再說什麼，出去吃飯。寶釵也告辭走了。

賈母見寶玉一天天好起來，怕賈政再收拾他，就叫來賈政身邊的小廝頭兒，吩咐他：「和你老爺說，就說是我說的，寶玉還沒大好，我不許他出門。一來打重了，寶玉還走不成路；二來他的星宿不利，祭了星，到八月才能出門。」寶玉本來就不愛與那些士大夫交往，討厭應酬，如今得了賈母這話，除了早晚到賈母、王夫人房中問安，每天都在園中玩耍。寶釵等勸他，他反而生氣地反駁：「好好的清白女子，也學得沽名釣譽。」眾人不再勸他。只有黛玉從不和他提功名利祿，深受他敬佩。

一天中午，鳳姐對王夫人說：「太太跟前如今少一個人伺候，不知太太看准了哪個丫頭，儘管吩咐，下月好發放月錢。」王夫人不願再添人，讓鳳姐把金釧的那份給玉釧，讓她領雙份，也算對得起金釧了。鳳姐找到玉釧，說了此事，玉釧趕緊進來磕頭謝了。王夫人又問起趙姨娘、周姨娘房中多少月例。鳳姐說趙姨娘和環哥兒母子共四兩，外加丫頭的四串錢。王夫人說趙姨娘抱怨少一串錢。鳳姐就說之前外面商議好的，姨娘的兩個丫頭各減五百錢，何況錢從外面帳房領進，她不過經經手而已。王夫人問起賈母有幾個一兩的丫頭。鳳姐說有八個，襲人給了寶玉，銀子還在老太太處領，不能裁這一兩，再添一個才能裁了這邊，不然賈環再添一個才公道。就是晴雯等一月才一串錢，佳蕙等一月五百錢，這是老太太安排的。王夫人聽出話音，這事趙姨娘惱也沒用。

王夫人想了半日，向鳳姐道：「明兒挑一個好丫頭送去老太太使，補襲人的位置，把襲人的月錢裁

了，從我每月的月錢二十兩銀子裡拿出二兩銀子一吊錢來給襲人。以後凡是趙姨娘、周姨娘有的，也有襲人的。只是襲人的這一份都從我的月錢上出。」鳳姐一一答應了，還建議王夫人乾脆直接讓襲人給寶玉做妾。王夫人說：「襲人這孩子行事大方，比寶玉都強不少，如今這樣服侍著寶玉就很好了，寶玉也能聽她的勸。如果真的挑明了反而不好，一則都年輕，二則老爺也不許，三則怕襲人做了妾，該勸的也不敢十分勸了。等再過兩三年再說。」

鳳姐出來後剛走到廊簷上，只見有幾個執事的媳婦正等她回事。鳳姐冷笑著說：「我從今以後倒要幹幾樣狠心的事了。抱怨給太太聽，我也不怕。**糊塗油蒙了心**＊，爛了舌頭，不得好死的東西，別做美夢了！明兒一併扣錢的日子還有呢。如今裁了丫頭的錢，就抱怨了。也不想想自己什麼身分，也配使喚兩三個丫頭！」一面罵，一面走了。

寶釵回來時順路進了怡紅院，見寶玉在床上睡著了，襲人坐在身旁，手裡做著針線。襲人悄悄地對寶釵說：「今天做活兒時間長了，脖子怪酸的。好姑娘，你坐一坐，我出去走走就來。」說著，便走了。寶釵只顧看活計，也不留心，一蹲身，也坐在襲人剛才坐的地方，不由得拿起針來，替襲人做起來。

這裡寶釵剛做了兩三個花瓣，忽然聽見寶玉在夢中喊：「和尚道士的話怎麼能信？什麼是金玉姻緣，我偏說是木石姻緣！」薛寶釵聽了這話，不覺愣了，見襲人進來，兩個人說了會兒話。鳳姐打發人來叫襲人，對她說了王夫人的意思，又叫她給王夫人叩頭，而且不必去見賈母，倒讓襲人覺得挺不好意思的。回來後，一直到了夜裡，襲人才告訴了寶玉，寶玉很高興，兩個人談了很久。

＊比喻人主觀、不明事理、想不通。

# 第十八回 眾人偶結海棠詩社

這年賈政被點了學政*，要出京為官，於八月二十日起身。這天，他拜過宗祠及賈母後就起身了，寶玉和其他子弟一直送到灑淚亭才告別。

賈政離開後，寶玉是徹底沒人管束了，每天在大觀園中任意逛蕩，很是自在。這天他正無聊呢，只見翠墨進來，手裡拿著一副花箋遞給他。原來是探春下帖說要大家一起結個詩社。寶玉看了，喜得拍手笑道：「倒是三妹妹高雅，我這就去商議。」一面說，一面同翠墨往秋爽齋走。到了沁芳亭，賈芸派人送來兩盆白海棠，寶玉叫人放在自己屋裡。很快就到了秋爽齋，只見寶釵、黛玉、迎春、惜春已經都到了。

眾人見他進來，都笑說：「又來了一個。」探春說：「我不算俗，偶然起個念頭，寫了幾個帖子試一試，誰知一招皆到。」寶玉說：「早該起個社的。」黛玉說：「你們只管起社，可別算上我，我是不敢的。」迎春說：「你不敢，誰還敢呢。」正說著，李紈也來了，進門就說：「雅得緊！要起詩社，我來掌壇。我早就有這個意思，只因我不會作詩，就給忘了。既然三妹妹高興，我就幫你一把。」

黛玉說：「既然定要起詩社，咱們就都是詩翁了，先把這些姐妹叔嫂的字樣改了才不俗。」李紈說：「的確如此。我看大家乾脆起個別號，彼此稱呼也顯得雅致。我給自己定的是『稻香老農』。」探春本想叫「秋爽居士」，寶玉卻說不好，探春想著自己最喜歡芭蕉，就改為「蕉下客」了。眾人都說別致有趣。黛玉卻用蕉葉覆鹿的典故取笑探春，探春說：「你也別忙著取笑別人，我已經為你想了個極恰當的美號。你住

的是瀟湘館，又愛哭，以後都叫你『瀟湘妃子』就成了。」眾人拍手稱妙。黛玉低頭不語。李紈也替寶釵想了個「蘅蕪君」的封號。眾人都說這個極好。寶玉也讓大家給他起一個。寶釵打趣叫他「無事忙」，李紈讓他仍舊叫「絳洞花主」，寶玉說那是小時候的事。寶釵讓他乾脆叫「富貴閒人」最合適，寶玉只好讓她們胡叫。隨後寶釵為迎春起號「菱洲」，惜春叫「藕榭」。

李紈說：「如今我們七個人起社，推我做社長，我比你們大幾歲，你們都要依我的主意。我和二姑娘、四姑娘都不會作詩，就不用拘束我們，讓我們做些別的事。我要再請兩位副社長，就請菱洲、藕榭二位來，一位出題，一位監場。我們三個人平常不作，若遇見容易些的題目韻腳，我們也隨便作一首。你們四個卻是要限定的。」迎春、惜春本性懶於詩詞，又有黛玉、寶釵在前，聽了這話很是認同。

接著眾人又商量好一月起社兩次，定好日期，風雨無阻。除這兩日外，有願加一社的，或情願到自己那裡舉辦的，都可以接受。

探春說：「這原是我的主意，我得先做個東道主，才算圓了我的興致。」李紈說：「既這樣說，明日你就先開一社如何？」探春說：「明日不如今日，現在就很好。你就出題，菱洲限韻，藕榭監場。」迎春說：「依我說，也不必隨一人出題限韻，還是**抓鬮**†公平些。」李紈說：「剛才我在來的路上，看見他們抬進兩盆白海棠來，倒是好花。你們何不就詠這白海棠？」迎春說：「都還未賞，先倒作詩了。」寶釵說：

* 全稱「提督學政」，是由朝廷派往各省掌管院試，並督察各地學官的官員。

† 為賭勝負抓寫有記號的紙團。

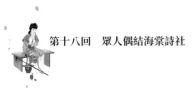

「不過是白海棠，又何必定要見了才作。古人詩賦，也不過都是寄興寫情而已。若都是看見了才作，如今也沒這些詩了。」

迎春說：「既如此，待我限韻。」說著，走到書架前抽出一本詩集來，隨手一揭，這首詩竟是一首七言律，遞給眾人看了，於是這次都該作七言律。迎春掩了詩集，又對一個小丫頭說：「你隨口說一個字來。」那丫頭正倚門立著，便說了個「門」字。迎春笑著說：「好，就是門字韻了。」說著，又命那小丫頭隨手從韻牌匣子裡拿了「盆」、「魂」、「痕」、「昏」四塊來。迎春就讓大家每人作一首七言律詩，用這幾字為韻。

大家都各自思索起來，只有黛玉或撫梧桐，或看秋色，甚至和丫鬟們說笑。迎春又令丫頭點了一支「夢甜香」。這「夢甜香」只有三寸來長，有燈草粗細，點起來很快就會燒完，如香點完還沒有寫成詩，便要受罰。

探春先想好了，提筆寫出，又改了一回，遞給迎春。她問寶釵：「蘅蕪君，你可想好了？」寶釵說：「有是有了，只是不好。」寶玉背著手，在回廊上踱來踱去，對黛玉說：「你聽，她們都有了。」黛玉說：「你別管我。」寶玉又見寶釵已寫出來，就說：「了不得！香只剩了一寸了，我才有了四句。」又對黛玉說：「香就要燒完了，你只管蹲在那潮地上做什麼？」黛玉也不理他。寶玉說：「我可顧不得你了，好歹也寫出來吧。」說著，走到案前寫了。

李紈說：「我們要看詩了，若看完了還不交卷，定會受罰的。」寶玉說：「稻香老農雖不善作詩卻善看，又最公道。你儘管評閱優劣，我們都服的。」眾人都說：「當然。」

於是先看探春的，次看寶釵的，接著看寶玉的。看完，寶玉說探春的好，李紈卻認為寶釵的更好。於是都催黛玉，黛玉問：「你們都有了？」說著，提筆一揮而就，扔給眾人。只見她寫的是：「半卷湘簾半掩門，碾冰為土玉為盆。偷來梨蕊三分白，借得梅花一縷魂。月窟仙人縫縞袂，秋閨怨女拭啼痕。嬌羞默默同誰訴，倦倚西風夜已昏。」眾人看後，都說這首最好。

李紈道：「若論風流別致，自然是這首。若論含蓄渾厚，還是蘅蕪君的好。」探春說：「這評得有理。瀟湘妃子當居第二。」李紈說：「怡紅公子是末尾，你服不服？」寶玉說：「我的那首本來就不好，這評得很公正。」又笑道：「只是蘅蕪君和瀟湘妃子的兩首還要再斟酌一下。」李紈說：「說好了讓我來評論，不與你們相干，你再多說定要懲罰。」寶玉聽說，只得罷了。

李紈說：「從此後，我定於每月初二、十六這兩日開社。出題限韻都要依我。這期間你們有高興的，只管另擇日子補開，哪怕一個月每天都開社，我也不管。只是到了初二、十六這兩日是必往我那裡去。」寶玉說：「到底要起個社名才是正理。」探春說：「俗了又不好，特別新奇、刁鑽古怪了也不好。可巧今天用這海棠詩開端，就叫個海棠社吧。」說完，大家又商議了一會兒，才各自散去。

寶玉回來後，先忙著看了一回海棠，到房內告訴襲人起詩社的事。襲人也把打發宋媽媽給史湘雲送東西的事說了。寶玉聽了，拍手說：「偏忘了她。我說自己老覺得有什麼事給忘了，多虧你提起來，正是要請史大妹妹進詩社。這詩社裡若少了她，還有什麼意思？」正說著，宋媽媽已經回來，說：「史姑娘問二爺做什麼呢，我說和姑娘們起什麼詩社作詩呢。史姑娘說，他們作詩也不告訴她，急得不得了。」寶玉聽了，起身便往賈母處來，立逼著叫人接去。賈母說明日一早再去。寶玉只得回來。

第二天一早，寶玉便往賈母處來催著去接湘雲。直到午後，湘雲來了，寶玉才放了心，見面時就把詩社的情形告訴她，又要讓她看詩。李紈等人說：「先別給她看，她來得晚，先罰她按昨日的韻作詩。如果寫得好，便請入社；如果不好，還要罰她做一個東道主再說。」湘雲說：「你們忘了請我，我還要罰你們

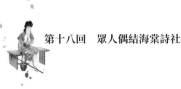

呢。趕緊拿韻來，我雖然寫不好，也只得勉強試試。只要讓我入社，掃地焚香都行。」

眾人見她這般有趣，越發喜歡，都埋怨昨日怎麼忘了她，忙告訴她韻腳，讓她作詩。史湘雲有興頭，等不得推敲刪改，一面只管和人說著話，心內早已想好，很快就寫了出來，說：「我依韻和了兩首，你們看看寫的如何？」說著，遞給眾人看。眾人看一句，驚訝一句，都說：「這個不枉作了海棠詩，真該要起海棠社了。」湘雲說：「明日先罰我做個東道主，讓我先邀一社可好？」大家都說好，又將昨日的詩給她評論了一回。到了晚上，寶釵邀請湘雲到自己的蘅蕪苑去安歇。湘雲在燈下思考著明天如何出題。寶釵聽她說了半日，都覺得不妥當，於是對她說：「既然要做東，雖說是玩的事，也要考慮周全。在家裡你又做不得主，一個月總共那幾串錢，還不夠自己零用呢。現在又幹這沒要緊的事，你嬸子聽見了，定會越發要埋怨你了。況且你就算都拿出來，做這個東道主也不夠。難道為這個回家去要不成？還是和這裡要呢？」一席話提醒了湘雲，她倒為難起來。

寶釵說：「我有個主意。我們當鋪裡有個夥計，他家養了很好的肥螃蟹，前幾天給我送了幾斤來。現在這裡的人，從老太太起到園裡的人，有多一半都是愛吃螃蟹的。前天姨娘還說要請老太太在園裡賞桂花吃螃蟹，因為有事，還沒有來得及請。你先別提詩社，只照常請大家一次。我和我哥哥說，要幾簍極肥極大的螃蟹來，再往鋪子裡取上幾壇好酒，備上四五桌果子，又省事大家又熱鬧了，多好。」

湘雲聽了，非常感激，稱讚寶釵想得周到。二人又說了會兒心裡話，寶釵便吩咐一個婆子出去和大爺說，準備她要的東西。

寶釵又對湘雲說：「詩題也不要過於新巧，限韻不可太險，否則作不出好詩的，倒顯得小家子氣。只要立意清新，措辭不俗就不會差到哪兒去。不過這終究也算不上什麼，還是那些針線女紅上的事才是你我的本分。等有閒置時間了，多看些對你我有益的書也是個正事。」湘雲答應著，笑著說：「我如今心裡想著，昨日作了海棠詩，我如今要作個菊花詩，姐姐覺得如何？」寶釵說：「菊花倒也合景，只是前人的菊花詩太多了。」湘雲說：「我也是如此想著，恐怕落了俗套。」寶釵想了想，說：「有了！如今以菊花為賓，以人為主，可以先擬出幾個題目來，都是兩個字：一個虛字，一個實字；實字就用菊，虛字用常見的。如此又是詠菊，又是賦事，又新鮮，又大方。前人也沒作過，就不會落俗套了。」

湘雲笑道：「這個主意很好，只是不知用何等虛字才好，你先想一個我聽聽。」寶釵想了想，說：「《菊夢》就挺好。」湘雲笑道：「果然好。我也有一個，《菊影》怎麼樣？」寶釵說：「也可以。」之後寶釵又說了個《問菊》，湘雲說了個《訪菊》。最後兩人按次序擬定了《憶菊》《訪菊》《種菊》《對菊》《供菊》《詠菊》《畫菊》《問菊》《簪菊》《菊影》《菊夢》《殘菊》十二個題目，好似弄成個菊譜。湘雲將題錄出，又看了一回，問：「該限何韻？」寶釵說：「咱們這次只出題，不限韻。不用這個為難人，只為大家偶得了好句取樂。」二人商議了這十二個題目，都要七言律，貼在牆上，誰有了就誰作。若十二首已全，便不許後趕著又作。

第二天，湘雲便請賈母等人賞桂花、吃螃蟹。中午時，賈母帶了王夫人、鳳姐、薛姨媽等人進園來，到藕香榭賞花。原來這藕香榭蓋在池中，四面有窗，左右有曲廊可通，也是跨水接岸，後面又有曲折竹橋暗接。山坡下兩棵桂花樹開得正好，河裡的水又碧清，坐在河當中亭子上，看著水，眼也清亮。

眾人上了竹橋，進入榭中，只見欄杆外另放著兩張竹案，一個上面擺著各色酒具，一個上頭擺著各色茶具。那邊有兩三個丫頭在扇風爐煮茶，這邊也有幾個丫頭在扇風爐燙酒。賈母喜得忙問：「這茶想得周到，且是地方，東西都乾淨。」湘雲說：「這是寶姐姐幫著我預備的。」賈母說：「我說這個孩子細緻，凡事想得都很妥當。」眾人邊說話邊進入亭子。鳳姐忙著搭桌子，擺放杯子、筷子，安排眾人按次序坐下。鳳姐說：「螃蟹不可多拿來，仍舊放在蒸籠裡。拿十個來，吃了再拿。」一面又要水洗了手，站在賈母跟前剝蟹肉。頭次的讓薛姨媽，薛姨媽說：「我自己掰著吃香甜，不用你讓了。」鳳姐便遞給了賈母。二次的給了寶玉，又說：「把酒燙得滾熱的拿來。」又命小丫頭們去取菊花葉、桂花蕊熏的綠豆麵子*來，預備洗手。

湘雲陪著吃了一個，就下坐來讓人，然後去了外頭，命人盛兩盤給趙姨娘、周姨娘送去。鳳姐讓湘雲入座，她去張羅。湘雲不肯，又命人在廊上擺了兩桌，讓鴛鴦、琥珀、彩霞、彩雲、平兒去坐，這才入了席。鳳姐一邊張羅，一邊逗賈母高興，又和李紈、鴛鴦等人打鬧玩笑，一派喜氣洋洋。黛玉不敢多吃，只吃了一點夾子肉就下了席。吃完後，王夫人見

風大，就勸賈母回去歇著。

湘雲、寶釵把賈母等送走，命撤去殘席，收拾了另擺。寶玉說：「也不用重新擺，咱們先作詩吧。把那大團圓桌就放在當中，酒菜都放著，也不必拘定座位。有愛吃的去吃，大家散坐，那更是方便。」湘雲覺得有理，但仍命人另擺一桌，揀了熱螃蟹來，請襲人、紫鵑、司棋、侍書、入畫、鶯兒、翠墨等一處共坐。山坡桂樹底下鋪下兩條花氈，命婆子並小丫頭等也都坐了，只管隨意吃喝，聽到招呼了就過去伺候著。

湘雲隨後便取了詩題，用針別在牆上。眾人看了，都說新奇，但怕自己作不出來。湘雲又說不限韻，然後幾個人開始構思。黛玉因不大吃酒，又不吃螃蟹，就命人搬了一個繡墩倚欄杆坐著，拿著釣竿釣魚。寶釵手裡拿著一枝桂花玩了一會兒，俯在窗檻上，掐了桂蕊擲向水面，引遊魚浮上來吃。湘雲出一會兒神，又招呼襲人等吃螃蟹。探春和李紈、惜春立在垂柳蔭中看鷗鷺，迎春獨在花蔭下，拿著花針穿茉莉花。寶玉一會兒看黛玉釣魚，一會兒又和寶釵說笑兩句，一會兒又看襲人等吃螃蟹，自己也飲兩口酒。

寶釵走過來，另拿了一隻杯來，也飲了一口，便蘸筆至牆上把頭一個《憶菊》勾了，底下又綴了一個「蘅」字。寶玉忙說：「好姐姐，第二個我已經有了四句了，你讓我作吧。」寶釵說：「我好容易有了一首，你就忙著要這樣。」黛玉也不說話，接過筆來把第八個《問菊》勾了，接著把第十一個《菊夢》也勾了，寫上一個「瀟」字。寶玉也拿起筆來，將第二個《訪菊》勾了，也寫一個「絳」字。很快，探春走來，勾了《簪菊》；湘雲將第四、第五的《對菊》《供菊》兩個都勾了，也寫上一個「湘」字。探春說：「你也該起個號。」湘雲不知叫什麼好。寶釵說：「老太太說你們家也有個水亭，叫「枕霞閣」，你就叫「枕霞舊

＊即綠豆粉，經桂花和菊花葉之類熏過以去腥。

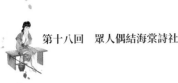

友」吧。」寶玉代湘雲動手，抹去「湘」字，改成「霞」字。

過了大約一頓飯工夫，大家把十二首菊花詩都寫好了，各自交給迎春。迎春將眾人的詩謄錄在雪浪箋上，並注明每個人的號。李紈等從頭細看，真是看一首，贊一首，彼此稱讚不已。李紈笑道：「等我公平地評論一番。通篇看來，各有各人的警句。今日公評：《詠菊》第一，《問菊》第二，《菊夢》第三，題目新，詩也新，立意更新，瀟湘妃子為本次詩社的第一名；然後《簪菊》《對菊》《供菊》《畫菊》《憶菊》次之。」寶玉覺得評得很公允。

大家又評了一回各自詩中的妙句，然後又要了熱螃蟹來，就在大圓桌上吃。寶玉又說：「今日持螯賞桂，不可無詩。我已吟成。」說著，洗了手，提筆寫出。黛玉看後說：「這樣的詩，要一百首也有。」寶玉說：「你這會兒才力已盡，不說自己不能作了，還貶斥別人。」黛玉聽了，並不答言，也不思索，提起筆來，就寫了一首。眾人一看，只見寫的是：

鐵甲長戈死未忘，堆盤色相喜先嘗。
螯封嫩玉雙雙滿，殼凸紅脂塊塊香。
多肉更憐卿八足，助情誰勸我千觴（ㄕㄤ）*。
對斟佳品酬佳節，桂拂清風菊帶霜。

寶玉看了正喝彩，黛玉卻一把撕了，令人燒去，說：「我的不及你的，我燒了它。你那個很好，比方才的菊花詩還好，你留著給人看吧。」寶釵接著笑道：「我也勉強作了一首，未必好，寫出來大家樂一樂吧。」說著，也寫了出來。大家看時，寫的是：

桂靄桐陰坐舉觴，長安涎口盼重陽。

眼前道路無經緯，皮裡春秋†空黑黃。

眾人看後不禁叫絕。寶玉說：「寫得痛快！我的詩也該燒了。」又看底下寫的是：

酒未敵腥還用菊，性防積冷定須薑。

於今落釜成何益，月浦空餘禾黍香。

眾人都說這是吃螃蟹詩的絕唱，可見寫詩之人確是大才，只是諷刺世人太毒了些。正說著，就看見平兒又進了園子裡來。眾人見平兒來了，都問鳳姐怎麼不來。平兒說二奶奶沒時間，因為服侍別人沒吃好，所以叫要幾個螃蟹拿家去吃。湘雲忙命人挑膏黃多的團臍蟹，用盒子裝了。平兒拿了要走，李紈硬拉她坐下，還讓隨行的嬤嬤先送了盒子回去，告訴鳳姐就說「我留下平兒了」。

※酒杯。

†藏在心裡不說出來的評論。

# 第十九回 賈母再宴大觀園

眾人說笑吃喝了一陣，就散了。平兒回到家，見鳳姐不在家，上回那位打秋風*的劉姥姥領著板兒又來了，給榮府送了一些自家產的棗子、倭瓜和野菜。周瑞家的正陪著她說話。見她進來，眾人忙站起來問好。劉姥姥趕緊表明心意，說送這些就是讓府裡的人嘗嘗新。平兒忙謝過她如此費心，又讓眾人一起坐下說話。周瑞家的說：「早起我就看見那螃蟹了，兩三個就能有一斤。這麼三大簍，想是有七八十斤呢。」劉姥姥說：「這樣的螃蟹，按今年的行市，值五分一斤，總共得有二十多兩銀子。這一頓的錢，夠我們莊稼人過一年了。」說話間，平兒已經知曉，這劉姥姥已經見過鳳姐了，是鳳姐要她在此等候的。看看天氣不好，擔心劉姥姥出不去城，周瑞家的說去替她問問鳳姐去。

可巧賈母正想找上年紀的老人家說話，就請劉姥姥過去。劉姥姥不敢去，平兒忙說：「你快去吧，沒事的。我們老太太最惜老憐貧，不是那種勢利的人。你要是害怕，我和周大娘陪你去。」說著，同周瑞家的帶領著劉姥姥往賈母這邊來。

她們來到賈母房中，只見大觀園中的眾姐妹都在賈母跟前說話。劉姥姥進去，見到滿屋裡珠圍翠繞，花枝招展，也不知都是什麼人。只見一張榻上歪著一位老婆婆，身後坐著一個紗羅裹的美人一般的丫鬟在那裡給那老婆婆捶腿。鳳姐正站著說笑。劉姥姥便知是賈母了，忙上來賠著笑，行了禮，說：「請老壽星安。」賈母也欠身問好，又命周瑞家的端過椅子來，讓劉姥姥坐著。賈母問了劉姥姥的年紀，劉姥姥說自己已經七十五了。賈母誇她身體硬朗，比自己強。劉姥姥說賈母生來是享福的，自己生來是受苦的。二人又說了幾句閒話，賈母聽說她帶來了新鮮瓜菜，就讓人收拾了，想嘗個鮮，又讓她住幾天，到大觀園嘗嘗果子，走時帶些，也算走一趟親戚。

鳳姐趁勢讓她住了，把鄉下的新聞故事說給老太太聽。劉姥姥喝了茶，便把在鄉村中所見所聞的事情說給賈母聽，賈母更加有了興致。晚飯時，賈母又將自己的菜揀了幾樣，命人送過去與劉姥姥吃。鳳姐知道劉姥姥合了賈母的心，等吃過飯，便將劉姥姥送到賈母這邊來。鴛鴦命老婆子帶了劉姥姥去洗了澡，自己挑了兩件隨常的衣服，給劉姥姥換上。劉姥姥換好衣裳出來，坐在賈母榻前，又搜尋些話來說。寶玉與姐妹們也聽得稀罕，覺得比盲先生說的書還好聽。那劉姥姥見賈母高興，這些哥兒姐兒們都愛聽，便沒了話也編出些話來講。劉姥姥編的故事，暗合了賈母、王夫人的心事，賈母聽得入神，連王夫人都聽進去了。寶玉更是信以為真，心裡一直惦記著故事中的人。

探春悄聲與寶玉商議如何還湘雲的席，請老太太賞菊花。寶玉說老太太要還席，等吃了老太太的，他兄妹再還也不晚。探春怕天冷了，老太太怕冷出不來。寶玉知道老太太愛雨雪，準備瞅個下雪天，請老太太賞雪，他們可雪下吟詩。

次日清早，賈母正和王夫人等商議給史湘雲還席。寶玉說：「既然沒有外客，也就別做多少樣菜，誰愛吃什麼，就做幾樣。也不必擺桌，每人一張高幾，放幾樣菜，一盒什錦點心，一把自斟酒壺，那多別致。」賈母認可了，就讓人告訴廚房，明天就揀眾人愛吃的東西做，按人數，再裝了盒子來。早飯也擺在

＊舊時利用各種關係取得有錢人的贈與。

園子裡吃。

第二天天氣很好，李紈先起來，看著老婆子、丫頭們掃那些落葉，並擦抹桌椅，預備茶酒器皿，還開了綴錦閣拿高幾。豐兒帶了劉姥姥、板兒進來，聽李紈安排，彼此說了會兒話。之後賈母一行人也來了。李紈忙迎上去，說：「老太太高興，倒進來了。我只當還沒梳頭呢，才摘了菊花要送去。」說著，招手讓丫鬟碧月捧過一個大荷葉式的翡翠盤子來，裡面盛著各色的折枝菊花。賈母便揀了一朵大紅的插在鬢上。鳳姐也給劉姥姥插了一頭的菊花，賈母和眾人笑得不得了。

說笑間，眾人來到沁芳亭。賈母倚柱坐下，讓劉姥姥也坐在旁邊，問：「這園子好不好？」劉姥姥說：「我們鄉下人到了年下，都上城來買畫。時常閑了，大家都說，怎麼得也到畫上去逛逛。想著那個畫也不過是假的，哪裡會有這個真地方呢。誰知我今日進這園子裡一瞧，竟比那畫還強十倍。要是有人也照著這個園子畫一張，讓我帶回家去，給他們見識見識。」賈母聽她這麼一說，便指著惜春說：「你瞧我這個小孫女，她就會畫。等明兒叫她畫一張如何？」劉姥姥聽了，喜得忙跑過來，拉著惜春說：「我的姑娘，你這麼小的年紀，又這麼個好模樣，還這麼能幹，別是神仙托生的吧。」賈母等都笑了。

賈母稍微歇了一會兒，然後領著劉姥姥到處見識見識。先到了瀟湘館，紫鵑打起簾子請眾人進來坐下，黛玉親自向賈母敬茶。劉姥姥見窗下案上擺著筆墨紙硯，又見書架上放著滿滿的書，就說：「這必定是哪位哥兒的書房了。」賈母笑著指著黛玉說：「這是我這外孫女的屋子。」劉姥姥留神打量了黛玉一番，方笑道：「這哪兒像個小姐的繡房，竟比那上等的書房還好。」說笑一會兒，賈母見窗上紗的顏色舊了，便和王夫人說：「這個紗，新糊上好看，過後顏色就淡了。這院子裡頭沒有桃樹、杏樹之類的，竹子已是綠的，再拿這綠紗糊上，反不配。我記得咱們先有銀紅色的「軟煙羅」紗，明兒給她把這窗上的換了。」鳳姐一面答應著，早命人取了一匹來。賈母又給眾人講了這紗的來歷，大家都很佩服。

眾人離開瀟湘館後，坐船去了秋爽齋用早飯。鴛鴦說：「咱們天天說外頭老爺們喝酒吃飯的時候，都會找一個人給大家湊趣解悶兒。今天咱們也有了這麼個人了。」李紈是個厚道人，沒聽明白。鳳姐知道說的是劉姥姥，也笑著說：「咱們今兒就拿她取笑。」二人商議好後，鴛鴦便拉了劉姥姥出去，悄悄地囑咐了劉姥姥一席話。

吃飯時，賈母帶著寶玉、湘雲、黛玉、寶釵一桌，王夫人帶著迎春姐妹三個一桌，劉姥姥傍著賈母一桌。鳳姐拿了一雙四棱象牙鑲金的筷子給劉姥姥。劉姥姥拿起這筷子，覺得非常重，很難拿在手裡。劉姥姥就說：「這叉爬子比俺家的鐵鍁還沉。」說得眾人都笑起來。上菜時，鳳姐故意挑了一碗鴿子蛋放在劉姥姥桌上。

賈母這邊說聲「請」，劉姥姥便站起身來，高聲說：「老劉，老劉，食量大如牛，吃個老母豬不抬頭。」說完，自己卻鼓著腮幫子不說話。眾人先是一愣，等明白過來，頓時上上下下都哈哈大笑起來。湘雲第一個撐不住，一口飯都噴了出來。黛玉更是笑岔了氣，伏著桌子「哎喲，哎喲」地叫。寶玉早滾到賈母懷裡，賈母笑得摟著寶玉叫「心肝」。王夫人笑得用手指著鳳姐，只說不出話來。薛姨媽也撐不住，口裡的茶噴了探春一裙子。探春手裡的飯碗都扣在迎春身上。

惜春離了座位，拉著她的奶媽叫揉一揉腸子。周圍的人全都彎腰屈背強忍著笑，也有躲出去蹲著笑的，也有忍著笑上來替小姐們換衣裳的。只有鳳姐、鴛鴦二人撐著，還只管讓劉姥姥吃飯。

劉姥姥拿起筷子來，只覺著不聽使喚，便說：「這裡的雞還挺厲害，能下這麼小巧的蛋，怪俊的。我得吃一個。」眾人剛停住了笑，聽見這話又笑起來。賈母笑得眼淚都出來了，琥珀在後面捶著。賈母笑道：「這定是鳳丫頭這個促狹鬼鬧的，快別信她的話了。」劉姥姥正誇雞蛋小巧，要夾一個。鳳姐說：「一兩銀子一個呢，你快嘗嘗吧，冷了就不好吃了。」劉姥姥便伸筷子要夾，哪裡夾得起來，滿碗裡鬧了一陣，好容易撮起一個來，才伸著脖子要吃，偏又滑下來滾到了地上。劉姥姥忙放下筷子，要去撿起來，早有周圍的人撿了拿了出去。劉姥姥嘆道：「一兩銀子，也沒聽見個響聲就沒了。」

眾人已沒心思吃飯，都看著她笑。賈母說：「這怎麼把那個筷子拿了出來？定是鳳丫頭故意的，快去換了來。」周圍伺候的人就收了劉姥姥的筷子，換上一雙烏木鑲銀的。劉姥姥見了，說：「去了金的，又是銀的，到底沒有我們家裡的順手。」賈母見她如此有趣，吃得又香甜，把自己的菜也都端過來給她吃。

賈母等人吃完飯都往探春房中去了。李紈和鳳姐這才開始吃飯。鳳姐和鴛鴦兩個好生讚揚了劉姥姥一番，還說讓她別多心，就是圖個樂子。劉姥姥也知道怎麼回事，根本沒往心裡去。鳳姐吃完飯也去了探春

房中，看見眾人正在說笑。

探春素喜闊朗，這三間屋子並不曾隔斷。地上放著一張花梨大理石大案，案上壘著各種名人法帖，還有數十方寶硯及各色筆筒。那邊放著鬥大的一個汝窯*花囊†，插著滿滿的一囊水晶球的白菊。西牆上當中掛著一大幅宋代畫家米芾的《煙雨圖》，兩邊是一副對聯。案上設著大鼎。左邊紫檀架上放著一個大觀窯的大盤，盤內盛著數十個嬌黃玲瓏大佛手。右邊洋漆架上懸著一個白玉比目磬，旁邊掛著小錘。大家在此處說了會兒話，隱約聽見鼓樂之聲。原來是賈府裡那十來個女孩子在演習吹打呢。賈母便命人將她們叫進來在藕香榭的水亭子上演曲，大家在綴錦閣下飲酒。眾人都說去那裡很好。

於是眾人坐船前往綴錦閣。途中經過蘅蕪苑，賈母帶著眾人進去瞧了瞧。寶釵的住處如雪洞一般，一色玩器全無，案上只有一個土定瓶**中供著數枝菊花，還有兩部書和一些茶具而已。床上只吊著青紗帳幔，十分樸素。賈母覺得過於樸素，便親自吩咐鴛鴦，弄一盆石頭盆景、一架紗桌屏和一個墨煙凍石鼎來擺在這案上，再取幾幅水墨字畫掛上，把帳子換成白綾的，鴛鴦答應明日去布置。

眾人來到綴錦閣，大家依次坐下。賈母吩咐今日要邊行酒令邊飲酒。眾人順著賈母心意，故意推舉鴛鴦做令官。鴛鴦也沒推辭，而是說：「酒令大如軍令，不論尊卑，今日以我為主。違了我的話，是要受罰的。」眾人都笑道：「一定如此，快些說吧。」

* 宋代著名瓷窯。
† 帶孔的瓷器，可以插花。
** 古代定州瓷窯產的粗瓷器。

鴛鴦還沒說，劉姥姥聽說要行酒令，便下了席，笑著擺手說：「別這樣捉弄人家，我要回家去了。」眾人不許，將她拉入席中。見她還要討饒，鴛鴦就說：「再多言的，罰酒一壺。」劉姥姥住了口。

鴛鴦說：「今天行骨牌令，從老太太起，順著說下去，到劉姥姥結束。我說牌令，這一副牌三張，我們拆開，先說頭一張，次說第二張，再說第三張，說完了，合成這副牌的名字。無論詩詞歌賦，成語俗話，比上一句，都要押韻，錯了的罰一杯。」眾人都說這個令好。

鴛鴦開始說第一副：「左邊是張『天』。」賈母說：「頭上有青天。」眾人齊聲叫好。鴛鴦說：「當中是個『五與六』。」賈母說：「六橋梅花香徹骨。」鴛鴦接著說：「剩得一張『六與么』。」賈母說：「一輪紅日出雲霄。」鴛鴦又說：「湊成便是個『蓬頭鬼』。」賈母說：「這鬼抱住鍾馗腿。」說完，大家紛紛喝彩。賈母飲了一杯。接下來，薛姨媽、湘雲、寶釵、黛玉也依令都說了。輪到迎春、鳳姐，想看劉姥姥的笑話，故意說錯，都罰了。這下就輪到了劉姥姥。只聽鴛鴦笑道：「左邊『四四』是個人。」劉姥姥想了半天，才說：「是個莊稼人吧。」眾人哄堂大笑。賈母誇好，讓她就這樣說。鴛鴦又說：「中間『三四』綠配紅。」劉姥姥說：「大火燒了毛毛蟲。」鴛鴦說：「右邊『么四』真好看。」劉姥姥說：「一個蘿蔔一頭蒜。」鴛鴦再說：「湊成便是一枝花。」劉姥姥兩隻手比著說：「花兒落了結個大倭瓜。」眾人頓時大笑起來。

劉姥姥將身前的杯中酒喝了，說：「我手腳粗笨，又喝了酒，別不小心打了這瓷杯，如果換個木頭的杯來，就不怕打了。」鳳姐笑道：「你要木頭的也有，不過這木頭的都是成套的，取了來，你可要把這一套都喝了才行。」劉姥姥覺得這木頭杯也就小孩子用的木碗那樣大，況且這酒蜜水似的，多喝點也不怕。於是就說：「取來再商量。」鳳姐讓豐兒取竹根套杯，鴛鴦說要取黃楊木套杯灌她十杯。鳳姐笑道：「更好了。」鴛鴦命人取來。劉姥姥一看，又驚又喜，驚的是大的足有小盆大，最小的也有手裡的杯子兩個大；

喜的是雕刻奇絕，一色山水樹木人物，並有草字及印章。她說：「拿那小的就行了。」鳳姐不依，非要她吃一套不可，嚇得劉姥姥連連告饒。賈母等忙勸，只讓喝頭一杯。

薛姨媽又命鳳姐布菜。鳳姐問：「姥姥要吃什麼，說出名字來，我夾了喂你。」劉姥姥說：「這菜樣樣都是好的，可我卻不知道什麼名字呀。」賈母笑道：「你把茄鯗（ㄒㄧㄤˇ）夾些喂劉姥姥吃。」鳳姐依言夾些茄鯗送入劉姥姥口中，笑道：「你們天天吃茄子，也嘗嘗我們的茄子弄得可口不可口。」劉姥姥吃了，說：「別哄我了，茄子跑出這個味兒來了，我們也不用種糧食，只種茄子了。」眾人都說：「真是茄子，我們不哄你的。」劉姥姥不信，讓鳳姐再夾一口給她，她要細細嚼嚼。劉姥姥細嚼了半日，才說：「雖有一點茄子香，只是還不像是茄子。告訴我是用什麼法子弄的，我也弄著吃去。」鳳姐說：「這也不難。你把才下來的茄子的皮和瓤都去了，只要淨肉，切成細絲，曬乾了；再拿一隻肥母雞，㸆（ㄎㄠˋ）出老湯來；把這茄子絲上蒸籠蒸得雞湯入了味兒，再拿出來曬乾；如此九蒸九曬，就曬脆了，盛在瓷罐子裡封嚴了，要吃時拿出一碟子來，用炒的**雞瓜**＊一拌就成。」劉姥姥聽了，搖頭吐舌道：「這還是茄子嗎？倒得十來隻雞來配它，難怪能是這個味道！」

鳳姐又勸她喝酒，劉姥姥趕緊討饒，說什麼也不喝了。鴛鴦見她喝完酒，就問：「這杯子到底是什麼木頭做的？」劉姥姥說：「怨不得姑娘不認得，你們朱門繡戶的，哪兒認得木頭呢？我們整天和樹林子打交道，還是認得的。我掂著這杯子這樣沉，絕對不是楊木，一定是黃松的。」眾人聽了，又哄堂大笑起來。

＊指剝了皮的山雞肉或雞的腱子肉。

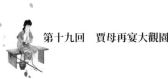

這時，一個婆子進來問賈母，什麼時候開始演曲。賈母吩咐這就演吧。一會兒，只聽得簫管悠揚，笙笛併發。正值風清氣爽之時，那樂聲穿林渡水而來，自然使人心曠神怡。眾人頓時紛紛離席，重新飲起酒來。劉姥姥聽見這般音樂，又有酒，越發喜得手舞足蹈起來。黛玉笑道：「當日聖樂一奏，百獸率舞，如今才一牛耳。」眾姐妹都笑了。

等音樂停了，薛姨媽建議大家出去散散酒氣。於是眾人跟著賈母一起遊玩。丫鬟們來請用點心，賈母等用過茶點，又帶了劉姥姥到櫳翠庵來。妙玉忙接了進去，烹了茶來讓大家喝。寶玉留神看她怎麼行事。只見妙玉親自捧了一個海棠花式雕漆填金雲龍獻壽的小茶盤，裡面放一個成窯*五彩泥金小蓋盅，捧給賈母。賈母說：「我不喝六安茶。」妙玉笑說：「知道，這是老君眉。」賈母接了，又問是什麼水。妙玉笑回：「是舊年存好的雨水。」賈母喝了半盞，便笑著遞給劉姥姥，說：「你嘗嘗這個茶。」劉姥姥接來一口就喝完了，說：「好是好，就是淡些，再熬濃些就更好了。」賈母眾人都笑起來。

## 白白老師的國學小教室

### 劉姥姥進大觀園

劉姥姥的女婿王狗兒祖上曾和王熙鳳之祖連過宗，有著一層淺薄關係。在《紅樓夢》裡多描摹富貴人家的穿著用度，但劉姥姥卻是個樸實的鄉野村婦，用劉姥姥的平民視角來看待富貴賈府，最能夠凸顯賈府的鋪張奢華，像是鴿子蛋一兩銀子一個、筷子去了金的，又是銀的，這些從平民的角度來看，都是極其誇張浪費的。劉姥姥就像一面鏡子，映照著賈府的奢華浪費。

而劉姥姥在《紅樓夢》中總共會四進榮國府，她的四次進出，見證了賈府從繁榮到衰敗，所以說劉姥姥是「眼看他起高樓、宴賓客、樓塌了。」她是貫穿故事興衰的重要角色。

除了是貫穿故事的角色之外，劉姥姥也用她的視角和進出來看賈府的眾人。比如黛玉的房間看似公子哥的房間，裡面擺滿了筆墨紙硯、滿滿的書，可見黛玉的書墨才智；而探春的房間開闊雅致，足見她的大方雅趣。寶釵的房間如雪洞，十分素樸，沒有任何玩器，讓人摸不著她的內心。屬於每個人的空間，其實也象徵他們的內在。

劉姥姥雖是個鄉野村婦，但樸實圓融、聰慧詼諧，以她的視角來看待賈府，能看到更多元細緻的一面。

＊指明代成化年間官窯所產的名貴瓷器。

# 第二十回 劉姥姥醉臥怡紅院

趁眾人喝茶的空當，妙玉拉了下寶釵和黛玉的衣襟，二人隨她出去。寶玉悄悄地隨後跟了來。只見妙玉讓她二人來到偏房內，寶釵坐在榻上，黛玉坐在妙玉的蒲團上。妙玉親自為她倆燒了水，另泡一壺茶。寶玉便走了進來，說：「原來你們在喝私房茶呢。」釵、黛二人笑道：「你又趕了來，這裡可沒準備你的茶。」妙玉剛要去取杯子，看見有人將上面的茶具收拾了，拿到這裡來，趕緊說：「將那成窯的茶杯別收了，擱在外頭吧。」寶玉知道這是因為劉姥姥用過，她嫌髒不要了。妙玉另拿出兩隻古雅的茶杯來，斟了一杯茶，遞給寶釵，又斟了一杯遞給黛玉，然後將自己平日喝茶用的綠玉鬥斟了茶，遞給寶玉。

寶玉說：「你給她們倆用那樣的古玩奇珍，卻讓我用個俗器。」妙玉說：「這是俗器嗎？不是我說狂話，只怕你家裡未必找得出這麼一個俗器來呢。」寶玉說：「俗話說『隨鄉入鄉』，到了你這裡，自然把那金玉珠寶一概貶為俗器了。」妙玉聽了，十分歡喜，於是又找出一隻古雅的竹質大茶杯來，問：「就剩了這一個古雅的了，你可喝得了這麼一大杯嗎？」寶玉忙說：「喝得了。」妙玉笑道：「就算你喝得了，我也沒那麼多茶給你糟蹋。你難道沒有聽說過『一杯為品，二杯即是解渴的蠢物，三杯便是飲牛飲騾了』的話嗎？你喝完這一大杯後，成什麼了？」寶釵、黛玉、寶玉聽完都笑了。妙玉向大杯內只斟了約有一小杯的茶。寶玉細細品了，果然覺得十分清爽，於是賞贊不絕。

妙玉嚴肅地對寶玉說：「這次你來這兒能喝到茶，全憑她倆的福。如果是你一個人來，我不給你喝的。」寶玉笑道：「我知道，所以我也不領你的情，只謝她倆就行了。」妙玉聽了，說：「這話說得明白。」

黛玉問：「這水也是舊年的雨水嗎？」妙玉冷笑道：「你這麼個人，竟是個大俗人，連水也嘗不出來。這是五年前我在玄墓蟠香寺住著，收的梅花上的雪，共得了一甕水，總捨不得喝，就埋在地下。今年夏天才取出來打開，我只用這水喝過一次茶，今天是第二次。你怎麼嘗不出來？隔年藏好的雨水哪有這樣醇厚的滋味，怎能用來沏茶？」黛玉知道她性格有些孤僻，便不想多說，只好略坐了坐，喝完茶就約著寶釵走了出來。

寶玉向妙玉賠笑道：「那茶杯雖然髒了，白扔了有些可惜。我覺得你乾脆就給那貧婆子，她賣了也可以度日。這麼做可好？」妙玉聽了，想了想，點頭說：「也行。幸虧那杯子是我沒用過的，如果我使過，我就是砸碎了也不能給她。我將這杯子只交給你，你要給她，我也不管，趕緊拿走。」寶玉說：「你哪能和她說話呢？豈不是連你也髒了。交給我就行了。」妙玉便命人將那杯子拿來，遞給寶玉。

寶玉接過來，說：「等我們出去了，我叫幾個小廝從河裡打幾桶水來幫你洗洗地，怎麼樣？」妙玉說：「這更好了。只是你囑咐他們，抬了水只擱在山門外頭牆根下就可以了，不要進門。」寶玉說：「這當然沒問題。」說著，便拿著那杯子，遞給賈母房中小丫頭拿著，說：「明天劉姥姥回家去，給她帶去吧。」

賈母已經喝完茶出來，準備回去了。妙玉也沒怎麼挽留，將眾人送出山門，回身便將門關上了。

賈母覺得身上困乏，於是讓王夫人等陪薛姨媽繼續喝酒，自己前往稻香村休息。鴛鴦則領著劉姥姥在園中各處逛，眾人也都跟著取笑。來到「省親別墅」的牌坊底下，劉姥姥說這是個大廟，立刻跪下磕頭。隨行的眾人都笑彎了腰，有人問她：「你認得這是什麼廟嗎？」劉姥姥說：「笑什麼？我們那裡這樣的廟前也有這樣的牌坊，那字就是廟的名字。這牌樓上的字我都認得，是「玉皇寶殿」四個字。」眾人笑得拍手打腳，還要取笑她。劉姥姥忽然覺得腹內一陣亂響，忙拉住一個小丫頭，要了兩張紙就解衣。眾人又是笑，又忙喝她：「不能在這裡！」讓一個婆子帶了她朝東北角上去了。那婆子給她指了地方，便樂得走開去歇息。

劉姥姥因喝了些酒，而且今日的飲食和她往日相差甚大，不免鬧起了肚子。她蹲了半天才解決完，猛一起身，頓時覺得頭暈眼花，認不得路了。她見四下裡都是樹木山石，樓臺亭榭，不知道自己該往哪裡去，只得認著一條石子路慢慢走。好不容易才到了房舍跟前，又找不著門，又找了半日，忽然看見一圈竹籬，劉姥姥心想：「原來這裡也有扁豆架子。」於是，順著花障走，直到看見了一個月洞門就進去了。只見迎面是一個七八尺寬的水池，岸邊用石頭砌的，一塊白石橫架在上面。劉姥姥從石頭上走過來，順著石子甬路朝前走，轉了兩個彎，見有一個房門。於是她就進了房門，只

見迎面一個女孩子正滿面含笑地迎了出來。劉姥姥忙笑道：「姑娘們把我丟下了，要我碰頭碰到這裡來。」說完，見那女孩子也不回應她。劉姥姥便過去拉她的手，「咕咚」一聲，便撞到板壁上，把頭碰得生疼。劉姥姥很納悶，仔細一看，原來是一幅畫。她心中詫異：「原來畫有這樣活凸出來的。」用手去摸，卻全是平的，她點頭嘆了兩聲。等轉過身，她就看見了一個小門，門上掛著蔥綠撒花軟簾。

劉姥姥掀簾進去，抬頭一看，只見四面牆壁玲瓏剔透，牆上貼著些琴劍瓶爐，錦籠紗罩，金彩珠光，連地下踩的磚，都是碧綠鑿花，能讓人把眼看花了。劉姥姥想出去，可找不到門了。這裡左一架書，右一架屏的，她哪裡見識過。她好不容易才從屏後找見了一扇門，剛要出去，卻看見她親家母也從外面迎了進來。劉姥姥很詫異，忙問：「親家母，你想是見我這幾日沒回家，來找我的吧。是哪位姑娘帶你進來的？」她親家只是笑，什麼都沒說。劉姥姥笑道：「你就是沒見過什麼世面，看見人家園子裡的花好，你愣是戴了一頭。」她親家依舊不回應。劉姥姥忽然想起：「常聽人說那些富貴人家有一種穿衣鏡，這別是我在鏡子裡頭吧？」說完，伸手一摸，再細一看，可不是，四面雕空的紫檀板壁，將鏡子嵌在中間。她想著如何出去，因此只管用手摸。這鏡子設計了西洋開關，可以開合。劉姥姥亂摸之間，其力巧合，撞開了開關，掩過鏡子，露出門來。劉姥姥又驚又喜，邁步出來，忽見有一副極其精緻的床帳。她此時已帶了七八分醉，又走乏了，便一屁股坐在床上，只說歇歇，不料卻身不由己，前仰後合的，矇矓著兩眼，一歪身就在床上睡著了。

外面眾人一直等著她，卻不見她回來。板兒這麼久沒見他姥姥，急得哭了。眾人都笑道：「別是掉在茅廁裡了？快叫人去瞧瞧。」兩個婆子領命去找，回來說沒有。眾人到各處搜尋都沒找見。襲人看著這裡的路，想：「別是她醉了迷了路，順著這條路往我們後院子裡去了。如果沒人帶著她，可是夠她繞上半天的，我要瞧瞧去。」於是襲人便回了怡紅院。一進院門，就喊人，誰知幾個看房子的小丫頭已偷空玩去了。

襲人一直進了房門，轉過集錦槅子，就聽見床上鼾聲如雷。她趕緊進來，只聞見酒屁臭氣，滿屋一瞧，只見劉姥姥仰臥在床上。襲人登時嚇了一跳，慌忙趕上來，將劉姥姥用力推醒。劉姥姥很快醒了，睜眼見了襲人，連忙爬起來說：「姑娘，我錯了！沒弄髒了床帳吧。」說著，還用手去撣。襲人恐驚動了旁人被寶玉知道了，就向她搖搖手，不讓她說話，抓了三四把合香放到鼎內，仍用罩子罩上。還好劉姥姥沒有嘔吐，襲人輕聲說：「沒有關係，有我呢，你隨我出來。」劉姥姥跟著襲人，去了小丫頭們的房中。襲人對她說：「別人問起來，你就說醉倒在山石上，打了個盹。」又讓她喝了兩碗茶，劉姥姥方覺酒醒了，問：「這是哪個小姐的繡房，竟這樣精緻？我就像到了天宮一樣。」襲人微微笑道：「這個是寶二爺的臥室。」那劉姥姥頓時嚇得不敢出聲了。襲人帶劉姥姥從前面出去，見了眾人，只說在草地上睡著了，帶了她來的。眾人都不理會，也就將此事揭過了。

賈母醒後，就在稻香村擺晚飯。賈母沒怎麼吃飯，就回自己房中歇息了。賈母走後，眾人各自吃飯。吃過飯，劉姥姥帶著板兒來見鳳姐，說：「明日一早定要回家去了。在這裡住了兩三天，雖然日子不多，卻把古往今來沒見過的、沒吃過的、沒聽過的都親身經歷了。難得老太太和姑奶奶還有那些小姐們，連各房裡的姑娘們都這樣憐貧惜老地照看我。我這次回去後，沒別的報答，唯有請些高香，天天給你們念佛，保佑你們長命百歲，就算我的心了。」鳳姐和她說了會兒府裡的事，忽然想起自己女兒還沒起名字，就對劉姥姥說：「麻煩你給她起個名字吧。一則借借你的壽，二則你們是莊稼人，不怕你惱，到底貧苦人起的名字，只怕壓得住她。」劉姥姥聽了，想了想，問：「不知她幾時生的？」鳳姐說：「正是日子不好呢，可巧是七月初七。」劉姥姥忙笑道：「這個正好，就叫她巧哥兒，這叫作以毒攻毒，以火攻火的法子。姑奶奶定要依我這名字，她必長命百歲。日後大了，她自己成家立業，就算一時有不稱心意的事，最終也必然是遇難成祥，逢凶化吉，卻都從這『巧』字上來。」

鳳姐聽了，很是歡喜，忙謝過劉姥姥，又說：「希望她將來應了你的話就好了。」然後鳳姐吩咐平兒把送劉姥姥的東西打點了，明兒一早好走得方便些。劉姥姥忙說：「已經打擾了幾日，又拿著走，越發心裡不安起來。」鳳姐說：「也沒有什麼，不過是平常的東西。你帶回家去，街坊鄰居看著也熱鬧些。」於是，平兒帶著劉姥姥到那邊屋裡，只見堆著半炕東西，都是送給劉姥姥的，有一匹青紗，兩匹綢子，一盒各樣內造點心，兩斗**禦田***粳米，一口袋園子裡的果子和各樣乾果，等等。平兒還特意指明：「這一包是八兩銀子，是我們奶奶給的。這兩包，每包裡頭五十兩，共是一百兩，是太太給的，叫你拿去，或是做個小本買賣，或是置幾畝地，以後再別求親靠友的。」

劉姥姥越發感激不盡，過來又千恩萬謝地辭了鳳姐，過賈母這邊睡了一夜。次早梳洗了，劉姥姥就要告辭。賈母讓劉姥姥閒了再來，還吩咐鴛鴦送了好些衣服、麵果子、藥給劉姥姥。寶玉也送了個成窯盅子，小廝們把東西搬了出去，直送劉姥姥上車去了。

* 專供皇帝用的田地。

# 第二十一回　釵黛結好除心防

寶釵吃過早飯，又往賈母處問過安。回來時，寶釵叫黛玉和自己走，有事問她。黛玉便同寶釵回了蘅蕪苑。進了房，寶釵便笑著說：「顰兒，你跪下，我要審你。」

黛玉不解其意，就問：「寶丫頭你瘋了嗎？審問我做什麼？」寶釵冷笑道：「好個千金小姐！好個不出閨門的女孩子！你還給我裝傻。昨兒行酒令時，你說的是什麼？我竟不知是哪裡來的。」被她這麼一說，黛玉才想起來昨天自己有些緊張，無意中將《牡丹亭》《西廂記》裡的話說了兩句，不覺紅了臉，便上來摟著寶釵，笑道：「好姐姐，原本我是不知道的，你別說與別人，我以後再不說了。」

寶釵見她羞得滿臉飛紅，滿口央告，就不再往下追問，拉著黛玉坐下喝茶，慢慢告訴她：「我原先也是個淘氣的孩子，七八歲的時候，也夠個人纏的。我們家也算是個讀書人家，祖父手裡也愛藏書。以前家裡人口多，兄弟姐妹都在一處，都怕看正經書。弟兄們也有愛詩的，也有愛詞的，像這些『西廂』『琵琶』*以及「元人百種」，我們那裡都有。他們是偷背著我們看，我們卻也偷偷背著他們看。後來大人知道了，打的打，罵的罵，燒的燒，才丟開了。所以咱們女孩家不認得字的倒好。男人們讀書不明理，反倒不如不讀書的好，何況你我。就連作詩寫字這樣的事，也不是你我分內之事，但也不是男人分內之事。男人們讀書明理，輔國治民，才是正經的事。我們女孩子做些針線女紅的事才是歷來的規矩，可你我偏又認得了字，既認得了字，就應當選那正經的書看，最怕見了些雜書，深陷其中，連性情都改了，那就無藥可救了。」

這一席話，說得黛玉心下暗服，只回了個「是」，就垂頭喝茶去了。

忽然，李紈差素雲來告知，說請眾位姐妹和寶玉去她那兒商議要緊的事。黛玉和寶釵便往稻香村來，見眾人都在那裡。李紈見了她倆，說：「社還沒起，就有偷懶的了，四丫頭要告一年的假呢。」黛玉笑道：「都是老太太昨兒一句話，叫她畫什麼園子圖，惹得她樂得告假了。」探春說：「也別怪老太太，都是劉姥姥的一句話。」林黛玉忙笑接：「可不是，都是她一句話。她是哪一門子的姥姥，我看直接叫她『母蝗蟲』就是了。」說完，頓時大家都笑起來。

李紈說：「我請你們來是想大家商議下，看給她多少日子的假。我說一個月，她嫌少，你們怎麼說？」黛玉說：「論理，一年也不多。這園子蓋才蓋了一年，如今要畫，自然得兩年工夫才成。又要研墨，又要蘸筆，又要鋪紙，又要著顏色，又要……」剛說到這裡，眾人就知道她是在取笑惜春，便都笑著問：「還要怎樣？」黛玉也笑道：「又要照著這個樣子慢慢地畫，可不得兩年的工夫！」眾人聽了，都拍手笑個不住。寶釵說：「『又要照著這個樣子慢慢地畫』，這一句最妙。所以昨天那些笑話雖然可笑，可回想起來卻是沒什麼趣味。你們細想顰兒這幾句話，雖是淡淡的，回想起來卻有滋味。我倒笑得動不得了。」惜春道：「都是寶姐姐贊得她越發逞強，這會兒拿我也取笑。」

黛玉忙拉著她笑道：「我且問你，是單畫這園子呢，還是連我們眾人都畫在上頭呢？」惜春說：「本來只畫這園子就可以。昨兒老太太又說，單畫了園子就成個房樣子了，叫連人都畫上，就像「行樂圖」似的才好。我又不會畫樓臺，又不會畫人物，可也不好拒絕，正為這個為難呢。」

＊即《琵琶記》，南戲劇本，元末高則誠作。

黛玉說：「畫人物還容易，你可會畫草蟲？」李紈說：「你又說不通的話了。這個上頭哪裡又用得著草蟲呢？倒是翎毛*需要點綴一兩樣。」黛玉笑道：「別的草蟲不畫也就罷了，昨兒的母蝗蟲不畫上，豈不缺了典故？」眾人聽了，又都笑起來。黛玉一面笑得兩手捧著胸口，一面說：「你快畫吧，我連題跋†都有了，起個名字，就叫作《攜蝗大嚼圖》。」眾人聽了，越發哄然大笑，前仰後合的。

只聽「咕咚」一聲響，不知什麼東西倒了。眾人急忙循聲看，原來是湘雲伏在椅子背上，那椅子原不曾放穩，被她全身伏著椅子背大笑，她又不提防，兩下裡錯了勁，向東一歪，連人帶椅子都歪倒了，幸有板壁擋住，不曾落地。眾人一見，越發笑個不住。寶玉忙趕上去，將湘雲扶了起來，眾人才漸漸止了笑。

寶玉和黛玉使個眼色，黛玉會意，走到裡間，對著鏡子整理了下妝容。出來後，黛玉指著李紈說：「這是叫你帶著我們做針線，學道理呢，你反招我們來大玩大笑的。」李紈笑道：「你們聽她這刁話。她領著頭鬧，引著人笑了，倒賴我的不是。真真恨得我只保佑明兒你得一個厲害婆婆，再得幾個千刁萬惡的大姑子、小姑子，試試你那時還這麼刁不刁了。」

林黛玉早紅了臉，拉著寶釵說：「咱們放她一年的假吧。」寶釵說：「我有一句公道話，你們聽聽。藕丫頭雖會畫，不過是幾筆寫意。如今畫這園子，不是胸中藏有丘壑之人是畫不出來的。這園子本就像畫一般，你照著樣子往紙上描，需要仔細斟酌計算，才能畫出來，這是討不了好的。而且園中的這些設施，哪一處都不能畫錯，位置歪了都不行，否則就成了笑話。還有，畫人物時，也要有疏密，有高低，衣褶裙帶，手指足步，都要仔細畫出來，這的確很難。不過一年的假也確實太多，一個月又太少了，乾脆許她半年的假，再讓寶兄弟幫著她，不為別的，等有了不明白的，可以讓寶兄弟拿出去問問那幾個會畫畫的相公，就容易了。」

寶玉答應著，馬上就要去外面找人。寶釵叫住他，說還有許多東西沒準備好呢，真是「無事忙」。寶釵還提出，這畫首先不能畫在紙上，得畫在絹上，就要經過許多工序加工。為了方位正確，必須把建築布局圖找來。還需要再買許多顏料，添多少畫筆，要多少調色的碟子，還得預備化膠的爐子。接著她開列了一張清單，把所需物品一一寫明，讓寶玉去找老太太，家裡有的就在家裡領，沒有的再去外面買。

黛玉又看了一回單子，笑著拉探春悄悄地說：「你瞧瞧，畫個畫而已，又要這些水缸、箱子來了。想必她糊塗了，把她的嫁妝單子也寫上了。」探春立刻笑個不住，說：「寶姐姐，你還不擰她的嘴？你問問她剛才編派你的話。」寶釵笑道：「不用問，狗嘴裡還有象牙不成？」一面說，一面走上來，把黛玉按在炕上，便要擰她的臉。

黛玉笑著，忙央告：「好姐姐，饒了我吧！顰兒年紀小，只知說，不知道輕重，做姐姐的教導我。姐姐不饒我，我還求誰去？」眾人不知這話裡有原因，都笑道：「說得好可憐見的，連我們也軟了，饒了她吧。」寶釵原本是和她鬧著玩的，忽然聽她又拉扯前番說她胡看雜書的話，便不好再和她鬧，放過了她。黛玉說：「到底是姐姐，要是我，肯定不饒的。」寶釵指著她笑道：「怪不得老太太疼你，眾人愛你伶俐，今兒我也怪疼你的了。過來，我替你把頭髮攏一攏。」黛玉果然轉過身來，寶釵用手把她的頭髮攏上去。寶玉在旁看著，只覺得這情景非常好。大家又說了一會兒閒話，晚飯後，又往賈母處來請安。

鳳姐生日後的一天，大觀園中的眾位姐妹一起來找鳳姐。鳳姐忙讓了座，命平兒斟上茶來，隨口問來

＊ 鳥的羽毛。
† 寫在書籍、字畫等前面的文字叫題，後面的叫跋，總稱「題跋」。

得這麼齊，找她有什麼事。探春說：「我們起了個詩社，頭一社就不齊全，有些亂。我請你做監社禦史，監督我們。還有就是四妹妹為畫園子，要用到的東西家裡不全，回了老太太。

老太太說「家裡有的儘管拿出來用，沒有的，叫人買去。這事還要請你幫忙。」鳳姐笑道：「我又不會作什麼「溼的」「乾的」，請我幹什麼？你們別哄我！我猜著了，哪裡是請我做監社禦史！分明是你們弄什麼社，要輪流做東道主。結果你們的月錢不夠花了，於是想出這個法子來，好和我要錢。可是打的這個主意？」一席話說得眾人都笑起來。

李紈笑道：「你還真是個水晶心肝玻璃人。」這下鳳姐就和李紈好一陣鬥嘴，鳳姐說李紈作為大嫂子，不但不帶著姑娘們念書，學規矩針線什麼的，反倒弄起什麼詩社，卻又怕花錢，就忽悠姑娘們來鬧自己；李紈則說鳳姐慣會精打細算，恨不得算計了天下人。

最後，李紈說：「我且問你，這詩社你到底管不管？」鳳姐笑道：「這是什麼話！我不入社花幾個錢，不成了大觀園的反叛了，還想在這裡吃飯不成？明兒一早就到任，下馬拜了印，先放下五十兩銀子，給你們慢慢做詩社東道主。我是個俗人，又不作詩作文。「監察」也罷，不「監察」也罷，有了錢了，你們還能攆出我來？」說得眾人又都笑起來。

鳳姐接著說：「過會兒我開了樓房，凡有這些東西都叫人搬出來你們看。若用得上，就留著使；若少什麼，照你們的單子，我叫人替你們買去就是了。畫絹和圖樣我會派人取了來，一起交給相公們，這樣如何？」李紈點頭笑道：「難為你想得如此周全。既如此，我們就都回去吧。」說著，便帶姐妹們走了。

黛玉每年在春分和秋分之後，就會犯咳嗽的毛病。今年秋天因賈母高興，黛玉跟著多遊玩了兩次，未免勞了神，近日又咳嗽起來，覺得比往常都要嚴重，所以她總不出門，只在自己房中養病。有時悶了，盼著來個姐妹和她說些閒話，可等到寶釵等人來看望她，往往說不了三五句話就又厭煩了。眾人都體諒她在病中，況且平日她就身嬌體弱，受不了委屈，所以即使看到她接待不周、禮數不到，也都不放在心裡。

一天，寶釵來看望她，說起她的病來，勸她另換個大夫看病，老是這樣時好時歹，不是常法。黛玉已沒有信心，不相信這病能好了。寶釵勸她不要多用人參、肉桂，這幾種補藥太熱了，建議她每天早上用一兩上等燕窩、五錢冰糖，熬成粥喝，先把胃養好，等喝習慣了，效果比藥還強。黛玉嘆道：「你平日待人，確實極好，然而我卻是個多心的人，只當你心裡藏奸。從前日你說看雜書不好，又勸我那些好話，我很感激你。往日是我錯怪你了。細細算來，我母親去世得早，我又沒有兄弟姐妹，我今年已經十五歲了，竟沒一個人像你一樣用前日的話教導我。怨不得雲丫頭說你好。我往日見她贊你，我還不受用，昨兒我親身體驗，才知道了你的好。聽你勸我的那些話，我就知道自己誤會你了。如不是從前天我看出這些來，今天這番話是不會對你說的。你剛才說叫我吃燕窩粥，雖然燕窩易得，但因為我年年犯這個病，請大夫、熬藥，人參、肉桂已經鬧了個天翻地覆，這會兒我又要什麼燕窩粥，老太太、太太、鳳姐姐這三個人便沒話說，那些底下的婆子丫頭們，也都會嫌我太多事的。你看這裡這些人，因為見老太太多疼了寶玉和鳳丫頭兩個，他們尚虎視眈眈，背地裡說三道四的，何況是我呢？我又不是他們的正經主子，原本是無依無靠，才投奔了來的，他們已經多嫌著我了。如今我還不知進退，何苦叫他們咒我呢？」

寶釵說：「照這樣說，我也是和你一樣。」黛玉說：「怎麼會一樣？你比我可強多了。你有母親，又有哥哥，這裡又有買賣，家裡仍舊有房有地。你不過是親戚的情分，白住了這裡，一應大小事情又不沾他們一文半個，要走就走了。我是一無所有，日常的吃穿用度，卻都和他們家的姑娘一樣，那起小人豈有不多嫌的。」寶釵笑道：「將來也不過多費一份嫁妝罷了，如今也愁不到這裡。」黛玉聽了，不覺紅了臉，說：

「人家才拿你當個正經人，把心裡的繁難告訴你聽，你反拿我取笑。」

寶釵說：「雖是取笑，卻也是真話。你放心，我在這裡一日，就和你在一起一天。你有什麼委屈煩惱之事，只管告訴我，我能解決的，自然替你處理好。我雖有個哥哥，你也是知道他的脾性的，只有個母親，比你略強些。咱們也算同病相憐。你也是個明白人，何必如此感慨？你剛才說的也是，多一事不如少一事。我明日回家去，和媽媽說了，只怕我們家裡還有，給你送來幾兩，每日叫丫頭們熬了，又方便，又不勞師動眾。」

黛玉忙笑道：「事情雖小，可難得你如此上心。」寶釵說：「這有什麼放在嘴上的！只愁我人人跟前失于應付罷了。只怕你煩了，我先回去了。」黛玉說：「晚上再來和我說句話。」寶釵答應著便去了。

黛玉喝了兩口稀粥，仍歪在床上，不想日未落時，天就變了，淅淅瀝瀝下起雨來。那天漸漸黃昏，且陰得黑沉，再加上那雨滴竹梢，更覺淒涼。黛玉知道寶釵這番怕是不能來了，便在燈下拿了一本詩集看。讀著讀著，不覺心有所感，於是就模仿《春江花月夜》的格式，寫了一首《代別離》，題名《秋窗風雨夕》。

寫完後，擱下筆剛要休息，就聽見丫鬟說：「寶二爺來了。」只見寶玉頭上戴著大斗笠，身上披著蓑衣就進來了。黛玉不覺笑了，說：「哪裡來的漁翁？」寶玉忙問：「今兒好些了嗎？吃了藥沒有？今天一天吃了多少飯？」一面說，一面摘了笠，脫了蓑衣，忙一手舉起燈來，一手遮住燈光，向黛玉臉上照了一照，眯著眼仔細瞧了一瞧，才說：「今兒氣色確實好了些。」

黛玉看那蓑衣斗笠十分細緻輕巧，應該不是在尋常市集上賣的，穿上也不像刺蝟似的，就問寶玉哪裡得來的。寶玉說：「都是北靜王送的，一套三樣，還有一雙棠木屐子，脫在廊下了。你喜歡這個，我也弄一套來送給你。這斗笠冬天下雪時也能戴。」黛玉笑道：「我不要。戴上那個，成了畫上畫的和戲上扮的漁婆了。」等說了出來，才想起剛才說寶玉像漁翁，後悔不及，羞得滿臉飛紅，便伏在桌上不停咳嗽。

寶玉卻不留心，見案上有詩，就拿起來看了一遍，連連誇讚叫好。黛玉聽了，忙起來奪回，向燈上燒了。寶玉笑道：「我已背熟了，燒了也沒事。」黛玉說：「我也好了許多，謝謝你一天來幾次瞧我，下雨還來。這會兒夜深了，我也要歇著，你且請回去，明兒再來。」寶玉忙掏出個金表來，瞧了瞧時間，說「叨擾你費神了，就出去了」，卻又翻身進來，問：「你想吃什麼，告訴我，我明兒一早回老太太，豈不比老婆子們說得明白？」黛玉說：「等我夜裡想到了，明兒早起告訴你。你聽，雨越發緊了，快回去吧。可有人跟著嗎？」

有兩個婆子回道：「外面有人拿著傘，點著燈籠等著呢。」黛玉說：「這個天點燈籠？」寶玉說：「沒事，是明瓦的，不怕雨。」黛玉回手向書架上把個玻璃繡球燈拿了下來，命人點一支小蠟燭來，遞給寶玉，說：「這個比那個亮，專門在雨裡點的。」寶玉說自己也有一個這樣的，怕打破了，所以沒點來。黛玉說：「是人值錢，還是燈值錢？你怎麼如此不知輕重了？」寶玉聽了，連忙接了過來。眾人打傘的打傘，提燈的提燈，護著寶玉慢慢出去了。

寶玉剛走，蘅蕪苑的一個婆子也打著傘提著燈，送了一大包上等燕窩來，還有一包洋糖，說：「這比買的強。我們姑娘說了，姑娘先吃著，完了再送來。」黛玉說：「多謝費心了。」留她坐下喝茶，那婆子說自己有事，就不喝茶了。黛玉知道她是要去賭錢，就命人給她幾百錢，讓她打些酒吃，避避雨氣。那婆子在外面接了錢，打著傘走了。

紫鵑收起燕窩，然後服侍黛玉睡下。黛玉在枕上**感念**＊寶釵，羨慕她有母兄，又想起寶玉雖與自己平時看起來很和睦，但總是免不了產生猜疑，又聽見窗外竹梢蕉葉之上雨聲淅瀝，清寒透幔，不覺又滴下淚來，直到四更，才漸漸睡了。

**延伸小知識**

### 蕉葉覆鹿

《列子・周穆王》記述鄭國有個樵夫打死了一隻鹿，怕人看見，急忙把鹿藏在乾枯的水池中，蓋上蕉葉，後來忘記了所藏的地方，以為是一場夢。後來用「蕉鹿」指夢。

＊因激動或感動而思念。

# 第二十二回　鴛鴦抗婚求自由

邢夫人命人將鳳姐叫到自己房裡，悄悄對她說：「咱們家老爺看上了老太太的丫鬟鴛鴦，想討來做妾，但是怕老太太不答應，老爺讓我幫著想辦法。我就想起你來了，你儘快給想個辦法吧。」鳳姐聽了，忙說：「依我說，咱們可別碰這個釘子去。老太太離了鴛鴦，飯也吃不下去的，怎麼會捨得放手呢？況且平日老太太常說，老爺如今上了年紀，反倒找了好些個小老婆放在屋裡，這不是故意耽誤人家姑娘嘛，不想著好好保養身子，也不願意做官，整天就知道和小老婆喝酒玩樂。這話裡邊可不是對老爺的讚賞啊。當下不想著少去老太太跟前晃悠，倒想著跟老太太要最得用的人，這是嫌自己麻煩太少了嗎？太太別惱，我是不敢去的。明知道沒戲還去說，也是沒意思的事。老爺如今上了年紀，行事有不妥當的，太太應該好生勸勉才是。如今家裡人口眾多，兄弟子侄一大群，真要是鬧出了笑話，要怎麼見人呢？」

邢夫人冷笑道：「如今誰家屋裡不是三房四妾的，咱們老爺為什麼不可以？再說老爺畢竟是老太太的兒子，既開了口要個丫頭，老太太未必就會駁回。我叫了你來，不過商議商議，你倒先說了說我的不是。我也沒說讓你去說這事，當然是我去說。我怎麼沒勸過老爺呢？可老爺的為人你也知道，勸不成，就會先惱著我的。」

鳳姐知道邢夫人為人有些愚鈍，為了自己在家裡的地位一味地奉承賈赦，而且還貪財。所以家裡的大小事務，都由賈赦擺布。她在家裡的開銷上非常吝嗇，還宣稱因為賈赦鋪張浪費，她只有這般節儉才能維持家裡的各項用度。她任何時候都不會聽信別人的建議的。鳳姐聽她這麼說，也不好勸，連忙賠著笑說：「太太這話說得極是。我畢竟歲數還小，哪裡知道什麼輕重緩急。仔細想想，太太說的其實對極了，老人家都是喜歡自己的孩子的，有什麼好東西都會想著給他。不如我先過去哄著老太太高興一陣，等太太過去了，我把屋子裡的人帶出去，太太和老太太詳細說。事成了更好，沒成別人也不會知道的。」邢夫人見鳳姐順著自己說，便又喜歡起來，告訴她：「我想先悄悄地和鴛鴦說。她一個姑娘家，自然對這事害羞，要是不吭聲，就妥了。那時再和老太太說，老太太就算不依，也擱不住鴛鴦自己願意。」鳳姐誇邢夫人這個主意高明，還說賈府的丫頭裡，誰不想當半個主子呢。邢夫人笑道：「正是這個話。別說鴛鴦，就是那些執事的大丫頭，誰不願意這樣呢。你先過去，別露一點風聲，我吃了晚飯就過來。」

鳳姐心說，我如果先過去，太太後過去，鴛鴦若依了，當然一切好說，如果沒依，恐怕太太就會懷疑是我走漏了風聲。不如和她一起過去。不管鴛鴦依還是不依，都不會懷疑到我身上了。於是鳳姐便邀請邢夫人和她一起坐車去了賈母那裡。半路上鳳姐又說老太太要是問起自己過來做什麼，不好回答，便下車先回去，過會兒再來。

邢夫人聽了覺得有理，便一個人去了賈母那裡，和賈母說了一會兒閒話。出來後，就去尋鴛鴦，見她在自己房裡做針線，就命跟著自己的人退出，然後拉著鴛鴦的手笑道：「我特意來給你道喜了。」鴛鴦聽了，心中已猜著三分，不覺紅了臉，低了頭不發一言。邢夫人又說：「你知道，你老爺身邊沒有什麼可靠的人。想從府裡挑一個家生女兒收了，便看中了你。要我和老太太說，討了你去，收在屋裡。一進門就封你做姨娘，又體面，又尊貴。正好遂了你素日志大心高的願了，也堵一堵那些嫌你的人的嘴。怎麼樣？跟著我回老太太去吧！」說著，拉了鴛鴦的手就要走。鴛鴦紅了臉，抽回手卻並不動。邢夫人以為她在害羞，便說：「這是害羞了？你又不用說話，只管跟著我就成。」鴛鴦只管低著頭，依然不動身也不說話。邢夫人見此，又說：「想必你因為自己的娘還在，不好意思開口說這事，想著等家裡人來問你意見，也在理。那我去問問你家裡人，叫他們來問你，有話只管告訴他們。」說完，便往鳳姐房中來。鳳姐在自己房裡換了衣服，和平兒說了此事，倆人都不看好，又商議了一番說辭。然後平兒便往園子裡來了。

鴛鴦見邢夫人走了，知道她是去找鳳姐商議去了。自己這裡必定有人來問，就打算先到大觀園裡去躲一躲這事。於是她找到琥珀說：「老太太要問我，就說我病了，沒吃早飯，往園子裡逛逛就來。」琥珀答應了。路上，鴛鴦正巧遇到了平兒。平兒見周圍沒人，便笑道：「新姨娘來了！」鴛鴦聽了，便紅了臉，說：「你們是串通好了來算計我。等我和你主子鬧去就是了。」平兒聽了，自悔失言，就拉著鴛鴦到楓樹底下，坐在一塊石頭上，將這事的緣由告訴了她。鴛鴦紅著臉對平兒說：「咱們從小一起長大，我有什麼事也不會瞞著你。有些話我先和你說，但你先別和二奶奶說。別說大老爺要我做小老婆，就是太太立時死了，他三媒六聘娶我去做大老婆，我也不會去！」

平兒剛要回話，就聽見山石背後有人笑著說鴛鴦話說得肉麻。原來是襲人。平兒又把方才的話對襲人說了。襲人說大老爺太好色，可到底也沒什麼辦法可想。三人又是好一番議論，鴛鴦反而更加堅定了不順從做賈赦小老婆的決心。

正說著，鴛鴦的嫂子從那邊走來。三個人都知道她是來勸鴛鴦答應這事的。只見她笑著對鴛鴦說：「姑娘原來跑這裡來了，害我一陣好找。你過來，我和你說話。」襲人、平兒都裝不知道，笑嘻嘻地坐在那兒不動。鴛鴦問：「什麼話？可是大太太和你說了些什麼？」她嫂子笑道：「姑娘已經知道了呀，正好，我跟你說，這可是天大的喜事。」

鴛鴦聽了，站起身來，照她嫂子臉上使勁啐了一口，指著罵：「難怪你們平時就羨慕人家女兒做了小老婆，一家子都仗著她橫行霸道，一家子都成了小老婆了！你們看得眼熱了，也打算把我送到這個火坑裡去嗎？」一邊罵一邊哭。平兒和襲人趕緊攔著勸。她嫂子在旁邊又說了幾句，順便還把平兒和襲人惹惱了，更加覺得這次白來了，於是賭氣走了。平兒和襲人正在勸鴛鴦，不料，寶玉突然從她們身後走來，還取笑她們三個人都沒看見他。鴛鴦聽見寶玉說已經躲在這邊好一會兒了，知道自己的話都被寶玉聽了去，羞得伏在石頭上裝睡。寶玉說：「這石頭上冷，咱們回房裡去睡，好不好？」說著，拉鴛鴦起來，又讓平兒去怡紅院喝茶。平兒和襲人都勸鴛鴦走，鴛鴦這才站起身來，四人往怡紅院來。寶玉已經知道鴛鴦的事，心中很是不快，默默地歪在床上，任三個女孩子在外間說笑。

邢夫人是從鳳姐那裡知道了鴛鴦家裡的事，才派她嫂子去勸的。鴛鴦的嫂子回來對邢夫人說：「我說話不管用，反倒被她罵了一頓。」知道鴛鴦不願意，邢夫人一時也沒有辦法，就回家去了。到了晚上，她把這事告訴了賈赦。賈赦想了想，命人叫來鴛鴦的哥哥金文翔，跟他說了這事，讓他去和鴛鴦說。金文翔第二天就把鴛鴦接回家，好生勸慰。可鴛鴦一口咬定不願意。

金文翔無法，只好硬著頭皮回復了賈赦。賈赦大怒，說：「她這是嫌我老了，大概惦記著少爺們呢，我看她多半是看上了寶玉，只怕也有賈璉。如果確實有這樣的心思，叫她趁早死心。如今我要不來她，此後誰還敢把她收到自己房裡？她想著憑老太太的偏愛嫁到外面，我把話撂在這兒，不管她嫁到誰家去，也難出我的手心。叫她趁早回心轉意。」金文翔趕緊應了，回去後讓自己媳婦告訴了鴛鴦。鴛鴦氣得無話可回，說：「就算我願意了，你們也要先帶我去和老太太說一聲。」她哥嫂聽了，登時高興起來。她嫂子立刻帶她來見賈母。

王夫人、薛姨媽、李紈、鳳姐、寶釵等人和外頭幾個有頭有臉的媳婦，都在賈母跟前說話。鴛鴦拉了她嫂子，到賈母跟前跪下，一面哭，一面說，把大老爺討她做小老婆的事一五一十地都說了，最後強調：「方才大老爺說我戀著寶玉，不然要等著往外聘，憑我到了哪裡也跳不出他的手心去。我是橫了心的，當著眾人在這裡，我這一輩子莫說是『寶玉』，便是『寶金』『寶銀』『寶天王』『寶皇帝』，總之不嫁人就完了！就是老太太逼著我，我一刀抹了脖子，也不能從命！要是老太太先西去，我寧可當尼姑去！」她進來時，便拿了一把剪子，這會兒一面說，一面左手打開頭髮，右手便剪。眾婆娘丫鬟忙上來拉住，已剪下半綹來了。

賈母聽了，氣得渾身亂戰，說：「我通共剩了這麼一個可靠的人，他們還要來算計！」賈母見王夫人在旁，便對王夫人說：「你們原來都是哄我的！外頭孝敬，暗地裡盤算我。有好東西也來要，有好人也要，剩了這麼個毛丫頭，見我待她好了，你們自然氣不過，弄開了她，好擺弄我！」王夫人忙站起來，一句話也不敢回。薛姨媽見連王夫人也怪上，反不好勸了。李紈一聽見鴛鴦的話，早帶了府裡的小姐們出去了。

探春心知王夫人雖有委屈，但是不敢爭辯，薛姨媽是她親姐妹，也不好相辯；別人更是不敢爭辯，這個時候正是她們姐妹說話的時候，於是探春進來，賠著笑對賈母說：「這事與太太有什麼相干？老太太想一想，**大伯**(ㄉㄚˋ ㄅㄞˇ)子要收屋裡的人，小嬸子如何知道？就算知道了，也會推說不知道的。」還沒有說完，賈母就笑道：「可是我老糊塗了！姨太太別笑話我。你這個姐姐極孝順我，不像我那大太太，只知道一味怕老爺，婆婆跟前不過敷衍一下。可是我委屈了她！」薛姨媽說：「哪裡的話。老太太偏心，多疼小兒子媳婦也是有的。」賈母說：「不偏心的！」又說：「寶玉，我錯怪了你娘，你怎麼也不提醒我，看著你娘受委屈？快給你娘跪下，你說太太別委屈了，老太太有年紀了，看著寶玉的面子吧。」

寶玉聽了，忙走過去，便跪下要說，王夫人忙笑著拉他起來，說：「快起來，快起來！這怎麼使得。

這不成了你替老太太給我賠不是了？」寶玉聽了，忙站起來。賈母又笑道：「鳳姐也不提醒我！」鳳姐笑道：「我不派老太太的不是，老太太倒尋上我了？」賈母聽了，與眾人都笑道：「這可奇了！倒要聽聽這不是從哪裡來的。」鳳姐說：「誰叫老太太會調理人，調理得水蔥似的，怎麼怨得人要？我幸虧是孫子媳婦，若是孫子，我早要了，哪裡還會等到這會兒呢！」賈母笑道：「這倒是我的不是了？」鳳姐說：「自然是老太太的不是了。」說得眾人都笑起來。

這時，有丫鬟進來回稟，說：「大太太來了。」王夫人忙迎了出去。邢夫人進來時，有幾個婆子悄悄告訴她賈母已知鴛鴦之事。邢夫人硬著頭皮進來給賈母請安，賈母什麼都沒說，邢夫人自己覺得很是慚愧和懊悔。眾人早就知趣地走了。

賈母見無人，這才說：「我聽見你替你老爺說媒來了。你這賢慧也太過了！如今你也是兒孫成群的人了，不要怕你老爺，該勸的就要勸，不能由著他的性子鬧。如今我這屋裡就鴛鴦年紀大些，知道些我的脾氣性格，心也細，而且她還和其他人關係處得很好。所以不單我靠她，連你小嬸、媳婦也都省心。留下她服侍我幾年，就跟你們日夜服侍我盡了孝一樣。你來得也巧，你回去就和你老爺說，更妥當了。」

邢夫人不敢立刻就走，站在那兒好一會兒，伺候著賈母喝了茶，才退出去了。回家後，她將賈母的話簡單說了幾句，賈赦無法，又羞愧，從此便稱病，不敢見賈母，只打發邢夫人及賈璉每日過去請安。他最終還是花了八百兩銀子買了一個十七歲的女孩子來收在屋內。

到了十四日，賈母帶了王夫人、薛姨媽及寶玉等人，應邀到賴大家的花園中坐了半天。在外面廳上，薛蟠、賈珍、賈璉、賈蓉等人也來一起做客。賴大家也請了幾個現任的官長和幾個世家子弟作陪。陪客中的柳湘蓮原是世家子弟，讀書不成，父母早喪。他性格豪爽，酷好耍槍舞劍，吹笛彈箏。他年紀又輕，生得又美，還喜歡串戲，賴大之子賴尚榮與他關係很好，所以請他今日來作陪。

寶玉也和他是好友，就拉他到廳側小書房中坐下，問他這幾日可到秦鐘的墳上去了沒有。湘蓮道：「怎麼沒去？我想今年夏天的雨水勤，恐怕他的墳站不住。我背著眾人，雇了兩個人收拾好了。」柳湘蓮和寶玉說完話，就告辭出來。

薛蟠見他走出來，就過來糾纏。湘蓮非常厭惡薛蟠的為人，心生一計，便騙他出城。湘蓮跨馬直出北門，在橋上等到薛蟠，先撒馬前去，薛蟠也緊緊地跟來。湘蓮見前面人跡已稀，且有一片葦塘，便把薛蟠狠狠地打了一頓。賈珍等人命賈蓉帶著小廝們尋蹤問跡找到薛蟠，只見他衣衫零碎，面目腫破，沒頭沒臉，遍身內外，滾得像個泥豬一般。賈蓉心內已猜著九分了，忙下馬令人把薛蟠攙了出來。薛蟠羞得只恨沒地縫鑽進去。

薛蟠躺在炕上痛罵柳湘蓮，又命小廝們去拆他的房子，打死他，和他打官司。薛姨媽止住小廝們，只說柳湘蓮一時酒後放肆，如今酒醒，後悔不及，畏罪逃走了。薛蟠聽了，氣才漸平了，只是裝病在家，愧見親友。到了十月份，薛蟠終於找到個機會和一個管家到京外做生意去了，以便躲開親友。

薛姨媽見薛蟠走了，就讓人將貴重的東西都搬進來，又命香菱將她屋裡也收拾嚴緊些。寶釵道：「媽既然有這些人做伴，不如叫菱姐姐和我做伴去。我們園裡又空，夜長了，我每夜做針線活兒，多一個人豈不更好？」薛姨媽答應了。

香菱大喜，更是十分感激寶釵叫她進園來，遂了往日心願，於是說：「好姑娘，你趁著這個工夫，教我作詩吧。」寶釵笑道：「你真是『得隴望蜀』呢！我勸你今兒頭一日進來，先從老太太起，各處人你都瞧瞧，問候一聲，再到各姑娘房裡走走。」

香菱走後，只見平兒忙忙地走來，拉著寶釵說：「姑娘可聽見我們那邊的新聞了？」寶釵說：「沒聽見。」平兒笑道：「老爺把璉二爺打了個半死。今年春天，老爺看上了石呆子家裡的二十把舊扇子，就讓二爺去買。那石呆子窮得連飯也沒的吃，偏他死也不肯賣扇子。老爺就天天罵二爺沒本事。誰知賈雨村那沒天理的聽見了，便設了個法子，訛石呆子拖欠了官銀，拿他到衙門裡去，把這扇子抄了來，作為賠償官銀的錢。那石呆子如今不知是死是活。老爺拿著扇子問二爺：「人家怎麼弄了來的？」二爺只說了一句：「為這麼點小事，弄得人坑家敗業，也不算什麼本事！」老爺聽了就生了氣，說二爺拿話堵他，加上這幾日還有幾件小的事情也讓老爺不高興，所以就把璉二爺混打了一頓，臉上打破了兩處。我們聽見姨太太這裡有一種治跌打損傷的丸藥，姑娘快找一丸給我吧！」寶釵聽了，忙命鶯兒去要了一丸來給平兒。

**延伸小知識**

### 燈謎

燈謎，就是寫在彩燈上面的謎語，又叫「燈虎」。猜燈謎又叫「射燈虎」。謎語來源於民間口語，後經文人加工成「燈謎」。它在中國源遠流長。春秋戰國時期，出現了「隱語」。秦漢時則成為一種書面創作。三國時代，猜謎盛行。宋代出現了燈謎。人們將謎條繫於五彩花燈上，供人猜射。明清時代，猜燈謎在民間十分流行。現在好多地區也有猜燈謎的習俗。

# 第二十三回 香菱苦志學詩

香菱見過大觀園中的眾人之後，吃過晚飯，便獨自往瀟湘館來，想找黛玉學詩。此時黛玉的身體已好了大半，見香菱也進園來住，很是歡喜，見她一心想著學作詩，便笑道：「既然要作詩，你就拜我為師。我雖然水準不高，但應該教得起你。」香菱笑道：「好，我就拜你為師。你可不許膩煩。」黛玉說：「作詩不是什麼難事，也值得去學！裡面講究不少。你若真心要學，我這裡有《王摩詰全集》，你先把他的五言律詩讀一百首，細心揣摩，等熟悉透徹了，就接著讀一二百首杜甫的七言律詩，再讀李白的七言絕句一二百首。肚子裡先有了這三個人做底子，然後再把陶淵明等人的詩看一看。你是一個極聰敏伶俐的人，不用一年的工夫，不愁不是詩翁了！」香菱聽了，笑道：「既然這樣，好姑娘，你就把這書給我拿出來，我帶回去，夜裡念幾首也是好的。」說完，黛玉命紫鵑將王右丞的五言律拿來，遞給香菱，說：「你只看有紅圈的，都是我選的，有一首念一首。不明白的問你們姑娘，或者遇見我，我講給你聽就是了。」香菱拿了詩，回到蘅蕪苑中，什麼事都不管不顧了，只在燈下一首一首讀起來。寶釵幾次催她睡覺，她也不睡。寶釵見她如此用心苦讀，只得隨她去了。

這天，黛玉剛梳洗完，只見香菱笑吟吟地送了書來，又要換杜甫的律詩來讀。黛玉笑著說：「一共記得多少首？」香菱說：「凡是你用紅圈選的，我都讀了。」黛玉問她對詩中的滋味領略了多少，讓她談談詩的好處。

然後兩人就談論起對「大漠孤煙直，長河落日圓」「日落江湖白，潮來天地青」「渡頭餘落日，墟裡上孤煙」這些詩句的意象和感受。正說著，寶玉和探春來了，也都入座聽她倆講詩。寶玉說：「剛聽你說的這些，可知你已深得詩中的真諦了。」探春也說：「明天我補一個柬來，請你入社。」香菱笑道：「姑娘何苦打趣我，我不過是心裡羨慕，才學著玩的。」

探春、黛玉都笑道：「誰不是玩呢？難道我們是認真作詩嗎？如果我們把這個當真了，恐怕出了這園子，會把人的牙還都笑倒了呢。」寶玉道：「這也算自暴自棄了。前日我在外頭和相公們談起咱們起詩社，把咱們寫的詩抄給他們看，沒一個不真心嘆服的。他們都抄了拿去刻印了。」探春、黛玉都說：「你這不是胡鬧嘛！別說那算不得詩，就算把那看成詩，我們的筆墨也不該傳到外頭去。」寶玉說：「這怕什麼！就算傳出去了，也不會有人知道是閨閣中人的筆墨呀。」說著，只見惜春打發了入畫來請寶玉，寶玉方去了。

香菱又逼著黛玉把杜甫的律詩詩集給她，又央求黛玉、探春給她出個題目，讓她也試著作一首詩。黛玉就讓她寫一首讚美昨晚月夜的詩。香菱聽了，喜得拿回詩集來，苦思一會兒作了兩句詩，又捨不得杜詩，讀了兩首，如此茶飯無心，坐臥不定。寶釵見了，說她這是自尋煩惱，簡直把自己弄成個呆子了。香菱卻樂此不疲，作了一首詩拿給寶釵看。寶釵說：「這個不好，你只管拿給顰兒瞧去，看她怎麼說。」香菱聽了，便拿了詩來找黛玉。看完後，黛玉笑道：「意思還是有的，只是措辭不雅。這是你看詩少的原因，你重新作一首，放開心思。」香菱聽了，默默地回來，乾脆連房也不進，只在池邊樹下，或坐在山石上出神，或蹲在地下摳土，來往的人見她如此都很詫異。李紈、寶釵、探春、寶玉等人聽到這個消息，都遠遠地站在山坡上看。只見她皺一回眉，又自己含笑一回。寶釵笑道：「這個人定要瘋了！昨夜嘟嘟噥噥的，直鬧到五更天才睡下，沒一頓飯的工夫天就亮了。我就聽見她起來了，忙忙碌碌梳了頭就找顰兒去。一回來，發了一日呆，作了一首又不好，這會兒要另外再作一首呢。」

只見香菱又往黛玉那邊去了。探春說：「咱們跟過去，看她這回作得如何了。」說著，一齊都往瀟湘館來。只見黛玉正拿著詩和香菱講究。眾人問黛玉香菱這回作得如何。黛玉說：「算是難為她了，不過還是不好。這一首過於穿鑿了，還得另作。」

寶釵也說這首吟的是月色，不是月夜。香菱自以為這首妙絕，聽眾人如此說，頓時沒了興致，又不肯丟開手，便重新思索起來。她走到階前竹下閒步，耳不旁聽，目不別視，搜腸刮肚地想。探春隔著窗說：「菱姑娘，你閑閑吧。」香菱愣愣地說：「『閑』字不能用在這兒，你錯了韻了。」眾人聽了，不覺大笑起來。寶釵說：「可真是詩魔了，都是顰兒引得她！」黛玉說：「聖人說『誨人不倦』，她來問我，我豈有不說之理。」李紈笑道：「咱們拉了她往四姑娘房裡去，讓她看看那些畫，醒一醒。」說著，還真拉了香菱去了暖香塢。眾人在那裡玩笑一會兒，就散了。

香菱心中還是想著作詩。到了晚間，對著燈出了一回神。三更以後才上床躺下，直到五更才蒙矓睡去。天亮後，寶釵醒了，聽了聽，她安穩睡了，正想著她折騰了一夜，這會兒就讓她好好休息。卻突然聽香菱從夢中笑道：「有了！難道這一首還不好？」寶釵聽了，又是可嘆，又是可笑，連忙喚醒了她。原來香菱苦心學詩，日間作不出，忽然在夢中得了八句，梳洗完畢，便又錄出來，找黛玉看。

剛到沁芳亭，只見李紈與眾姐妹剛從王夫人處回來，寶釵便告訴她們，說香菱夢中作詩還說夢話。眾人正笑著，抬頭見她來了，都爭著要詩看。香菱見眾人正在說笑，便迎上去笑道：「你們看這一首。若使得，我便繼續學，若還不好，我就死了這作詩的心了。」說著，把詩遞給黛玉和眾人看。眾人看了，笑道：「這首不但好，而且新巧有意趣。可知天下無難事，只怕有心人。社裡一定會請你的。」香菱聽了不信，只管問黛玉、寶釵的看法。

正說話間，只見幾個小丫頭並老婆子忙忙地走來，都笑道：「來了好些姑娘、奶奶們，我們都不認得，奶奶、姑娘們快認親去。」李紈說：「這是什麼話，到底說明白了是誰的親戚。」她們都說：「奶奶的兩位妹子都來了。還有薛大姑娘的妹妹和薛大爺的兄弟。我們要去請姨太太了，奶奶和姑娘們先過去吧。」說著，就都走了。大家納悶這些人怎麼會湊在一處，便來到王夫人的上房，只見黑壓壓站了一地的人。

原來邢夫人的兄嫂帶了女兒岫(ㄒㄧㄡˋ)煙進京來投奔邢夫人，可巧鳳姐的哥哥王仁也進京，兩親家就一起來了。走到半路，正遇見李紈的寡嬸帶著兩個女兒李紋、李綺也上京，因此三家

一路同行。薛蟠的堂弟薛蝌正要送妹妹薛寶琴到京，擇日與梅翰林之子完婚，聽說王仁進京，便帶了妹子隨後趕來。所以今日四家會齊了，來賈府投奔各人的親戚。

賈母、王夫人都非常歡喜，大家敘些家常。賈母一面收看眾人帶來的禮物，一面命留酒飯。李紈、寶釵自然和嬸母、姐妹敘離別之情。黛玉見了，先是歡喜，然後想起眾人皆有親戚，獨自己孤單，不免垂淚。寶玉知道她的心思，便勸慰了一番。

寶玉回到怡紅院中，向襲人、麝月、晴雯等人笑道：「你們還不快看人去！誰知寶姐姐的親哥哥是那個樣子，她這叔伯兄弟卻是另外一個樣子，倒像是寶姐姐的同胞弟兄似的。更奇的是你們整天說寶姐姐是絕色的人物，如今你們去瞧瞧她這妹子。還有大嫂嫂的兩個妹子，我竟形容不出了。哎呀，老天哪！你有多少精華靈秀，生出這些人上之人來！」一面說，一面自笑自嘆。襲人見他這個樣子，想看著他，便不肯去瞧。晴雯等人早去瞧了一遍回來，笑著跟襲人說：「你快瞧瞧去！大太太的一個侄女，寶姑娘的一個妹妹，大奶奶的兩個妹妹，倒像是四根水蔥！」

探春也笑著進來找寶玉，說：「咱們的詩社可興旺了！」寶玉笑道：「正是呢。這是你一高興起詩社，所以鬼使神差般來了這些人。只是不知她們可學過作詩沒有？」探春說：「我剛才都問過了，雖然她們自謙，可我覺著沒有不會的。便是不會也沒難處，你看香菱就知道了。」襲人笑道：「她們說薛大姑娘的妹妹更好，三姑娘看著怎麼樣？」探春道：「確實，據我看，連她姐姐都比不上她。老太太一見了，喜歡得不得了，已經逼著太太認了乾女兒了。老太太要自己養活她。」襲人聽了，很好奇，也想去看看。探春說：「咱們往老太太那裡去，求老太太留他們在園子裡住下，多添幾個人，也更有趣些。」寶玉聽了，喜得眉開眼笑。兄妹兩個一齊往賈母處來。王夫人果然已認了寶琴做乾女兒，賈母非常歡喜，連園中也不命住，晚上跟著賈母住一處，薛蝌則安排在薛蟠書房中住下。賈母還對邢夫人說：「你侄女也不必到你們家去了，在園裡住幾天，逛逛再去。」

邢夫人兄嫂家中本就艱難，上京就是來求邢夫人幫襯幫襯的，聽到賈母這樣說，怎麼會不願意呢？邢夫人便將岫煙交給鳳姐。鳳姐安排邢岫煙到迎春那裡住了。這邢岫煙心性為人絲毫不像邢夫人，是個溫厚可疼的人。鳳姐因此憐她家貧命苦，反比別的姐妹多疼她些，邢夫人倒不大管自己的侄女。賈母、王夫人向來喜歡李紈賢慧，又年輕守寡，現在見她寡嬸來了，便讓她們在稻香村住下。

這邊從史家傳來消息，說湘雲的叔父保齡侯**史鼐**（ㄕˇ ㄋㄞˋ）被任命為外省大員，過些天要帶了家眷去上任。賈母因捨不得湘雲，便把她接到家中。本想讓鳳姐另設一處給她住，湘雲執意不肯，只要和寶釵在一處住，只好任她如此了。

此時大觀園中比先前熱鬧了很多。以李紈為首，包括迎春、探春、惜春、寶釵、黛玉、湘雲、李紋、李綺、寶琴、岫煙，再加上鳳姐和寶玉，一共十三個。除李紈年紀最長，其餘十二個人都不過十五六七歲，歲數差得不多，也不能細細分析，大家都是「姐」「妹」「弟」「兄」四個字隨便亂叫。

香菱眼下是全心全意只想作詩，又不敢十分麻煩寶釵，可巧湘雲來了。而湘雲又是極愛說話的，哪裡禁得起香菱請教她談詩，越發高興起來，沒日沒夜高談闊論。寶釵笑道：「我實在被你倆吵得受不了。一個香菱沒鬧清，偏又添了你這麼個愛說話的，滿嘴裡說的都是古代詩人。放著兩個現成的詩家不知道，提那些死人做什麼！」湘雲聽了，忙問：「是哪兩個？好姐姐，你告訴我。」寶釵笑道：「呆香菱之心苦，瘋湘雲之話多。」湘雲、香菱聽了，都笑起來。

正說著，只見寶琴來了。湘雲誇她得了老太太的喜愛，連寶玉都比下去了，又說：「你除了在老太太跟前，就往園子裡來，在這兩處只管玩笑吃喝。到了太太屋裡，若太太在屋裡，只管和太太說笑，多坐一會兒無妨；若太太不在屋裡，你別進去，那屋裡人多心壞，都是要害咱們的。」說完，寶釵、寶琴、香菱、鶯兒都笑了。寶釵說：「你雖然有心，但是到底嘴太直了，琴兒就有些像你。我看你認了琴兒做妹妹吧。」正說著，只見琥珀走來，笑道：「老太太說了，叫寶姑娘別管緊了琴姑娘。她還小呢，讓她愛怎麼樣就怎麼樣。要什麼東西只管要去，別多心。」寶釵忙起身答應了，又推寶琴笑道：「你也不知是哪裡來的福氣！你去玩吧，我們可不想委屈了你，我就不信我什麼地方不如你！」

說話之間，寶玉、黛玉都進來了，寶釵猶自嘲笑著。湘雲笑道：「寶姐姐，你這話雖是玩笑，可有人真心是這樣想呢！」琥珀笑著指著寶玉。寶釵、湘雲都笑道：「他倒不是這樣的人。」琥珀又說：「不是他，就是她。」說著，又指著黛玉。湘雲便不說話了。寶釵忙笑道：「更不是了。我的妹妹和她的妹妹一樣。她喜歡得比我還厲害呢，哪裡還惱了？你可別瞎說。」

寶玉深知黛玉有些小心眼，正擔心賈母疼寶琴會讓她心中不自在。現在見湘雲如此說了，寶釵又如此答，再看黛玉臉色不像往常那樣，果然與寶釵說的一樣，心中很奇怪。只因他並不知道近日黛玉和寶釵已經互相吐露心聲的事。黛玉又趕著寶琴叫妹妹，並不提名道姓，簡直像親姐妹一般。寶琴年輕心熱，本性聰敏，在賈府住了兩日，大概人物已知。和眾位姐妹相處得也很融洽，她見黛玉是其中出類拔萃的，更與黛玉親近異常。寶玉看在眼裡，心裡只剩下了納悶。

很快，寶釵姐妹去了薛姨媽房內，湘雲去了賈母處，黛玉回房歇著。寶玉便去找黛玉，笑著問她什麼時候和寶釵關係變好的。黛玉說：「我是真沒想到她竟真是個好人，往日我只當她藏奸。」於是把說錯了酒令，連送燕窩病中所談之事，都和寶玉細細說了。寶玉這才知道了原委，笑道：「我說呢，原來是這麼回事。」

黛玉又說起寶琴來，想起自己沒有姐妹，不免又哭了。寶玉忙勸道：「你又自尋煩惱了。你瞧瞧，今年比舊年越發瘦了，你還不保養。每天好好的，你定會自尋煩惱，哭一會兒，才算完了這一天的事。」黛玉擦擦眼淚，說：「近來我只覺心酸，眼淚卻像比前幾年少了些。心裡只管酸痛，眼淚卻不多。」寶玉說：「這是你哭慣了，心裡起疑，眼淚怎麼會少呢？」

# 第二十四回　眾人聯詩蘆雪庵

寶玉和黛玉正在房裡說話，只見寶玉屋裡的小丫頭送了斗篷來，說：「大奶奶打發人來說，下了雪，要商議明日請人作詩呢！」話音剛落，只見李紈的丫頭也走來請黛玉，寶玉便和黛玉一起往稻香村來。

二人一齊踏雪行來，見眾姐妹都在那邊，都穿著斗篷，裡面李紈穿一件對襟的短外衣，寶釵穿一件鶴氅，只有邢岫煙穿的仍是家常舊衣，沒有穿避雪的衣服。過了一會兒，湘雲來了，穿著賈母給她的一件毛皮大褂子，頭上戴著帽子，圍著風領。黛玉先笑道：「你們瞧瞧，孫行者來了。她這個樣子還挺形象的。」湘雲說：「你們瞧瞧我裡頭的打扮。」她邊說邊把外面的褂子脫了。只見她裡頭穿著一件半新的短襖，腰裡束著一條長穗五色宮絛，腳下也穿著鹿皮靴，越發顯得蜂腰猿背。眾人都笑道：「怪不得她只愛打扮成個小子的樣子，的確比她打扮成女孩的模樣俏麗很多！」

湘雲說：「快商議作詩吧！我聽聽是誰的東家。」李紈說：「我的主意。想著昨天錯過了正日子，下次的正日又太遠，可巧下了雪，不如大家湊個社，又替她們接風，又可以作詩。大家覺得怎麼樣？」眾人都覺得趁此機會作詩賞雪是件雅事。李紈又說：「我這裡雖好，但不如蘆雪庵好。我已經打發人到蘆雪庵去準備了，咱們大家去那兒擁爐作詩，多有趣呀。不過老太太未必同意，依著我，只告訴鳳丫頭一聲就行了，咱們一起湊份子，就把這詩社做起來了。」眾人都說好。於是商議好了明日起社。第二天一早，寶玉因為心裡記掛著這事，一夜沒睡好，天亮了就爬起來，從玻璃窗內往外一看，竟是一夜大雪，下了有一尺多厚，天上仍是搓棉扯絮一般在下。寶玉十分歡喜，忙起來洗漱，穿好避雪的衣服，戴上藤笠，登上木屐，往蘆雪庵趕來。出了院門，只見四周都是白茫茫一片，他走到山坡下，順著山腳剛轉過去，已聞得一股寒香拂鼻。回頭一看，恰是妙玉門前櫳翠庵中有十數株紅梅如胭脂一般，映著雪色，顯得分外精神。寶玉便立住，細細地賞玩一回才走。

寶玉來到蘆雪庵，只見有丫鬟婆子正在那裡掃雪開路。眾丫鬟婆子見他披蓑戴笠而來，都笑道：「我們才說正少一個漁翁，如今都全了。姑娘們吃了飯才來呢，你也太性急了。」寶玉聽了，只得回來。路上遇到了探春帶著人往賈母處去，於是便等她一起出園前去賈母處吃飯。湘雲悄悄地和寶玉商量，要拿一塊新鹿肉到園裡，自己弄著吃。寶玉真和鳳姐要了一塊，命婆子送入園去。

飯後，大家一起進園往蘆雪庵來，就聽見李紈正在出題限韻，獨不見湘雲、寶玉二人。黛玉說：「他倆這會兒一定算計那塊鹿肉去了。」剛巧有人說聽到他倆在那裡商議著要吃生肉呢，李紈等人忙出來找著他兩個，說：「你們兩個要吃生的，我送你們到老太太那裡吃去。就算吃了一隻生鹿，撐壞了也和我沒關係。這麼大的雪，怪冷的，這是給我闖禍呢！」寶玉笑道：「沒有的事，我們燒著吃呢！」只見老婆子們拿了鐵爐、鐵叉、鐵絲來。李紈叮囑他倆小心些，就同探春進去了。

鳳姐打發了平兒來，說自己眼下忙著府裡的事不能來。湘雲見了平兒，哪裡肯放她回去。平兒也是個好玩的，見這裡如此有趣，就和湘雲、寶玉一起圍著火爐，要先烤三塊鹿肉吃。湘雲一面吃，一面說道：「我吃這個才愛喝酒，喝了酒才有詩。若不是這鹿肉，今兒斷不能作詩！」說著，只見寶琴站在那裡笑。湘雲笑道：「傻子，過來嘗嘗！」寶琴笑說：「怪髒的。」寶釵說：「你嘗嘗去，好吃得很。你林姐姐身子弱，吃了不消化，不然她也愛吃。」寶琴聽了，便過去吃了一塊，果然好吃，便也吃起來。

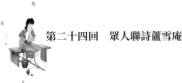

過了一會兒，鳳姐也披了斗篷走來，說：「吃這樣的好東西，也不告訴我！」說著，也湊到一處吃起來。黛玉笑道：「哪裡找來的這一群叫花子呢？罷了，罷了，今日蘆雪庵遭劫，生生被雲丫頭作踐了，我為蘆雪庵大哭一場！」湘雲冷笑道：「你知道什麼！『是真名士自風流』，你們都是假清高，最令人討厭！我們這會兒大口吃肉，大吃大嚼，回來卻是**錦心繡口***。」寶釵笑道：「一會兒你如果作不出好詩來，就把那肉掏出來。」

吃完後，大家都漱了口，淨了手，然後一齊來到地炕屋內，只見杯盤果菜都已擺齊，牆上已貼出詩題、韻腳、格式來。寶玉、湘雲二人忙看時，只見題目是「即景聯句，五言排律一首，限二蕭韻」，後面尚未列次序。李紈說：「我不大會作詩，我只起三句，然後誰先得了誰先聯句。」寶釵說：「到底分個次序，讓我寫出來。」說著，便令眾人抓鬮排序。

剛好是李紈打頭，於是鳳姐說：「既然這樣，我也說一句在上頭。」眾人都笑說：「如此更妙！」李紈將題目講給她聽。鳳姐想了半日，笑道：「你們別笑話我。我只有一句粗話，剩下的我就不知道了。」眾人都笑道：「沒關係，粗話有粗話的好處，你只管說，知道你有正事要幹的。」鳳姐笑道：「我想下雪必刮北風，昨夜聽了一夜的北風，我就想到了這麼一句，是『一夜北風緊』，行嗎？」眾人聽了，都相視笑道：「這句雖粗，不見底下的，可這正是會作詩的起法，不但好，而且留了許多空間給後來人。就以這句為首，稻香老農快寫上，續下去。」鳳姐很開心，和平兒又喝了兩杯酒，就走了。李紈等人於是就接著往下續詩句。

湘雲哪裡肯讓人，且別人也不如她敏捷，都看她揚眉挺身地不住往下續詩句。寶玉正看寶釵、寶琴、黛玉三人共戰湘雲，十分有趣，哪裡還顧得聯詩，直到黛玉推他，才說了一句。湘雲笑道：「你快下去，你不中用，倒耽誤了我。」只聽寶琴又接了下去。幾人對得有趣，湘雲已笑軟了。眾人看她三人對搶，也都不顧作詩，看著也只是笑。黛玉還推湘雲往下聯，說：「你也有才盡之時。我聽聽你還有什麼話！」湘雲只伏在寶釵懷裡，笑個不停。寶釵推她起來說：「你有本事，把下面的都續完了，我才服你！」湘雲起身笑道：「我也不是作詩，竟是搶命呢！」眾人笑道：「你說的還真是。」探春已將眾人所聯詩句都寫了出來，說：「還沒收住呢。」李紈聽了，便聯了一句，然後李綺給詩結了尾。

這下，大家都從頭來細細評論一回，只見湘雲是續得最多的，都笑道：「這都是那塊鹿肉的功勞。」李紈笑道：「逐句評去，整個詩句都還是一氣呵成的，只是寶玉的落在了眾人後邊了。」寶玉笑道：「我原本不會聯句，大家擔待我一些吧。」李紈說：「也沒有每一社都擔待你的事，今日必罰你。我剛才看見櫳翠庵的紅梅有趣，我要折一枝來插瓶，可是妙玉的為人你也知道，我不理她。如今罰你去取一枝來。」眾人都說這罰得又雅又有趣。

寶玉也樂意去做，答應著就要走。湘雲、黛玉一齊說：「外頭冷得很，你先喝杯熱酒再去！」湘雲早拿起壺來，黛玉遞了一個大杯，滿斟了一杯。湘雲說：「你喝了我們的酒，要是取不來，加倍罰你！」寶玉喝了一杯酒，冒雪出去了。他走後，大家都說待會兒要詠紅梅了。湘雲要先作一首。眾人說你已作了很多，這機會讓給別人吧，寶玉回來還要罰他作的。

湘雲說：「罰他作一首《訪妙玉乞紅梅》，如何？」眾人聽了，都說有趣。

話未說完，只見寶玉笑吟吟地捧了一枝紅梅進來，丫鬟們忙接過來，插入瓶內。眾人都笑著稱謝。寶

＊文思優美，辭藻華麗。

玉說：「你們好好欣賞吧，也不知費了我多少精神呢。」探春給他遞來一杯暖酒。湘雲告訴寶玉剛才的詩題，又催寶玉快作。寶玉答應著就去作了。大家邊說邊看那梅花。很快，邢岫煙、李紋、薛寶琴三人按之前商議好的，都把各自的詠梅詩寫好了。眾人看了，紛紛品評讚賞了一番，都說寶琴作的詩更好。

李紈又問寶玉：「你可寫好了？」寶玉忙說：「我倒有了，剛一看見那三首，又嚇忘了，等我再想。」湘雲聽了，便拿了一根銅火筷擊著手爐，說：「我擊鼓了，若鼓絕不成，是要受罰的。」寶玉笑道：「我已有了。」黛玉提起筆來，說：「你念，我寫！」黛玉寫完，湘雲也擊鼓完畢。大家正評論時，只見幾個小丫鬟跑進來說：「老太太來了！」

眾人忙迎出來，遠遠見賈母圍了大斗篷，戴著暖兜，坐著小竹轎，打著青綢油傘，身邊跟著幾個丫鬟，也打著傘。賈母笑道：「我瞞著你太太和鳳丫頭來了。」眾人將賈母迎到屋裡，賈母說：「好俊的梅花！你們也真會樂，我來的還真是時候！」說著，李紈命人拿了一個皮褥來鋪在當中，讓賈母坐了說話。李紈又捧過手爐來，探春另拿了一副杯筷來，親自斟了暖酒，遞給賈母。賈母喝了一口，說：「你們仍舊坐下說笑，就如同我沒來一樣才好。不然，我就回去了。」

眾人聽了，便依次坐下。賈母問眾人剛才在幹什麼，眾人說在作詩。賈母讓大家作些燈謎，留著正月裡用，還說：「這裡潮溼，你們別久坐，當心受了潮溼。四丫頭那裡暖和，我們到那裡瞧瞧她的畫去。」說著，仍坐了竹轎，去了惜春那裡。眾人也跟著過去，等大家進入惜春的房中，賈母並不坐，只問：「畫在哪裡？我年下就要的，你別偷懶，要趕緊畫出來呀。」

話未說完，忽然見鳳姐披著絨褂，笑著來了，說：「老祖宗今兒也不告訴人，私自就來了，讓我好找！」賈母心中高興，說：「我怕你們冷著了，所以不許人告訴你們去。沒想到還是讓你這個機靈鬼找到這兒來了。」鳳姐笑道：「我還尋思這老太太是要躲著什麼人呢，人都替你老人家打發走了。我已預備下嫩野雞，請用晚飯去，再遲一會兒那雞就老了。」她一面說，眾人一面笑。鳳姐也不等賈母說話，便命人抬過轎子來。賈母笑著，攙了鳳姐的手，上了轎，說笑著出了門。

只見外面到處粉妝銀砌，寶琴披著**鳧靨裘**＊，站在山坡上，身後一個丫鬟抱著一瓶紅梅。眾人都說：「才說怎麼少了兩個人，原來是去弄梅花了。」賈母喜得忙笑道：「你們瞧，這山坡上配上她這個人，又是這件衣裳，後頭又是梅花，像什麼？」眾人都笑道：「就像老太太屋裡掛的**仇**十洲畫的《豔雪圖》。」賈母搖頭笑道：「那畫中哪有這件衣裳？人也沒有這樣好看。」話未說完，只見寶琴背後轉出一個披著大紅猩氈的人來。賈母問：「那個是哪兒來的女孩子？」眾人說：「我們都在這裡，那個是寶玉。」賈母笑道：「我的眼越發花了。」說話之間，已走到跟前，的確是寶玉和寶琴。寶玉笑著向寶釵、黛玉等人說：「我剛又到了櫳翠庵，妙玉送你們每人一枝梅花，我已經打發人送去了。」眾人都笑說：「多謝你費心。」

很快，大家就走到了賈母房中。等吃完飯，大家又說笑了一回。薛姨媽此時過來探望賈母，坐下和賈母以及鳳姐說笑了一番，引得眾人笑語連連。賈母說到了寶琴雪下折梅的情形比畫上還好看，又細問她的生辰八字和家裡的情況。薛姨媽猜賈母大約是想給寶玉求娶自家侄女，於是半吐半露地告訴賈母：「可惜這孩子沒福氣，前年她父親就沒了。她從小就跟著她父親，走了很多地方。那年在這裡，把她許了梅翰林的兒子。可惜她父親第二年就辭世了。她母親一直病懨懨的。」鳳姐也不等說完，便跺腳說：「怎麼這麼不巧，我正要給她做個媒呢，怎料已經許了人家。」賈母笑道：「你要給誰說媒？」鳳姐說：「老祖宗別管，我是

＊編按：指用綠頭野鴨臉頰附近的毛皮所製成的衣服。

看准了他們這一對。可惜了，還是不說了。」賈母知道鳳姐的意思，聽見寶琴已有了人家，自己也就不提了。

第二天，雪過天晴。飯後，賈母又親自囑咐惜春：「不管冷暖，你也要畫畫。第一要緊的是把昨日琴兒和丫頭梅花，照模照樣，一筆別錯，快快添上。」惜春聽了，雖覺得為難，但仍咬牙應了。一時，眾人都來看她如何畫，惜春卻只是出神。李紈向眾人笑道：「讓她自己想去。咱們說咱們的。昨兒老太太叫預備過年猜的燈謎呢。我回去編了幾個。」眾人都說這的確是要作起來了，於是大家紛紛作起了燈謎，還彼此猜謎，爭取能在老太太跟前得個好彩頭。

延伸小知識

**軟煙羅**

賈母所說的「軟煙羅」紗，在賈府的年代比較久遠，軟厚輕密，品質上好，是上等的府紗，和蟬翼紗有些相似。它只有四樣顏色：一樣雨過天青，一樣秋青色，一樣松綠，一樣就是銀紅。用這種紗做的帳子，糊了窗屜，從遠處看，就似煙霧一樣，所以叫作「軟煙羅」。整個賈府除了賈母，沒有其他人認識。

# 第二十五回　晴雯病補雀金呢

到了這天吃晚飯的時候，有人回稟王夫人，說襲人的母親病重，想見見女兒。她哥哥來求恩典，接她回家去住一段時間。王夫人讓鳳姐斟酌著處理一下。鳳姐命周瑞家的去告訴襲人這事情，又吩咐周瑞家的：「將跟著出門的媳婦傳一個，你們兩個人，再帶兩個小丫頭，跟了襲人去。外頭派四個有年紀跟車的。要一輛大車，你們帶著坐；要一輛小車，給丫頭們坐。」這完全是賈府裡姨娘的出行規格了。周瑞家的答應了，才要去，鳳姐又讓她挑幾件好衣裳給襲人，包袱和手爐也要拿好的。臨走時，來鳳姐這裡一下。

襲人穿戴齊了來見鳳姐，兩個丫頭與周瑞家的拿著手爐與包袱。鳳姐瞅著她的裝扮說：「這三件衣裳都是太太的，賞了你，倒是好的。這褂子素了些，如今穿著也冷，你該穿一件大毛的。」襲人說：「太太說年下再給大毛的，如今還沒有得著呢。」鳳姐說：「我倒有一件大毛的，我嫌毛邊不好，正要改去。正好先給你穿。等年下我再做一件。」旁邊的人都贊鳳姐疼惜下人。鳳姐命平兒拿一件皮褂子給襲人，再拿一個呢子包袱，包上一件雪褂子，一起都給了襲人。

平兒取衣服時，除了一件半舊大紅猩猩氈的是拿給襲人的，還取出了一件大紅羽紗的斗篷。襲人說：「一件就當不起了。」平兒笑道：「你拿這猩猩氈的。我把這件順手拿出來，想著叫人給邢大姑娘送去。昨兒那麼大雪，人人都是有的，不是猩猩氈的，就是羽緞羽紗的，十來件大紅衣裳映著大雪，又整齊又好看。就只有她還穿著那件舊氈斗篷，越發顯得拱肩縮背，看著怪可憐的。如今把這件給她吧。」鳳姐笑道：「我的東西，你私自就要給人。這是嫌咱們花費得少嗎？」眾人都說這是鳳姐平日就體恤下人，一向大方示人，否則平姑娘怎麼敢這樣。鳳姐說：「也就是平兒對我的心思還知道三分。」又囑咐襲人好生看顧她母親，要住下，只需打發人回來說一聲，然後安排人跟著襲人坐車走了。

襲人回家後，由晴雯、麝月伺候寶玉。周瑞家的回來後說襲人母親病得很重，她短時間怕是回不來了。鳳姐回明了王夫人，派人取了襲人的鋪蓋和**妝奩**（ㄌㄧㄢˊ）*給襲人送去。寶玉看著晴雯、麝月二人打點妥當，送去之後，幾個人一起說話拌嘴。二更天才各自睡去，三更以後，寶玉在睡夢中叫襲人。叫了兩聲，無人答應，自己卻醒了，才想起襲人不在家，自己也好笑起來。

晴雯已醒了，把麝月也叫醒，數落她不知道伺候著。寶玉說要喝茶，麝月忙起來倒茶。寶玉說：「披上我的襖再去，小心冷著。」麝月先倒了溫水給寶玉漱口，然後從暖壺裡倒了半碗茶，遞給寶玉喝了。她自己漱漱口，也喝了半碗。晴雯笑道：「好妹子，也賞我一口！」麝月說：「你還真是應景啊。」說著，也倒了溫水讓她先漱口，再倒了半碗茶給晴雯。麝月笑道：「你們兩個別睡，說著話，我出去走走就回來。」

晴雯等麝月出去，想嚇她一下。晴雯仗著平日比別人氣壯，不畏寒冷，也不披衣，只穿著小襖，躡手躡腳地隨後出去。寶玉笑著勸道：「小心凍著，那可不是玩的。」晴雯沒在意，只擺了擺手，就出去了。出房門後，只見月光如水，一陣微風吹過，覺得冰冷透骨，不禁毛骨森然，想道：「難怪有人說熱身子不可被風吹，這一冷果然厲害。」正要嚇唬麝月，只聽寶玉高聲在內喊：「晴雯出去了！」晴雯忙回身進來，笑道：「哪裡就嚇死了她？你就這麼關心她？」寶玉說：「這還好，我是擔心你們吵到了別人。」寶玉見晴雯兩腮如胭脂一般，用手摸了摸，也覺得冰冷。寶玉說：「莫不是真凍著了？趕緊鑽被子裡暖和下。」不一會兒，麝月也回來了，她添了添炭，剔亮了燈，方才睡下。晴雯這時裹在自己被中，因方才一冷，如今又一暖，不覺打了兩個噴嚏。寶玉嘆道：「如何？到底傷了風了。」麝月說她是自作自受。幾個人又說了會兒話才睡了。

第二天一早起來，晴雯就覺得有些鼻塞聲重，不想動彈。寶玉說：「不要聲張！太太知道了，又會叫你搬回家去養病。回家去雖好，到底冷些，不如在這裡。你就在裡間屋裡躺著，我叫人請了大夫，悄悄地從後門進來瞧瞧就是了。」晴雯說：「你還是要告訴大奶奶一聲，不然大夫來了，問起怎麼回事來，我們怎麼說呢？」寶玉聽了覺得有理，便讓人去告訴李紈，說晴雯凍著了，不是什麼大病。襲人又不在家，她要是也走了，怡紅院這邊就沒個妥當的人了。李紈知道後，讓人帶話說：「請大夫開兩劑藥，吃好了便罷，若不好，還是出去為是。」

很快，大夫來了，診了一回脈，談了病理，開過藥方，說吃兩劑藥疏散疏散就好了。寶玉看了藥方，說：「該死，該死！這個大夫是拿著女孩子們也像我們一樣來治呀，用枳實、麻黃這麼重的藥，如何使得？誰請來的？快打發他出去！再請一個熟的來。」有個老嬤嬤說王太醫是府裡經常用到的大夫。寶玉就派人拿了銀子去請王太醫來。王太醫來後，先診了脈，後說的病症與前一個大夫相仿，只是開的藥方裡沒有了枳實、麻黃等猛藥，其他藥的分量也減了些。寶玉喜道：「這才是女孩們能吃的藥。」命人取了藥來，找出煎藥的**銀銚子**†，在火盆上煎。他又囑咐麝月打點東西，遣老嬤嬤去看襲人，勸她少哭。安排妥當後，寶玉來賈母、王夫人處問安吃飯。

* 女子梳妝用的鏡匣。

† 煎藥或燒水的小器皿。

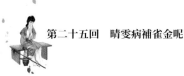

吃過飯，寶玉因為記掛著晴雯的病，便先回園裡來，回到房中，聞得藥香滿屋，卻沒看到一個人。只有晴雯自己在炕上躺著，臉燒得飛紅，摸了摸，只覺得燙手。寶玉說：「別人去了也就算了，怎麼麝月、秋紋也這樣無情，也都出去玩了？」晴雯說：「秋紋是我攆了她去吃飯的，麝月是剛才平兒來找她出去了。兩個人鬼鬼祟祟的，不知說什麼，必是說我病了不出去。」寶玉說：「平兒不是那樣的人。況且她並不知你病了，想來一定是找麝月來說話的。你們平日又好，千萬不要為這無關係的事傷和氣。」晴雯說：「你這話說得很對。我只是疑她為什麼忽然間瞞起我來。」寶玉笑道：「讓我從後門出去，到那邊窗根下聽聽她們說些什麼，回來告訴你。」說著，還真從後門出去了，到窗下偷聽。

寶玉聽清楚了，原來平兒和麝月說的是自己的丫頭墜兒偷了平兒的鐲子，原想等襲人回來再商議，想辦法打發出去就完了，因擔心晴雯的脾氣藏不住事，便沒告訴她，單和麝月說，先留心著就好。寶玉聽完，又喜又氣又嘆。喜的是平兒竟能體貼自己，不想張揚出去；氣的是墜兒竟然敢偷東西；嘆的是墜兒那樣一個伶俐人，居然做出這種醜事來。

寶玉回到房中，把平兒的話都告訴了晴雯，又說：「她說你是個要強的，如今病著，聽了這話越發要添病，等好了再告訴你。」晴雯聽了，果然非常生氣，當時就要叫墜兒。寶玉忙勸住了，說這麼一來，豈不辜負了平兒待你我之心了，不如領她這個情，過後打發了就完了。他讓晴雯只管養病，不必生氣。晴雯服了藥，夜間雖然有些汗，仍是發燒頭疼，鼻塞聲重。

次日，王太醫又來診視，另加減湯劑。雖然稍減了燒，仍是頭疼。寶玉便命麝月取鼻煙來讓她聞，等晴雯嗅了些，接連打了五六個噴嚏，覺得通快些了。寶玉又命人跟鳳姐要了些西洋膏藥，也給晴雯用了。

寶玉出門朝惜春那裡走去，半路上，卻又轉到瀟湘館來。只見不但寶釵姐妹在此，連邢岫煙也在，四個人圍坐在熏籠上敘家常。見他來了，都笑說：「又來了一個！可沒了你的坐處了。」寶玉笑道：「好一幅《冬閨集豔圖》！可惜我遲來了一步。橫豎這屋子比各屋子暖和，這椅子坐著並不冷。」說著，便坐在黛玉常坐的一張椅子上。

寶玉見暖閣中有一個玉石條盆，裡面栽著一盆單瓣水仙，點著宣石，便極口贊好花，問：「這屋子越發暖，這花香得越清香。昨日怎麼沒見？」黛玉說：「這是你家的大總管賴大嬸子送薛二姑娘的，兩盆蠟梅，兩盆水仙。送了我一盆水仙，送了蕉丫頭一盆蠟梅。我原不要的，又恐辜負了她的心。你若要，我轉送你如何？」寶玉道：「既是琴妹妹送你的，如何又轉送人，這個斷使不得。」

寶玉又說：「咱們明兒下一社又有了題目了，就詠水仙和蠟梅。」黛玉聽了，拿寶玉上兩次作詩被罰取笑他。寶釵還說自己打算邀一社，寶琴也說起幼時隨父親到過的真真國女孩子作的詩來。寶釵命人將湘雲叫來，一起評論一番。大家又說笑了一回就散去了。

離開時，寶玉讓姐妹們先走，自己落在後面。黛玉叫住他，問：「襲人什麼時候才回來？」寶玉說：「要等她娘出了殯才回來呢。」寶玉一面下了臺階，低頭正要邁步，又忙回身問：「如今的夜越發長了，你一夜咳嗽幾遍？醒幾次？」黛玉道：「昨兒夜裡好了，只咳嗽了兩遍，卻只睡了四更一個更次，就再不能睡了。」寶玉又笑道：「正是有句要緊的話，這會兒才想起來。」一面說，一面便挨過身來，悄悄說：「我想寶姐姐送你的燕窩……」話未說完，只見趙姨娘走進來瞧黛玉，問：「姑娘這兩天可好？」黛玉便知她是從探春那裡來的，從門前路過，順路的人情。黛玉忙賠笑讓座，說：「難得姨娘想著，怪冷的，親自上我這兒來。」忙命人倒茶，一面又使眼色給寶玉。寶玉會意，便走了出來。

寶玉回來後，看晴雯吃了藥。這一晚，寶玉便不命晴雯挪出暖閣來，自己便在晴雯外邊。他又命將熏籠抬至暖閣前，讓麝月睡在熏籠上。第二天天還沒亮，晴雯便叫醒麝月，讓她趕緊安排人手伺候寶玉穿衣。寶玉換了衣裳，又囑咐了晴雯一回，便往賈母處來。知道寶玉要去給舅舅祝壽，賈母送給他一件雀金呢的衣服。寶玉看時，碧彩閃爍，果然好看。賈母說這是拿孔雀毛拈了線織的，這件氅衣只有一件，糟蹋了，也再沒了。又囑咐他不要喝多，早些回來。寶玉磕頭謝過賈母，然後穿在身上，到各處去轉了一回，才帶人出門去赴宴。

晴雯吃了藥，仍不見病退，急得亂罵大夫。麝月勸她不要太性急了，靜養幾天，自然就好了。晴雯又罵小丫頭們，還抓住墜兒的手亂戳。麝月忙拉開墜兒，按晴雯睡下，讓她安心出汗，別在鬧得雞飛狗跳的了。晴雯喚了宋嬤嬤來，告訴她：「寶二爺叫我告訴你：墜兒很懶，連寶二爺都使喚不動，襲人使喚她了，她竟然在背後罵。今天要打發她出去，明兒寶二爺親自回太太就是了。」宋嬤嬤有心勸兩句，奈何這會兒晴雯和麝月都知道了墜兒偷鐲子的事，這墜兒是必走無疑了。

晴雯剛才吹了風，生了氣，覺得更不好了，翻騰到點燈時分，才安靜了些。這時寶玉回來了，一進門就跺腳嘆氣。麝月忙問緣故，寶玉說：「今兒老太太高高興興地給了我這氅衣，誰知不小心後襟子上燒了一塊，幸虧是晚上，老太太、太太都沒有看見。」一面說，一面脫下來。麝月拿過來仔細瞧，果然看見有手指肚大的一個燒眼，就說：「這是手爐裡的火迸上了。趕緊叫人悄悄拿出去，找人補織上就是了。」結果，派出去的人說，不但能幹的織補匠人，就連裁縫、繡匠並做女紅的那些人都不認得這是什麼，都不敢接這個活兒。

寶玉說：「明兒是正日子，老太太、太太說了，還叫穿這個去呢，偏第一天就給燒了，真是掃興得很！」晴雯聽了半天，忍不住翻身說：「拿來我瞧瞧吧。你也是沒個福氣穿這個了，這會兒也是乾著急。」寶玉笑道：「這話說的是。」說著，便遞給晴雯。晴雯在燈下細看了一會兒，說：「這是孔雀金線織的，如今咱們也拿孔雀金線來縫補，只怕還混得過去。」麝月笑道：「孔雀線咱們這兒倒有現成的，但這裡除了你，還有誰會這手法呢？」晴雯說：「沒辦法，我只好拼著命做出來了。」寶玉忙說：「這如何使得！你才好了些，怎麼能讓你做活兒呢？」

晴雯道：「不用你說，我知道。」一面說，一面坐起來，挽了一挽頭髮，披了衣裳，只覺頭重身輕，滿眼金星亂迸，實在撐不住。若不做，又怕寶玉著急，只得狠命咬牙挺著。晴雯讓麝月幫著拈線，自己先拿了一根線比一比，說：「這雖不很像，若補上，也不很顯。」寶玉說：「已經很好了，這會兒上哪兒找外國的裁縫去。」晴雯先將裡子拆開，再將破口四邊用金刀刮得散鬆鬆的，然後用針紉了兩條線，分出經緯*，依本衣之紋，來回織補。補兩針，又看看；織補兩針，又端詳端詳。無奈頭暈眼黑，氣喘神虛，補不上三五針，就得伏在枕上歇一會兒。寶玉在旁，一會兒問要不要喝些熱水，一會兒又命歇一歇，一會兒又拿一件斗篷替她披在背上，一會兒又命拿個枕頭給她靠著。急得晴雯求道：「小祖宗！你只管睡吧。再熬上半夜，明兒把眼睛熬紅了，怎麼辦！」寶玉見她著急，只得胡亂睡下，可哪裡睡得著。

一時，只聽自鳴鐘已敲了四下，晴雯剛剛補完，又用小牙刷慢慢地剔出絨毛來。麝月說：「補得很好，若不留心，看不出來的。」寶玉忙拿過來，仔細瞧瞧，說：「真的和原來的一個樣子！」晴雯已咳嗽了幾陣，好容易補完了，說了一聲：「補是補了，到底不像，可是我也再撐不下去了！」說完，「哎喲」了一聲，便身不由己地倒下了。

*織物的縱線和橫線。

　　寶玉知道她這是為了補完，已力盡神危，忙命小丫頭來替她捶著。捶打了一會兒她們才歇下。沒一頓飯的工夫，天已大亮，還沒出門，寶玉只叫快傳大夫。王太醫很快就來了，診了脈，疑惑地說：「昨日已好了些，今日怎麼反而病勢加重了？如何加重了？難道是吃多了？不然就是勞了神。這汗後失於調養，非同小可。」一面說，一面出去開了藥方進來。寶玉看時，已將疏散驅邪的藥減去，添了益神養血的藥。寶玉忙命人去煎，擔心她轉為癆病，直說是自己的罪過。晴雯說不是癆病，催他去忙自己的事情去。寶玉無奈，只得去了。晴雯的病雖重，幸虧她平時勞力不勞心，再者飲食清淡，饑飽無傷，加上賈府有個祕方，小病小恙，以餓為主，藥物治療為次。晴雯在病初起時就禁了食，已餓了兩三日，又服藥調養，加倍養了幾日，便漸漸地好了。

# 第二十六回 敏探春代鳳姐理事

當下已是臘月，王夫人與鳳姐日日置辦過年的各項東西。這時節，王夫人的哥哥王子騰升了**九省都檢點**＊。賈雨村升任了大司馬，協理軍機，參贊朝政。

賈珍在寧國府那邊開了宗祠，命人好生清理打掃一番，準備祭祀的各項事宜。寧國府安排的負責管理黑山村田產進項的莊頭烏進孝來了，他是來交今年莊上的租子和進貢來的。賈珍看了帳目後認為今年少交了不少，烏進孝解釋，因為今年田裡遭了災，莊稼歉收，所以才少了些。賈珍感嘆明年的花費又要少了，順便還說起了榮府那邊的開銷和進項，都有些入不敷出了。賈珍和烏進孝感慨一番，並未責難與他，仍好生招待，安排住下。

到了臘月二十九，寧、榮兩府都換了門神、對聯，牌匾也煥然一新。寧國府各個門上大紅燈籠高照，點得好像金龍一般。第二天，由賈母帶領，凡有封誥者，都按品級穿上朝服，進宮朝賀。行禮領宴完畢了才回來，一行人來到寧國府賈家宗祠祭祖。

＊古代高級武官名，統轄九省軍事，又稱九省統制。

這宗祠設在寧府西邊的院子裡，只見黑漆柵欄內有五扇大門，上面懸著寫著「賈氏宗祠」四字的橫匾，兩旁有一副長聯，都是當年的衍聖公*所書。進了門，是一條白石甬路，兩旁種著蒼松翠柏，月臺上放著古銅鼎等祭祀禮器。抱廈前的金匾上寫著「星輝輔弼」，兩邊是一副對聯，是先皇的御筆。五間正殿前的「慎終追遠」匾額和旁邊的對聯，也是御筆。殿裡香燭輝煌，錦帳繡幕，列著神主牌位。

賈府眾人按輩分排成兩行站好：賈敬主祭，賈赦陪祭，賈珍獻爵，賈璉、賈琮獻帛，寶玉捧香，其他人也各司其職，行了隆重而複雜的祭禮。禮畢，退出正殿。然後眾人簇擁著賈母來到正堂，向寧、榮二祖的遺像以及兩邊的幾幅列祖遺影行禮，接著眾人按祭祀的禮節從內儀門挨次列站，直到正堂廊下。檻外是賈敬、賈赦，檻內是各女眷。眾家人小廝皆在儀門之外。按照儀式，每一道菜從手上一一傳遞，最後由賈母供放。供品傳完後，賈府眾人按字輩站立，恭敬嚴整地行禮。禮畢，賈母回到榮府，由賈敬、賈赦起，按輩分分男女向賈母行禮。然後是男女管家領著男僕女婢行禮，賈母讓散了壓歲錢，擺上合歡宴。晚上眾人在各處佛堂灶王前焚香上供。大觀園裡也是花團錦簇，人聲嘈雜。

次日五更天，賈母等又按品大妝，擺全副執事，進宮朝賀，並祝賀元春千秋，領宴回來，還是去寧府那邊祭過列祖，才回來受禮。忙完這些，賈母便不再見外人，在府裡享受天倫之樂。王夫人與鳳姐是天天忙著請人吃年酒，廳上院內也都是酒席，親友絡繹不絕，一連忙了七八天才完了。轉眼就到了元宵節，寧、榮二府皆張燈結綵。十五晚上，賈母在榮國府大花廳上命擺幾席酒，定一班小戲，滿掛各色佳燈，帶領榮、寧二府的子孫家眷舉辦家宴。

賈母半躺在軟榻上，叫寶琴、湘雲、黛玉和寶玉坐在自己身邊。大家一邊看戲，一邊喝酒吃果品點心。賈珍、賈璉提著酒壺來敬酒，他們按順序敬了一圈才退出去。

寶玉也拿了一壺暖酒，要按順序敬酒，賈母說：「他小，讓他斟去，大家都要乾過這杯。」說著，她自己便乾了，王夫人、薛姨媽等人也乾了。賈母又對寶玉說：「你給姐姐、妹妹都斟上，不許亂斟，都叫她們乾了。」寶玉答應著，一一按次斟上酒。斟到黛玉時，她偏偏不喝，拿起杯子放在寶玉唇邊，寶玉一口氣飲乾，黛玉說：「多謝。」寶玉敬完了一圈酒，才回到原座。

賈母命戲子們歇一歇，等吃了些熱湯熱菜再唱。這時，有個婆子領了兩個說書的女子進來，賈母問她們有什麼新書，說書人說：「有一段講五代的新書，叫《鳳求鸞》。」賈母不喜歡聽才子佳人的故事，就讓她們彈了一套曲子。

三更天了，寒氣漸漸逼來，王夫人起身說：「老太太不如挪進暖閣，這些親戚又不是外人，我們陪著就是了。」

賈母說：「既然這樣，不如大家都挪進去，豈不暖和？」王夫人怕暖閣裡坐不下，賈母說：「只用兩三張桌子拼起來，大家坐在一起，又親熱，又暖和。」眾人都說：「這才有趣！」

進了暖閣，鳳姐見賈母十分高興，提議說：「我們來玩擊鼓傳梅，行一套『春喜上眉梢』的令，怎麼樣？」賈母笑說：「這是個好令！」忙命人取了一面鼓，拿來一枝紅梅。賈母說：「梅花停在誰手，誰吃一杯酒，還要說些什麼才好！」

鳳姐笑道：「不如停在誰手，誰就說個笑話吧。」眾人都知道鳳姐平時最會說笑話了，今天聽她這麼一說，不但在座的各位高興，連外面伺候的丫鬟也都高興得不得了，擠了一屋子。

＊孔子嫡長子孫的世襲封號，始於一〇五五年，一九三五年廢止。

鼓聲時快時慢，梅花傳到賈母手中，鼓停了。賈蓉忙上來斟了一杯。賈母喝了酒，說了個笑話，又開始擊鼓傳梅了，小丫鬟們想聽鳳姐說笑話，就悄悄地跟擊鼓的人說了。等梅花傳到鳳姐手中，小丫鬟一咳嗽，鼓聲就停了。大家齊笑道：「這下可逮住她了！說得別太逗人笑得腸子疼！」

鳳姐說：「也是在正月節，幾個人抬著個房子大的炮仗往城外放，引了上萬的人跟著去瞧。有一個性急的人等不及，就偷著拿香點著了。只聽『噗』的一聲，眾人哄然一笑就散了。抬炮仗的人怪炮仗不結實，沒等放就散了。」湘雲問：「難道他本人沒聽見？」鳳姐說：「他是個聾子。」眾人一細想，都失聲大笑。

鳳姐說：「已經四更多了，老祖宗也乏了，咱們也該『聾子放炮仗——散了』吧？」眾人又笑了。賈母吩咐：「咱們也把煙火放了，解解酒。」眾人連聲稱好。

賈蓉連忙帶人在院內安置好各色花炮。黛玉怕聽「劈啪」聲，賈母把她摟在懷中。薛姨媽要摟湘雲，湘雲笑道：「我不怕。」寶釵笑道：「她專愛自己放大炮仗，不怕這個！」王夫人將寶玉摟在懷中。鳳姐笑道：「我們是沒人疼的！」尤氏對她說：「有我呢，我摟著你。」說話間，許多「滿天星」「九龍入雲」「平地一聲雷」「飛天十響」之類的爆竹被點著了，發出連續不斷的響聲，天空中布滿了五顏六色的煙花。放完了炮仗，賈母覺得有些餓了，又隨意吃了些精緻的小菜，用過漱口茶，大家方才散去。

元宵節一過，鳳姐就病倒了，需要在家休息一個月，不能理事。王夫人只好自己管起府中的大小事情來，不過，她只管大事，將家中瑣碎之事都暫時讓李紈辦理。李紈是個老好人，不免放縱了下人。王夫人便命探春幫李紈處理事務，又特地請了寶釵來幫著管事。

到了孟春時節，黛玉的咳嗽又犯了。湘雲也傷了風，每天醫藥不斷。探春同李紈住得遠，商量事不方便，於是決定每日早晨都到園門口南邊的三間小花廳會齊辦事。

眾人先是見李紈一個人管事，個個心中暗喜，以為李紈是個厚道多恩無罰的人，自然比鳳姐好對付。即便添了一個探春，眾人也都想著不過是個未出嫁的年輕小姐，而且平日也平和恬淡，因此都不在意。大家比在鳳姐面前懈怠了許多。

只是三四天後，幾件事過手，大家才漸漸覺得探春精細處不比鳳姐差，只不過是言語安靜、性情和順而已。因而裡外下人都暗中抱怨說：「剛剛倒了一個『巡海夜叉*』，又添了三個『鎮山太歲†』，連夜裡偷著喝酒玩的工夫都沒了。」

有一天，王夫人去錦鄉侯府赴宴席，李紈和探春早已梳洗完畢，伺候王夫人出門之後回到廳上坐著喝茶聊天。不一會兒就見吳新登的媳婦進來說：「趙姨娘的兄弟趙國基昨天死了，昨天已經把這件事告訴太太了，太太說她知道了，讓我到這兒說一聲。」說完，她就垂手站在一邊，再不說話。

當時過來回話的人有不少，大家都想看看李紈和探春的辦事能力，要是她們辦得妥當，那麼大家以後要多加注意，小心犯錯；要是她們處理問題有什麼不當之處，大家不但以後不會多加小心，還會把這些事編成笑話來取笑她們。

那吳新登的媳婦心裡也有自己的打算：假如這是在鳳姐面前，她不但不會不說話，反會殷勤地說出很多主意，再說些以前的例子來供鳳姐選擇施行。可現在她卻覺得李紈老實、探春年輕，心下不禁非常輕視她們，就等著看她們笑話。

* 吃人的惡鬼。
† 喻指強橫兇惡之人。

探春見吳新登的媳婦不再說話，就問李紈該如何處置，李紈想了想，說：「前天襲人的媽媽去世了，聽說是賞賜了四十兩銀子，這次也賞四十兩好了。」吳新登的媳婦連忙答應，接了對牌就要離開，探春說：「你先回來，我還有話說。」吳新登的媳婦只好又轉了回來。

探春問她：「我先問你，那幾年老太太屋裡的幾位老姨奶奶有家裡的，也有外頭的，家裡人若是死了賞賜多少？外頭的若是死了賞賜多少？你先說幾個例子給我聽聽。」

吳新登的媳婦根本就記不得這些事，現在聽探春問起，只好賠笑說：「這也不是什麼大事情，賞賜多少誰也不敢有什麼爭的，哪次還不都是給多少就是多少哇。」

探春聽了笑著說：「你這話說得可有些胡鬧了。要讓我來說，賞一百兩銀子倒是好了。但我若是不按照常例來賞，別說你們會笑話我，我在你二奶奶那兒也沒法交代呀！」吳新登的媳婦也笑著說：「既然您這麼說，那我就去查查舊賬好了，要是讓我現在說，我是真的不記得了。」

探春心裡很生氣，臉上卻沒表現出來，依舊笑著說：「你平素裡辦了那麼多事，怎麼可能會不記得呢？我看你現在就是在故意為難我們，假如現在是在你二奶奶面前，你難道也敢讓你二奶奶去現查現問？要真是這樣的話，只能說明鳳姐姐不夠厲害，太過寬厚！你還不快點去把舊賬找來給我看，再晚一些，別人卻不會覺得是因為你們粗心，好像是我們兩個辦不成事似的。」

不多時，吳新登的媳婦把舊賬取了來，探春和李紈仔細看了看：兩個家裡的都是賞二十兩，兩個外頭的都是賞四十兩，還有兩個外頭的，一個賞了一百兩，一個賞了六十兩。但每筆賞賜下都有各自的緣故，一百兩的是因為隔省遷父母的靈柩，所以多給了六十兩；而另一個則是現買葬地，所以多賞了二十兩。

兩人都看過之後，探春就對吳新登的媳婦說：「給二十兩銀子就好了，把這賬留下，我們還要再仔細看看。」說完，才讓吳新登的媳婦離開。

沒過一會兒，趙姨娘來了，李紈、探春忙讓座。趙姨娘邊哭邊說起來：「這屋裡的人都看不起我，姑娘也看不起我。我在這屋裡熬著，熬到環兒都大了，現在連襲人都不如了，我還有臉嗎？」探春一聽為這事，就笑著給她講道理：「按照祖宗定下的規矩辦事才是正理。太太看得起我，讓我照管家務，我不按規矩辦，怎麼行呢？太太不在家，姨娘少找事吧！您鬧一次，我寒心一次。我要是個男人，早就出去創事業了，可惜我是個女孩子。一件好事還沒做呢，姨娘倒先來為難我。」說著說著，探春的眼淚也掉了下來。

趙姨娘心裡有氣，只顧一個勁地往下說：「如今你舅舅死了，你就多給二十兩銀子，太太仁慈，能說你什麼？你就是太尖酸刻薄了，只顧『揀高枝往上飛』。」

探春沒聽完，已臉白氣噎，抽抽咽咽地一面哭，一面問：「誰是我舅舅？我舅舅年前才升了九省都檢點，哪裡又跑出一個舅舅來？你既然這麼說，環兒出去為什麼趙國基又會站起來伺候，做隨從跟他去上學？為什麼不拿出舅舅的款來？何苦來，誰不知道我是姨娘養的，非要過兩三個月就找件事來鬧一陣，生怕人不知道，故意地表白表白。也不知誰給誰沒臉？幸虧我還明白，但凡糊塗不知理的，早急了。」李紈急得只管勸，趙姨娘只管嘮叨。

忽然有人說：「二奶奶打發平姑娘說話來了。」趙姨娘聽了，才停了口。李紈見平兒進來，問她來做什麼。平兒說：「二奶奶說了，趙姨娘兄弟沒了，照常例只有二十兩，奶奶請姑娘做主，再添些也無妨。」探春沉下臉說：「你主子真巧，叫我開了例，她做好人，拿著太太的錢做人情。你告訴她，她想添減，等她好了自己辦！」平兒來時，一見廳上的陣勢，就猜了個差不多，又見探春面有淚痕，就恭敬侍立。

寶釵來了，讓幾個小丫頭伺候探春洗臉。又有一個媳婦來回事，被平兒趕了出去。探春洗好臉，勻著

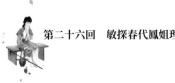

粉，說了剛才吳新登家的欺負她的事。平兒說誰敢在二奶奶跟前這樣，不怕腿上的筋斷幾根。她又向門外眾人說：「你們只管胡鬧，等二奶奶好了再算帳。」眾人都說不敢，吳家的一人有罪一人當，與她們無關。方才那媳婦進來回話，說是來支環爺和蘭哥兒一年的學堂的雜費。探春問是幹什麼用的，多少銀子？那媳婦說是在學堂裡吃點心的，每人每年八兩。探春說：「他們每人每月有二兩銀子，就是零花的，不給。以後免了這一項支出。」那媳婦只得去了。有人送來早飯，李紈、探春、寶釵在一處吃飯，平兒退出來，斥責門外的媳婦、婆子們鬧得太不像話了。她們都往趙姨娘身上推。

平兒把她們數落了一頓，她們已領教了探春的厲害，只有唯唯諾諾。秋紋過來，要進廳問月錢什麼時候發。平兒叫住她，說了剛才發生的事，讓她改日再來，又說：「她正要找幾件厲害事和有體面的人開刀，給眾人做榜樣呢。何苦你們先來碰這釘子？連二奶奶的事，她還要駁兩件，以便壓眾人呢！」秋紋聽了，伸伸舌頭，謝了平兒就走了。

三人吃了飯，探春叫進平兒，讓她回去吃了飯再來，四個人商量事情，商量好了再問二奶奶可行不可行。

平兒回來後，鳳姐問她怎麼去了這半天。她把探春的作為一一說了。鳳姐正愁有些力不從心，這一來又多一條臂膀，只可惜她是趙姨娘生的，將來婚姻都不太好辦。鳳姐告誡平兒：「探春知書識字，比我更厲害一倍。她要作法開端，一定要拿我開刀，假如駁我的事，你可別分辯，越恭敬越好。」平兒聽著鳳姐訓話，陪她吃完了飯，就去了探春那邊議事。

詞語收藏夾

## 請君入甕

意思：以其人之法還治其人之身。

出處：《資治通鑑．唐紀》

典故：唐天授二年，武則天命來俊臣審問周興。來俊臣先問周興如何才能使犯人招供。周興答：「把犯人放進四周圍火的大甕中，他就一定會招供。」來俊臣如法設置甕，並說自己奉命審他，請君入甕，周興當即服罪。

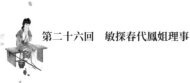

## 白白老師的國學小教室

### 不凡的女子——賈探春

賈探春是寶玉同父異母的姐姐，為趙姨娘所生，因為庶出，出身不如嫡出，但探春聰慧能幹，憑著自己的才智也在賈府中獲得一席之地。

在這章節，由於王熙鳳小產病倒，所以由探春出來掌家，從她的掌家處事，可見探春的行事風格。傭人吳新登的媳婦原想欺負探春，但探春的精明把她給壓住了。後來趙姨娘又哭哭啼啼地希望探春多給些銀兩，看在是探春舅舅過世的分上能通融些，但是探春卻不理會趙姨娘的哭鬧，仍公平地給予銀兩。

有人認為探春過於無情，不認親母親、舅舅，只承認王夫人一支的家人，對自己的母親趙姨娘過於刻薄無情。但就探春的處境來說，她具有才智，卻因為庶出和女兒身受限，難免對自己的出身無奈，加上趙姨娘心胸狹隘、愚昧粗鄙，時常惹麻煩，所以探春才希望和自己的親生母親保持距離。

探春的出身有很大的限制，但是她不因出身自暴自棄，反而富有志向，努力向上，培養才能，也在能發揮能力時，用心打理賈府，是個不凡的女子。

# 第二十七回　紫鵑為黛玉試探寶玉

黛玉的病還沒好，這天寶玉去看黛玉。黛玉剛睡午覺，寶玉不敢驚動。他走出來，見紫鵑坐在回廊上做針線活兒，就問：「昨夜林妹妹的咳嗽好些了嗎？」紫鵑說：「好些了。」寶玉摸了下她的衣裳，關心地說：「穿這麼薄，坐在風口上，你再病了，誰照料她？」紫鵑說：「從此咱們只可說話，不可動手動腳。林姑娘說了，一年大似一年，不比小時候，當心那些混帳東西背地裡說你。」說完，拿了針線進了另一間屋子。

寶玉心中如澆了一盆冷水，瞅著竹子發了一會兒呆，便怔怔地走出來，隨便坐在一塊山石上出神，不覺滴下淚來。雪雁從王夫人那裡取人參回來，見寶玉正托腮出神，怕他又犯了呆病，走過來問：「你在這裡做什麼？」寶玉說：「她既防嫌，不許你們理我，你理我做什麼？」雪雁只當他受了黛玉的委屈，只得回到房中，見黛玉未醒，把人參交給紫鵑，問：「姑娘還沒醒，是誰給了寶玉氣受？坐在那裡哭呢！」紫鵑聽了，忙問在哪裡。雪雁說：「在沁芳亭後頭桃花樹底下呢。」紫鵑放下針線，又囑咐雪雁照料黛玉，便出了瀟湘館，來尋寶玉。她走到寶玉跟前，說：「我不過說了那兩句話，為的是大家好。你就賭氣，跑了這風地裡來哭，弄出病來嚇唬我。」寶玉說：「誰賭氣了！我因為聽你說得有理。我想你們既這樣說，自然別人也是這樣說，將來都不理我了，我想著想著就傷心了。」

紫鵑挨他坐下，提起那天趙姨娘打斷他和黛玉的談話，問寶玉那句「燕窩」下面想說什麼。寶玉道：

「也不是什麼要緊的話。我想著寶姐姐畢竟也是客居在此，如果吃上燕窩了，不可間斷，只靠著和她要，有些不客氣了。我已經在老太太跟前露了點風，想來老太太和鳳姐姐說了。那天沒說完，不過今天我聽到說每天給你們一兩燕窩，這事就這麼過去了。」紫鵑說：「我說老太太怎麼突然想起一天送一兩燕窩來，多謝你費心。」寶玉說：「吃慣了，吃上個兩三年就好了。」紫鵑說：「在這裡吃慣了，明年回家去，哪裡還有閒錢吃這個。」

寶玉吃了一驚，忙問：「誰要回家去？」紫鵑說：「當然是林姑娘回蘇州的家去。」寶玉說：「你亂說。蘇州雖是林妹妹原籍，她是因沒了姑父姑母，無人照看，老太太才把她接來我家的。她回蘇州找誰去？」紫鵑冷笑道：「你太看小了人。難道只有你們賈家是高門大族，人口多；別人家除了父母，族中就沒有人了嗎？我們姑娘來時，原是老太太心疼她年齡小，家裡雖有叔伯，畢竟不如親生父母，所以接來住幾年。等長大了該出閣*時，自然要送還林家的。總不能在賈家待一輩子。林家怎麼說也是世代書宦之家，不會讓林家人一直住在親戚家遭人嘲笑的。所以早則明年春天，遲則秋天，賈家即使不送林姑娘回去，林家也必定有人來接。前日夜裡姑娘和我說了，叫我告訴你，將從前小時候玩的東西，有她送你的，叫你都打點出來還她；她也將你送她的東西整理好了。」寶玉聽了，猶如頭頂上響了一個焦雷一般，愣住了，一言不發。紫鵑想聽聽他怎樣回答，也不再說話了。

晴雯來找寶玉，說老太太在找他。紫鵑說：「他在這兒問林姑娘的病症，我和他說了好半天，可是他仍不信。你趕緊帶他回去吧。」說完，自己便走回房去了。

晴雯見寶玉呆呆的，一頭熱汗，滿臉漲紅，忙拉著他的手，一直回到怡紅院中。襲人見了，慌了起來，以為只是被風吹了熱汗，沒緩過來。不料寶玉發熱事小，只見他兩個眼珠卻直起來，嘴角邊有口水流出來，自己卻不知道。給他個枕頭，他便睡下；扶他起來，他便坐著；倒了茶來，他便喝茶。眾人見他這樣，一時忙亂起來，又不敢去回賈母，只好先差人出去請寶玉的奶媽李嬤嬤。李嬤嬤看了半天，問話也不回答；使勁掐他**人中**†，也沒有反應。李嬤嬤說了一聲：「可了不得了！」便摟著寶玉放聲大哭起來。襲人急忙拉住她，問：「你老人家怎麼先哭起來了？你倒是說說如今寶玉的情況，我們也好去回稟老太太、太太呀。」李嬤嬤哭道：「這可不中用了！我白操了一世心了！」襲人等人覺得她年紀大見識多，所以才找了來。聽見她這麼說，都信了，紛紛哭了起來。

晴雯告訴襲人，她剛才是在黛玉那裡見寶玉就這樣和紫鵑說話來著。襲人聽了，便到瀟湘館來問紫鵑：「你剛才和我們寶玉說了些什麼？你瞧瞧他去。你去回老太太去，我管不了了！」黛玉見襲人滿面急怒，又有淚痕，舉止和往常大不相同，忙問怎麼了。襲人哭道：「不知紫鵑姑奶奶說了些什麼話，那個呆子眼也直了，手腳也冷了，話也不說了，李嬤嬤掐著也不疼了，已死了大半個了！連李嬤嬤都說不中用了，在那裡放聲大哭。只怕這會兒都死了！」

黛玉聽完，「哇」的一聲，將腹中之藥一概嗆出，接著痛苦地咳嗽了幾陣，一會兒的工夫，已是臉紅髮亂，目腫筋浮，喘得抬不起頭來。紫鵑忙上來捶背。黛玉伏在枕上喘息半晌，推紫鵑道：「你不用捶，你拿繩子來勒死我才好！」紫鵑哭道：「我並沒說什麼，不過是說了幾句玩笑話，他就認真了。」襲人說：

---

＊出嫁。

†人的上唇正中凹下的部分。

「你還不知道他那個性子，會把你說的話當真的。」黛玉道：「你說了什麼話，趁早去說清楚，他只怕就醒過來了。」紫鵑聽了，忙下了床，同襲人到了怡紅院。

賈母、王夫人等早就到了怡紅院。賈母一見紫鵑，眼裡就像要冒火，罵道：「你這小蹄子，和他說了什麼？」紫鵑趕緊說：「並沒說什麼，只是幾句玩笑的話。」誰知寶玉見了紫鵑，「哎呀」了一聲，哭出來了。眾人一見，這才放下心來。寶玉一把拉住紫鵑，死也不放，說：「要去連我也帶了去。」眾人不知道他這話是什麼意思，細細問起紫鵑來，才知道是紫鵑說「要回蘇州去」一句玩笑話引出來的。

賈母流淚道：「我當有什麼要緊大事，原來是這句玩笑話。」又對紫鵑說：「你這孩子平日最是個伶俐聰敏的，你又知道他有個呆根子，平白無故地哄他做什麼？」薛姨媽勸道：「寶玉本來心實，和黛玉兄妹兩個一處長了這麼大，和別的姐妹相比是不一樣的。就這麼猛地說他林妹妹要離開了，別說他是個實心的傻孩子，就是冷心腸的大人也要傷心。這不是什麼大病，老太太和姨太太只管安心，吃一兩劑藥就好了。」

有人進來回稟，說林之孝家的、單大良家的都瞧寶玉來了。寶玉聽了一個「林」字，便滿床鬧起來，說：「了不得了，林家的人接她們來了，快打出去！」賈母聽了，也忙說：「打出去吧。」又安慰寶玉：「那不是林家的人。林家不會來人接你林妹妹的，你只管放心。」寶玉哭道：「憑他是誰，除了林妹妹，都不許姓林！」賈母說：「沒姓林的來，凡姓林的我都打走了。」一面吩咐眾人：「以後別叫林之孝家的進園來，你們也別說『林』字。你們記住我的這句話！」眾人忙答應著，都不敢笑。

寶玉又看見了什錦槅子上的一隻金西洋自行船，便指著亂叫，說：「那不是接她們來的船嗎？停在那裡呢。」賈母忙命襲人拿下來，遞給寶玉。寶玉接過來就掖在被中，說：「這下回不去了吧！」一邊說，一邊手上還使勁拉著紫鵑不放。

很快，王太醫到了。眾人該回避的都去了裡間，賈母坐在寶玉身邊陪著，王太醫先請了賈母的安，然後拿了寶玉的手診了一回，起身說：「這是急痛迷心。沒什麼事，我開個方子，化掉痰迷就無礙了。」等寶玉服了藥，果然安靜下來，可是仍舊不肯放紫鵑，只說她一出去就是要回蘇州去了。賈母、王夫人無法，只得命紫鵑守著他，讓琥珀去服侍黛玉。

黛玉不時遣雪雁來探消息，知道了寶玉的情況，心中暗嘆。幸虧眾人都知寶玉原有些呆氣，加上他倆自幼親密，如今紫鵑的戲語也是常情，寶玉的病也不是什麼罕見的大毛病，所以不會懷疑到其他方面去。

晚間寶玉稍微好些，賈母、王夫人等人都回去了。紫鵑、襲人、晴雯等日夜相伴。有時寶玉會從夢中驚醒，不是哭

了說黛玉已去，便是說有人來接。每次都得紫鵑安慰一番方安穩了。第二天又服了王太醫開的藥，寶玉才逐漸好起來。紫鵑此時已是十分後悔當日所言，如今日夜辛苦，並沒有怨意。

寶玉等周圍沒有其他人的時候，就拉著紫鵑的手，問：「你為什麼嚇唬我？」紫鵑說：「那是逗你玩的話，哪知道你就認真了。」寶玉說：「你說得有情有理，可不像是玩笑的話。」紫鵑笑道：「那些玩笑話都是我編的。林家真沒人了；就算有，也是寄居在異鄉、關係很遠的了。真的有人來接，老太太必不放去的。」寶玉說：「就算老太太放去，我也不依。」紫鵑笑道：「你真的不讓接？恐怕也就是嘴上說說吧。你如今也大了，連親也定下了，等娶了親，你眼裡還有誰了？」寶玉聽了驚問：「誰定了親？定了誰？」紫鵑說：「還能是誰？定是琴姑娘了。不然，老太太怎麼那麼疼她？」

寶玉笑道：「這才是玩笑話呢。她已經許給梅翰林家了。如果真給我定了她，我還是這個樣子了？我這幾日才好些了，你又來成心慪我是不是？我只願這會兒立刻死了，把心迸出來給你們瞧瞧，然後連皮帶骨一概都化成一股煙，再來一陣大亂風吹得四面八方都散了，這才好！」一面說，一面又滾下淚來。

紫鵑忙上來捂他的嘴，替他擦眼淚，笑著解釋：「你不用著急。這原是我心裡著急，故意來試你的。」寶玉問：「你著什麼急？」紫鵑笑道：「你知道，我並不是林家的人，而是府裡的丫鬟。如今林姑娘和我已經分不開了。她要是離開了，我一定會跟她去的。可我家裡人都在這裡呀。我如果不跟去，豈不是辜負了林姑娘素日待我的好；如果去了，又捨棄了家裡人。所以我很困惑，才拿那番話來問你。誰知你就傻鬧起來。」寶玉說：「原來你是愁這個，以後再別愁了。我只告訴你一句話：活著，咱們一處活著；不活著，咱們一處化灰化煙。如何？」

紫鵑聽了，心中感觸很深，於是岔開話題，說：「如今你也好了，該放我回去瞧瞧我們那一個去了。」

寶玉說：「本想昨日就叫你回去的，偏又忘了。我已經大好了，你就回去吧。」於是紫鵑收拾好鋪蓋妝奩，然後別了眾人，回瀟湘館來。

黛玉近日因為寶玉的事，又添了些病症，多哭了幾場。見紫鵑回來了，問她原因，知道寶玉已經好了，心裡也輕鬆了不少。夜裡，紫鵑悄悄對黛玉說：「寶玉的心的確實在，聽說咱們要走了，就那樣起來。」黛玉不答。紫鵑停了半晌，接著說：「一動不如一靜。我們這裡就算好人家。別的都容易，最難得的是從小一處長大，脾氣性格都彼此知道。」黛玉啐道：「你這幾天不累嗎？趕緊休息吧，瞎說些什麼。」紫鵑說：「我是一片真心為姑娘。替你愁了這幾年了。姑娘無父母無兄弟，誰是知疼知熱的人？趁著如今老太太還明白硬朗，早些定了終身大事才是最重要的。如果老太太真有個好歹，只怕耽誤了時間，憑人去欺負了。姑娘是個明白人，豈不聞俗語說『萬兩黃金容易得，知心一個也難求』。」

黛玉聽了，說：「你這丫頭今兒是怎麼了？莫不是瘋了？怎麼去了幾日，像是變了一個人。我明兒要回老太太，把你退回去，我不敢要你了。」紫鵑說：「我說的是好話，不過叫你心裡留神，並沒叫你去做壞事。何苦回老太太，叫我吃了虧，又有你什麼好處？」說完，就自行睡去了。黛玉聽了這話，嘴上雖然這麼說，心裡未嘗不傷感，就這麼哭了一夜，到天明才打了一個盹。次日，勉強起來洗漱，吃了些燕窩粥。賈母等親自來看視她，又囑咐了許多話。

延伸小知識

## 閨秀

舊時稱有才德的女子為「閨秀」。「閨」有「門」的意思，也指女孩子的房間。古代女子是不能輕易拋頭露面的，也就是人們常說的「大門不出，二門不邁」，要在家裡閉門學習女紅，有時候也會學習琴棋書畫。

「閨秀」常與「大家」連用，作「大家閨秀」，指舊時有錢有勢人家的女兒。

# 第二十八回　湘雲醉眠芍藥茵

眼看又要到寶玉生日了，可巧寶琴也是這天的生日，二人相同。因為王夫人不在家，這生日過得不像往年那樣熱鬧。誰知這一天竟然也是平兒、邢岫煙的生日，於是四人一起過。彼此見禮，互贈了生日禮物。

這裡探春又邀了寶玉，同到廳上去吃麵，等到李紈、寶釵一齊來全，又派人去請薛姨媽與黛玉。因為天氣已經變暖了，黛玉的身體也慢慢好起來，所以也來了。整個廳上花團錦簇的，擠了一廳的人。

薛蝌又給寶玉送來了巾、扇、香、帛四色生日禮物。寶玉於是過去陪他吃麵。兩家都置辦了酒席慶賀，互相酬送，彼此同領。中午的時候，寶玉又陪薛蝌喝了點酒。寶釵帶了寶琴過來與薛蝌行禮，然後囑咐薛蝌照看好家裡，她要去園子裡招待下其他人。寶玉就和寶釵、寶琴一起回園子裡了。

一進角門，寶釵便命婆子將門鎖上，自己拿著鑰匙。寶玉說：「這一道門何必關，又沒多少人走。況且姨娘、姐姐、妹妹都在裡頭，如果回家去取什麼，鎖了反而費事。」寶釵笑道：「小心些總沒錯。你瞧你們那邊，這幾日的那些事，沒有我們這邊的人摻和到裡邊，可知這門關得還是有效果的。若是開著，保不住哪些人圖順腳，抄近路從這裡走，怎麼攔著呢？不如鎖了，大家都別走。真發生了什麼事，也賴不著這邊的人了。」寶玉笑道：「原來姐姐也知道我們那邊近日丟了東西？」寶釵笑道：「你只知道玫瑰露和茯苓霜兩件。殊不知還有幾件比這兩件大的呢！若以後查不出來，是大家的造化，若查出來，不知裡頭連累多少人呢！你也是不管事的人，我才告訴你。平兒是個明白人，我前兒也告訴了她，讓她明白。若查出來，她心裡已有對策，就冤屈不著人了。你聽我的，以後留神小心就是了，這話也不可對第二個人講。」

說著，他們來到沁芳亭邊，只見襲人等都在那裡看魚。見他們來了，就一起去了芍藥欄中紅香圃的三間小敞廳內。等平兒也進了紅香圃中，眾人都笑著說：「壽星全了。」大家讓他們坐上座，四個人都不肯，推讓一回，才讓寶琴、岫煙二人在上，平兒面西坐，寶玉面東坐。探春又接了鴛鴦來，二人對面相陪。西邊一桌，坐著寶釵、黛玉、湘雲、迎春、惜春，又拉了香菱、玉釧二人作陪。第三桌是尤氏、李紈，又拉了襲人、彩雲陪坐。四桌上是紫鵑、鶯兒、晴雯、小螺、司棋等人圍坐。

寶玉說：「雅坐無趣，須要行令才好。」眾人有的說行這個令好，有的又說行那個令好。黛玉說：「我看不如這樣，我們把這些酒令都寫出來，然後團起來抓鬮，抓出哪個來，就是哪個。」眾人都說這個主意好，隨即拿過來一副筆硯花箋。香菱因近日學了詩，又天天學寫字，見了筆硯，就覺得很高興，連忙站起來，說：「我寫。」大家想了一會兒，一共得了十來個，念出來，香菱一一寫了，搓成鬮，擲在一個瓶中。探春命平兒抓一個，平兒在瓶內攪了一攪，用筷子取出來一個，上面寫著「射覆*」二字。寶釵笑道：「把個酒令的祖宗拈出來了。『射覆』比一切的令都難。這裡頭倒有一半是不會的，不如毀了，另拈一個雅俗共賞的。」探春笑道：「既拈了出來，如何又毀。如今再拈一個，若是雅俗共賞的，便叫她們行去。咱們行這個。」說著，讓襲人拈了一個，卻是「拇戰†」。史湘雲笑著說：「這個簡短爽利，合了我的脾氣。我不行這個『射覆』，沒的垂頭喪氣悶人，我只劃拳去了。」探春說：「唯有她亂令，寶姐姐快罰她一盅酒。」寶釵不容分說，便灌湘雲一杯。

探春說：「我先喝一杯，我是今日的令官，大家要聽從我的分派。」隨後命人取了令骰令盆來，說：

「從琴妹妹開始，挨個擲下去，對了點的二人射覆。」寶琴擲了個三，接下來幾人都不對，直到香菱才擲了另一個三。寶琴提議只說室內的，探春同意了，還說：「三次不中者罰一杯。你覆，她射。」寶琴想了想，說了個「老」字。香菱原本對這個令就不熟悉，一時想不到，滿室滿席都不見有與「老」字相連的成語。湘雲先聽了，也亂看，忽見門鬥上貼著「紅香圃」三個字，便知寶琴覆的是「吾不如老圃」的「圃」字。湘雲見香菱射不著，眾人擊鼓又催，便悄悄拉香菱，教她說「圃」字。剛巧，被黛玉看見了，提議罰私相傳遞的湘雲。於是湘雲又罰了一杯，香菱也罰了一杯。

接下來是寶釵和探春對了點子，探春便覆了一個「人」字。寶釵說「人」字很寬泛。探春便又說了一個「窗」字。寶釵想了想，又見席上有雞，便射著探春是用「雞窗」「雞人」兩個典故，因此射了一個「**塒**（ㄕˊ）⁑」字，用了「雞棲於塒」的典故。猜對了，於是兩個人笑了笑，把自己面前的酒喝了。

湘雲等不得，早和寶玉「三」「五」亂叫，劃起拳來。那邊尤氏和鴛鴦隔著席也「七」「八」亂叫地劃起來，平兒和襲人也捉對劃拳，叮叮噹當只聽得手腕上的鐲子響。很快，湘雲贏了寶玉，要求限定酒底酒面。湘雲說：「酒面要一句古文，一句舊詩，一句骨牌名，一句曲牌名，還要一句曆書上的話，總共湊成一句話。酒底要有關人事的果菜名。」眾人聽了，都笑說：「唯有她的令比別人嘮叨，倒也有意思。」便催寶玉快說。寶玉笑道：「誰說過這個，怎麼也要我想一想。」

※ 此處指帶有典故地猜謎。
† 也叫劃拳、猜拳，酒令的一種。
⁑ 在牆上鑿的雞窩。

黛玉說：「你多喝一盅，我替你說。」寶玉真喝了酒，只聽黛玉說：「落霞與孤鶩齊飛（古文），風急江天過雁哀（舊詩），卻是一隻折足雁（骨牌名），叫得人九回腸（曲牌名），這是鴻雁來賓（皇曆上的話）。」大家聽完都笑了，說：「這一串倒有些意思。」黛玉又拈了一個榛瓤，接著說酒底：「榛子非關隔院砧，何來萬戶擣衣聲。」

這一通酒令行完，大家輪流亂劃了一陣，湘雲又和寶琴對了手，結果卻輸了，於是請酒面酒底。寶琴說：「請君入甕。」大家笑起來，說：「這個典用得當。」湘雲便說：「奔騰而砰湃（古文），江間波浪兼天湧（舊詩），須要鐵鎖纜孤舟（骨牌名），既遇著一江風（曲牌名），不宜出行（皇曆上的話）。」說得眾人都笑了，說：「好傢伙，還真能胡亂編造。難怪她出這個令。」又要聽她說酒底。湘雲喝了酒，夾了一塊鴨肉吃，見碗內有半個鴨頭，遂挑了出來吃腦髓。眾人催她快說，湘雲用筷子舉著說：「這鴨頭不是那丫頭，頭上哪討桂花油。」眾人越發笑起來，引得晴雯、鶯兒等一干人都走過來說：「雲姑娘會開心，拿著我們取笑，快罰一杯才行。怎見得我們就該擦桂花油？倒給每人一瓶桂花油擦擦！」眾人又是一陣起哄，重新開始遊戲了。

只見大家該對點的對點，劃拳的劃拳。這些人見賈母、王夫人不在家，沒了管束，便任意取樂，呼三喝四，喊七叫八。滿廳中紅飛翠舞，玉動珠搖，真是十分熱鬧！玩了一回，大家才散了。忽然不見了湘雲，只當她去了外面，很快就會回來，誰知越等越沒了影，派人各處去找，哪裡找得著。

這時，只見一個小丫頭笑嘻嘻地走來，說：「姑娘們快瞧雲姑娘去，她喝醉了圖涼快，在山後頭一條青板石凳上睡著了。」眾人聽了，都笑道：「快別吵嚷！」說著，都走來看，只見湘雲臥于山石僻處一條石凳子上，已經酣睡了。四面芍藥花飛了一身，臉上、衣襟上都是紅香散亂，手中的扇子在地下，也半被落花埋了，一群蜂蝶鬧嚷嚷地圍著她。她枕著包了一包芍藥花的絹帕，睡得正香。眾人看了，又是愛，又是笑，忙上前扶她起來。湘雲睡夢中仍喃喃地說著酒令：「泉香而酒冽（ㄌㄧㄝˋ）*，玉碗盛來琥珀光，直飲到梅梢月上，醉扶歸，卻為宜會親友。」眾人笑著推她，說：「快醒醒，吃飯去，這潮凳上要睡出病來的。」湘雲睜開眼，見眾人都在自己跟前，知道自己是醉了，於是連忙起身掙扎著和大家來到紅香圃中，用過水，又喝了兩杯濃茶。探春命人將醒酒石拿來，讓湘雲含著，又給她喝了一些酸湯，湘雲這才覺得好了些。

眾人各自找自己喜歡的事做，有在外觀花的，也有扶欄觀魚的，說笑不一。探春和寶琴下棋，寶釵、岫煙在一旁觀看。黛玉和寶玉在一簇花下不時地聊著些什麼。一會兒，黛玉就往廳上尋寶釵說笑去了。

寶玉沒看到芳官，就回了自己的院子，見芳官臉朝裡睡在床上。寶玉知道她是因平兒、襲人等能坐席吃酒，她卻要在一旁伺候而賭氣，就說晚上他請本房的丫頭樂上一場。芳官說得盡她興吃酒，不要管她。寶玉答應了，她又到園中與姐妹們鬥草†玩。豆官和香菱玩笑，把香菱推倒在水裡，弄髒了新穿的裙子。這是寶琴送的料子，寶釵、香菱每人做了一條裙子，香菱怕薛姨媽罵她糟蹋東西。寶玉想起襲人也有一條同樣的裙子，因有孝還沒穿，就讓襲人找出來送給香菱。香菱謝了襲人，臨走時又叮囑寶玉千萬別讓薛蟠知道。

寶玉回到房中，對襲人說：「晚上大家喝酒取樂，不用拘束，想好吃什麼了嗎？早點告訴他們置辦去。」襲人笑道：「我們一共湊了三兩二錢銀子，早已交給了柳嫂子，讓她預備四十碟果子。我和平兒說了，已經抬了一罈好紹興酒藏在那邊了。我們八個人單替你過生日！」寶玉聽了，歡喜不已。

* 通「洌」，清醇。
† 指舊時女孩子們玩的對花草名的遊戲。

掌燈時分，林之孝家的和幾個管事的女人來查過了房，晴雯等忙命關了門，一面擺上酒果。大家都把正裝脫了，身上都是長裙短襖。寶玉只穿著大紅棉紗小襖，下面綠綾彈墨夾褲，散著褲腳。他和芳官兩個先劃拳。那時芳官滿口嚷熱，只穿著一件玉色小夾襖，底下水紅撒花夾褲，也散著褲腿。眾人笑說：「他兩個倒像是兄弟。」

春燕道：「依我說，咱們悄悄地把寶姑娘、林姑娘她們請了來玩一會兒，到二更天再睡不遲。」襲人道：「又要開門，如果遇見巡夜的問呢？」寶玉道：「怕什麼！你們就快請去。」春燕、四兒忙分頭去請。

大家先後都到了怡紅院中，襲人又死活拉了香菱來。炕上又並了一張

桌子，才坐開了。寶玉忙說：「林妹妹怕冷，過這邊靠板壁坐。」又拿個靠背墊著些。襲人等都端了椅子在炕沿下作陪。

晴雯拿了一個竹雕的籤筒來，大家抽籤玩。寶釵的簽上畫著一枝牡丹，題著「豔冠群芳」四字，下面又有一句唐詩，是：「任是無情也動人。」又注著：「在席共賀一杯，此為群芳之冠。隨意命人，不拘詩詞雅謔，道一則以侑酒。」眾人看了，都笑說：「巧得很，你也原配牡丹花。」說著，大家共賀了一杯。

芳官細細地為大家唱了一曲《賞花時》。

輪到探春，她一看自己抽的簽，便扔在地下，紅了臉，笑道：「這東西不好，不該行這令。這原是外頭男人們行的令，許多渾話在上頭。」

眾人不解，襲人等忙拾了起來，眾人看上面是一枝杏花，那紅字寫著「瑤池仙品」四字，注著：「得此簽者，必得貴婿，大家恭賀一杯，共同飲一杯。」眾人笑道：「我們家已有了個王妃，難道你也是王妃不成！大喜，大喜！」說著，大家來敬酒。探春哪裡肯飲，卻被湘雲、香菱、李紈等三四個人強灌了下去。

湘雲的簽上畫著一枝海棠，題著「香夢沉酣」四字，那面詩寫的是：「只恐夜深花睡去。」黛玉笑道：「『夜深』兩個字，改『石涼』兩個字。」眾人便知是在打趣白日裡湘雲醉臥的事，都笑了。湘雲笑著指那自行船與黛玉看，又說：「快坐上那船回家去吧，別多話了。」眾人都笑了。

湘雲便綽綽起骰子來，擲了個九點，數去該麝月。麝月便掣了一根出來。大家看時，這面上一枝荼蘼花，題著「韶華勝極」四字，那邊寫著一句舊詩，是：「開到荼蘼花事了。」注著：「在席各飲三杯送春。」麝月問怎麼講，寶玉愁眉忙將簽藏了說：「咱們且喝酒。」

該黛玉抽籤了，她默默地想：「不知還有什麼好的被我抽著才好。」一面伸手取了一根，只見上面畫著一枝芙蓉，題著「風露清愁」四字，後面也是一句舊詩，是：「莫怨東風當自嗟。」注著：「自飲一杯，牡丹陪飲一杯。」眾人笑說：「這個好極！除了她，別人不配做芙蓉。」黛玉也笑了，於是飲了酒。

襲人抽完簽剛要擲骰子，只聽有人叫門，原來是薛姨媽打發人來接黛玉的，鐘打過十一下了。寶玉還不信，要過表來瞧了一瞧，確實晚了。黛玉便起身說：「我可撐不住了，回去還要吃藥呢！」眾人說：「也都該散了。」襲人道：「每位再喝一杯再走。」說著，晴雯等已都斟滿了酒，每人喝了，都命點燈。襲人等直送過沁芳亭那邊才回來。

關了門，大家又喝了起來，直到四更時分，大家才胡亂睡了。到了天明，襲人睜眼一看，只見芳官頭枕在炕沿上，還沒有醒，連忙起來叫她。寶玉已翻身醒了。芳官醒了，瞧了一瞧，忙笑著下地來。襲人笑道：「要這樣才有趣。昨兒都好上來了，晴雯連臊也忘了，我記得她還唱了一個。」四兒笑道：「姐姐忘了，連姐姐還唱了一個呢！在席的誰沒唱過！」眾人聽了，都紅了臉，用兩手捂著笑個不住。

平兒過來，要在榆蔭堂回請寶玉，讓眾丫頭都去。中午時，眾人在榆蔭堂聚齊，以酒為名，大家玩起了擊鼓傳花。平兒采了一枝芍藥，大家二十來人傳花為令，熱鬧了一回。

延伸小知識

**雞窗**　傳說晉代兗州刺史宋處宗有一隻長鳴雞，他非常喜愛，經常放在書齋窗邊養著。某天，雞忽然會說人話了，同處宗終日交談，處宗因而學問大進。後人就用雞窗代稱書齋。

**雞人**　古代皇宮內，侍衛通常頭戴紅色配飾，於清晨報曉，貌似公雞狀。後來就用雞人指報曉之人。

# 第二十九回 尤三姐剛烈殉情

眾人都在榆蔭堂中玩笑，忽然見東府中幾個人慌慌張張跑來說：「老爺升天了！」眾人聽了，嚇了一大跳，忙說：「老爺一向好好的，也沒什麼疾病，怎麼就沒了？」尤氏聽到有下人說老爺是功行圓滿，升仙去了，又見賈珍父子和賈璉等都不在家，一時竟沒個可靠男子來張羅此事，一時間忙亂起來。

她先卸了妝飾，命人先到玄真觀將所有的道士都鎖起來，等賈珍來處理；然後坐上車帶人出城去了道觀。又請太醫看視，大夫們看過後，說：「是修煉的時候吞金服砂，燒脹而亡。」尤氏也不聽眾道士辯解，只命鎖著眾道士，等賈珍來發落，一面命人去飛馬報信，一面命人把賈敬的遺體用軟轎抬到鐵檻寺來停放。

榮府中鳳姐出不來，李紈又要照顧眾位姐妹，寶玉是不管事的，只得將外頭之事暫托了幾個家中二等管事人。尤氏不能回家，便將她繼母接來在寧府看家。她繼母只得將兩個未出嫁的小女帶來，一併住才放心。

賈珍得到消息，立刻和賈蓉向上官告假。當今天子得知後，立即下旨准許回家，並額外恩准光祿寺賜祭。賈珍、賈蓉星夜趕回。半路上遇見了一波族人，將如何拿了道士，如何將賈敬遺體挪至家廟*，怕家內無人，接了親家母和兩個姨娘在上房住著等事都告訴了賈珍。賈蓉也下了馬，聽見兩個姨娘來了，便和賈珍一笑。

賈珍父子換馬飛馳。到了鐵檻寺立即下馬，賈珍和賈蓉放聲大哭，從大門外便跪爬進來，到棺前直哭到天亮喉嚨都啞了。賈珍父子換了喪服，親自指揮眾人。賈珍又打發賈蓉回家料理停靈之事。

賈蓉回到家裡，向尤老娘請安問好，又見過了兩位姨娘，將家裡的事處理一番，就趕回鐵檻寺中回明賈珍。

賈璉早就聽說過尤氏姐妹的美名，這次趁替賈敬辦喪事的機會，每日與二姐、三姐見面，不禁動了心，因而乘機眉目傳情。那三姐只是淡淡相對，只有二姐和他彼此都有意，於是就與尤二姐結識了。

一天，賈璉與賈蓉同往寧府，賈璉就在賈蓉面前誇尤二姐如何標緻，如何溫柔，無一處不令人可敬可愛。賈蓉明白他的意思，便說：「叔叔既然這麼愛她，我給叔叔做媒，讓她給叔叔做二房，怎麼樣？」賈璉笑道：「那敢情好，只是怕你嬸子不依。」賈蓉想了一想，笑道：「叔叔要有膽量，依我的主意，管保無妨。」賈璉忙問他有什麼主意。賈蓉說：「叔叔回家，一點風聲也別走漏。等我回明了我父親母親，然後在咱們府附近買一所房子，再撥一班家人過去服侍。選個好日子，神不知鬼不覺地娶了過去，囑咐家人不許走漏風聲。嬸子在裡面住著，哪裡會知道？」賈璉聽後非常高興，讓他放膽去做。

於是，賈璉、賈珍、賈蓉三人商定，在外面買好了房子，安置妥當後，先將尤老娘和尤三姐送入新房。次日，再用一頂素轎，將尤二姐抬進去，與賈璉拜了天地。賈珍還送了鮑二夫婦來服侍二姐。賈璉有時回家中，只說在東府有事。鳳姐知他和賈珍相好，自然是有事商議，也不疑心。於是賈璉深謝賈珍不盡。他將自己多年積攢的錢，都交給二姐收著，又將鳳姐平日的為人行事告訴了二姐，說只等鳳姐一死，

＊家族為祖先立的廟。

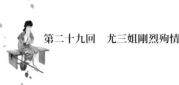

便接她進去。二姐聽了自是高興。當下十來個人，倒也過起日子來，十分豐足。

尤三姐長得也是十分標緻，而且性格倔強，對賈璉、賈珍絲毫不假辭色，知道他們對自己有企圖，於是打罵隨心，任意揮霍。

尤二姐為妹妹的終身大事憂慮。尤三姐說：「妹妹不是那種愚笨之人，從前的事也不用再提了。如今姐姐有了可以安身的好去處，媽也有了安身之處，我也要自尋歸處去了。但終身大事，人這一輩也就這麼一遭，不能當作兒戲。我現下只想找一個自己看上眼的人，甘心跟他走。如果只憑你們去選，就算是富比石崇，才過子建，貌比潘安的，我如果心裡面不樂意，也是不成的。」賈璉說：「這也容易。你說是誰就是誰，所有彩禮都由我們置辦，母親也不用操心。」尤三姐說：「姐姐知道，不用我說。」大家以為尤三姐看上的是寶玉。

尤三姐啐了一口，很不屑地說：「我們有十個姐妹，都要嫁給你們弟兄十個不成？難道這天底下除了你家，就沒了好男子了不成！」眾人聽了都很詫異，問：「除了寶玉，還有誰能入得了你的眼？」尤三姐說：「姐姐別只在眼前想，往五年前想就能找到是誰了。」尤二姐思索良久也沒想到是誰。

正說著，有人來找賈璉，說是老爺找二爺有事商量。賈璉於是回了賈府，不久，派人來告訴尤二姐，說老爺有件機密大事，要遣二爺往平安州去。今日不能來了，請老奶奶早和二姨定了那事，明日過來，再商議怎麼辦。

於是，尤二姐命掩了門早睡，晚間還盤問了三姐一夜，才知道尤三姐心裡擇定的人是柳湘蓮。第二天午後，賈璉來了，說要出去半個月。尤二姐說：「既有正事，你只管放心前去，千萬別為我誤事，這裡不用你記掛。」賈璉又問三姐的事，尤二姐說：「三妹子說定的事是不會改的。她已選定了意中人，你只要依她就是了。」賈璉問是誰，尤二姐笑道：「這人此刻不在這裡，不知什麼時候才能來，也難為妹妹的好眼力。她自己說了，這人一年不來，她等一年；十年不來，等十年；如果這人死了，再也不來了，她情願剃了頭當尼姑，去吃齋念佛，了卻今生。」

賈璉問：「到底是誰，竟這樣讓她動心？」尤二姐說：「說來話長。五年前我們老娘在家裡請客，請的人裡頭有個叫柳湘蓮的，被三妹看上了，如今定要嫁給此人。去年聽說柳湘蓮惹了禍逃走了，不知回來沒有？」賈璉聽完說：「我當是誰呢，原來是他！三姐果然眼力不錯。你不知道這柳二郎，人長得好，卻是冷面冷心的，差不多的人，都無情無義。他和寶玉最合得來。去年因打了薛蟠，他不好意思見我們的，不知如今去了哪裡。後來聽見有人說回來了，不知是真是假。一問寶玉的小子們就知道了。如果不回來，他萍蹤浪跡，誰知道幾年才來，豈不耽擱了三姐嗎？」尤二姐說：「這三丫頭，說得出來，也幹得出來。不管她怎麼說，你依她就行了。」

二人正說著，只見尤三姐走來說：「姐夫，你只放心。我不是那心口兩樣的人，說什麼就是什麼。如果姓柳的來了，我便嫁他。從今日起，我吃齋念佛，只服侍母親，等他來了就嫁給他。如果他真的從此不回來了，我就自己修行去。」說著，將一根玉簪敲作兩段，接著說：「我這句話如果做了假，就如這簪子！」說完，就回房去了。

賈璉沒什麼好辦法，只得讓人問茗煙柳湘蓮的去向，茗煙說不知道。又去問柳湘蓮的街坊，也說沒有回來。賈璉只得回復了二姐。

這天一早，賈璉就出城了，直奔平安州大道，一連走了三日。那天正在路上走著，看見前邊來了一個車隊，主僕十幾個都騎著馬，走近一看，不是別人，竟是薛蟠和柳湘蓮。賈璉覺得很奇怪，忙騎著馬迎了

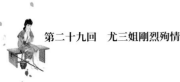

上來，大家一齊相見，然後找個酒店坐下詳談。

賈璉說：「那次鬧過之後，我們忙著請你們兩個和解，誰知柳兄蹤跡全無。怎麼你倆今日倒在一處了？」薛蟠笑道：「天下竟有這樣的奇事。我同夥計販了貨物，自春天起身往回裡走，一路平安。誰知前日到了平安州界，遇見一夥強盜，將東西劫去。不想柳二弟從那邊趕來了，才把賊人趕散，幫我們奪回貨物，還救了我們的性命。我謝他又不受，所以我和他結拜，成了生死弟兄，如今一路進京。從此後我們就是親兄弟了。到前面岔口上分路，他要去南邊看望他姑媽。我先進京去，安置了我的事，然後給他尋一所宅子，尋一門好親事，大家過起來。」

賈璉聽了說：「原來如此，倒教我們懸了幾日心。」聽到要為柳湘蓮尋親，便忙說：「我正有一門好親事，堪配二弟。」說著，便將自己娶了尤氏，如今又要給小姨子找婆家一事說了出來，只不說尤三姐非柳不嫁那些話。又囑咐薛蟠，先不要告訴家裡。

薛蟠聽了大喜，說：「既然如此，這門親事定要做的。」湘蓮說：「我曾發誓今生一定要娶一個絕色的女子。如今既是你們的好意，任憑裁奪，我也就從命了。」賈璉笑道：「如今口說無憑，等柳兄一見，便知我這內娣（ㄉㄧˋ）*的品貌是古今有一無二的了。」湘蓮聽了大喜，說：「既如此說，等我探過姑母，不過月中就進京的，那時再定，如何？」賈璉說：「你我一言為定，只是我信不過柳兄。你一向是萍蹤浪跡，如果在外久了卻不回來，豈不誤了人家。我看你不如留下個定禮。」湘蓮說：「大丈夫豈有失信之理。小弟出身寒貧，也沒攢下什麼定禮。」賈璉說：「不用金帛之禮，只要是柳兄隨身之物，不論貴賤，這只是個信物罷了。」湘蓮說：「我身無別物。此劍防身，不能解下。囊中尚有一把鴛鴦劍，是我家傳代之寶，請拿去作為定禮。」說完，解囊出劍，遞給賈璉，賈璉命人收了。大家又飲了幾杯，就各自上馬起程。

賈璉到了平安州，辦完公事，領命回來。第二天就到了尤二姐處探望，見家裡十分謹肅，喜之不盡，深念二姐之德。說了些離別後的話後，賈璉便將路上巧遇湘蓮的事說了出來，又將鴛鴦劍取出，遞給三姐。三姐將劍抽出來看，卻是兩把合體劍，一把上面刻著一「鴛」字，另一把上面刻著一「鴦」字，冷颼颼†，明亮亮，就像兩痕秋水一般。三姐喜出望外，連忙收了，掛在自己繡房床上，每日望著劍，感到終身有了依靠。賈璉回去覆了父命，又將此事告訴了賈珍，賈珍卻並未將此事放在心上，任憑賈璉處理，擔心賈璉力不從心，少不得又給了他三十兩銀子。賈璉拿來，交給二姐預備三姐的嫁妝。

湘蓮進京後來見寶玉，就將定親之事都告訴了寶玉，寶玉說：「大喜，大喜！難得這個標緻人，確實是古今絕色，絕對配得上你。」湘蓮說：「既然是這樣，她如何只想到我？而且在路上就要那樣再三來定，難道女家反趕著男家不成？我自己疑惑起來，後悔不該留下這劍做定禮。所以後來想起你來，想問個究竟。你怎麼知道她是個絕色之人？」寶玉道：「她是珍大嫂子的繼母帶來的小姨子。」湘蓮聽了，後悔得直跺腳，說：「這事不好，斷斷做不得親。你們東府裡除了那兩個石頭獅子是乾淨的，只怕連貓狗都不乾淨！」寶玉聽了，紅了臉。湘蓮自覺失言，連忙作揖，說：「我該死，竟胡說了。你好歹告訴我，她品行如何？」寶玉說：「你既然都知道了，又來問我做什麼？連我也未必乾淨了。」湘蓮說：「還請不要多心。」

湘蓮告辭出來，便直接來找賈璉。賈璉正在尤二姐那裡，聽說湘蓮來了，很高興，忙迎了出來。喝茶的時候，湘蓮說：「上次倉促了，誰知我的姑母已經給我定了親。若從了老兄背了姑母，好像不合理。那

※ 妻子的妹妹。
† 形容劍上的寒光像冷風吹拂。

鴛鴦劍是祖父傳下來的，請還給我吧。」賈璉聽了，頗不自在，便跟他講理。湘蓮說：「你說得有道理，我願領罰，然而這門親事斷不敢從命。」

尤三姐在房裡都聽見了，頓時覺得自己好不容易等他來了，卻不料他忽然反悔了，便知道他肯定在賈府中聽到了一些話，自然是嫌自己從前放蕩無恥，不屑娶自己為妻。於是三姐摘下劍來，將雌劍藏在肘內，出來說：「你們不必出去再議，還你的定禮！」一面淚如雨下，左手將劍和鞘遞給湘蓮，右手回肘往脖子上一橫。當下嚇得眾人趕緊急救，哪裡還來得及！

尤老娘一面號哭，一面罵湘蓮。賈璉揪住湘蓮，命人捆了送官。尤二姐忙勸賈璉：「你太多事，人家並沒威逼她死，是她自尋短見。你便送柳湘蓮見官，又有什麼好處！不如放他去吧！」賈璉此時也沒了主意，便放了手命湘蓮快去。湘蓮反不動身，哭道：「我並不知道她是這等剛烈賢妻，可敬，可敬！」湘蓮伏屍大哭一場，等買了棺木，又伏棺大哭一場，才告辭而去，後來竟然抽出那把雄劍，一揮將頭髮削掉，便隨著一個道士，不知往哪裡去了。

薛蟠聽了柳湘蓮的事，連忙帶了小廝們在各處尋找，連一個影子也沒有，回來後大哭了一場。

## 第三十回 尤二姐進園絕命

賈璉在外面偷偷納妾的事傳進了賈府，平兒聽說後就告訴了鳳姐，鳳姐立即叫來常跟著賈璉出門的僕人興兒詢問。一見興兒，鳳姐就說：「好小子！你和你爺辦的好事呀！你說實話吧！」

興兒嚇得趕緊跪下磕頭，他起先還想裝糊塗，鳳姐發火說：「打嘴巴！」興兒打了自己十幾個嘴巴後，鳳姐問：「你二爺外頭娶了什麼『新奶奶』的事，你大概不知道吧？」

興兒聽鳳姐這麼一說，心裡不由得更加慌亂，連忙一把把帽子抓了下來，在磚地上「咚咚」磕頭，一邊磕頭，嘴裡一邊回道：「只求奶奶饒奴才不死，奴才再也不敢撒一個字的謊了！」

鳳姐怒道：「快說！」興兒這才停止磕頭，戰戰兢兢地跪起身來，說：「這件事情怎樣開始奴才也不知曉，只是後來東府的大老爺送殯那天，俞祿去珍大爺那裡領銀子時，二爺和蓉哥去東府，路上爺兩個說起珍大奶奶那邊的二位姨奶奶來。二爺誇她好，蓉哥就哄二爺，說把二姨奶奶說給二爺。」

鳳姐一聽這話，使勁啐罵：「呸！她是你哪門子的姨奶奶？」興兒嚇得忙又磕頭，然後把他知道的一切都一五一十地說出來了。鳳姐越聽越氣，直到興兒全部說完，才告訴興兒，不許他走漏半點風聲，否則一定會重重懲罰他。興兒聽了又是連連磕頭認罪，保證絕不對任何人提起這事。

鳳姐眉頭緊皺，歪在靠枕上出神，忽然靈光一閃，計上心來。

賈璉因為要出門辦事，兩個月後才能回來。鳳姐乘機帶了平兒等人，由興兒引路，一直到了尤二姐門前。鮑二家的開了門，聽說鳳姐來了，嚇得魂飛魄散，忙飛進去報告尤二姐。

尤二姐雖也一驚，但已來了，只得以禮相見。鳳姐忙賠笑還禮，二人攜手同入室中。鳳姐裝作高興的樣子，一面不停認錯，一面說早就想給賈璉娶二房，好生個一男半女。尤二姐感動得不知道說什麼才好。然後鳳姐又請尤二姐跟她回府裡去住，說這樣才好照顧。要是尤二姐不願意去，她就在這裡一直服侍她，說著鳳姐便嗚嗚咽咽哭起來。尤二姐見了這般，也不免滴下淚來，便認為她是個極好的人，原來聽見的那些話，都是小人誹謗主子的。

尤二姐心中早已想要進去同住，現在又見鳳姐來請，豈有不答應之理。鳳姐於是催著尤二姐穿戴好了，二人攜手上車，同坐一處，又悄悄地告訴她：「我們家的規矩大，這事老太太一概不知，如果知道二爺孝中娶你，肯定要把他打死了。如今且別見老太太、太太。我們有一個花園極大，姐妹們住在裡面，一般沒人去。你先在園子裡住兩天，等我設個法子回明白了，那時再見才好。」尤二姐答應了。

鳳姐又將尤二姐的丫頭一概退出，又將自己的一個丫頭送她使喚。暗暗吩咐園中的媳婦們：「好生照看著她。若有走失逃亡，一概和你們算帳！」尤二姐住了進來，又見園中姐妹各個相好，倒也安心樂業。誰知三日之後，丫頭善姐便開始整治她了，開始是諷刺挖苦，後來漸漸連飯也懶得端來與她吃，或早一頓，或晚一頓，所拿來之物，都是剩的。尤二姐又怕人笑她不安分，少不得忍著。隔上五日八日見鳳姐一面，那鳳姐卻是和容悅色，滿嘴裡「好妹妹」不離口。又說：「倘有下人不到之處，你降不住她們，只管告訴我，我打她們。」又罵丫頭、媳婦：「我深知你們軟的欺，硬的怕，背開我的眼，還怕誰。如果二奶奶告訴我一個不字，我要你們的命。」尤氏見她這般好心，想著：「既有她這些話，我又何必多事。下人不知好歹，也是常情。我若告了，她們受了委屈，反叫人說我不賢良。」因此反替她們遮掩。

鳳姐知道是賈珍、賈蓉幫賈璉偷娶了尤二姐。於是這天，她闖到寧國府想要個說法。賈珍知道鳳姐難對付，早躲出去了，留下賈蓉應付著。鳳姐帶著賈蓉走到上房，尤氏正迎了出來。鳳姐照臉啐道：「你尤家的丫頭沒人要了，偷著只往賈家送！你痰迷了心，脂油蒙了竅，國孝家孝兩重在身，就把人送來了。這是要幹什麼，想要害我們嗎？」一面說，一面大哭，拉著尤氏，只要去見官。急得賈蓉跪在地下磕頭，直求「嬸子別生氣」。

鳳姐又罵賈蓉：「你這個沒良心的混球，不知天有多高，地有多厚，整天就知道幹些敗家破業的事！你死了的娘陰靈也不容你，祖宗也不容，還敢來勸我！」哭罵著，揚手就要打。賈蓉忙磕頭說：「嬸子別動氣，小心手疼，讓我自己打！」說著，自己舉手左右開弓打了一頓嘴巴子，又自己問著自己：「以後可再顧三不顧四地混管閒事了？以後還單聽叔叔的話不聽嬸子的話了？」眾人在一旁勸著。

寧府的眾丫鬟媳婦也黑壓壓地跪了一地，賠著笑求鳳姐：「二奶奶是最聖明的，求二奶奶留些臉面。」鳳姐鬧完了，假惺惺地說：「我是個心慈面軟的人，事到如今你們別露面，我領你妹妹去見老太太、太太，就說是我給二爺選的二房，等滿了孝再圓房。」尤氏對鳳姐千恩萬謝。

鳳姐又親自帶著尤二姐來到賈母房中，賈母正在和園裡姐妹說笑，忽見鳳姐帶了一個很標緻的小媳婦進來，便問：「這是誰家的孩子？多招人喜歡！」鳳姐笑道：「老祖宗細細地看看，好不好？」說著，忙拉尤二姐說：「這是太婆婆，快磕頭。」尤二姐忙行了大禮。鳳姐問賈母：「老祖宗，你說她是不是比我俊？」賈母戴上眼鏡仔細看了看，說：「我看比你要俊！」鳳姐跪著對賈母說：「這是我替我們家二爺選的二房，求老祖宗發慈心，先讓她進來住，一年後再圓房。」賈母說：「既然你這樣賢良，很好。只是一年後才可圓房。」鳳姐聽了，叩頭起來。於是尤二姐自此見了天日，挪到廂房去住。

賈璉辦完事，先回到外面買的房子，知道鳳姐接走了尤二姐，急得直跺腳。回到賈府，賈璉先拜見父母，彙報了所辦的事情，賈赦聽後很高興，說他中用，賞了他一百兩銀子，又把房中的丫鬟秋桐賞給他做妾。賈璉叩頭領去，喜之不盡，見了賈母和家中人，回來見鳳姐，未免臉上有些愧色。誰知鳳姐同尤二姐一同出迎，讓賈璉很是高興。賈璉又因父親把自己的丫頭秋桐給他做了妾，非常得意。鳳姐聽說後，心中頓感一刺未除，又添一刺，但她表面功夫做得好，一面給賈璉接風，一面帶秋桐去見賈母和王夫人等。賈璉心中也暗暗納悶。

尤二姐住進來後，日子並不好過。鳳姐表面上待尤二姐很好，暗中卻常對她說，她往日的行為已經在府裡傳開了，連老太太、太太都知道了，鬧得下人們無不在背後搗她脊樑骨，對她說三道四，指桑罵槐，可竟查不出來這話是誰傳的。後來她宣稱自己因為這事給氣病了，茶飯不進。秋桐仗著自己是老爺賞給賈璉的，連鳳姐、平兒都沒放在眼裡，哪裡容得下尤二姐，張口閉口地罵尤二姐是沒人要的娼婦，鳳姐聽了暗樂。尤二姐聽了暗自生悶氣，鳳姐讓人給她送的飯也都是冷飯剩飯。園中姐妹和李紈、迎春、惜春等人都以為鳳姐是好意，只有寶黛一干人暗為尤二姐擔心。賈璉在家時，見了鳳姐賢良，也便不留心尤二姐的情況。況且秋桐和賈璉早就有意，那賈璉在尤二姐身上之心也漸漸淡了。

鳳姐雖恨秋桐，但希望借她來除掉尤二姐，用「借刀殺人」之法，坐山觀虎鬥，等秋桐除了尤二姐，自己再除秋桐。因此，鳳姐常在秋桐面前煽風點火，私下裡勸秋桐：「她現在是二房奶奶，你二爺的心上人，我還讓她三分，你去硬碰她，豈不是自尋死路？」秋桐聽了這話，天天大罵尤二姐：「奶奶是軟弱人，那麼賢慧，我卻做不來！奶奶寬宏大量，我卻眼裡揉不下沙子。」鳳姐在屋裡不出聲，氣得尤二姐在房裡哭泣，連飯也不吃，又不敢告訴賈璉。賈母看見尤二姐眼睛又紅又腫，問她怎麼了，她也不敢說。

後來，秋桐還在賈母、王夫人面前告尤二姐的狀，說：「她慣會作死，好好的成天在家號喪，背地裡咒二奶奶和我早死，她好和二爺一心一意地過。」賈母聽了便說：「人生得太嬌俏了，心就嫉妒。鳳丫頭好意待她，她倒這樣爭風吃醋，可知是個賤骨頭！」於是，便漸漸不大喜歡尤二姐了。眾人見賈母不喜歡，不免又往下踏踐起來，弄得這尤二姐要死不能，要生不得。還是虧了平兒，時常背著鳳姐，與她排解排解。

尤二姐原是「花為腸肚，雪做肌膚」的人，如何經得起這種折磨？不過受了一個月的暗氣，就病倒了，四肢懶動，茶飯不進，漸漸黃瘦下去。尤二姐本來懷有身孕，誰知請了個胡大夫來看，說不是懷孕了，亂開了方子。賈璉命人抓了藥來，讓尤二姐服下去。到了半夜，尤二姐腹痛不止，誰知竟將一個已成形的男胎打了下來。尤二姐血流不止，昏迷過去。賈璉一面另請大夫來醫治，一面大罵胡大夫。胡大夫知道不妙，早已捲包逃走。鳳姐看起來比賈璉還急十倍，她又是求神燒香，又是派人給尤二姐送湯送水，眾人都稱讚她。

鳳姐又叫人出去算命，結果算命的說，是屬兔的人沖犯的。大家一算，只有秋桐一人屬兔。秋桐見賈璉對二姐十分盡心，心中早就不滿，又聽見說她沖了二姐，登時就罵起來。鳳姐越勸，她罵得越凶。再加上有邢夫人給她撐腰，她索性就站在窗戶外面罵尤二姐。

到了晚上，尤二姐想：「自己的病已經成勢，每天不但得不到休養，還要受氣，必不能好。況且胎已打下，沒有什麼掛念的，何必受這些氣，不如一死，倒還乾淨。」於是，她掙扎著起來，打開箱子，找出一塊生金子，含淚吞入口中，幾次狠命直脖，才咽了下去。她強撐著將衣服首飾穿戴齊整，上炕躺下了。

第二天早晨，丫頭媳婦們沒聽見尤二姐叫人，也樂得輕閒。鳳姐和秋桐都上去了。平兒看不過，說丫頭們不該這麼過分地欺負老實人，一個丫頭這才推開房門去看，只見尤二姐穿戴得整整齊齊，已經死在炕上。那丫頭嚇得喊叫起來。平兒進來看時，不禁大哭。眾人雖平日懼怕鳳姐，但想起尤二姐平日待人實在和氣，比鳳姐強很多，如今死去，誰不傷心落淚，只不敢讓鳳姐看見。

賈璉聞聲趕來，不由得撫屍痛哭，鳳姐也假惺惺地掉了幾滴淚，哭道：「狠心的妹妹！你怎麼丟下我去了？辜負了我的心！」尤氏、賈蓉等人也都來哭了一場，勸慰賈璉。賈璉見尤二姐面色如生，比活著還美貌，又摟著大哭，說：「你死得不明，都是我坑了你！」賈蓉忙上來勸：「叔叔看開些，我這個姨娘自己沒福。」說著，又指大觀園的界牆，暗示是鳳姐害的。賈璉會意，只悄悄說：「我忽略了，終久對出來，我替你報仇！」

賈璉想把尤二姐的喪事辦體面些，鳳姐卻到賈母處說她是得癆病死的，賈母就要把她火化了，或埋在亂葬崗，不許入鐵檻寺。賈璉找鳳姐要銀子，鳳姐哭窮不給。他想起尤二姐箱子裡還有存放的體己錢，打開一看，除了幾件舊衣服，什麼都沒有了。再想她死得不明不白，忍不住又哭了。平兒偷偷給他二百兩銀子，不讓他在家裡哭。他謝了平兒，自去安排喪事。

# 第三十二回 黛玉重建桃花社

因為鳳姐病了，李紈、探春幫著料理家務，不得閒暇；接著過年過節，有許多雜事需要處理，所以眾人都顧不得開詩社，這詩社就一直停了。寶玉則因尤三姐自刎、尤二姐吞金、湘蓮遁跡空門，終日悶悶不樂。襲人不敢回賈母，只是每天逗他開心。轉眼冬去春來，桃花盛開。

這天，湘雲打發丫鬟翠縷來找寶玉，說：「請二爺快出去瞧好詩！」寶玉聽了，忙問：「哪裡來的好詩？」翠縷說：「姑娘們都在沁芳亭上，你去了便知。」寶玉聽了，連忙出來，果然看見黛玉、寶釵、湘雲、寶琴、探春都在那裡，手中拿著一首詩在傳看。見他來了，她們都說：「你怎麼都這個時候了還不起來，咱們的詩社散了一年，也沒有人召集，如今正是初春時節，萬物更新，我們該另立一個詩社才好。」湘雲說：「當時起詩社是在秋天，這時節選得就不怎麼好。如今正值萬物復蘇之季，詩社也該重起，自有生趣。而且這首桃花詩寫得這麼好，就把海棠社改作桃花社吧。」寶玉聽完，點頭說很好，忙著要看那詩。眾人都說去找李紈，商議下詩社的事。

寶玉跟著大家一起往稻香村走，邊走邊看那紙上寫著的詩，是一首古風，題為《桃花行》。當他看到「若將人淚比桃花，淚自長流花自媚」時，卻滾下淚來，知道這詩是黛玉所作。他怕被人看見，忙自己擦了。寶琴讓他猜是誰作的。他說看語氣是黛玉作的，寶琴說是她作的。寶玉認為她寫不出這麼憂傷的詩句來，寶琴爭辯，杜甫的詩也不盡是憂傷，也有明快的。寶玉說她縱想作這種詩，寶釵也不允許，只有黛玉心情憂鬱，才能寫出這種哀音來。

到了稻香村中，大家議定：明天是三月初二，可以起社，然後改「海棠社」為「桃花社」，黛玉為社主。第二天吃過早飯，大家都來瀟湘館。

這天恰好是探春的生日，元春一大早就派人給探春送來了幾件玩器，家裡人也都準備了禮物給她。飯後，探春換了禮服，去各處行禮。黛玉說：「我這個詩社開得不巧，偏忘了這兩天是她的生日。雖不擺酒唱戲，可也要陪她在老太太、太太跟前玩笑一天，哪裡還有空？」因此，將日期改到了初五。

這天，在外任職的賈政寫來家信，信中向賈母請安，還說自己將在六七月回京。飯後，寶玉和探春、黛玉、寶釵四人陪著鳳姐去王子騰家玩樂了一天。晚上，寶玉回到怡紅院，襲人勸他收收心，抽空看看書，寫幾幅字，預備賈政回來檢查。寶玉算算日子說：「還早呢。」襲人說：「縱然你看了書，可你寫的字呢？」寶玉說：「我時常也寫了些字，難道都沒收著？」

襲人說：「怎麼沒收？昨天我全部拿出來數了數，總共才有五六十篇。這三四年的工夫，難道只有這幾張字？依我說，明天起你把別的心先收起來，天天寫幾張字補上。」寶玉親自查看了一遍，看實在搪塞不過，便說：「明天開始，每天寫一百字才好。」

第二天，寶玉一大早就開始臨摹工楷字帖。賈母沒見他，怕他病了，派人來問。寶玉去請安，說：「因為要寫字，所以來遲了。」賈母聽後很高興，吩咐他：「以後只管寫字念書，不用出來也可以。你去告訴你娘一聲。」寶玉便去見了王夫人。王夫人說他臨陣磨槍也來不及了，又怕他趕出病來。寶釵、探春等都說書不能替他背，每人倒能替他寫幾張字，讓他能多讀些書，免得急出病來。

黛玉擔心賈政回家問寶玉的功課，怕寶玉分心，於是裝作不耐煩，不再提詩社的事。探春、寶釵每天臨一篇楷書給寶玉，寶玉自己也每天用功寫，到三月下旬，已經積累了許多字，再有五十篇就能交差了。黛玉也模仿寶玉的筆跡寫了一卷**蠅頭小楷***，讓紫鵑給他送來當作業。再加上湘雲、寶琴等人寫的，已經足夠應付過去了。

寶玉這才放心了，又將應該讀的書溫習了幾遍。碰巧近海一帶發生了海嘯，賈政奉旨順路查看**賑濟**†情況，算下來到冬天才能回來。寶玉知道後，便把書和字又擱到一邊，照舊遊蕩。

眼看就到了暮春時節，一天，湘雲看到柳花飄舞，便寫了一首《如夢令》：「豈是繡絨殘吐。卷起半簾香霧。纖手自拈來，空使鵑啼燕妒。且住，且住！莫使春光別去。」

湘雲覺得自己寫得很好，於是先拿給寶釵看了，又來找黛玉。黛玉看完連連誇讚寫得好。湘雲說：「咱們這幾社一直沒有填詞，你明天不如起社填詞，換個形式也新鮮些。」黛玉聽了，也很感興趣，便說：「你這話說得很有道理，乾脆今天我就請大家來。」說著，一面命人準備茶點果品，一面命人分頭去請眾人。

眾人到了後，見黛玉和湘雲已擬了柳絮為題，又限了調，讓大家填詞。於是眾人先看了湘雲的那首《如夢令》，品評了一番，然後各自拈鬮填詞。紫鵑點了一支夢甜香，這是要大家在一炷香的時間內將詞寫出來。很快，黛玉便作好了《唐多令》，接著寶琴的《西江月》、寶釵的《臨江仙》也都填出來了。香盡時，探春才寫了半闋《南柯子》，寶玉的《蝶戀花》雖寫出來，但他嫌不好，又塗抹了。他看了探春的《南柯子》，反而動了興，提筆續了下半闋。眾人都笑他分內的寫不出，分外的倒會逞能。評論時，眾人一致認為寶釵的《臨江仙》最好，黛玉的《唐多令》雖好，卻有些纏綿悲戚了，而湘雲的《如夢令》情致嫵媚，也很不錯。又說寶琴、探春這次沒比過別人，是要受罰的。

正說著，只聽窗外竹子上傳來了響聲，像是什麼東西倒了，眾人都嚇了一跳。丫鬟們出去瞧時，只見是一個大蝴蝶風箏掛在竹梢上了。丫鬟們都說：「這個風箏還挺好的，不知是誰家的，拿下來吧。」寶玉出來看見了，說：「我認得這風箏。這是大老爺院裡嬌紅姑娘放的，拿下來給她送過去吧。」紫鵑不想給，黛玉說：「不知道是誰在放晦氣，快扔出去吧。把咱們的風箏拿出來，咱們也放放晦氣。」紫鵑聽了，趕忙命小丫頭們將這風箏交給園門上值班的婆子去處理了。

丫鬟們聽說要放風箏，紛紛回房，立刻七手八腳地忙著拿出風箏來，有大雁的，還有鳳凰的。寶玉讓人把他的螃蟹風箏拿來。襲人美人，我一腳把你踩個稀爛！」黛玉說：「那是頂線不好，拿出去另打了頂線就好了。」寶玉一面命人拿去打頂線，一面又取一個來放。大家都仰面看天上，這幾個風箏都飛到半空中去了。

突然起了大風，紫鵑讓黛玉親自把風箏給放了，黛玉一時不忍，紫鵑說她來放，便向雪雁手中接過一把西洋小銀剪子來，咯噔一聲鉸斷，說：「這一去把病根可都帶了去了。」那風箏飄飄搖搖，只管往後退了去，一時只有雞蛋大小，轉眼只剩了一點黑星，再轉眼便不見了。

眾人皆仰面說：「有趣，有趣！」這時，天邊來的一個玲瓏喜字帶響鞭風箏與兩個鳳凰風箏絞在一處。三下齊收亂掙，誰知線都斷了，那三個風箏飄飄搖搖都去了。眾人拍手哄然大笑。黛玉說：「我的風箏也放去了，我也乏了，我要歇歇去了。」眾人都說：「行，我們的也放了吧，大家好散了。」然後眾人將風箏都放了，各自回去了。

※用毛筆寫的像蒼蠅頭一般大小的楷體漢字。

†用錢糧或食物等救濟災民。

賈政回京之後，交接了公事，有了一個月的假期，在家裡盡享天倫之樂。恰好八月初三是賈母八十大壽，於是賈政與賈赦、賈珍、賈璉等商議，定於從七月二十八起到八月初五在榮、寧兩處齊開宴席招待眾位賓朋，寧府待男客，榮府待女客。自七月上旬，送壽禮者便絡繹不絕。禮部奉旨：欽賜金玉如意一柄，彩緞四端，金、玉杯各四個，帑(ㄊㄤˇ)銀五百兩。元春也派人送來許多壽禮。

到了七月二十八這天，兩府中一起懸燈結彩，大擺筵席，齊奏笙簫鼓樂。上至皇親駙馬王公，以及諸公主、郡主、王妃、國君、太君、夫人，下至遠近親友、賈府合族長幼大小以及管事人等都來慶賀。

邢夫人自從要鴛鴦之後討了沒意思，後來見賈母越發冷淡了她，鳳姐的體面反勝過自己，又加上周圍一干小人心內嫉妒，背地裡造言生事，挑撥主人，邢夫人不免生些嫌隙之心，因此近日著實厭惡鳳姐。賈母壽辰時，因為榮府的下人不尊重尤氏，鳳姐便命捆了交給尤氏處置。第二天一早，眾人見過賈母，坐席開戲。邢夫人到晚間散時，當著許多人賠著笑和鳳姐求情，說：「我聽見昨兒晚上二奶奶生氣，打發周瑞家的捆了兩個老婆子，可也不知犯了什麼罪？論理我不該討情，我想老太太的好日子，發狠的還會舍錢舍米、周貧濟老，咱們家先倒折磨起人家來了。不看我的臉，權且看老太太，放了她們吧。」說完，上車去了。

鳳姐聽了這話，又當著許多人，又羞又氣，一時找不著頭腦，憋紅了臉。王夫人於是問為什麼事，鳳姐笑將昨日的事說了。王夫人便命人去放了那兩個婆子。鳳姐不由得越想越氣越愧，不覺滾下淚來。於是她賭氣回房哭泣，不想讓人看見。偏偏賈母打發了琥珀來找她，看見了。琥珀便與鴛鴦說了鳳姐哭泣之事，鴛鴦又從平兒那打聽到鳳姐哭泣的原因，便將鳳姐哭泣的原因說給賈母聽了，賈母道：「這才是鳳丫頭知禮處，難道為我的生日由著奴才們把一族中的主子都得罪了也不管！這是太太平日沒好氣，不敢發作，所以今兒拿著這個說事，顯然是當著眾人給鳳兒沒臉。」鴛鴦來看鳳姐，只見賈璉說：「鴛鴦姐姐，巧得很，我才要找姐姐去。這兩日因為老太太大壽，府裡所有的幾千兩銀子都用光了。明兒又要送南安府裡的禮，又要預備娘娘的重陽節禮，還有幾家紅白大禮，至少還得二三千兩銀子用，一時難去借。還請姐姐擔個不是，暫且把老太太查不著的金銀傢伙偷著運出一箱子來，暫押千數兩銀子支騰過去。不上半年的光景，銀子來了，我就贖了交還，斷不能叫姐姐落個不是。」鴛鴦聽了，笑道：「你倒會變法兒，虧你怎麼想來的！」

話未說完，忽有賈母那邊的小丫頭說賈母找鴛鴦，鴛鴦就走了。鳳姐告訴賈璉，自己已經賣了不少東西，來幫王夫人應急。這時，又有一個權貴來找賈璉借錢，賈璉知道是只借不還的，就躲入內間去了。鳳姐只得叫平兒去取了自己的金項圈當了，拿些錢給來人。賈璉見來人走了，便道：「昨兒周太監來，張口一千兩。我稍微答應得慢了些，他就不自在。將來得罪人之處不少。這會兒再發個二三百萬的財就好了！」

卻說寶玉近日因自己父親回家，擔心會考校自己，便收了心，日日在家溫習功課，最多就是找黛玉說會兒話。

這天晚上，他早早睡下。忽然，趙姨娘房內的丫鬟小鵲跑過來，悄悄告訴寶玉，說趙姨娘在賈政面前講了寶玉的壞話，提醒寶玉要小心明天老爺的問話。她說完就走了。寶玉聽了，嚇得連夜溫習書本，恨不得一夜之間把這些書統統背下來。襲人、麝月、晴雯等人都在一旁陪著，負責剪燭斟茶。可那幾個小丫鬟卻都困得睡眼蒙矓，東倒西歪的。晴雯看不過眼，批評了小丫頭們一番。忽然，外面有人喊：「不好了，一個人從牆上跳下來了！」眾人便開始在各處尋找。

晴雯趁機對寶玉說：「你趕緊趁這個機會裝病，就說被今晚的事嚇著了！」寶玉大喜。於是傳來上夜的人，打著燈籠，各處搜尋。晴雯對巡夜的人說寶玉被嚇得顏色都變了，滿身發熱，她還得帶人出去要安神的藥。故意鬧得眾人皆知寶玉嚇著了。王夫人聽說了，忙派人帶著藥來看寶玉，又吩咐巡夜的人仔細搜查。於是園中燈火通明，鬧了一夜。賈母聽說寶玉被嚇著了，細問緣由，大家只得回明情況。

賈母說：「我料到必有此事。如今各處值夜都不小心，還是小事，只怕他們自己就是賊也未可知。」當下邢夫人、尤氏、鳳姐及李紈等人都不敢說話，只有探春說：「近來因為鳳姐姐身子不好，園內的人比先前放肆了許多。已經開始賭起錢來了，而且輸贏都很大。半月前竟有爭鬥相打之事。」

賈母聽了，忙說：「你既然知道，為何不早回我們？」探春說：「我想著太太事多，且連日身子不自在，所以沒回。只告訴了大嫂子和管事的人，訓斥過幾次，近日好些了。」賈母說：「你一個姑娘家，如何知道這裡頭的利害！夜間既然耍錢，就保不住吃酒，既然吃酒，就免不得門戶任意開鎖。其中夜靜人稀，說不定藏賊、引奸、引盜，什麼事做不出來！況且陪伴園內的姐妹們的都是丫頭媳婦們，賢愚混雜，賊盜事小，再有別的事，稍微沾帶些，關係不小。這事萬不可小覷。」探春聽說，便默然歸座。

鳳姐忙道：「偏偏我又病了。」於是回頭命人速傳林之孝家的等總管家事的四個媳婦來，當著賈母的面訓斥了一頓。賈母命即刻查是誰帶頭賭錢，舉報的賞，隱瞞的罰。

林之孝家的見賈母動怒，忙到園內傳齊眾人，一一盤查。終於將參與賭錢的人都找出來了，帶來見賈母。這二十多人跪在院內磕響頭求饒。帶頭的三個也算在賈府有些臉面的人，賈母命人將所有賭具燒毀，搜到的賭資就地分散給眾人，將為首之人打了板子，攆出去，其餘的該罰錢的罰錢，該訓斥的訓斥一番。

詞語收藏夾

## 百足之蟲，死而不僵

**意思：**原指馬陸這種蟲子死後仍不倒下。比喻勢力強大的人或集團雖已衰敗，但其餘威和影響依然存在（多含貶義）。百蟲之足，即馬陸，又名馬蚿，身體被切斷後仍能蠕動。僵，僵硬。

**出處：**出自《三國志·衛書》，是曹冏所著的《六代論》裡的一句話。在本書中探春是說賈府也像這個百足之蟲一樣，雖然已經開始衰敗了，但是還有很大的勢力和影響。這個時候從外部無法立即殺死它，但是卻可以從內部殺死它。

# 第三十二回　顯亂象抄檢大觀園

賈璉偷偷拿老太太的東西去換錢的事情，不知怎麼讓邢夫人知道了。鳳姐和平兒就尋思到底是誰走漏了消息。突然，有人進來稟報說「太太來了」。鳳姐聽了覺得很詫異，忙迎出來。只見王夫人氣色陰沉，只帶一個貼身的小丫頭走進來，什麼話都沒說，走到裡間坐下，命平兒出去。鳳姐慌了，不知道發生了什麼事。只見王夫人含著淚，拿出一個香囊扔到鳳姐面前，說：「你自己看。」鳳姐忙撿起來，只見是一個什錦春意香袋，也嚇了一跳，忙問：「太太從哪裡得來的？」王夫人更是顫聲說：「我原本以為你是個仔細的人。可是這樣的東西，你怎麼就敢大白天放在園裡山石上？被老太太的丫頭拾到了，幸虧被你婆婆遇見要了下來，不然早就送到老太太跟前了。我問你，這東西你怎麼遺落到園子裡了？」鳳姐聽完，知道王夫人以為那個香袋是自己和賈璉的，又急又愧，忙跪下來，含著淚分辯，說這東西是外頭仿著內工的手藝繡的，連布帶穗子都是市面上買的，她雖年輕不尊重，也不會要這種便宜貨。她縱然有，也不敢帶在身上，常到園中和妹妹們拉拉扯扯，不小心就會露出來。王夫人聽她這一席話大有道理，便不再怪鳳姐。她擔心園子裡的丫頭都大了，難免出事，就要鳳姐趁丟東西的事，搜查一下園子裡各人的東西，要把這個人查出來。

鳳姐聽了，叫平兒進來，吩咐她找來周瑞家的等五家陪房，連同剛才送香袋來的邢夫人的陪房王善保家的，一起商議此事。這王善保家的因為園中那些丫鬟們不大巴結她，心裡一直不舒服，眼見有了這樣的事由，不由得心中暗喜，說：「這件事情其實非常好辦。不是我這個當奴才的多話，而是這件事早就該進行了。太太平時不怎麼往園子裡去，這些丫頭們一個個早就把自己當成千金小姐一樣了。要說別人也還罷了。太太您有所不知，只一個寶玉房裡的晴雯，就仗著自己長了一副俏模樣，還有那張巧嘴，天天都打扮得和西施似的，和別人只要一句話說得不投機，馬上就翻起眼皮來罵人，太不成體統了。」

王夫人一聽這話，猛然觸動往事，連忙問鳳姐：「上次我們跟老太太進園子裡逛的時候，見有一個水蛇腰、削肩膀，模樣有些像你林妹妹的丫頭，正在那兒大罵小丫頭。我當時很看不上她那囂張的樣子，可因為當時有老太太在旁邊，我也不方便說什麼。這個丫頭叫什麼名字，我當時忘了問了，如今聽她這麼一說，想必那丫頭就是晴雯了。」

鳳姐想了想，說：「如果說這些丫頭們的模樣，確實是晴雯長得最漂亮；若說言談舉止，晴雯以前確實有些輕薄。剛才您說的人倒是很像她，只不過我忘了那天的事，也不敢妄下評論，不敢確定是不是她了。」王夫人聽了，就叫自己的丫頭過來，吩咐她到園子裡去把晴雯帶來。

此時晴雯正好身體不舒服，剛剛睡醒一覺，正在發呆。聽丫頭說是王夫人喚她問話，也來不及多問，連忙隨著小丫頭到了王夫人處。

王夫人一見晴雯鬢髮疏鬆，衣衫凌亂，不由得怒從心頭起，冷笑道：「好一個大美人，真有些病西施的樣子。你裝成這個輕狂的樣子是給誰看的？你以為我不知道你是什麼樣的人嗎？今天我先放過你，明天一定要你好看！」說完又對王善保家的說：「你們給我看著點她，不許讓她見到寶玉。等我回過老太太，再狠狠地處置她！」接著對晴雯喝道：「出去！不要站在這裡讓我看你的輕狂樣子！」晴雯心知這是有人暗害自己，但也不敢和王夫人爭，只得退了出去。

剛出大門，晴雯的眼淚就忍不住流了出來，她用手帕捂著臉，一邊走，一邊哭，一直哭到園子裡。

王夫人對鳳姐幾個人說：「這幾年我精神更少了，很多地方都照顧不到。這樣的丫頭只怕還有，明日你們定要好好查驗一番。」王善保家的又來個火上澆油，提議晚上鎖了園門，來個冷不防的大抄檢，說不定可以抄出更多的東西來。王夫人答應了，鳳姐本想幫晴雯說幾句話，但眼看王夫人正在盛怒之際，而且王善保家的又是邢夫人的耳目，常調唆著邢夫人生事，因此心裡縱有千般言辭，也不好再說什麼，只好低頭應著。

晚飯後，等賈母睡了，寶釵等人都進園後，王善保家的便請鳳姐一起入園，將角門都上鎖，便從上夜的婆子處抄檢起。然後一行人就到了怡紅院。寶玉正因晴雯而不自在，忽見這一群人直撲丫頭們的房門去，忙問鳳姐是怎麼回事。鳳姐說：「丟了一件要緊的東西，恐怕有丫頭們偷了，所以都要查一查大家。」一面說，一面坐下喝茶。王善保家的等人搜了一回，又細問這幾個箱子是誰的，都叫本人來親自打開。查到晴雯的箱子，問為什麼不打開，只見晴雯挽著頭髮闖進來，猛地把箱子掀開，兩手提著底朝天往地下盡情一倒，將所有東西都倒出來。王善保家的也覺沒趣，見沒什麼有嫌疑的東西，就回了鳳姐。鳳姐說：「既然如此，咱們就走，再瞧別處去。」

出來後，鳳姐對王善保家的說：「要抄檢只抄檢咱們家的人，薛大姑娘屋裡，千萬抄檢不得的。」王善保家的說：「這個自然。豈有抄親戚家的道理。」說著，就到了瀟湘館內。黛玉已睡了，才要起來，只見鳳姐已走進來，忙按住她不許起來，只說：「睡吧，我們就走。」那個王善保家的帶了眾人到丫鬟房中，也一一開箱抄檢了一番。從紫鵑房中抄出兩件寶玉的東西來。王善保家的自以為抓住了把柄，忙請鳳姐過來看。鳳姐說：「寶玉和她們從小在一處混了幾年，這自然是寶玉的舊東西。這也不算什麼稀罕事。撂下再往別處去是正經。」

之後大家來到探春的住處，探春早就知道了，故意問鳳姐有什麼事。鳳姐像剛才那樣解釋了一遍。探春冷笑著說：「我們的丫頭自然都是賊，我就是窩主，先搜我的東西。她們所偷來的都交給我藏著呢！」說著命丫鬟們把自己所有的箱櫃都打開，請鳳姐去查。鳳姐賠笑說：「我不過是奉了太太的命來看一看，姑娘可別錯怪我。」然後讓丫鬟們把東西收好。

探春又說：「我的東西許你們查，丫頭的東西不許你們查。一針一線她們也沒收藏。丫頭所有的東西我都收著呢！你們只管去回太太，說我違背了她，讓她處治我好了。你們別忙，抄家的日子還有呢！古人說：『百足之蟲，死而不僵。』我們這個家必得內部自殺自滅，才能一敗塗地！」說著，不覺落下淚來。

鳳姐不說話，周瑞家的便說：「既如此，我們走，讓姑娘好好休息吧！」鳳姐起身告辭。探春說：「你們可仔細地搜明白了？如果明日再來，我就不依了。」鳳姐笑著說：「看明白了，不必搜了。連姑娘的東西都搜明白了。」周瑞家的等人也賠笑說：「搜明白了，搜明白了。」

偏偏王善保家的不知好歹，以為探春不過是趙姨娘生的，好欺負，仗著自己是邢夫人的陪房，便走上前去，動手掀起探春的衣襟，笑嘻嘻地說：「連姑娘身上我都翻了，果然沒有什麼。」話音未落，「啪」的一聲脆響，她臉上已經挨了一記重重的耳光。探春大怒，罵道：「你是什麼東西，也敢來扯我的衣裳！狗仗人勢，以為我好欺負，瞎了你的眼！」說著就動手解自己的衣裙，讓鳳姐翻，說：「省得奴才的手髒了我。」又說：「翻我的東西倒沒什麼，你不該拿我取笑！」鳳姐、平兒趕快勸解，忙給探春整理好衣裙，口裡呵斥著王善保家的。那王善保家的又討了個沒意思。鳳姐等服侍探春睡下，才帶著人往對面暖香塢來。

李紈此時生病臥在床上，她和惜春是緊鄰，又與探春相近，這才順路先到這兩處。李紈已經吃了藥睡著，不好驚動，只到丫鬟們房中一一搜了一遍，也沒有什麼東西，於是到惜春房中來。

誰知竟在惜春的丫頭入畫的箱中搜出一大包金**銀錁子***來，共三四十個，又有一包男人的靴襪。入畫也黃了臉，只得跪下哭訴，說：「這是珍大爺賞我哥哥的。因我們父母都在南方，如今只跟著叔叔過日子。我叔叔嬸子只是吃酒賭錢，我哥哥怕交給他們又花了，所以悄悄地煩了老媽媽帶進來叫我收著。」惜春膽小，見了這個也害怕，說：「我都不知道。這還了得！二嫂子，你要打她，好歹帶她出去打吧，我聽不慣的。」鳳姐說：「這話如果是真的，也可原諒。這倒是傳遞人的錯了。若是偷來的，你可就別想活了！明天我會仔細查的。」

眾人又來到迎春院內。迎春已經睡下，鳳姐不讓驚動她，直接來到丫鬟房中。迎春有個丫鬟叫司棋，是王善保的外孫女。鳳姐冷眼看著，只見王善保家的先從別人的箱子查起，到查司棋的箱子時，只隨便翻了兩下，就說：「也沒有什麼東西。」剛要蓋箱時，周瑞家的說：「別忙，這是什麼？」說著，她伸手從箱子中拿出男人穿的一雙襪子、一雙鞋，還有一個小包袱，裡面有一個**同心如意**†和一張字條，都遞給了鳳姐。

鳳姐因當家理事，也識得幾個字，只見那字條是司棋表弟寫給司棋的情書，就笑著把字條從頭念了一遍。大家一聽，都嚇了一跳。這王善保家的一心只要拿別人的錯，不想反拿住了自己的外孫女，又氣又

* 舊時做貨幣用的小金錠或銀錠。

† 一種帶吉祥圖案的金屬小玩具。

臊，只恨沒地縫鑽進去。鳳姐直瞅著她嘻嘻地笑。王善保家的有氣無處發洩，便自己回手打著自己的臉，罵道：「讓你作怪，你這是造了什麼孽了！說嘴打嘴，現世現報在別人眼裡。」眾人見了，都笑個不住，又半勸半諷的。鳳姐見司棋低頭不語，並無畏懼慚愧之意，倒覺驚訝，怕她夜間尋短見，於是讓兩個婆子好好監守。鳳姐拿著搜出來的東西，準備明天去回復王夫人，她帶著大家離開園子，各自回家休息去了。

鳳姐回家後，病勢加重了，第二天，覺得身體十分軟弱，連起床都發暈，登時撐不住了，立即請太醫來開了藥。司棋等人的事也都暫時放下了。

尤氏過來探望了鳳姐，又到李紈處，還沒坐下，惜春派人請她馬上過去。等尤氏到了惜春房中，惜春把入畫的東西一一請她過目。尤氏說：「這的確是你哥哥賞她哥哥的，只是不該私自傳遞。」轉過來罵入畫。惜春卻指責她沒管好丫頭，反怪罪丫頭，便說自己再也不要入畫了，讓她領回去隨便處置。入畫聽了，又跪下哭求，說再不敢了。尤氏和奶娘等人也都勸惜春。誰知惜春不僅不聽，反而說如今她也大了，也不便往寧府那邊去了，而且最近總會聽到對寧府的議論，甚至連她也編派進去，讓她沒臉見人，從此以後，她不管那邊的事，寧府裡的人也別連累她。尤氏見勸不下來，加上心中本有毛病，不由得惱羞成怒，便賭氣起身走了。

寶釵見查抄大觀園，就藉口要照顧母親，搬回家去住了。

到了中秋節這天晚上，賈母帶領寧、榮二府的人齊聚大觀園，先設香案拜了月，然後登上園中山上的凸碧山莊賞月。大家依次坐定後，賈母便命折一枝桂花來，行擊鼓傳花令，鼓停時，花在誰手中，誰飲酒一杯，講一個笑話。鼓聲兩轉，剛好在賈政手中停了，他只得飲了酒，說：「一家子一個人，最怕老婆的。」才說了這一句，大家都笑了。因為從不曾見賈政說過笑話，所以才笑。隨後寶玉、賈蘭、賈環都作了詩，賈赦也講了笑話。玩笑了一陣，賈赦、賈政便帶領賈珍等人先散去了，賈母等人都添了衣，團團圍坐，繼續賞月。很快到了四更天，賈母就讓大家散了。

丫鬟們正收拾杯盤時，見紫鵑和翠縷，翠縷問：「老太太散了，可知我們姑娘哪裡去了？」眾人都說不知道。

原來黛玉見寧、榮二府闔家團聚，寶釵也在家賞月，不由得心中悲涼，倚欄垂淚。湘雲見席上賈政兄弟、寶玉叔侄恣意縱橫，她插不進嘴，就約黛玉去聯句作詩。山下有個凹晶館，正與凸碧堂相對，而且臨著池塘，正好對水賞月。二人來到山下，見看館的婆子已熄燈睡覺，無人打擾，就坐在廊下竹墩上賞月。二人閒聊了幾句，聽了會兒笛子，便一人一句開始對詩。

黛玉起了第一句，湘雲接下去，二人互相聯句。待湘雲說出「寒塘渡鶴影」時，黛玉對上「冷月葬詩魂」。湘雲認為這一句雖新奇，只是太頹喪了，她正在病中，不該作這種過於淒清的詩。黛玉說，只有這樣才能壓倒湘雲。妙玉走來，說詩雖好，但過於悲涼，不必再續下去，否則堆砌牽強，反不顯這兩句了。二人詫異地問她怎麼來了，她說她聽到笛聲，也出來賞月，在此聽她們聯句。現在酒席早散，兩個丫頭正找她們，天已快亮，讓二人跟她到庵中坐坐，吃杯茶。三人來到庵中，正吃著茶，一群丫頭、婆子找了來。妙玉讓丫鬟領她們到另一間屋裡去吃茶，她取來紙筆，把詩續完，說：「這就不覺淒涼了。」

黛玉、湘雲二人看後讚賞不已，說：「可見我們天天是捨近而求遠。現有這樣詩仙在此，卻天天去紙上談兵。」妙玉說：「明日再潤色吧。此時想也快天明了，到底要休息一下才好。」黛玉和湘雲聽後便起身告辭，一起回瀟湘館休息了。

# 第三十三回 寶玉悲痛悼晴雯

中秋節過後，王夫人便讓心腹周瑞家的把司棋帶出了賈府。恰逢寶玉從外面進來，司棋拉著寶玉，求寶玉找太太給她求情，被眾媳婦硬拉走了。寶玉眼睜睜地看著司棋被帶走，連跟她說幾句話，周瑞家的都不答應。寶玉就罵這群媳婦，說她們當姑娘時那麼純潔，一嫁了男人就混帳了。這幾句把看門的婆子都逗笑了。一個婆子過來說，太太讓把晴雯的哥嫂叫來，領她走。

寶玉大吃一驚，慌忙趕回怡紅院，見一群人站在那裡，王夫人坐在屋裡，滿臉怒氣，也不理他，命人把晴雯拖出來。晴雯已四五天未進湯水，蓬頭垢面的，被兩個女人從炕上架下來。王夫人吩咐，只許她穿隨身衣服，好衣服和首飾都留下給好丫頭們穿戴。接著，王夫人又叫來四兒，罵她沒廉恥，因為自己和寶玉同一天生日，就胡言亂語，也一併趕了出去。再叫過芳官，說唱戲的女孩子慣會哄人開心，簡直就是狐狸精，平時不想著安分守己，反倒調唆著寶玉無所不為。於是也命人喚她乾娘來把她領走嫁人，順便又吩咐去年放出來的唱戲的女孩子們一概不許留在園子裡，都令各人乾娘帶出大觀園，自行聘嫁。接著，王夫人又滿屋裡搜檢寶玉的物品，凡是不順眼的都命人收走，還吩咐襲人等以後小心，再出一點事，她誰都不饒；又說今年不宜搬遷，明年統統都要搬出去。說完，茶都沒喝，就帶領眾人又到別處去審查了。

寶玉原想王夫人過來發一頓脾氣，他一求情，就雨過天晴了。誰知王夫人把許多他和丫頭們私底下說的悄悄話都抖了出來，他深知無法挽回，便不敢多說一句，多動一步，直把王夫人送到沁芳亭，王夫人才聲色俱厲地說：「回去好好念書，仔細你老子明天問你。」寶玉這才回來，邊走邊想：是誰搬弄舌頭，竟能把別人都不知道的事告訴王夫人？

回到房中，寶玉見襲人正為晴雯被趕一事垂淚，不由得倒在床上，放聲大哭。襲人勸道：「晴雯這一出去，倒可靜心養幾天病，待好了，再去求太太讓她回來。」寶玉在床上哭道：「我竟不知晴雯犯了何等滔天大罪！」襲人說：「太太只嫌她生得太好了，未免輕浮些，像我們這粗粗笨笨的倒好。」寶玉說：「怎麼人人的不是太太都知道，單不挑出你和麝月、秋紋的不是來？」襲人聽了這話，知道寶玉是在懷疑她，竟不好再勸了，只好說：「天知道，如今也查不出來了。你哭也沒用，倒不如養好精神，等老太太喜歡時，再把她要進來。」寶玉冷笑道：「你不必虛寬我的心。誰知道她的病能不能等到那個時候，她這一出去，就如同一盆才抽出嫩箭來的蘭花送到豬窩裡去一般。她現在一身重病，心裡憋著一股憤懣之氣。她又沒有親爹熱娘，只有一個醉鬼姑舅哥哥。不知道還能不能見她一面兩面……」說著，越發傷心起來。

襲人說：「好好的，你這麼咒她幹什麼？晴雯不會那樣的。」寶玉說：「不是我咒她，今年春天這階下好好的一株海棠花，竟無故死了半邊，我就知有異事，果然應在她身上。」見襲人不信，寶玉又說了好些這種靈異的事。寶玉讓襲人把晴雯的東西給她送去，再捎上幾吊錢給晴雯養病用。襲人說：「早想到了，我剛才已將她平日所有的衣裳都整理好了，等到晚上，悄悄地叫宋媽媽給她拿出去。我還有攢下的幾吊錢也給她吧。」寶玉聽了，感謝不盡。

寶玉依舊不放心晴雯，一天，他將所有人都穩住，獨自出了後角門，偷偷求一個老婆子帶他到晴雯哥嫂家去看晴雯。到了那裡，只見屋裡只有晴雯一人，寶玉掀起草簾進來，一眼就看見晴雯孤零零地睡在蘆席土炕上，寶玉含淚上前，伸手輕輕拉她，悄悄叫她兩聲。晴雯原本受了風寒，哥嫂又冷言冷語，更是病上加病，咳嗽了一天，剛剛睡了。忽然聽到有人叫她，晴雯勉強睜開眼睛，見是寶玉，又驚又喜，又悲又痛，一把攥住他的手，哽咽著說：「我以為再也見不到你了！」接著便咳個不停。

寶玉哽咽得說不出話來。晴雯又說：「你來得正好，快給我倒半碗茶來。我渴了半天，連半個人也叫不到。」寶玉聽了，忙擦淚問：「茶在哪裡？」晴雯說：「那爐臺上就是。」寶玉看時，雖有個黑沙銚子，卻不像個茶壺。他只得在桌上拿了一個碗，那碗又大又粗，不像個茶碗。未拿到手，先就聞得油膻之氣。寶玉只得拿來，先拿些水洗了兩次，才提起沙壺斟了半碗。只見那茶也不像茶。晴雯說：「快給我喝一口吧！這就是茶了。哪裡比得咱們的茶！」寶玉聽了，先自己嘗了一嘗，只一味苦澀，遞給晴雯，晴雯如得了甘露一般，一口氣都灌下去了。

寶玉心下暗想：「往常的好茶，她尚有不如意之處，今日竟然這樣！」一面想，一面流淚問：「你有什麼話，趁著沒人告訴我。」晴雯嗚咽道：「有什麼可說的！不過挨一刻是一刻。橫豎也不過三五天的光景，我就要去了。只有一件事，我死了也不甘心，我雖長得比別人略好些，卻並沒有勾引你，怎麼一口咬定我是個狐狸精！我不服。如今既擔了這虛名，早知如此，我當日……」一口氣噎住，話也說不出來了。寶玉又急又痛，一隻手握著她的手，一隻手輕輕給她捶打著。

寶玉拉著她的手，只覺瘦如枯柴。晴雯緩過氣來，擦擦眼淚，伸手取了剪刀，將左手上的兩根蔥管一般的手指甲齊根剪下，擱在寶玉手裡；又掙扎著在被窩裡將貼身穿著的一件舊紅綾小襖脫下，遞給寶玉，說：「這個你收了，以後就如同見了我一樣。」寶玉聽了，忙藏了指甲和衣服。晴雯又哭道：「你回去吧！今兒這一來，我就是死了，也不枉擔了虛名！」寶玉這才出來。

回到怡紅院後，寶玉發了一晚上呆，襲人不停地催他快些睡覺。等大家都睡後，寶玉在枕上仍是長籲短嘆，翻來覆去，直至三更以後，才漸漸安頓了。誰知襲人剛濛濛矓矓地要睡著，寶玉就大聲喊：「晴雯，晴雯！」襲人連忙睜開眼睛答應，問寶玉想做什麼。寶玉說要喝茶，襲人連忙洗過了手，才給寶玉斟茶，送到寶玉面前。寶玉這時也意識到自己剛才喊錯了人，笑著說：「我現在已經叫慣了晴雯，剛才一時迷糊，卻忘了是你。」

兩人聊了一會兒，襲人又回去睡覺了，只留下寶玉躺在床上輾轉反側，又過了一個多時辰，還是無法入睡，只是思念晴雯。到五更要睡去時，只見晴雯從外頭走來，仍是往日的樣子，進來對寶玉說：「你們好生過吧，我從此就別過了。」說完，轉身便走。寶玉叫時，又將襲人叫醒。

寶玉哭著對襲人說：「晴雯死了。」襲人趕忙對寶玉說：「這是哪裡的話？叫人聽見是什麼意思？」寶玉聽不進去，只等著天快亮，好派人去問一問。

第二天一大早，賈政派人叫寶玉去陪客人賞桂花，寶玉一邊吩咐襲人派人去打聽晴雯的消息，一邊匆忙趕過去了。大半日之後，寶玉回到園中，麝月、秋紋和兩個小丫鬟連忙過來侍候。寶玉滿口裡說：「好熱，好熱！」一邊走一邊摘冠解帶，把外面的衣服都脫了下來交給麝月拿著，只穿著一件松花綾子夾襖，襖內露一條大紅褲子。秋紋見這條褲子是晴雯親手做的，不由得感嘆道：「這條褲子以後還是收起來吧，真是物件還在，人卻去了。」麝月也感嘆道：「這正是晴雯的針線哪，可惜此刻已經是物在人亡了！」寶玉只是在前面走著，假裝聽不到她們說話，走了一會兒，寶玉說道：「我想在園子裡走一走，你們覺得怎麼樣？」麝月和秋紋的手裡拿著東西，於是就說道：「大白天的，也不會迷路，我們要把東西先送回去，就讓兩個小丫鬟跟著你吧。」寶玉聽了，正中下懷，便讓她們兩個去了。

等麝月和秋紋走遠了，寶玉連忙問兩個小丫鬟：「我走了以後，你襲人姐姐打發人去瞧瞧晴雯姐姐沒有？」小丫鬟回答道：「打發宋媽媽去瞧了。」寶玉說：「回來說什麼沒？」一個小丫鬟說：「聽說晴雯姐姐直著脖子叫了一夜，今天一早起來就閉了眼。」寶玉忙問：「一夜叫的是誰？」小丫鬟說：「一夜叫的是娘。」寶玉擦淚說：「還叫誰？」小丫鬟說：「沒有聽見叫別人了。」寶玉說：「你糊塗，想必是沒有聽見。」

另外一個小丫鬟機靈，聽見寶玉這樣說，就上來說道：「她是糊塗！我不但聽得真切，還親自偷著去看了，也不枉晴雯姐姐平時疼我們一場。就算被太太知道了打一頓，我也情願。她見到我就拉著我的手問：『寶玉哪裡去了？』我告訴了她，她嘆了一口氣說：『不能見了！』我說：『姐姐為何不等他回來見上一面？」她就笑著說：「你們不知道，我不是死，如今天上少了一個花神，仙界叫我去管花呢！」說完後，她就斷了氣。」

寶玉聽得入神，忙問：「不知她去做什麼花的花神呢？」小丫鬟一下子胡編不出來。正好這時是八月，園中水池子裡芙蓉花正盛開。小丫鬟看到這種情形，就趕忙說：「她說：「天機不能洩露，你只能告訴寶玉一個人。」然後她就告訴我，她是專門管芙蓉花的。」

寶玉聽了這話，非但沒有覺得怪異，反而心裡轉悲為喜，回頭看看芙蓉花，笑著說：「這花確實要這樣一個人去管。只是今生再不能與她相見了！」想到這裡，寶玉決定去晴雯靈前拜一拜。

寶玉溜出園門，來到晴雯住的地方，他以為晴雯的靈柩會在那裡。誰知晴雯的哥嫂一見晴雯咽氣，就把她抬出去火化了。寶玉撲了個空，呆呆地站在那兒半天，沒有別的辦法，只好又回去了。

他去找黛玉，可黛玉不在，丫鬟們說她在寶釵那裡。於是，寶玉又來到蘅蕪苑，院內寂靜無聲，房內搬得空空的。寶玉這時才想起來，前幾天好像聽說寶釵要搬出去，只是因為這兩天忙，就給忘掉了。他看見眼前的情景，才知道寶釵真的搬走了。

寶玉又回到瀟湘館，可黛玉還沒有回來。這時王夫人的丫鬟來找寶玉，說：「老爺回來了，正找你呢，又有好題目了。快走吧。」寶玉沒辦法，只好跟著走了。

賈政要寶玉作詩，寶玉作得讓他很滿意，於是沒過多久就放寶玉走了。回到大觀園中，寶玉看見池中的芙蓉花，想起小丫鬟說晴雯做了芙蓉花神的事情，心中不禁歡喜起來。他想：「晴雯死後我沒能到她靈前拜祭，如今何不在芙蓉花前祭一祭，也算盡了我的心意，比俗人去靈前祭弔又更覺別致。」

於是，寶玉便構思了一篇《芙蓉女兒誄*》的長篇祭文†，又備了四樣晴雯所喜之物，在夜月下，命那小丫鬟捧至芙蓉花前。先行禮，然後將那篇誄文掛在芙蓉枝上，流淚念起來。這篇祭文飽含感情，敘述了晴雯生前的一些經歷，表達了寶玉對她的哀悼和思念。祭完了之後，寶玉仍然戀戀不捨。旁邊小丫鬟催促了好幾次，寶玉才打算回去。

剛要走，忽然山石之後有人笑道：「請留步！」二人聽了，不免一驚。那丫鬟回頭一看，卻是個人影從芙蓉花中走出來，便大叫：「不好，有鬼！晴雯真來顯魂了！」寶玉也嚇了一跳，細看卻是黛玉。黛玉滿面含笑，說：「好新奇的祭文！」寶玉聽了，不覺紅了臉。

黛玉說要看原稿，隨後，二人推敲祭文中的詩句。直到最後寶玉依黛玉所言將「紅綃帳裡，公子情深；黃土壟中，女兒命薄」改成「茜紗窗下，我本無緣；黃土壟中，卿何薄命」。黛玉聽了，悄然變色，心中雖有無限的疑惑，外面卻不肯露出，反而連忙含笑點頭稱妙，說：「果然改得好。再不必亂改了，快去幹正經事吧。剛才太太打發人叫你明兒一早快過大舅母那邊去。你二姐姐已定了人家，想是明兒那家人來拜，所以叫你們過去呢。」

原來賈赦已將迎春許給孫家了。賈母心中卻不十分滿意，想來攔阻也恐不聽，因此只說「知道了」三字。賈政深惡孫家，雖是世交，當年他家不過是貪圖榮、寧兩府的勢力，為了一件難事巴結到兩府來的，並非詩禮名族。因此賈政勸過兩次，無奈賈赦不聽，也只得罷了。娶親的日子很急，邢夫人回過賈母將迎春搬出大觀園。寶玉第二日來到紫菱洲附近，見其軒窗寂寞，再看那岸上的蓼花葦葉，池內的翠荇香菱，也都覺得搖搖落落，似有追憶故人之態，寥落淒慘。寶玉情不自禁，吟成一歌，其中有「古人惜別憐朋友，況我今當手足情」之句。

方才吟罷，忽然背後有人笑道：「你又發什麼呆呢？」寶玉回頭忙看是誰，原來是香菱。香菱告訴寶玉薛蟠要娶親了。寶玉聽了，倒替香菱擔心憂慮，結果反被香菱搶白一頓。

寶玉回到怡紅院，一夜不曾安穩，睡夢之中猶喚晴雯，或做噩夢，第二天便不想吃飯，身體發熱，臥床不起。賈母聽了，天天親自來看望。王夫人心中也後悔不該因為晴雯等事過於逼迫他，只吩咐下人好好服侍。一月之後，寶玉才漸漸痊癒。

※ 文體名。祭祀或祭奠時表示哀悼的文章。

† 敘述死者生前事蹟來表示哀悼的文章。

白白老師的
國學小教室

## 晴雯之死

晴雯被誤會和寶玉有踰矩的關係，她死之前對寶玉說：「如今既擔了這虛名，早知如此，我當日……」她的意思是與其被誤會，還不如真的曾與寶玉發生男女關係。晴雯心繫寶玉，但她未曾勾引寶玉，她冰清玉潔、潔身自愛，遭到這樣莫須有的誹謗，對心高氣傲的晴雯而言，是極其難堪的，這讓她的病情更為嚴重。

而晴雯重病時，將貼身衣物和指甲給寶玉是什麼意思呢？指甲，是晴雯身體的一部分，絞下指甲等於是將自己的身體交付給寶玉，換貼身衣物則象徵兩人的身體進行交流，似乎也得到了寶玉的人。

晴雯的死亡是沉重的悲劇，卻也是場壯烈的儀式，她用指甲和衣物作為託付，實則託付了自己的青春與生命。也唯有美麗好強、性情剛烈的晴雯，會在生命的最後一刻，用這樣淒美剛烈的方式寄託念想。

# 第三十四回　驚噩夢黛玉咯血

薛蟠已娶親入門，這些天在家擺酒唱戲，非常熱鬧。薛蟠娶的這位夏家小姐名叫金桂，今年十七歲，生得十分俊俏，識得幾個字，頗有些心機。在家中時就常常和丫鬟們使性弄氣，動不動就打罵下人。現在嫁進了薛家，自以為是當家的奶奶，更加威風起來。首先壓住了薛蟠，然後就開始壓薛姨媽和寶釵。寶釵知道她的心思，隨機應變，暗暗以言語彈壓她。

知道香菱的名字是寶釵給取的後，夏金桂卻偏要把香菱改成秋菱。寶釵也不在意。

薛蟠是個喜新厭舊的性子，自娶了金桂，又見金桂的丫鬟寶蟾有三分姿色，便要了做妾。金桂又暗地和寶蟾聯合起來，折磨和陷害香菱，說香菱在她枕頭底下放紮著針的紙人咒她。薛蟠大怒，順手抓起一根門閂（ㄕㄨㄢ）來，不容分說朝著香菱劈頭蓋臉地打起來，一口咬定是香菱幹的。

薛姨媽跑來制止，金桂怕薛蟠耳軟心活，便號啕大哭起來，說薛蟠是在自己跟前做樣子，怕是盼著自己早點死了。薛姨媽見自己兒子被她如此挾制，氣得直罵薛蟠。薛蟠一點辦法都沒有。金桂甚至還責問薛姨媽，薛蟠在一旁急得說不好，勸不好，又不能打，只是嘆氣，抱怨說自己運氣不好。薛姨媽氣得要發賣香菱，寶釵知道後，就讓香菱跟了自己。香菱生氣傷感，竟釀成病，日漸瘦下去。

趕走了香菱，金桂又和寶蟾鬥起來。薛蟠如今很後悔這門親事，可也無法，便出門躲到外面。薛家母女總不去理她們。夏金桂的大名一時傳遍了寧、榮兩府，上上下下，沒有不知道的，都驚嘆得很。

賈赦做主，把女兒迎春許配給了孫家。這孫家家境不錯，祖上是軍官出身，曾經是賈府的門生，也算是世交。現在孫家只有孫紹祖一個人在京城，承襲指揮使的職位。此人有些本領，但是人品不好。因此，賈政勸賈赦不要把迎春嫁給他，說當年孫紹祖的祖父是因為貪圖權勢才來投靠賈府的，並非知禮人家的後代。可賈赦看中了孫家送來的錢，就是不聽，草草就把迎春嫁了過去。

不久之後，迎春回來探親，在王夫人房中哭哭啼啼地訴說委屈，說這孫紹祖好色、好賭、好喝酒，經常喝得醉醺醺地回來。他動不動就破口大罵迎春，而且常常動手打她。王夫人和眾姐妹聽了，都紛紛掉眼淚。王夫人勸迎春道：「遇見了這樣的人，能怎麼樣呢？當時你叔叔也勸過你父親，可他不聽。現在到底還是這樣了。我的兒！這是你的命不好！」

迎春請求王夫人，讓她回自己以前在大觀園中的房子住幾天，王夫人答應了。王夫人還囑咐寶玉等人不要把迎春受夫家欺負的事情告訴賈母。迎春在原來的屋子中休息，和眾姐妹們異常親熱。連著住了三天，迎春才依依不捨地告別賈母、王夫人和眾姐妹，往邢夫人那裡去了。在邢夫人那裡住了兩天，孫家來人要把她接回去。迎春十分害怕，不願回去，但又沒有辦法，只能回去了。

迎春走了以後，寶玉給王夫人請安，提出要跟賈母說明情況，然後把迎春接回家住，並且說：「讓二姐姐仍然和我們一起吃飯，一起玩，要是孫家來接一百回，咱們就留她一百回。」

王夫人說：「你又發呆氣了！凡是女孩子，總歸是要嫁出去的。嫁到別人家，娘家哪裡顧得了？況且你二姐姐是新媳婦，過幾年生兒育女就好了。快去幹你的正經事去吧，別在這裡胡說了！」寶玉聽了，不敢再吭聲，只好憋了一肚子悶氣，一直向瀟湘館走去。

一進門，寶玉就放聲大哭起來，把黛玉嚇了一跳，問：「怎麼了？和誰慪氣了？」連著問了幾聲，寶

玉低頭趴在桌子上，哭得說不出話來。過了一會兒，黛玉又問他：「為什麼這麼傷心？」寶玉說：「我想我們大家死得越早越好，活著真沒意思！」

黛玉很驚訝，問：「你這是怎麼了？瘋了嗎？」寶玉說：「我沒有瘋。只是我告訴你，你也會傷心的。前幾天二姐姐回來時說的那些話你也都聽見了。咱們家的女孩長大了，為什麼要出嫁？嫁出去了，受人家這般欺負！想當初咱們結社作詩的時候何等熱鬧！如今寶姐姐回家了，二姐姐又出嫁了，大家都不在一起。我跟太太說，把二姐姐接回來住，可太太卻說我說胡話。你瞧瞧，不長的時間裡，咱們園子裡已經大變樣了。再往後去，還不知道會怎樣呢！」黛玉聽了他的這番話，心裡也難過起來，嘆了口氣，倒在炕上向裡面躺下了。

這時襲人來找寶玉，說賈母那裡叫他過去。寶玉看見黛玉的眼睛已經哭得通紅了，就說：「妹妹，我剛才說的不過是些呆話，你也不用傷心了，保重身子要緊。你歇歇吧，我到老太太那邊去看看。」說著，他往外走了。寶玉來到賈母那邊，賈母已經休息了，他只好回到怡紅院。

寶玉又走到迎春和寶釵住的地方，但見人去房空。轉過藕香榭來，遠遠地只見李紋、探春、李綺、邢岫煙在釣魚。寶玉忍不住，拾了一塊小磚頭，朝著水裡扔，咕咚一聲，四個人都嚇了一跳。等見到寶玉出來後，探春說：「剛才一條魚正在咬鉤，可惜被你嚇跑了！」大家笑鬧了一會兒。只見麝月慌慌張張地跑來說：「二爺，老太太醒了，叫你快去呢！」原來當年害寶玉和鳳姐的馬道婆，因為還害了其他一些官員家裡的人，被抓了起來，要問死罪。根據馬道婆對自己害人情節的交代，賈母判斷寶玉和鳳姐也是她害的。王夫人說：「這馬道婆已經問了罪，又不好叫她來對證。沒有對證，趙姨娘哪裡肯認帳。事情又大，鬧出來，外面也不雅，等她自作自受吧，少不得要自己敗露的。」賈母說：「你這話說得也是，這樣的事，沒有對證，也難作準。」於是眾人便不再提起此事。

賈政問起迎春，王夫人便把迎春在孫家的境況說了一遍，賈政感嘆迎春受了委屈。提起寶玉，賈政怕寶玉荒廢學業，就讓他又去家塾中讀書。王夫人也贊同。

自從寶玉上學之後，怡紅院中便清閒起來，襲人也可以做些針線活兒了。她想到如今寶玉有了功課，丫鬟們也就不用擔心了，早要如此，晴雯也不至於弄到那樣的下場。她忽然又想到自己的終身大事，自己只是寶玉的偏房，擔心寶玉以後娶一個夏金桂那樣的厲害妻子，自己便和尤二姐、香菱一樣會受欺辱。平時看著賈母、王夫人的意思，以及鳳姐露出的話，這正房自然是黛玉無疑了。那黛玉就是個多心人……想到這裡，襲人臉紅心熱，便把活計放下，決定到黛玉處去探探她的口風。

黛玉正在看書，見襲人來了，便欠身讓坐。襲人問了問黛玉的身體狀況，就和她說些閒話。紫鵑說起了香菱，襲人提到金桂，又扯到鳳姐頭上。黛玉從不見襲人背地裡說人，現在聽她話裡有話，便說：「這也難說。這家長里短的事，不是東風壓了西風，就是西風壓了東風。」襲人說：「做了妾，心裡先害怕了，哪裡敢去欺負人呢！」

正說著，只見一個婆子在院裡問：「這裡是林姑娘的屋子嗎？」丫鬟雪雁出來一看，模糊認出來是薛姨媽那邊的人，便問：「有什麼事？」婆子說：「我們姑娘打發我來這裡給林姑娘送東西。」雪雁進來回了黛玉，黛玉叫她把人領進屋。

那婆子進來請了安，也不說送什麼，只是盯著黛玉瞧，看得黛玉不好意思起來。黛玉問：「寶姑娘叫你來送什麼？」

婆子這才笑著回答：「我們姑娘叫我送一瓶蜜餞荔枝過來。」婆子把一個瓶子遞給雪雁，又回頭看看黛玉，然後笑著對襲人說：「怪不得我們太太常說這林姑娘和你們寶二爺是一對。原來真是天仙似的！」說得黛玉滿臉通紅。襲人見她說話不莊重，連忙打岔說些別的話。

黛玉嫌這婆子說話莽撞，但因為是寶釵派她來的，也不好怎麼樣。等婆子出了屋門，黛玉才說：「替我謝謝你們姑娘。」那婆子的嘴裡還在嘟嘟噥噥地說：「這樣的好模樣，除了寶玉，什麼人能消受得起！」黛玉臉上掛不住，只裝作沒聽見。襲人笑道：「怎麼人一老，就會胡說八道，叫人聽著又生氣又好笑。」黛玉叫雪雁把瓶子收起來，襲人又和黛玉說了一會兒話才走。

晚上，黛玉抬頭看見荔枝瓶，想起白天婆子的話，很是刺心。心想自己身體不好，年紀也大了，雖然寶玉心中沒別人，但是老太太、舅母又不見半點意思，深恨父母在世時，沒有早點訂了這樁婚事。她想來想去，輾轉纏綿，又嘆氣又滴淚，和衣睡在床上。

兩眼蒙矓時，黛玉看見一個小丫鬟走進來說，賈雨村來給她道喜，南京還有人來接她。說著，鳳姐和邢夫人、王夫人、寶釵等人都來說：「我們一來道喜，二來送行。」黛玉慌忙說：「你們說什麼話？」鳳姐說：「你還裝什麼呆？你難道不知道林姑爺升了湖北的糧道，娶了一位繼母，還托賈雨村做媒，把你許配給了你繼母的什麼親戚，還說是續弦，所以派人來接你回去。」說得黛玉一身冷汗，她又恍惚見到父親做官的樣子。

黛玉以為鳳姐等人在胡鬧，可眾人都冷笑而去。黛玉又跪下求賈母，賈母不說話，黛玉知道求也沒用，她心想：「寶玉在哪兒？或許他有辦法。」一出門，就見寶玉站在她面前笑嘻嘻地說：「妹妹大喜呀！」黛玉急得什麼都顧不得了，緊緊拉住寶玉說：「好！寶玉，我今天才知道你是個無情無義的人！」寶玉說：「我怎麼無情無義？你既然有了人家，咱們只好各走各的。」

黛玉越聽越氣，拉著寶玉哭道：「好哥哥！你叫我跟誰去？」寶玉說：「你要不去，就在這裡住著。你原是許了我的，所以你才到我們這裡來。你想想，我對你如何？」黛玉又轉悲為喜，問寶玉：「我是死活打定主意了，你到底叫我去不去？」

寶玉說：「我說叫你住下。你不信我的話，你就瞧瞧我的心！」說著，就拿著一把小刀子往胸口上一劃，只見鮮血直流。黛玉嚇得魂飛魄散，忙用手捂著寶玉的心窩，哭著說：「你怎麼做出這種事來？你先殺了我吧！」寶玉說：「不怕！我拿我的心給你瞧。」他的手在劃開的地方亂抓。黛玉抱住寶玉痛哭。寶玉說：「不好了！我的心沒有了，活不成了！」說著，眼睛往上一翻，咕咚就倒了。

黛玉放聲大哭，只聽見紫鵑叫道：「姑娘，姑娘！快醒醒，脫了衣服睡吧。」黛玉一翻身，原來是一場噩夢。她還在哽咽著，枕頭上已經溼透，回想起夢中的情景，自己無依無靠，若寶玉真的死了，那可如何是好？一時痛定思痛，心思就亂了，黛玉又哭了一回，掙扎著起來，把外罩大襖脫了，叫紫鵑蓋好了被，又躺下去，卻翻來覆去地睡不著。

過了好一會兒，紫鵑都睡著了，黛玉覺得有冷風吹進來，越發睡不著了，掙扎著爬起來，圍著被坐了一會兒。此時黛玉雙眼炯炯有神，咳嗽起來。紫鵑醒了，連忙起來，捧著痰盒來接。黛玉見紫鵑已醒了，天也亮了，就吩咐她把痰盒換了。紫鵑答應著，叫醒雪雁，自己開了屋門去倒那痰盒，卻發現痰中有好些血絲。紫鵑登時嚇了一跳，不覺失聲說：「哎喲，這還了得！」黛玉問怎麼了，紫鵑連忙改口說：「手裡一滑，差點弄翻了痰盒。」黛玉問：「是盒裡的痰有了什麼嗎？」紫鵑說：「沒有什麼。」說這句話時，紫鵑心中一酸，那眼淚直流下來，聲音早已岔了。

黛玉因為感到自己的喉嚨裡有些甜腥，早已疑惑，方才又聽見紫鵑說話聲中帶著悲慘的音調，心中明白了八九分，便叫紫鵑：「進來吧，外頭涼。」紫鵑推門進來時，還拿手帕擦眼。黛玉說：「大清早，好好的為什麼哭？」紫鵑勉強笑道：「清早起來眼睛裡有些不舒服。姑娘身上不大好，依我說，還得自己想開些。身子是根本，況且這裡自老太太、太太起，哪個不疼姑娘？」只這一句話，又勾起黛玉的夢來，黛玉覺得心頭一撞，眼前

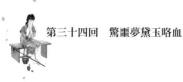

一黑，神色俱變，紫鵑連忙端著痰盒，雪雁捶著脊樑，半日才吐出一口痰來。痰中一縷紫血，簌簌亂跳。紫鵑、雪雁臉都嚇黃了。兩人在旁邊守著，黛玉便昏昏躺下。紫鵑看著不好，連忙努嘴讓雪雁叫人去。

雪雁才出門，見翠縷、翠墨走來，說是姑娘們都在四姑娘那裡看畫，請林姑娘快去。雪雁忙壓低聲音，把黛玉的情況說了。二人進屋瞧了黛玉，便回到惜春處，把黛玉的病情說了一遍。探春、湘雲聽後，匆匆趕到瀟湘館看視。探春問她感覺如何，黛玉勉強讓紫鵑扶起來，說：「也沒什麼要緊，只是身子軟得很。」湘雲一瞅痰盒，不由得大驚。黛玉初時並未看，這一看，不由得心灰意冷。探春忙說：「不過是肺火上升，帶出來一些，也是常有的事。」二人叮囑了兩個丫頭好好服侍黛玉，就告辭了。寶玉也聽說黛玉病了，忙叫襲人過來看看。看見黛玉已經睡了，襲人就和紫鵑說，昨晚寶玉也把自己嚇得半死，半夜裡突然連聲叫心口疼，說是心被刀子割去了，直鬧到天亮，把她嚇壞了。黛玉又咳嗽起來，紫鵑忙進去。黛玉問誰來了，襲人走進來，黛玉問：「你說誰心痛？」襲人忙掩飾：「寶二爺夜裡魘住了。」黛玉問：「他還說什麼？」襲人說沒說什麼。黛玉讓襲人轉告寶玉，別為她擔心，影響功課，惹老爺生氣。襲人安慰黛玉幾句，告辭出來，回去告訴寶玉，黛玉沒什麼大病，他才放心。

賈母命人請來王太醫，先瞧了寶玉，說沒什麼大病，著了風邪，調理一下就好了。又由賈璉陪著來到瀟湘館，給黛玉診了脈。到了外間，王太醫對紫鵑說這病是因平時鬱結所致。接著，他說出症狀，紫鵑連連點頭。他說不知者以為是多疑所致，其實是肝陰虧損，心氣衰耗造成的。接著他提筆寫了藥方，讓她吃藥慢慢養著。

延伸小知識

## 國公

國公是公爵的一種，公爵通常是指封建社會五等爵位的第一等，社會地位非常高，一般只有立下很大軍功的人或者皇親國戚才能獲得。這五等爵位依次為公爵、侯爵、伯爵、子爵和男爵。公爵是封建社會裡皇帝以下的封爵中僅次於王爵的爵位，而王爵通常只授予皇族中人。書中寧、榮的封號是美稱，一般人沒這個待遇，只有功勞極高的人才能得到這個稱號，可見賈家在朝廷中的地位之高。

另外，公爵還有郡公和縣公，只不過這兩種爵位在明清時已經很少了。

# 第三十五回 賈母定金玉姻緣

寶玉還沒好，又風傳宮裡病了一個娘娘。賈府眾人生怕是元春，接連派人打探。到了晌午，宮裡來人說：「前日貴妃娘娘有些欠安*。昨日奉過旨意，宣召親屬四人進宮探問。男性親屬只許在宮門外等著。」

第二天黎明，賈母帶了邢夫人、王夫人和鳳姐進宮去看望元春。男眷自「文」字輩到「草」字輩各坐車騎馬前往。賈母同邢、王二夫人和鳳姐被宮人引入元妃寢宮，只見金碧輝煌，琉璃照耀。有兩個小宮女傳諭道：「只用請安，一概儀注都免。」賈母等謝了恩，來至床前請安。元妃問賈母：「近日身上可好？」賈母扶著小丫頭，顫顫巍巍站起來，回道：「托娘娘洪福，起居尚健。」元妃又向邢夫人、王夫人問了好，邢、王二夫人站著回了話。元妃又問鳳姐家中過的日子如何，鳳姐站起來回奏道：「尚可支援。」一個宮女傳進許多職名，請娘娘過目。元妃看時，就是賈赦、賈政等若干人。

元妃看了職名，眼圈一紅，止不住流下淚來。宮女遞過手絹，元妃一面拭淚，一面傳諭道：「今日稍安，令他們暫時在外面歇息。」賈母等站起來，又謝了恩。元妃又問：「寶玉近來如何？」賈母道：「近來頗肯念書。因他父親逼得嚴緊，如今文字也都做上來了。」元妃說：「這樣才好。」然後命外宮賜宴，款待女眷。一時吃完飯，大家謝恩回府。

沒過多久，元妃的病就好了，賈府上下都很高興。又過了幾天，元春讓太監帶著東西銀兩，賞賜了賈府。賈赦、賈政都告訴了賈母。大家回到賈母房中，說笑了一會兒。賈赦走後，賈母想起元春關心寶玉，就對賈政說：「提起寶玉，我還有一件事和你商量。如今他也大了，你們也該留神尋一個合適的女孩子給他定下。這也是他終身的大事。不論對方遠近貧富，只要那姑娘長得端莊大方、性子好就行。」

賈政聽了連忙回答：「老太太吩咐的是，不過有些事情必須考慮清楚，這個姑娘自然得是個好姑娘，但這也得寶玉的才學好才可以。否則兩個人在一起，反而耽誤了人家的姑娘。」賈母聽了這話，心裡老大不樂意，不快地說：「按理說，你們這當父母的都在，根本就輪不到我去操心張羅，但寶玉這孩子從小就在我身邊長大，我難免會多疼他一些。這樣一來自然耽誤了他去學習讀書。但我看他平時也沒什麼大毛病，心性也很善良實在，根本就不是那種沒出息的樣子，未必會耽誤別人家的女孩吧？你也別覺得我偏心，反正在我看來，寶玉無論哪一點都比環兒強上許多，不知道你們看著怎麼樣？」

賈母幾句話把賈政說得滿心不安，連忙賠笑說：「您看的人也多了，自然比我們有眼光，既然您都說寶玉有出息，那麼他肯定會出人頭地。只是因為我望子成龍之心太切，所以才覺得他有些不足。」賈政這麼一說，賈母也被他逗笑了。見賈母笑了，眾人也都賠笑。賈母接著說道：「你現在也這麼大了，又當了官，自然也有你自己的歷練和眼光，你小的時候卻是還不如寶玉呢，我看現在的寶玉就比從前的你強上不少。」賈母幾句話又把大家說得忍不住笑了出來，賈政雖然尷尬，卻也不敢表現出來，只得連連稱是。

回房後，賈政還是決定先考考寶玉學得怎樣，再定給他說親的事，派人傳寶玉晚飯後過來。晚飯後，寶玉趕忙來到賈政的書房。聽下人說薛姨媽過來了，寶玉因多日未見寶釵，想早些出去問問，便壯著膽

＊身體不舒服的委婉說法。

子，口述了一篇八股文*。賈政聽後點點頭，又交代了作文的注意事項，讓他走了。

寶玉一溜煙來到上房，先給薛姨媽請了安，又給賈母請了晚安，迫不及待地問：「寶姐姐在哪裡？」薛姨媽說：「在家裡和香菱做活兒呢！」寶玉心頭一涼，又不好走。賈母問起薛姨媽家裡的事，薛姨媽不住地擦眼淚，還沒說話，就嘆了一口氣，說：「老太太還不知道呢！蟠兒媳婦和寶蟾兩個鬧了很久，如今這金桂專和寶丫頭慪氣。前日老太太打發人看我時，我們家裡正鬧呢。」賈母連忙說：「前幾天聽人說姨太太肝氣上逆，要打發人看去，後來聽見說好了，所以沒派人去。依我說，姨太太別把她們放在心上。我看寶丫頭性格溫厚和平，雖然年輕，比大人還強幾倍。寶丫頭那樣的心胸脾氣，真是百裡挑一。不是我說句冒失話，將來給人家做了媳婦，怎麼叫公婆不疼，家裡上上下下的不服呢？」

薛姨媽又問了黛玉的病。賈母說：「林丫頭那孩子倒罷了，只是心重些，所以身子就不很結實了。要說靈性，也和寶丫頭不差什麼，要論起寬厚待人，卻不如她寶姐姐了。」薛姨媽又說了兩句閒話，便往鳳姐院裡去了。

賈政見寶玉讀書有進步，心裡也歡喜，他來到外書房，和門客們閒談，說起為寶玉說親的事。一個叫王爾調的說，他認識一位元做過南韶道的張大老爺，只有一位千金，很合適，可以的話，他去一說就行。另一位門客詹光說這位張大老爺是邢夫人的親戚。賈政回來後，告訴了王夫人，要她去問問邢夫人。

第二天給賈母請安時，王夫人便問邢夫人。邢夫人道：「張家雖是老親戚，但近年來久已不通音信。只聽說他家只有這一個女孩，十分嬌養，不肯嫁出去，必要女婿上他家的門才好。」賈母聽到這裡，不等說完便對王夫人說：「這不行，寶玉還得別人伺候呢，怎能給人當家？你回去告訴你老爺，就說我的話，這張家的親事是做不得的。讓媒人不要去了，省得回來咱們又不同意。」王夫人答應了。

得知巧姐病了，賈母便同邢、王二夫人來到鳳姐的住處看視。問了巧姐的情況，可請了大夫，鳳姐一一回了。賈母忽然想起張家的事來，問邢夫人：「你們和張家如今為什麼不走動了？」邢夫人說張家太吝嗇刻薄。

鳳姐聽了這話，明白了八九分，便問：「太太是不是說寶兄弟的親事？」邢夫人說：「可不是嘛。」鳳姐笑道：「不是我當著老祖宗、太太們跟前說句大膽的話，現放著**天配的姻緣**†，何用到別處去找？」賈母笑問：「在哪裡？」鳳姐說：「一個『寶玉』，一個『金鎖』，老太太怎麼忘了？」賈母笑了笑，說：「昨日薛姨媽在這裡，你為什麼不提？」鳳姐說：「老祖宗和太太們在前頭，哪裡有我們小孩子家說話的地方。況且薛姨媽過來瞧老祖宗，怎麼能提這個？這也得太太們過去求親才對。」賈母笑了，邢、王二夫人也都笑了。賈母說：「是我忘記這個了。」

這天是北靜王水溶的生日，賈赦、賈政、賈珍、賈璉、寶玉都去郡王府拜壽。水溶留下寶玉說話，讓賈赦等與眾賓客赴席。水溶先問了寶玉的功課，又說起吳巡撫來京，向天子保舉，說賈政在學政任上秉公辦事，近日賈政可能會榮升。寶玉道了謝，水溶單給寶玉備了酒席。臨告別時，水溶又送了他一塊仿造的玉。回到家，寶玉向賈政說了水溶透露的消息，賈政很高興，讓寶玉到賈母處去。寶玉把那塊仿造的玉讓賈母看了，賈母叮囑他別跟真的弄混了。寶玉說兩塊玉的成色相差很遠，不會弄混。他那塊前天夜裡還放紅光呢！賈母說他胡說，鳳姐說他喜信發動了。他問什麼喜信，賈母讓他回去歇著，別再說呆話了。寶

＊明清科舉考試的一種文體。
†上天安排好的姻緣，指寶玉有玉，寶釵有金鎖，他倆是金玉良緣。

玉待了一會兒，就回園中去了。賈母問：「你們去看薛姨媽，說起這事沒有？」王夫人說：「這幾天因鳳姐忙著照顧巧姐耽擱了兩日，今天才去看的。這事我們都說了，姨媽倒也十分願意，只說蟠兒這時候不在家，他父親沒了，只得和他商量商量再辦。」賈母說：「這也是情理中的話。既然這樣，大家先別提起，等姨太太那邊商量定了再說。」

寶玉回到怡紅院，告訴襲人老太太和鳳姐說話含含糊糊的，他猜不透什麼意思。襲人雖猜出了，卻不便說出，問林姑娘在場不在？寶玉說黛玉病初好，還沒出過門。襲人服侍他睡下，夜間想個主意。次日，寶玉上學走後，她來到瀟湘館，見黛玉正在看書，說了幾句閒話，本想試探黛玉的口風，又怕黛玉多心，搭訕了幾句，只好告辭。

這天寶玉起來要上學去，只聽外邊一片吵嚷，都在說「老爺升了官，我們在**吵喜***呢」。寶玉才知應了水溶的話，父親賈政升了工部郎中，便快步來到家塾，請了一天假。寶玉回到上房，只見滿院裡丫頭婆子都是笑容滿面，見他來了，說：「二爺這早晚才來，還不快進去給老太太道喜！」寶玉笑著進了房門，只見黛玉挨著賈母左邊坐著，右邊是湘雲。邢、王二夫人，探春、惜春、李紈、鳳姐、邢岫煙等都在屋裡，只不見寶釵、寶琴、迎春三人。寶玉此時喜得無話可說，忙給賈母道了喜，又給邢、王二夫人道喜。

一一見了眾姐妹，寶玉又向黛玉笑道：「妹妹身體可大好了？」黛玉也微笑道：「好了。聽說二哥哥身上也欠安，好了嗎？」寶玉說：「可不是！我那日夜裡忽然心裡疼起來，這幾天剛好些，就上學去了，也沒能過去看妹妹。」黛玉不等他說完，早扭頭和探春說話去了。鳳姐在地下站著，笑道：「你們兩個哪裡像天天在一塊兒的？倒像是客，有這麼些套話！可是人說的『**相敬如賓**†』了。」說得大家都一笑。黛玉滿臉飛紅，又不好說，又不好不說，遲了一會兒，才說：「你懂得什麼？」眾人越發笑了。鳳姐一時回過味兒來，才知道自己出言冒失了。

正要拿話岔開時，只見寶玉忽然對黛玉說：「林妹妹，你瞧芸兒這個冒失鬼！」說了這一句，便不言語了。寶玉一句話，眾人都看向了他，黛玉更是盯著寶玉，想聽他接下來要說什麼，只是寶玉不再言語了。原來寶玉想起早晨遇到賈芸的事，賈芸跑來向他報賈政升官之喜，還告訴寶玉說上面已經給他定了親了。寶玉想把這件好笑的事說給黛玉聽，但只說了一句，想起會招致黛玉的誤會，便停住不說了，這一來又招得大家都笑起來，說：「這從哪裡說起？」黛玉也摸不著頭腦，跟著訕訕地笑。寶玉卻說：「剛才我聽見有人要送戲，說是幾齣？」大家都瞅著他笑。鳳姐說：「你在外頭聽見了，來告訴我們的。你這會兒問誰呢？」寶玉說：「我再去問問。」賈母道：「別跑到外頭去。頭一件，讓報喜的笑話；第二件，你老子今日大喜，回來碰見你，又該生氣了。」寶玉答應了個「是」，才出來了。

賈母問鳳姐誰說送戲的話。鳳姐說：「是舅太爺那邊說，後天日子好，送一班新出的小戲給老太太、老爺、太太賀喜。」又笑著說：「不但日子好，還是好日子呢！」說著，瞅著黛玉笑。黛玉也微笑。王夫人說：「是呀，後日還是外甥女的好日子呢！」賈母想了一想，也笑道：「可見我如今老了，什麼事都糊塗了。虧了有我這鳳丫頭！既這麼著，很好，他舅舅家給他們賀喜，你舅舅家就給你做生日，這不是挺好的嗎？」大家都笑起來，說：「老祖宗您可一點也不老，說出的話都是一套一套的，難怪能有這麼大的福氣呢！」

* 到喜慶之家故意吵鬧討彩，以示慶賀。

† 形容夫妻相互尊敬，如同對待客人一樣。

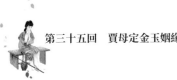

恰逢寶玉走了進來，聽見了這些話，立刻高興得手舞足蹈起來。然後，賈母留大家在這裡吃飯，少不得熱鬧一場。吃完飯後，賈政從皇宮謝恩回來，到家廟裡給祖宗們磕過了頭，又來給賈母磕頭，站起來寒暄了幾句，就出去迎接客人了。親朋好友中來賀喜的絡繹不絕。

熱鬧了兩天之後，就到了真正慶賀的日子。這天一早，王子騰和親戚家已經派人送了一個戲班過來，就在賈母的正廳前搭建起戲臺。高高的戲臺之下，在外有公職的男人們都穿著公服陪著。親戚朋友前來祝賀，足擺了有十幾桌酒席。

因為這次要演出的是新戲，又因為賈母今天特別高興，人們便把琉璃戲屏隔在了後廈，裡面也擺下了酒席：最上首是薛姨媽一桌，由王夫人和寶琴陪著；對面是老太太一桌，由邢夫人和邢岫煙

陪著；最下面尚空著兩桌，賈母命人喚姑娘們過來坐了。不一會兒，就看見鳳姐領著眾丫頭，簇擁著穿戴整齊的林黛玉來了。

為了應和時景，平素裡淡妝素衣的黛玉略換了幾件新鮮衣服，打扮得宛如嫦娥下界，在丫頭們的陪同下含羞帶笑地出來見了眾人。湘雲、李紋、李紈等人都讓黛玉坐上首座，黛玉卻推託不肯。賈母笑著說：「今日不同往時，你就坐了吧。」

薛姨媽忽然站起來問：「難道今日林姑娘也有喜事嗎？」賈母笑道：「今天是她的生日！」薛姨媽說：「唉，您要是不說，我倒忘了。」然後走到黛玉面前說：「恕我健忘，回頭叫寶琴過來拜姐姐的壽。」黛玉連忙笑著說：「不敢。」這樣大家才開始落座。

酒席之上，黛玉向四周一看，唯獨不見寶釵的影子，便問：「寶姐姐可好嗎？為什麼不過來？」薛姨媽說：「她原本應該來的，只因為沒人看家，所以才沒有過來。」黛玉紅著臉微笑道：「姨媽那裡又添了大嫂子，怎麼倒用寶姐姐看起家來？大約是她怕人多熱鬧，懶得來吧，我倒怪想她的。」薛姨媽笑道：「難得你惦記著她，她也常想你們姐妹們，過幾天我叫她來，讓你們大家好好敘敘。」說著，丫頭們開始斟酒上菜，外面已開戲了。

一共演了五齣戲，都是喜慶和熱鬧的。榮國府雖然人丁不少，平日裡卻很少這樣熱鬧。幾出戲唱下來，直把眾人看得眼花繚亂，讚嘆不絕。

延伸小知識

## 家塾

家塾是私塾的一種，舊時有錢人家大多會由家族出資興辦學堂，專供家族內部子弟或與本家族有關的人的孩子讀書學習，這就叫「家塾」。私塾分為四個種類：一是「家塾」；二是「村塾」，也稱「村學」；三是「義學」，也稱義塾；四是由塾師自設的學館。

# 第三十六回　痴黛玉絕食求死

賈政因部裡事忙，天天回來得都很晚，對寶玉管得鬆些。寶玉怕賈政考他，不得不照常上學。已到十月中旬，天氣漸冷，寶玉上學時茗煙都要帶上厚衣裳。這天，他正在做功課，忽然一陣風起，頓感寒意，茗煙忙打開衣包，取出厚衣。寶玉看時，正是那件雀金呢的大氅，物在人亡，睹物思人，不禁發一陣呆，不願穿這件衣裳。茗煙連連哀求，代儒又勸幾句，他才穿上，兩眼雖瞪著書本，但看不進一個字。放學時，他藉口身體不適，明兒告一天假。代儒樂得少個學生少操份心，隨口批准。回到家，他向賈母、王夫人說了，就回到怡紅院，大氅也沒脫，就歪到床上。襲人叫他吃飯，他不吃，要他脫衣，他也不脫。襲人說：「你瞧那上頭的針線，也不該搓揉它。」寶玉嘆口氣說：「你收起來，我再也不穿它了。」他脫下大氅，親手疊起來。襲人說：「二爺今天怎麼這樣勤謹了？」麝月和她相視一笑，遞過包袱皮，他自己包了。無精打采地坐了一會兒，聽見鐘響，看看指到酉初二刻，小丫頭點上燈，他就早早睡下。誰知怎麼也睡不著，直折騰到黎明，才矇矓睡去。不一會兒，襲人起來，他也起來了。襲人問：「夜裡睡著沒有？」寶玉說睡了一會兒，又吩咐襲人：「我昨兒已經告了一天假了，今兒我想在園子裡逛一天，散散心，只是怕冷。你叫他們收拾一間屋子，備了一爐香，擱下紙墨筆硯，你們只管忙你們的，我自己靜坐半天才好，別叫他們來攪我。」襲人說：「只有晴雯起先住的那一間，因一向無人，還算乾淨，就是清冷些。」寶玉說：「不妨，把火盆挪過去就是了。」襲人答應了，便命小丫頭們按照寶玉說的收拾好了房間。寶玉吃了早

飯，那房已收拾停當。他走進屋子，親自點上一炷香，擺上些果品，讓丫頭們都出去，關上門。外面襲人等都屏息無聲。寶玉拿了一幅泥金角花的粉紅箋來，口中祝禱了幾句，就提筆填了一首思念晴雯的詞，在香上點著，焚化了，就算是寄給晴雯了。寶玉靜立著，直到一炷香燃盡，才開門出來，對襲人說：「我還要到外頭走走去。」就出了門。

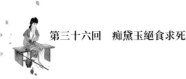

寶玉心裡很煩躁，就徑直來到瀟湘館。紫鵑把他迎進屋，黛玉正抄佛經。到了這裡，他覺得心情好多了。黛玉笑著讓道：「請坐。我先寫這佛經，只剩兩行了，等寫完了再說話。」於是叫雪雁倒茶。寶玉見黛玉身上穿著月白繡花小毛皮襖，真如「亭亭玉樹臨風立，冉冉香蓮帶露開」。等黛玉放下筆，寶玉問：「妹妹這兩天彈琴了嗎？」黛玉說：「天冷了，手也冷，沒有彈。」寶玉說：「不彈也罷。琴雖是清高東西，彈琴太費心，妹妹身體單弱，不操這心也好。」黛玉抿著嘴笑，寶玉又問：「妹妹這幾天作詩沒有？」黛玉說：「自結社以後沒怎麼作。」寶玉說：「你別瞞我！我聽見你彈琴的時候吟了詩的，分外響亮。」黛玉說：「你怎麼聽見了？」

寶玉說：「我那天從蓼風軒過來聽見的，又恐怕打斷你的琴，所以靜聽了一會兒就走了。」寶玉又問：「你彈到最後為什麼轉了仄韻？那是什麼意思？」黛玉解釋說：「這是順其自然彈出來的，也沒有一定的規律。」寶玉明白了，說：「原來是這樣，可惜我不知音，白聽了。」黛玉接著說：「自古以來知音人能有幾個？」寶玉聽了，覺得出言冒失了，又怕寒了黛玉的心，不敢再說。兩人心裡都像有許多話，卻再也說不出一句。

坐了一會兒，寶玉訕訕地站起來說：「妹妹坐著吧。我還要到三妹妹那裡瞧瞧去。」黛玉送至屋門口，自己回來悶悶地坐著，心裡想：「寶玉近來說話半吐半吞、忽冷忽熱，也不知他是什麼意思。」一會兒黛玉走到裡間屋裡床上歪著，還在想著近來之事。

紫鵑服侍黛玉歇下，走出屋來，見雪雁一個人在屋外發呆，便問：「怎麼了，想什麼呢？」雪雁嚇了一跳，小聲說：「你來，我告訴你一句悄悄話，你可別說出來。」說著，往屋裡努嘴，然後和紫鵑出來。「什麼事？」紫鵑邊問邊跟她走到門外平臺底下。雪雁悄悄地說：「你聽說了嗎？寶玉定了親了！」紫鵑聽了，嚇了一跳，忙問：「你聽誰說的？」「是侍書說的。說是個知府人家，家資好，相貌也好。」雪雁又說，大家都知道了，只咱們不知道。

正說著，只聽黛玉咳嗽了一聲，好像起來了，可是半天又不見動靜。兩人便不在意，接著聊起來。忽聽有人說：「姑娘回來了，快倒茶來！」把她倆嚇了一跳，回頭一看，原來是鸚鵡叫喚，就趕緊走進屋去。她們見黛玉氣喘吁吁的，像剛坐在椅子上。黛玉問：「你們去哪兒了？半天也不回來。」說著又倒在炕上，讓把帳子放下來。

黛玉本就沒睡著，又把紫鵑、雪雁的話聽了七七八八，依然知道有這消息了，就覺得如同將身撂在大海裡一般，千愁萬恨堆上心來。想著自己如今的狀況，倒不如早些死了，免得眼見了意外的事情，那時反倒無趣。又想到自己沒了爹娘的苦，便有意要把身子一天一天地糟蹋起來。於是黛玉被子也不蓋，衣也不添，竟合眼裝睡。紫鵑和雪雁來伺候幾次，不見動靜，又不好叫又不好喚。黛玉晚飯都不吃。點燈後，紫鵑掀開帳子，見黛玉已睡著了，被窩都蹬在腳後，怕她著了涼，輕輕拿被子來給她蓋上。黛玉也不動，等她出去後，仍然褪下被子。

第二天，黛玉早早地就起了床，也不叫人，只是獨自一個人呆呆地坐著。紫鵑醒來，看見黛玉發呆，便驚問：「姑娘今天怎麼這麼早？起來為什麼不喚我們呢？」黛玉眉頭微皺，說：「可不是嘛，睡得早，所以醒得早。」紫鵑聽出黛玉語中的不快，連忙起床，又叫醒雪雁，伺候黛玉梳洗。

黛玉對著鏡子，看著鏡子裡的自己，消瘦的身影，蒼白的面容，微皺的眉頭，又想起從前的種種，淚珠滾滾而下。不多時，便已溼透了羅帕。紫鵑在一旁也不敢張嘴相勸，只怕一不小心說錯了話，勸人不成，反倒勾引起舊恨來。過了好一會兒，黛玉才梳洗完畢，只是眼中的淚滴仍是斷斷連連。

黛玉又對著鏡子坐了好久，才叫紫鵑道：「你去把藏香點上。」紫鵑問黛玉：「姑娘，你睡也沒睡多久，為什麼現在要點香呢？難道你是要寫經嗎？」黛玉微微點點頭，卻沒有答話。

紫鵑又說：「姑娘今天醒得太早，這會兒又寫經，只怕會太勞神了吧？」黛玉道：「不怕，早寫完了早省心。況且我也並不是為寫經，只是借著寫字來解解悶兒。而且這樣一來，以後你們再見了我的字跡，就算見了我的面了。」說著，黛玉的眼淚更是洶湧而流。

紫鵑聽了這話，心裡非常不是滋味，但她也知道此時不能再勸，只好把藏香點燃。一邊點香，紫鵑眼中的淚珠也忍不住流了下來。她哪裡知道，原來黛玉已經打定了一死的主意。從此以後，黛玉有意糟蹋自己的身子，茶飯無心，每日以淚洗面。

平時寶玉下學時，也經常會抽空去問候黛玉。只是黛玉雖然心有萬千言語，卻自知年紀已大，不能再像小時候一樣可以隨口便說。所以她滿腔心事，只能一個人隱在腹中，說不出來。寶玉也能猜得幾分，本欲以實言安慰，又怕黛玉生嗔，反倒增添病症。所以兩個人雖然見了面，卻只得用浮言勸慰，真是「親極反疏」了。

得知黛玉病情，賈母、王夫人等人也是非常著急，不過雖然請了名醫調治，大夫卻只說黛玉得的是常病，誰會知道她得的卻是心病啊！紫鵑等人雖然知道這裡面的問題，但她們根本不敢說。半個多月以後，黛玉已經非常消瘦，一天連一口粥都喝不下了。薛姨媽來看望黛玉，面上雖然流露著真實的擔憂，卻也隱不去幾分尷尬。黛玉不見寶釵，越發疑心大起。自此之後，黛玉索性再也不要人來看望，既不肯吃藥，也不肯進食。白天聽見的話，都像是寶玉娶親的話，看見怡紅院中的人，無論上下，也像是給寶玉娶親的光景。睡夢之中，黛玉多次聽到有人呼喚「寶二奶奶」，原來是她的疑心竟然使自己產生了幻覺。在這種折磨之下，終於有一天，黛玉竟然粥也不喝，奄奄一息了。

看著黛玉的情形，紫鵑以為沒有指望了，守著哭了一會兒，便吩咐雪雁好好地守著，自己去回賈母等人。雪雁在屋裡伴著黛玉，見她昏昏沉沉，心中又痛又怕。正急等著紫鵑回來，探春打發了侍書來看黛玉。雪雁此時以為黛玉已經什麼都不知道了，又見紫鵑不在面前，於是悄悄地拉了侍書的手問：「你前日告訴我說的什麼王大爺給寶二爺說了親，是真話嗎？」侍書說：「怎麼不真？」雪雁問：「什麼時候定的？」侍書說：「哪裡就定了呢？那一天我告訴你時，是我聽見小紅說的。後來我到二奶奶那邊去，二奶奶正和平姐姐說，那都是門客們借著這個事討老爺的喜歡，往後好拉攏的意思。別說大太太說不好，就是大太太願意，說那姑娘好，那大太太眼裡看得出什麼人來？再者，老太太心裡早有了人了，就在咱們園子裡呢，大太太哪裡摸得著底呢？老太太不過因為老爺的話，不得不問問罷了。我還聽二奶奶說，寶玉的事，老太太是要親上加親的，憑誰來說親，橫豎都不中用。」

雪雁聽到這裡，也忘了神了，說：「這是怎麼說！竟白白地送了我們這一位的命了！」侍書道：「這是從哪裡說起？」雪雁說：「你還不知道呢！那天都是我和紫鵑姐姐說來著，這一位聽見了，就弄到這步田地了。」侍書說：「你悄悄地說，小心她聽見了。」雪雁說：「人事都不醒了，瞧瞧吧，左右不過在這一兩天了。」

正說著，紫鵑掀簾進來說：「這還了得！你們有什麼話還不出去說，還在這裡說！索性逼死她就完了！」侍書說：「我不信有這樣的奇事。」紫鵑說：「好姐姐，不是我說，你又該惱了！你懂得什麼呢？懂得也不傳這些話了。」

三個人正說著話，只聽黛玉忽然又咳嗽了一聲，紫鵑連忙跑到炕沿前站著，侍書、雪雁也都不言語了。紫鵑彎著腰，在黛玉身後輕輕問道：「姑娘，喝口水嗎？」黛玉微微答應了一聲。雪雁連忙倒了半盅滾白水，紫鵑接了托著，侍書也走近前來。紫鵑和她搖頭，不叫她說話，侍書只好咽住了。站了一會兒，黛玉又咳嗽了一聲。紫鵑趁勢問：「姑娘，喝水呀？」黛玉又微微應了一聲，好像想抬頭。

紫鵑趴在黛玉旁邊，端著水，試了冷熱，送到唇邊，扶著黛玉的頭，黛玉就到碗邊，喝了一口。紫鵑才要拿走時，黛玉意思還要喝一口，紫鵑便托著那碗不動。黛玉又喝了一口，搖搖頭，示意不喝了，喘了一口氣，仍舊躺下。半日，黛玉微微睜眼，說道：「剛才說話的是侍書嗎？」紫鵑答道：「是。」侍書還沒出去，連忙過來問候。黛玉睜眼看了，點點頭，又歇了歇，說：「回去問你姑娘好吧。」

原來黛玉雖然病勢沉重，心裡卻還明白。起先侍書、雪雁說話時，她也模糊聽見了一句半句，卻只作不知，也實在沒有精神搭理。後來聽了雪雁、侍書的話，才明白前頭的事情原是議而未成的。又聽侍書說是鳳姐說的，老太太的主意，親上加親，又是園中住著的，不是自己還是誰？這麼一想，心神頓覺清爽許多，所以才喝了兩口水，又想要問侍書的話。

恰好賈母、王夫人、李紈、鳳姐聽見紫鵑之言都趕著來看。黛玉心中疑團已破，自然不似之前尋死之意了。雖身子骨軟弱，精神短少，卻也勉強答應了一兩句。正所謂「心病終須心藥治，解鈴還是繫鈴人」。

紫鵑和雪雁在私下議論黛玉為什麼病倒，又為什麼好起來，眾人也都覺得黛玉病也病得奇怪，好也好得奇怪，三三兩兩議論著。不多時，連鳳姐也知道了，邢、王兩位夫人也有些疑惑，倒是賈母略猜著了八九分。那時正值邢、王兩位夫人和鳳姐等在賈母房中說閒話，說起黛玉的病來。賈母說：「我正要告訴你們。寶玉和林丫頭是從小在一處長大的，我只說小孩子們，怕什麼？以後時常聽得林丫頭忽然病、忽然好，我想都是因為有了想法了。所以我想他們若總是住在一起，畢竟不成體統。你們怎麼說？」

王夫人聽了，便呆了一呆，回道：「林姑娘是個有心計的人。至於寶玉，呆頭呆腦，不避嫌疑是有的。看起外面，卻還都是個小孩子的形象。此時若忽然把哪一個分出園外，不是倒露了什麼痕跡了嗎？古人說：『男大須婚，女大須嫁。』老太太想想，倒是趕著把他們的事都辦了也就好了。」

賈母皺了皺眉，說：「林丫頭性格乖僻，雖也是她的好處，我的心裡不把林丫頭配寶玉，也是因為這個原因。況且林丫頭這樣虛弱，恐怕壽命不長。只有寶丫頭配寶玉最妥。」王夫人說：「不但老太太這麼想，我們也是這樣想的。但林姑娘也得給她說了人家才好。不然，女孩子家長大了，哪個沒有心事？如果真與寶玉有些私心，若知道寶玉定下寶丫頭，那倒不成事了。」賈母說：「自然先給寶玉娶了親，然後再給林丫頭說人家。沒有先外人後自己的事。況且林丫頭年紀到底比寶玉小兩歲。依你們這麼說，倒是寶玉定親的話，不許叫她知道才行。」鳳姐便吩咐眾丫頭們：「你們聽見了？寶二爺定親的話，不許吵嚷；若有多嘴的，小心她的皮！」大家又說了一會兒話，方各自散了。

延伸小知識

## 一字師

唐末五代詩僧齊己作了一首《早梅》詩，其中有「前村深雪裡，昨夜數枝開」的句子。他的詩友鄭谷說：「數枝梅花開已經相當繁盛了，不足以說明『早』，不如把『數枝』改為『一枝』，這樣更貼切。」齊己聽了，認為改得很好，欣然接受，並向鄭谷拜謝，後人便稱鄭谷為齊己的「一字師」。

## 第三十七回　黛玉焚稿斷情

寶釵因為幫薛姨媽打點薛蟠的官司，操勞多了，加上心裡著急，晚上就發燒了。一連治了七八天，終不見效，還是寶釵自己想起冷香丸來，吃了三丸，才好了。王夫人知道後，對賈政說：「這孩子也苦了。既然是我家的人了，也該早些娶了過來才是，別叫她糟蹋壞了身子。」賈政說：「我也是這麼想。但是她家忙亂，況且如今到了年底，各自都要料理些家務。今年冬天先定了親，明年春天，過了老太太的生日，就定日子娶。你把這番話先告訴薛姨太太。」

第二天，王夫人便將賈政的話告訴了薛姨媽，薛姨媽想著也是，就同意了。到了飯後，王夫人陪著薛姨媽來到賈母房中，便把賈政昨夜所說的話向賈母說了一遍，賈母很高興。說著，寶玉進來了，大家都煞住了話。寶玉坐了坐，見薛姨媽不似從前親熱，於是帶著滿腹猜疑上學去了。晚上從家塾裡回來，寶玉往瀟湘館去找黛玉，說起白天的事，懷疑薛姨媽是怪他沒有去瞧寶釵的病。黛玉說：「你去瞧過沒有？」寶玉說：「頭幾天不知道，這兩天知道了，也沒去。」黛玉說：「可不是呢！」寶玉說：「當真的，老太太不叫我去，太太也不叫我去，老爺也不叫我去，我如何敢去？要像從前有小門走得通的時候，我一天瞧她十趟也不難，如今把門堵了，要打前頭過去，自然不便了。」黛玉說：「她哪裡知道這個緣故！」寶玉說：「寶姐姐為人是最體諒我的。」黛玉說：「你不要自己打錯了主意。若論寶姐姐，更不體諒，又不是姨媽病，是寶姐姐病。往日在園中作詩、賞花、飲酒，何等熱鬧，如今隔開了，你看見她家裡有事了，她病

到那步田地，你像沒事人一般，她怎麼不惱呢？」寶玉道：「這樣難道寶姐姐便不和我好了不成？」黛玉道：「她和你好不好我卻不知，我也不過是照理而論。」寶玉聽了，瞪著眼呆了半晌。黛玉也不理他，只管自己看書。

黛玉的病漸漸好起來。這天聽說怡紅院裡枯萎的海棠開了花，很奇怪，就和眾人一起來觀賞。寶玉聽說賈母也要來賞花，便換了一下衣裳，出來迎接賈母。因換得匆忙，他隨手把通靈寶玉摘下來放在炕桌上，穿好衣服後，沒將玉掛上。等賈母走後，他再換衣服時，卻找不到那塊通靈寶玉了。麝月等人分頭各處追問，人人都吃驚不小，卻沒有一人見到。怡紅院裡的人嚇得一個個像木雕泥塑一般。為了找玉，大觀園裡鬧得天翻地覆。驚動了王夫人，急急地過來，卻也是眼中落淚，沒有了主意。鳳姐在病中聽說寶玉失玉，也扶了丫鬟來到園裡，對王夫人說別叫賈母和賈政知道，只能暗暗地派人去各處察訪。眾人便分頭再尋，只是不見一絲蹤跡。滿園的人都為失玉急得團團轉，只有黛玉回到瀟湘館，想起「金」「玉」的舊話，反自歡喜，心裡也道：「和尚、道士的話真個信不得。果真『金』『玉』有緣，寶玉如何丟了這玉呢？或者因我之事，拆散他們的『金玉』，也未可知。」想了半天，更覺安心，把這一天的勞乏，竟不理會，重新看起書來。紫鵑倒覺身倦，連催黛玉睡下。黛玉雖躺下，又想到海棠花上，說：「這塊玉原是胎裡帶來的，非比尋常之物，來去自有關係。若是這花主好事呢，不該失了這玉呀。看來此花不祥，莫非他有不吉之事。」不覺又傷起心來。又轉想到喜事上頭，此花又似應開，此玉又似應失。如此一悲一喜，直想到五更方睡著。

元春自選了鳳藻宮後，聖眷隆重，身體發福，未免舉動費力。每日起居勞乏，時發痰疾。因前日侍宴回宮，偶沾寒氣，勾起舊病。不料此回十分厲害，竟至痰氣淤塞，四肢發冷。一面奏明，即召太醫調治。

豈知治療並不見效，內官憂慮，奏請預辦後事，所以傳旨命賈氏親人特來進見。賈府之人遵旨進宮，賈母、王夫人能進前請安，賈政等卻只能在外宮伺候。只一會兒，賈母等也得下來，候在外面，又不敢啼哭，唯有心內悲戚。不多時，就有小太監傳出了元春的死訊。賈母等含悲起身，只得出宮上轎回家。賈政等人也已得信，一路悲戚。發喪期間，賈府男女，天天進宮，忙得不得了。

寶玉自從丟了玉後，終日懶得走動，說話也糊塗了。賈母等人出門回來，有人叫他去請安，他便去，沒人叫他，他就不動。每天茶飯，端到面前便吃，不來也不要。襲人懷疑寶玉得了病，便來瀟湘館告訴紫鵑，說：「二爺這麼著，求姑娘給他開導開導。」紫鵑告訴黛玉，只因黛玉想著親事上頭一定是自己了，如今見了他，反覺不好意思，所以也不肯過來。

寶釵也知道了失玉的事，可因為兩人的婚事，她為了避嫌，也不好問，只得聽旁人說去，竟像與自己不相干。

豈知寶玉一日呆似一日，鳳姐只有日日請醫調治，都沒有效果。元妃的喪事完後，賈母親自到園裡來看寶玉，寶玉就按照襲人指教的去請安，然後也不答話，只管嘻嘻地笑，大不似往常，簡直就像一個傻了似的。賈母愈看愈疑，王夫人只得瞞著說寶玉去南安王府時丟了玉。賈母聽了，急得站起來，眼淚直流，讓趕緊寫告示，凡是找到玉的人，情願送銀一萬兩。賈母又叫寶玉住到她那裡。寶玉聽了，終不言語，只是傻笑。

過了些時候，竟有人到榮府門上，自稱送玉來，其實是用假玉騙錢，被識破後，打了出去。

二月，賈政因為勤儉謹慎，被皇上任命為江西糧道，謝過恩後，便定下啟程日期。這天，賈政到賈母處請安，見王夫人帶著病也在那裡。賈母對賈政說：「你馬上就要赴任，我有多少話與你說，不知你聽不聽？」

說著，掉下淚來。賈政忙站起來，說：「老太太有話，只管吩咐，兒子怎敢不遵命呢。」賈母哽咽著說：「我今年八十一歲的人了，你又要出京去做官。你這一去，我所疼的只有寶玉，偏偏他又病得糊塗，還不知道怎麼樣呢！我想給寶玉把婚事辦了，衝衝喜，不然只怕保不住。你媳婦也在這裡，你們兩個商量商量，這事要怎麼辦。」賈政聽了，原不願意，只是賈母做主，不敢違命，勉強賠笑說：「老太太想得很周到，只要姨太太那邊沒問題，一切按照老太太的意思辦。」賈政答應出來，心中好不自在。因為赴任前事多，種種應酬不絕，寶玉的事，也只有聽憑賈母交給王夫人、鳳姐去安排了。

寶玉給賈政請了安，就被襲人扶回到裡間昏昏沉沉地睡去了，賈母與賈政所說的話，寶玉一句也沒聽見，襲人等卻靜靜地聽得明白。知道定了寶釵，襲人心中倒也歡喜，心裡想：「果然上頭的眼力不錯！如果她來了，我可以卸了好些擔子。但是這一位的心裡只有一個林姑娘，幸虧他沒有聽見，要是知道了，又不知要鬧到什麼地步了！」

襲人想到這裡，又轉喜為悲，心想：「老太太、太太只是想要他的病好起來，卻哪裡知道他心裡的事？他初見林姑娘，便要摔玉砸玉；況且那年夏天在園子裡，把我當作林姑娘，說了好些私心話；後來因為紫鵑說了句玩笑話，便哭得死去活來。如果今天和他說要娶寶姑娘，要把林姑娘撂開，除非是他人事不知還可，若稍明白些，只怕不但不能沖喜，竟是要了命了！我再不把話說明，那不是一下害了三個人了嘛！」襲人打定主意，同王夫人到了後間，便跪下哭了，將寶玉與黛玉的事情都一一說了。王夫人說自己已經看出來幾分了，只是對此也沒什麼好辦法，只好去了賈母那裡，將寶玉的心事細細回明了賈母。賈母聽了，半日沒言語。王夫人和鳳姐也都默不作聲。賈母嘆道：「別的事都好說。林丫頭倒沒有什麼，如果寶玉真是這樣，這可叫人作難了。」鳳姐想了想，說：「難倒不難。這件事只有一個調包的法子。」鳳姐對王夫人和賈母說了自己的計策，賈母說：「這麼著也好，可就只是苦了寶丫頭了。倘或寶玉到時候吵嚷出來，林丫頭又怎麼辦呢？」鳳姐說：「這個話只說給寶玉聽，外頭一概不許提起，誰能知道呢？」

這天，黛玉早飯後帶著紫鵑到賈母這邊來，出了瀟湘館，走了幾步，忽然想起忘了手絹，就叫紫鵑回去取，自己慢慢地走著等她。剛走到沁芳橋那邊山石背後，也就是當日同寶玉葬花之處，忽聽見在賈母那裡幹粗活兒的丫頭傻大姐在那裡哭，就問她怎麼了，她說珍珠姐姐打她。

黛玉笑著問：「她為什麼打你？你說錯什麼話了？」那丫頭說：「就是為了我們寶二爺娶寶姑娘的事情。」黛玉聽了這一句，如同一個疾雷，心頭亂跳。略定了定神，黛玉便叫這丫頭到那拐角上葬桃花的去處，那裡安靜。黛玉問：「寶二爺娶寶姑娘，她為什麼打你呢？」傻大姐說：「我們老太太和太太、二奶奶商量了，因為老爺要動身，說就趕著往姨太太那裡商量把寶姑娘娶過來。頭一宗，給寶二爺沖什麼喜，第二宗——」說到這裡，又瞅著黛玉笑了笑，才說：「趕著辦了，還要給林姑娘說婆家呢。」

黛玉已經聽呆了。這丫頭只管說：「我又不知道她們怎麼商量的，不叫人吵嚷，怕寶姑娘聽見害臊。我和寶二爺屋裡的襲人姐姐說了一句：『咱們明兒更熱鬧了，又是寶姑娘，又是寶二奶奶，這可怎麼叫呢！』林姑娘你說我這話害著珍珠姐姐什麼了嗎？她走過來就打了我一個嘴巴，說我亂說，不遵上頭的話，要攆我出去。我怎麼知道上頭不叫說這事呢！她們又沒告訴我，就打我。」說著，又哭起來。

黛玉心裡像是打翻了五味瓶，說不出是什麼味道來了。停了一會兒，她顫巍巍地說：「你別亂說了。你再亂說，叫人聽見又要打你了，你去吧。」說著，自己移身要回瀟湘館去。那身子竟有千百斤重似的，兩隻腳卻像踩著棉花一般，早已軟了，只得一步一步慢慢地走。走了半天，還沒到沁芳橋畔。原來腳下軟了，走得慢，況且又迷迷痴痴，抬著腳從那邊又繞回來。

紫鵑取了手絹來，卻不見黛玉。正在那裡看時，只見黛玉臉色雪白，身子晃晃蕩蕩的，眼睛也直直的，在那裡東轉西轉。又見一個丫頭往前頭走了，離得遠，也看不出是哪一個來。紫鵑心中驚疑不定，只得趕過來輕輕地問：「姑娘怎麼又要回去？要往哪裡去？」黛玉也只模糊聽見，隨口應道：「我問問寶玉去！」紫鵑聽了，摸不著頭腦，只得攙著她到賈母這邊來。

黛玉走到賈母門口，心裡有些明白了，這時不似先前那樣軟了，也不用紫鵑打簾子，自己掀起簾子進來。裡面寂然無聲，賈母在屋裡睡午覺，丫頭們也有趁機去玩的，也有打盹的，也有在那裡伺候老太太的。襲人出來招呼了一聲，黛玉卻也不理會，自己走進房來，看見寶玉在那裡坐著，也不起來讓座，只瞅著她嘻嘻地傻笑。黛玉自己坐下，也瞅著寶玉笑。兩個人也不問好，也不說話，也無推讓，只管對著臉傻笑起來。

襲人見這番光景，不知道該怎麼辦。忽然黛玉說：「寶玉，你為什麼病了？」寶玉說：「我為林姑娘病了。」襲人、紫鵑兩個嚇得面目改色，連忙用話岔開。寶玉和黛玉卻又不說話了，仍舊傻笑起來。襲人見了這樣子，知道黛玉此時心中和寶玉一樣，於是悄悄和紫鵑說：「姑娘病剛好，我叫秋紋妹妹和你攙姑娘回去歇歇吧。」秋紋什麼也沒說，和紫鵑攙起黛玉。黛玉也就起來，瞅著寶玉只管笑，只管點頭。紫鵑又催：「姑娘回家去歇歇吧。」黛玉說：「可不是，我也到了該回去的時候了。」說著，便轉身笑著出來了，不用丫頭們攙扶，自己卻走得比往常都快。紫鵑和秋紋在後面趕忙跟著走。

到了瀟湘館，只見黛玉身子往前一栽，「哇」的一聲，一口血直吐出來。紫鵑和秋紋急忙將黛玉攙扶到屋裡。秋紋回去了，紫鵑、雪雁守著，黛玉漸漸蘇醒過來，問紫鵑：「你們守著哭什麼？」紫鵑見她說話明白，倒放了心。原來黛玉今日聽了寶玉、寶釵的事情，這本是她數年的心病，一時急怒，所以迷惑了本性。等回來吐了這一口血，心中卻漸漸明白過來，此時反不傷心，唯求速死。

秋紋回去後，神情慌亂。賈母便問怎麼了。秋紋嚇得連忙把剛才的事回了一遍。賈母大驚，說：「這還了得！」連忙讓人叫王夫人和鳳姐過來，帶著她倆，過來看黛玉。只見黛玉臉色如雪，沒了血色，氣息也很弱，吐出的痰都是帶血的。大家都慌了。黛玉微微睜開眼，看見賈母在旁邊，便喘吁吁地說：「老太太，你白疼了我了！」賈母聽了，十分難受，吩咐她好生養著，不要怕。

黛玉雖然服藥，病情還是一日比一日重。紫鵑等人在旁苦勸。黛玉微笑一笑，也不答言，又咳嗽數聲，吐出好些血來。紫鵑等人見黛玉已經奄奄一息了，只有守著流淚，天天三四趟去告訴賈母。鴛鴦覺得賈母近日比以前疼黛玉的心差了些，所以不常去回。況且賈母這幾日的心都在寶釵、寶玉身上，不見黛玉的消息也不大提起，只請太醫調治罷了。

黛玉以前病了的時候，自賈母起直到姐妹們的下人，都常來問候。現在黛玉見賈府中上下人等都不過來，連一個問的人都沒有，睜開眼，只有紫鵑一人。自己覺得不行了，於是掙扎著向紫鵑說：「妹妹，你是我最知心的人。雖然是老太太派你服侍我這幾年，我拿你就當我的親妹妹。」說到這裡，氣又接不上來。紫鵑聽了，一陣心酸，早哭得說不出話來。

過了半日，黛玉又一面喘，一面讓紫鵑把自己扶起來，讓雪雁把寶玉送給她的那塊題詩的舊絹子找出來。黛玉接到手裡也不瞧，掙扎著伸出手來，狠命地撕那絹子，哪裡撕得動。紫鵑早已知她是恨寶玉，卻也不敢說破，只說：「姑娘，何苦自己又生氣！」黛玉微微地點頭，便掖在袖裡，叫點燈。黛玉瞧瞧，又閉上眼喘了一會兒，讓攏上火盆。雪雁將火盆挪到炕桌上。

黛玉又把身子欠起，紫鵑用兩隻手來扶著她。黛玉這才將方才的絹子拿在手中，瞅著那火，點點頭，往上一撂。紫鵑嚇了一跳，要搶時，兩只手卻不敢動。雪雁又出去拿火盆桌子，此時那絹子已經燒著了。紫鵑勸道：「姑娘！這是做什麼呢！」黛玉只是燒，也不聽她說，回手又把那詩稿拿起來，瞧了瞧又撂下了。紫鵑怕她也要燒，連忙用身子靠住黛玉，騰出手來拿時，黛玉又早拾起詩稿，撂在火上。此時紫鵑卻夠不著，乾著急。

雪雁正拿著桌子進來，看見黛玉一撂，不知何物，趕忙搶時，那紙沾火就著，如何能夠稍待，早已烘烘地著了。雪雁也顧不得燒手，從火裡抓起來，撂在地下亂踩，卻已燒得所餘無幾了。黛玉把眼一閉，往後一仰，紫鵑連忙叫雪雁上來，將黛玉扶著放倒，心裡突突地亂跳，好容易熬了一夜，到了次日早起，覺得黛玉又緩過一點來。飯後，黛玉忽然又咳又吐，紫鵑心裡又緊起來，連忙將雪雁等都叫進來看守，自己卻來回賈母。

延伸小知識

## 林黛玉將「敏」字念作「密」字的原因

因為古代有避諱的制度，對君主或尊親的名字，不能直讀其音，也不能直書其字，必須改字、改音或省筆，以示尊敬。林黛玉的母親姓賈，單名一個敏字，所以書中林黛玉在見到「敏」字時，為了避諱母親的名字就將其念作「密」，在寫到「敏」字時，採用缺筆法，少寫一兩筆，來表示對母親的尊敬。由此可見林黛玉家學淵源，文學功底深厚。所以她才會在大觀園中和眾姐妹吟詩作賦時，屢屢拔得頭籌，深受眾人讚賞。

避諱是中國古代特有的現象，指的是在口頭或書面提到某個人的名字中含有的字時，避開此字。古代避諱的原則是「為尊者諱，為親者諱，為賢者諱」。為尊者諱的現象經常發生在上位者身上，「只許州官放火，不許百姓點燈」這句俗語就是因為古代的一名州官田登要求治下百姓避自己的名諱「登」，將與「登」同音的「燈」字稱為「火」字造成的。

白白老師的
國學小教室

## 黛玉焚稿的意義

黛玉得知寶玉要娶寶釵時，病情更為嚴重，她便親手將寶玉送的舊帕、寫有詩稿的絹子撕碎燒掉。已病入膏肓的她，臨死前卻用盡氣力在臥榻邊毀壞詩稿，因為這些詩稿象徵她對寶玉的情感，而且黛玉十分愛詩，詩稿也象徵她的青春才智，死之前的她萬念俱灰，所以一手毀滅自己的青春和愛情。

黛玉死之前焚稿，是在抗議她的不平與恨意，毀掉等同自身價值的物品，以此表達一種控訴與埋怨。焚稿讓黛玉的死更為壯烈悲傷，是強大的憤恨與遺憾。

## 第三十八回 寶玉娶親，寧府被抄

那天，鳳姐試探寶玉時，說：「寶兄弟，老爺已擇了吉日要給你娶親了！你喜歡不喜歡？」寶玉聽了，只管瞅著鳳姐笑，微微地點點頭。鳳姐說：「給你娶林妹妹過來好不好？」寶玉卻大笑起來。鳳姐看著，也猜不透他是明白還是糊塗，又問：「老爺說你好了才給你娶林妹妹呢，如果還是這麼傻，便不給你娶了。」寶玉忽然正色道：「我不傻，你才傻呢！」說著，便站起來，說：「我去瞧瞧林妹妹，叫她放心！」鳳姐忙扶住了，說：「你好好的便見你，若是瘋瘋癲癲的，她就不見你了。」寶玉說：「我有一個心，前兒已交給林妹妹了。她要過來，橫豎給我帶來，還放在我肚子裡頭。」

鳳姐聽了，便出來告訴了賈母。賈母聽了，很心疼。當晚薛姨媽過來，鳳姐提起了親事，薛姨媽雖恐寶釵委屈，然而也沒法，又見這般光景，只得滿口應承。鴛鴦回去回了賈母。賈母也很喜歡，大家便讓鳳姐夫婦做媒人。薛姨媽將事情細細地告訴了寶釵，寶釵也無話。兩家便張羅起來。

第二天賈璉過來，見了薛姨媽，說：「明日就是上好的日子，今日過來回姨太太，就在明日舉行儀式吧。」薛姨媽點頭答應了。

王夫人叫了鳳姐命人將過禮的物件都送與賈母過目，並叫襲人告訴寶玉。寶玉又嘻嘻地笑著說：「這裡送到園裡，回來園裡又送到這裡，咱們的人送，咱們的人收，何苦來呢？」賈母、王夫人聽了，都歡喜道：「說他糊塗，他今日怎麼這麼明白呢？」鴛鴦等忍不住好笑。

寶玉心裡大樂，精神便覺得好些，只是語言總有些瘋傻。那些送禮的回來都不提名說姓，因此上下人等雖都知道，只是寶玉還以為是黛玉。那邊紫鵑到了賈母上房，四處靜悄悄的，只有兩三個老媽媽和幾個做粗活兒的丫頭在那裡看屋子。紫鵑問：「老太太呢？」大家都說不知道。紫鵑覺得詫異，於是到寶玉屋裡去看，竟也無人。於是問屋裡的丫頭，她們也說不知道。

紫鵑已猜到了八九分，心想：「這些人怎麼竟這樣狠毒冷淡！」又想到黛玉這幾天竟連一個問的人也沒有，越想越悲，一扭身，便出來了。她一面走，一面想：「今日倒要看看寶玉是何情狀。看他見了我怎麼過得去！那一年我說了一句謊話，他就急病了，今日竟公然做出這件事來！可知天下男子之心真真是冰寒雪冷，令人切齒的！」

很快，她就到了怡紅院。只見院門虛掩，裡面寂靜得很，紫鵑忽然想道：「他要娶親，自然是有新屋子的，但不知他這新屋子在何處？」正看見小廝墨雨跑過，一問才知，原來寶玉娶親就在今天夜裡，已另外收拾了新房子。紫鵑自己發了一會兒呆，忽然想起黛玉來，這時候還不知是死是活。於是兩眼淚汪汪，咬著牙，發狠道：「寶玉！我看她明兒死了，你拿什麼臉來見我！」一面哭，一面走，嗚嗚咽咽地回去了。到了瀟湘館，只見黛玉肝火上升，燒得兩頰赤紅，紫鵑覺得不妥，忽然想起李紈孀居，寶玉結親她自然回避，便連忙打發人去請。

李紈正在給賈蘭改詩，聽見說林姑娘不好了，嚇了一大跳，連忙起身來到瀟湘館。此時黛玉已不能說話，李紈輕輕叫了兩聲，黛玉卻還微微地睜開眼，但眼皮、嘴唇只微微有動意，口內尚有出入之氣，卻一句話、一點淚也沒有了。李紈見紫鵑在外間空床上躺著流淚，急忙說：「傻丫頭！這是什麼時候，你還顧得上哭。趕緊給林姑娘換上衣服，再遲一會兒就了不得了！」

此時，鳳姐又打發林之孝家的來借紫鵑使喚，被紫鵑拒絕，林之孝家的只好帶了雪雁去。

寶玉雖然因為失玉糊塗了，但只聽見說要娶黛玉為妻，真是從古至今天上人間第一件暢心滿意的事，那身子頓覺健旺起來，只不過不似從前那般靈透。現在他巴不得馬上見到黛玉，盼著完婚，真是樂得手舞足蹈！雖然有幾句傻話，卻與病時光景大不一樣了。雪雁看了，又是生氣又是傷心，便走開了。

寶玉叫襲人快快給他換新衣服。他坐在王夫人屋裡，看見鳳姐、尤氏忙忙碌碌，只管問襲人：「林妹妹從園裡來，為什麼這麼費事，還不來？」襲人說：「等好時辰才來呢。」鳳姐說拜堂不宜冷冷清清的，傳了家裡學過音樂、管過戲子的那些女人來，吹打著熱鬧些。

過了一會兒，大轎從大門進來，家裡迎出去，十二對宮燈排著進來，倒也新鮮雅致。新人出轎，寶玉見新人蒙著蓋頭*，下首扶新人的原來是雪雁。

寶玉看見雪雁，還在想：「因何紫鵑不來，倒是她呢？」又想道：「雪雁原是她從南邊家裡帶來的，紫鵑仍是我們家的，自然不必帶來。」因此寶玉見了雪雁竟如見了黛玉一般歡喜。寶玉和寶釵拜了天地，又請出賈母受了四拜，後請賈政夫婦登堂，拜完後，送入洞房。賈政原來不信沖喜之說，不願意辦這個婚禮，哪知今日寶玉居然像個好人一般，賈政見了，倒也喜歡。

新人坐了帳就要揭蓋頭的。鳳姐早已防備，請了賈母、王夫人等進去照應。寶玉此時到底有些傻氣，便走到新人跟前說：「妹妹身上好了？好些天不見了。蓋著這東西做什麼？」說著就要把蓋頭揭去。轉念又一想：「林妹妹是愛生氣的，不可冒失了。」過了一會兒，他終究是按捺不住，於是上前揭了蓋頭。

寶玉睜眼一看，好像是寶釵，心中不信，自己一手持燈，一手擦眼又一看，可不是寶釵嘛！只見她盛妝豔服地低頭坐在那裡。寶玉發了一會兒愣，又見鶯兒立在旁邊，不見了雪雁。此時心中已無主意，自己反以為是夢中了，呆呆地只管站著。眾人接過燈去，扶著他坐下。寶玉兩眼直視，一句話也沒有了。賈母恐他病發，親自過來招呼著。鳳姐、尤氏請寶釵進入裡間床上坐下。寶釵此時自然是低頭不語。

寶玉定了一會兒神，見賈母、王夫人坐在那邊，便輕輕地問襲人：「我是在哪裡呢？這不是做夢嗎？」襲人說：「今天是你的好日子，什麼夢不夢的亂說！老爺可在外頭呢！」寶玉悄悄地拿手指著說：「坐在那裡的美人是誰？」襲人捂了自己的嘴，笑得說不出話來，半天才說：「是新娶的二奶奶。」眾人也都回過頭去，忍不住地笑。

寶玉說：「好糊塗，你說二奶奶到底是誰？」襲人說：「寶姑娘。」寶玉問：「林姑娘呢？」襲人說：「老爺做主娶的是寶姑娘，怎麼亂說起林姑娘來了！」寶玉說：「我剛看見林姑娘了，還有雪雁呢，怎麼說沒有！你們這都是做什麼玩呢？」鳳姐便走上來輕輕地說：「寶姑娘在屋裡坐著呢。別亂說，回來得罪了她，老太太不依的。」寶玉聽了，這會兒糊塗得更厲害了，便也不顧別的了，口口聲聲只要找林妹妹去。

賈母等人上前安慰，無奈他只是不聽。又有寶釵在屋裡，不好明說。眾人都知道寶玉舊病復發，也不講明，只得扶他睡下。眾人鴉雀無聲，停了片時，寶玉便睡去。賈母等人才略略放心，叫鳳姐去請寶釵安歇。寶釵便和衣在裡間暫時歇了。

賈政在外面，不知道緣由，只記得剛才寶玉的樣子，心下倒寬了。恰好明日就是啟程的吉日，就準備動身的事情。第二天，賈政拜別賈母啟程。

＊舊時婦女結婚時用來蓋住頭和臉的紅巾。

寶玉送過父親回來，覺得頭昏腦漲，懶得動彈，連飯都沒吃就昏睡了過去。服藥後沒有一點效果，甚至連人都認不明白了。一連鬧了幾天，那日恰是回九*之期，賈母安排了兩頂轎子抬著寶玉和寶釵過去，應了回九的吉日，去看望了薛姨媽。

寶玉片刻清楚，自料難保，見眾人散後，房中只有襲人，於是拉著她的手，問究竟發生了什麼，林妹妹怎麼樣了。襲人不敢明說，只說林姑娘病了。寶釵聽到他倆在說話，便勸了幾句，見寶玉不以為意，就說：「實話告訴你吧，那兩天你不知人事的時候，林妹妹已經亡故了。」寶玉忽然坐起來，大聲詫異道：「果真死了嗎？」寶釵道：「果真死了，豈有紅口白舌咒人死的呢。老太太、太太知道你倆關係好，聽見她死了自然你也要死，所以不肯告訴你。」寶玉聽了，不禁放聲大哭，倒在床上。

寶玉感到眼前漆黑，辨不出方向，心中一陣恍惚，忽然聽到有人喚他。回頭看時，只見賈母、王夫人、寶釵、襲人等圍著自己一邊哭泣一邊叫著自己。自己仍舊躺在床上。案上紅燈，窗前皓月，都證明自己依然身處錦繡叢中，繁華世界。定神一想，原來是做了一場夢。寶玉不由得渾身冷汗，覺得心內清爽，仔細一想，真正無可奈何，不過長嘆數聲而已。寶釵早知黛玉已死，更深知寶玉之病實因黛玉而起，因此，趁機告訴寶玉，使他一痛決絕，神魂歸一，也許能治好他的病也未可知。賈母、王夫人等本不知寶釵的用意，深怪她造次，後來見寶玉醒了，才放心。

寶玉雖然病勢一天好似一天，痴心卻總不能解，必要親去哭她一場。賈母等知他病根未除，只得叫人用竹椅子抬了他過去。到了瀟湘館，一見黛玉靈柩，賈母已哭得淚乾氣絕。寶玉一到，不禁號啕大哭，想起從前何等親密，今日死別，怎不更加傷感！眾人怕他病後過哀，都來解勸，他已哭得死去活來。寶玉又叫過紫鵑，問明姑娘臨死有何話說。紫鵑本來深恨寶玉，見他這樣，心裡已回過來些；又有賈母、王夫人都在這裡，不敢數落寶玉，便將黛玉怎麼復病，怎麼燒絹子，焚化詩稿，並將臨死說的話一一地都告訴了他。寶玉又哭得氣噎喉乾。鳳姐不住地勸慰，便請賈母等回去。寶玉哪裡肯捨得離開，無奈賈母逼著，只得勉強回房。

寶玉日漸神志安定，想黛玉已死，寶釵又是第一等人物，才信「金玉姻緣」有定，只是有時仍思念黛玉。寶釵總以正言解勸，寶玉心中雖不順，卻也無奈，又有襲人等悉心服侍，倒也安靜。

原來寶玉成親的那一天，黛玉白天已經昏過去，卻心頭口中一絲微氣不斷，李紈和紫鵑哭得死去活來。到了晚間，黛玉卻又緩過來了，微微睜開眼，似有要水要湯的光景。此時雪雁已去，只有紫鵑和李紈在旁。紫鵑便端了一盞桂圓湯和的梨汁，用小銀匙給黛玉灌了兩三匙。黛玉閉著眼，靜養了一會兒，覺得心裡似明似暗的。此時李紈見黛玉略緩，明知是迴光返照的光景，卻料著還有一天半天，自己回到稻香村，料理了一回事情。

黛玉再睜開眼一看，只有紫鵑、奶媽和幾個小丫頭在那裡，便一手攥了紫鵑的手，使著勁說：「我是不中用的人了！你服侍我幾年，我原指望咱們兩個總在一處，不想我……」說著，又喘了一會兒，閉了眼歇著。紫鵑見她攥著不肯鬆手，自己也不敢挪動。看她光景，比早半天好些，只當還可以回轉，聽了這話，心又寒了半截。半天，黛玉又說：「妹妹！我這裡並沒親人，我的身子是乾淨的，你好歹叫他們送我回去！」說到這裡，又閉了眼不言語了。手卻漸漸緊了，喘成一處，只是出氣大，入氣小，已經快不行了。

＊舊時新娘結婚九天後回娘家。

紫鵑慌了，連忙叫人請李紈，正巧探春來了。探春過來，摸了摸黛玉，黛玉的手已經涼了，連目光也都散了。探春、紫鵑正哭著叫人端水來給黛玉擦洗，李紈趕忙進來了。剛擦著，猛聽黛玉直聲叫道：「寶玉！寶玉！你好……」說到「好」字，便渾身冷汗，不作聲了。紫鵑等急忙扶住，黛玉的汗卻越出越多，身子便漸漸冷了。探春、李紈叫人忙著攏頭穿衣。只見黛玉兩眼一翻，便去了！

黛玉氣絕的時候，正是寶玉娶寶釵的時候。紫鵑等人都大哭起來。李紈和探春想她平日的好處，今日更加可憐，也傷心痛哭。因為瀟湘館離新房子很遠，所以那邊並沒有聽見。大家痛哭了一陣，只聽得遠遠一陣音樂之聲，側耳一聽，卻又沒有了。探春

和李紈走出院外再聽時，只有竹梢風動，月影移牆，好不淒涼冷清。於是叫了林之孝家的過來，將黛玉停放完畢，派人看守，等明早去回鳳姐。

賈政因外任不力，被朝廷調回京來。賈母等見賈政回來，心中歡喜。此前因賈政在任所時應了海疆鎮海總制的求親，將探春接了過去，嫁與了總制的公子，如今賈政調回京來，只留了探春一人遠在他鄉。眾人心下傷感，後聽賈政將官事說明，探春安好，也便轉悲為喜。

眾親朋因賈政回京，都要送戲接風，賈政再三推辭，說是不必唱戲，只在家裡備了水酒，倒請親朋過來，大家談談。

這天，賈政正在那裡設宴請酒，忽有稟報：「有錦衣府堂官趙老爺帶領好幾位司官，說來拜望。請老爺同爺們快接去。」賈政聽了，心想：「和趙老爺並無來往，怎麼也來？現在有客，留他不便，不留又不好。」正自思忖，賈璉說：「叔叔快去吧。再想一會兒，人都進來了。」

賈政只得迎出去，只見趙堂官滿臉笑容，並不說什麼，一徑走入廳來。賈政等不得主意，只得跟著上來讓座。正要帶笑敘話，忽又有家人慌張報導：「西平王到了。」賈政慌忙去接，已見王爺進來。

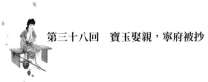

趙堂官搶上前去請了安，便說：「王爺已到，隨來的老爺就該帶領府役把守前後門。」眾官應了出去。賈政等知事不好，連忙跪接。西平郡王用兩手扶起，笑嘻嘻地說：「無事不敢輕造，奉旨交辦事件，要赦老接旨。眾位親友請各散，獨留本宅的人聽候。」那些親友聽見，就一溜煙如飛地出去了。獨有賈赦、賈政一干人，嚇得面如土色，滿身發顫。

不多一會兒，只見進來無數番役，各門把守，本宅上下人等一步不能亂走。趙堂官便轉過一副臉來，回王爺：「請王爺宣旨，就好動手。」這些番役都撩衣奮臂，專等旨意。西平王慢慢地說：「小王奉旨，帶領錦衣府趙全來查看賈赦家產。」賈赦等聽見，俱俯伏在地。王爺便站在上頭說：「有旨意：賈赦私自交結外任官員，依勢淩弱，辜負朕恩，今革去世職。欽此。」趙堂官一聲叫：「拿下賈赦，其餘皆看守。」即叫他的家人傳齊司員，帶同番役，分頭按房，查抄登賬。唯寶玉假說有病，在賈母那邊打鬧，賈環本來不大見人的，所以除了他們兩個，賈赦、賈政、賈璉、賈珍、賈蓉、賈薔、賈芝、賈蘭都被看住。

趙堂官站起來說：「回王爺，賈赦、賈政並未分家。聞得他侄兒賈璉現在承總管家，不能不盡行查抄。」西平王聽了，也不言語。

這趙堂官的家奴番役，早已拉著本宅家人領路，分頭查抄去了。王爺只得喝命：「不許囉嗦，待本王自行查看！」說著，便慢慢地站起來，吩咐道：「跟我的人一個都不許動，都給我站在這裡候著，回來一齊瞧著登數。」正說著，只見錦衣府司官跪稟道：「在內查出御用衣裙並許多禁用之物，不敢擅動，回來請示王爺。」一會兒，又有一起人來攔住王爺，回說：「東跨所抄出兩箱子房地契，還有一箱借票，都是違例取利的。」趙全便說：「好個重利盤剝！很該全抄！請王爺就此坐下，叫奴才去全抄來，再定奪吧。」

正說著，北靜王又奉旨前來，趙堂官心想：「我好晦氣，碰著這個酸王！如今那位來了，我就好施威了。」北靜王道：「有旨意，錦衣府趙全聽宣。奉旨：著錦衣官唯提賈赦質審，余交西平王遵旨查辦。欽此。」西平王領了旨意，甚是喜歡。趙堂官只得提取賈赦回衙。

西平王便說：「我正和老趙生氣，幸得王爺到來降旨；不然，這裡很吃大虧。」北靜王說：「不知現在政老及寶玉在哪裡。」又吩咐司員：「快將賈政帶來問話。」眾人領命，帶了上來。賈政跪下，不免含淚乞恩。北靜王便起身拉著，說：「政老放心。」便將旨意說了，又說道：「方才老趙在這裡的時候，查抄出禁用之物並重利欠票，我們也難掩過。這禁用之物，原辦進貴妃用的，我們聲明也無礙。獨是借券，想個什麼法子才好。如今政老且帶司員實在將赦老家產呈出，也就完事；切勿再有隱匿，自幹罪責。」賈政答應道：「犯官再不敢。但犯官祖父遺產並未分過，唯各人所住的房屋有的東西便為己有。」兩位王爺便說：「這也無妨，唯將赦老那邊所有的交出就是了。」又吩咐司員等依命行去，不許胡混亂動。司員領命去了。

賈母那邊女眷也正在擺家宴，王夫人、鳳姐等陪著，正說得高興，只聽見邢夫人那邊的人一迭聲地嚷，進來說：「老太太、太太，不……不好了！多多少少穿靴戴帽的強……強盜來了！翻箱倒籠地來拿東西！」賈母等聽著發呆。又見平兒披頭散髮，拉著巧姐，哭哭啼啼地進來說：「不好了！我和巧姐正吃飯，只見來旺被人拴著進來說：『姑娘，快快傳進去，請太太們回避，外頭王爺就進來抄家了！』我聽了幾乎嚇死！正要進房拿要緊的東西，被一夥人混推混趕出來了。」邢夫人、王夫人聽見，俱魂飛天外，不知怎樣才好。獨見鳳姐先前圓睜兩眼聽著，後來一仰身便栽倒在地。賈母沒有聽完，便嚇得涕淚交流，連話也說不出來。

那時，一屋子人，拉這個，扯那個，正鬧得翻天覆地，又聽見連聲嚷道：「叫裡頭女眷們回避，王爺進來了！」寶釵、寶玉等正在沒法子，只見地下這些丫頭婆子亂抬亂扯的時候，賈璉氣喘吁吁地跑進來說：「好了，好了！幸虧王爺救了我們了。」眾人正要問他，賈璉見鳳姐昏在地下，哭著亂叫；又見老太太嚇壞了，也回不過氣來，更是著急。還是平兒將鳳姐叫醒，令人扶著。老太太也蘇醒了，又哭得氣短神昏，躺在炕上，李紈再三寬慰。然後賈璉才定神將兩位王爺恩典說明；唯恐賈母、邢夫人知道賈赦被拿，又要嚇死，且暫不敢明說，只得出來照料自己屋內。一進屋門，只見箱開櫃破，物件搶得半空。此時急得兩眼直豎，淌淚發呆，聽見外頭叫，只得出來。

賈政正同司員登記物件，一切動用傢伙及榮國賜第一一開列。房地契紙，家人文書，都一一封存好。

賈璉在旁邊聽著，不見報自己的東西，心裡正在疑惑，只聽兩位王爺問：「所抄家資，內有借券，實系盤剝，究竟是誰主使的？政老據實回明才好。」賈政聽了，跪在地下磕頭，說：「實在犯官不理家務，這些事全不知道，問犯官侄兒賈璉才知。」賈璉連忙走上前，跪下說：「這一箱文書既在奴才屋裡抄出來的，敢說不知道嗎？只求王爺開恩。奴才叔叔並不知道的。」兩位王爺說：「你父已經獲罪，只可併案辦理。你今天認了，也是正理。如此，叫人將賈璉看守，餘俱散收宅內。政老，你須小心候旨，我們進內複旨去了。這裡有官役看守。」說著，上轎出門。賈政等就在二門跪送。

賈政魂魄方定，急進內去看賈母。只見人人淚痕滿面，王夫人、寶玉等圍著賈母，寂靜無言，各自掉淚，唯有邢夫人哭作一團。因見賈政進來，大家都說：「好了，好了！」便告訴老太太說：「老爺仍舊好好地進來了，請老太太安心吧。」賈母奄奄一息，微開雙目，說：「我的兒，不想還見得著你！」一聲未了，便號啕大哭起來。賈政只得再三安慰。

唯有邢夫人，回至自己那邊，見門全封鎖，丫頭婆子也鎖在幾間屋子裡，無處可走，只得往鳳姐那邊去，見鳳姐面如紙灰，合眼躺著，只有平兒在旁暗哭，便仍走到賈母那邊。見眼前俱是賈政的人，自己的丈夫、兒子被拘，媳婦病危，女兒受苦，現在身無所歸，心中止不住悲痛。

賈政出來，看見家中一敗塗地，心裡如刀絞一般，便道：「完了，完了！」

幸虧有西平王和北靜王一力維護，朝廷傳出旨來：賈赦從寬發往台站*效力贖罪；賈珍從寬革去世職，派往海疆效力贖罪；賈蓉年幼無干，省釋；賈璉革去世職，無罪開釋；賈政免除治家不正之罪。

# 第三十九回　賈母病故鳳姐亡

賈母正與賈政談論家事，方知家中已是千瘡百孔，只留一個虛架子，如今竟不過只能支持一兩年的光景了。

賈母正在憂慮，只見賈赦、賈珍、賈蓉一齊進來給賈母請安。賈母看這般光景，一隻手拉著賈赦，一隻手拉著賈珍，便大哭起來。他們兩人臉上羞慚，又見賈母哭泣，都跪在地下哭著說：「兒孫們不長進，將祖上功勳丟了，又連累老太太傷心，兒孫們死無葬身之地了。」滿屋中人也一齊大哭起來。

賈政只得勸解：「倒先要打算他們兩個的使用。在家只可住得一兩日，遲則人家就不依了。」賈母便含悲忍淚讓他們先去與各自家裡人說話。

賈母知家中已無用度，便叫邢夫人、王夫人同著鴛鴦等開箱倒籠，將她做媳婦到如今積攢的東西都拿出來，又給賈赦、賈政、賈珍等一一地分派。

賈政等見母親如此明斷清晰，都跪下哭著說：「老太太這麼大年紀，兒孫們沒點孝順，還承受老祖宗這樣的恩典，叫兒孫們更無地自容了。」賈母道：「別瞎說了！要不鬧出這個亂子來，我還收著呢。」便又將家裡家外的事吩咐了一番。賈政本是不知當家立計的人，聽了賈母的話，一一領命。賈母想了想又說：

＊清代設置在邊遠地區的報告軍情、傳遞公文、押送犯人之驛站。

「我所剩的東西也有限，等我死了，除了給我使用的，剩下的都給服侍我的丫頭。」賈政等聽到這裡，更加傷感。

兩日後，賈赦、賈珍只得含悲與家人分離。賈政帶了寶玉在城外為他們舉酒送行，大家揮淚分頭而別。賈政帶了寶玉回家，還沒有進門，只見門上有好些人在那裡亂嚷，說：「今日旨意：將榮國公世職著賈政承襲。」那些人在那裡嚷著要喜錢。賈政雖則喜歡，究竟是哥哥犯事所致，反覺傷心，趕著進內告訴賈母。賈母自然歡喜。王夫人聽了也是歡喜。

獨有邢夫人、尤氏心下悲苦，只是不好露出來。

賈母經了這一番風波，便病倒了，並且病勢日重，只想那些孫女。哪知迎春又受孫紹祖的氣，哭了一夜，被痰堵住了，孫家又不請大夫，以致身亡。王夫人等因賈母病重，也不敢說，只說有些病，請了大夫看了。賈母又一時想起已出嫁的湘雲，便打發人去叫。回來的人悄悄地說：「史姑娘正哭得了不得，說是姑爺得了暴病，大夫都瞧了，說這病只怕不能好。知道老太太有病，只是不能過來請安。」眾人也不敢回。探春遠嫁，鳳姐生病臥床，王夫人只有將寶釵、李紈都叫了來，陪在賈母身邊。

賈璉回到自己房中，見鳳姐正要穿衣，便說：「你只怕養不住了，老太太的事，不是今天就是明天就要出來了，你還躲得過嗎？快叫人將屋裡收拾收拾，就該掙扎著上去了。若有了事，你我還能回來嗎？」鳳姐道：「咱們這裡還有什麼收拾的？不過就是這點東西，還怕什麼？你先去吧，看老爺叫你。我換件衣裳就來。」

這邊賈母睜眼要茶喝，邢夫人便進了一杯參湯。賈母剛用嘴接著喝了一口，說：「不要這個，倒一盅茶來我喝。」眾人不敢違拗，急忙送上來。賈母一口喝了，還要，又喝了一口，便說：「我要坐起來。」賈政等說：「老太太要什麼，只管說，可以不必坐起來才好。」賈母說：「我喝了口水，心裡好些，略靠著和你們說說話。」眾人用手輕輕地扶起，看著賈母這會兒精神好了些。

賈母坐起來說：「我到你們家已經六十多年了，從年輕的時候到老來，福也享盡了。自你們老爺起，兒子孫子也都算是好的了。就是寶玉呢，我疼了他一場……」說到這裡，用眼睛滿地下瞅著。王夫人便推寶玉走到床前。

賈母從被窩裡伸出手來拉著寶玉：「我的孫兒，你要爭氣才好！」寶玉嘴裡答應，心裡一酸，眼淚便要流下來，又不敢哭，只得站著。聽賈母說：「我想再見一個重孫子，我就安心了。我的蘭兒在哪裡呢？」李紈也推賈蘭上去。

賈母放了寶玉，拉著賈蘭，道：「你母親是最孝順的。將來你成了人，也叫你母親風光風光！鳳丫頭呢？」鳳姐本來站在賈母旁邊，趕忙走到跟前，說：「在這裡呢。」賈母道：「我的孫媳婦，你是太聰明了，將來修修福吧！我也沒有修什麼，不過心實吃虧。」又說：「最可惡的是史丫頭沒良心，怎麼總不來瞧我！」鴛鴦等明知其故，也不敢言語。

賈母又瞧了瞧寶釵，嘆了口氣，只見臉上發紅。賈政知是迴光返照，急忙進上參湯。賈母的牙關已經緊了，合了一會兒眼，又睜著眼滿屋裡瞧了瞧。王夫人、寶釵上去輕輕扶著，邢夫人、鳳姐等便忙穿衣。地下婆子們已將床安設停當，鋪了被褥。聽見賈母喉間略一響動，臉變笑容，竟是去了——享年八十三歲。

於是賈政等在外一邊跪著，邢夫人等在內一邊跪著，一齊舉起哀來。外面家人各樣預備齊全，只聽裡頭消息一傳出來，從榮府大門起至內宅門，扇扇大開，一色淨白紙糊了；孝棚高起，大門前的牌樓立時豎起。上下人等登時成服。

賈政報了丁憂，禮部奏聞。皇上念及世代功勳，又是賢德妃元春祖母，賞銀一千兩，諭禮部主祭。家人們各處報喪。眾親友雖知賈家勢敗，今見聖恩隆重，都來探喪。擇了吉時成殮，停靈正寢。

賈母的喪事自是賈璉在外做主，主持大小事宜，內裡便是鳳姐照管。鳳姐先前仗著自己的才幹，又曾操辦過東府秦可卿的喪事，以為會好辦一些，沒承想才接過手來，便發現難以周全。

鳳姐將花名冊取來，女僕只有十九人，餘者俱是些丫頭，連各房算上，也不過三十多人，實在是難以點派差使，心裡想道：「這回老太太的事倒沒有東府裡的人多。」又將莊上的弄了幾個，也不夠差遣。

況且鳳姐原想老太太為自己的後事是有打算的，辦喪事的銀項雖沒有對牌，這種銀子卻是現成的，想來也不致落褒貶。卻不想賈赦雖不在家，賈政卻本是一個拘泥的人，凡事便說「請大太太的主意」。且又想著，賈府是才抄過家的，如今把個喪事辦得風光體面只怕太招搖了，便只說悲戚才是真孝，不必靡費。邢夫人卻想著將來家計艱難，巴不得留一點銀子做個後用，又素知鳳姐大手大腳，賈璉愛揮霍，所以死拿住銀錢不放鬆。

裡裡外外的人因見不到一點好處，便不肯用心當差。雖說弔祭供飯，絡繹不絕，終是銀錢吝嗇，誰也不肯踴躍，不過草草了事。鳳姐左右張羅，喊破了喉嚨，卻仍是四下不周。邢夫人仗著「悲戚為孝」，對事務全然不理會，王夫人只得跟著邢夫人行事。如今事情亂成一團，不止邢夫人，連王夫人也都只說鳳姐沒有盡心。鳳姐卻是有苦難言。眾人只當銀錢已發了出來，都一併交在賈璉和鳳姐的手裡，也只怪賈璉、鳳姐，以致一齊在背後議論起鳳姐來。只有李紈看得出鳳姐的苦，告誡自己的下人能幫就幫一幫鳳姐，千萬不能向那些人學。

賈母的大丫鬟鴛鴦也找到鳳姐，求她將事情辦得風光體面一些，還說若是銀錢不夠，就把賈母留給她的那一份也拿去用。鳳姐只有滿口應著。

鴛鴦看到喪事這樣說不過去，便也怪鳳姐不盡心，在賈母靈前哭哭叨叨地說個不停。鴛鴦在賈母生前，服侍賈母是最盡心的，賈母對她也很疼愛和信任。如今賈母死了，鴛鴦便想到以後的日子越發難過，倒不如陪了老太太去。此心一生，便一心求死。這一晚又在老太太靈前大哭了一場，走到老太太的套間屋內，解下一條汗巾掛在梁上自盡了。眾人發現後，都又驚又嘆。王夫人、寶釵等聽了，都哭著去瞧。賈政也說：「好孩子！不枉老太太疼她一場！」即命賈璉：「出去吩咐人連夜買棺盛殮，明日便跟著老太太的殯送出，也停在老太太棺後，全了她的心志。」賈璉答應著出去。

賈政因她為賈母而死，要了香來，上了三炷，作了個揖，說：「她是殉葬的人，不可做丫頭論，你們小一輩的都該行個禮。」寶玉聽了，喜不自勝，走來恭恭敬敬地磕了幾個頭。寶釵也上來拜了幾拜，哭了她一場。

到了坐夜*這一天，人來得更多。鳳姐已是支撐不住，也沒有辦法，只得用盡心力，甚至喉嚨嘶啞，敷衍過了半日。到了下半天，親友更多了，事情也更繁了，瞻前不能顧後。鳳姐正在著急，只見一個小丫頭跑來說：「二奶奶在這裡呢！怪不得大太太說：『人頭太多，照應不過來，二奶奶是躲著受用去了！』」鳳姐聽了這話，一口氣撞上來，往下一咽，眼淚直流，只覺得眼前一黑，嗓子裡一甜，便噴出鮮紅的血來，身子站不住，就蹲倒在地。幸虧平兒急忙過來扶住。只見鳳姐的血一口一口地吐個不住。平兒

＊也叫「伴宿」。殯葬前夜，喪家守靈不寐。

忙叫了人來攙扶著，慢慢地送到自己房中，將鳳姐輕輕地安放在炕上。

鳳姐心力交瘁，心裡一想，邪魔便至。從前許多死去的人便不停地走到眼前來。賈璉與她近日並不似先前恩愛，本來事也多，鳳姐的病竟像不與他相干似的。只有平兒在鳳姐跟前百般勸慰。

這一天，平兒正悉心服侍著鳳姐，見一個小丫頭進來，說是劉姥姥來了，婆子們帶來請奶奶的安。平兒怕鳳姐病裡懶得見人，便說：「奶奶現在養神呢，暫且叫她等著，你問她來有什麼事。」那小丫頭說：「問過了，沒有事。只說知道老太太去世了，因為沒有人報，才來遲了。」說著，鳳姐聽見了，便叫：「平兒，你來。人家好心來瞧，不可冷待了她。你去請了

劉姥姥進來，我和她說說話。」平兒只得出去請劉姥姥進來坐。只見平兒同劉姥姥帶了一個小女孩進來，問：「我們姑奶奶在哪裡？」平兒引到炕邊。劉姥姥便說：「請姑奶奶安。」鳳姐睜眼一看，不覺一陣傷心，說：「姥姥，你好！怎麼這時候才來？你瞧你外孫女也長得這麼大了！」劉姥姥看著鳳姐骨瘦如柴，神情恍惚，心裡也就悲戚起來，說：「我的奶奶！怎麼幾個月不見，就病到這個份兒上？我糊塗得要死，怎麼不早來請姑奶奶的安！」

劉姥姥道：「我們鄉里的人不會病的，若一病了，就要求神許願，從不知道吃藥。我想姑奶奶的病別是撞著什麼了吧？」平兒聽著那話不在理，忙在背地裡拉她。劉姥姥會意，便不言語了。誰知這句話倒合了鳳姐的意，掙扎著說：「姥姥！你是有年紀的人，說得不錯。」平兒恐劉姥姥話多攪煩了鳳姐，便拉了劉姥姥去外間喝茶。

鳳姐愈加不好，裡面的丫頭們大哭起來。巧姐聽見趕來。劉姥姥也急忙走到炕前，嘴裡念佛，鳳姐居然好些了。鳳姐鬧了一會兒，此時又覺清楚些，見劉姥姥在，心裡信她求神禱告，便把丫頭們支開，叫劉姥姥坐在床前，告訴她自己心神不寧，好像見鬼的樣子。劉姥姥便說他們屯裡什麼菩薩靈，什麼廟有感應。鳳姐道：「求你替我禱告。要用供獻的銀錢我有。」便在手腕上褪下一隻金鐲子來交給她。劉姥姥道：「姑奶奶，不用那個。我們村莊人家許了願，好了，花上幾百錢就是了，哪用這些？就是我替姑奶奶求去，也是許願，等姑奶奶好了，要花什麼，自己去花吧。」鳳姐明知劉姥姥一片好心，不好勉強，只得留下，說：「姥姥，我的命交給你了！我的巧姐也是千災百病的，也交給你了！」劉姥姥順口答應，便說：「這麼著，我看天色尚早，還趕得及出城，我就去了。明兒姑奶奶好了，再請還願去。」就辭了平兒，急忙趕出城去了。

寶玉正叫人收拾了要睡，只聽東院裡吵嚷起來，有丫鬟來說：「璉二奶奶不好了。」寶玉、寶釵趕忙起來，還未過去，王夫人又打發了丫鬟來說：「璉二奶奶咽了氣了，所有的人都過去了，請二爺、二奶奶這就過去。」寶玉聽了，撐不住，跺腳要哭。

兩人到了鳳姐那裡，只見好些人圍著哭呢。寶釵見鳳姐已經停床，便大放悲聲。寶玉也拉著賈璉的手，大哭起來。賈璉此時哭得手足無措，叫人傳了管家賴大來，叫他辦理喪事。自己回明了賈政，然後去行事。但是手頭不濟，諸事拮据。平兒知他急，便將自己平日攢下的體己錢拿出來交給賈璉，讓他去用。賈璉心中著實感激，拿著錢去操辦鳳姐的喪事。

# 第四十回　寶玉中舉了塵緣

惜春一天一天地不吃飯，只想剪了頭髮出家當尼姑。邢、王二夫人也都勸了好幾次，怎奈惜春執迷不悟。最後只好同意她在櫳翠庵出家，也好照應。

賈政守著老太太的孝，總在外書房，想起家運不好，一連人口死了好些，賈赦、賈珍又在外頭，家計一天難似一天，自己卻又素來不大理家，如今也無法可施，不由得氣悶。

正自躊躇，門上有人進來回道：「江南甄老爺來了。」賈政問：「甄老爺為什麼進京的？」那人說：「奴才也打聽過了，說是蒙聖恩起複了。」賈政說：「不用說了，快請吧。」那人出去，請了進來。這位甄老爺也是金陵人氏，原與賈府有親，素來走動的。知道賈母新喪，特備祭禮，前來拜望。兩人見了，悲喜交集，因在制中，不便行禮，遂拉著手敘了些闊別思念的話，然後分賓主坐下，獻了茶，彼此又將別後事情的話說了。

賈政叫了賈璉、寶玉來送甄老爺。甄老爺見了寶玉，驚異不已，便說自己亦有一獨子，只比寶玉小一歲，名字也喚作「寶玉」，更奇的是，兩人不但相貌相同，且舉止一般。還說，甄寶玉不日也要進京來。

果然，沒幾日，甄夫人便帶了甄寶玉來賈府拜望。賈政見甄寶玉相貌果與寶玉一樣，試探他的文才，竟應對如流，故叫寶玉出來，意在警勵。寶玉聽命，穿了素服，帶了兄弟、侄兒出來，見了甄寶玉，竟似舊相識一般。甄寶玉也像在哪裡見過寶玉似的。

賈寶玉見了甄寶玉，便想甄寶玉的為人必是和他同心，以為得了知己。甄寶玉素來也知賈寶玉的為人，今日一見，果然不差，心想：「他既和我同名同貌，也是有緣了。我如今略知些道理，何不和他講講？但只是初見，尚不知他的心與我同不同，只好緩緩地來。」便說：「世兄的才名，弟所素知的。世兄是數萬人裡頭選出來的最清最雅的，弟乃庸庸碌碌一等愚人，忝附同名，殊覺玷污了這兩個字。」

寶玉聽了，心想：「這個人果然同我的心是一樣的，但是你我都是男人，不比那女孩們清潔，怎麼他拿我當作女孩看待起來？」便道：「世兄謬贊，實不敢當。弟至濁至愚，只不過是一塊頑石！何敢比世兄品望清高，實稱寶玉兩字呢？」甄寶玉便又說出一些文章經濟的話來，寶玉聽了，很不合心，卻有賈蘭在旁，與之相論了一番。寶玉心裡越發不合，想道：「這孩子幾時也學了這一派酸論！」便試著與甄寶玉講些性情之語，甄寶玉聽了，心知其意，卻越發用立德立言、顯親揚名等有關功業的一類話來規勸寶玉。賈寶玉愈聽愈不耐煩，又不好冷淡，只得用言語敷衍。

寶玉自那日見了甄老爺，知道甄寶玉要來京，朝夕盼望，今兒見面，原想得一知己，豈知談了半天，竟然話不投機，悶悶地回到自己房中，也不說話，也不笑，只管發怔。

寶釵便問：「那甄寶玉果然像你嗎？」

寶玉說：「相貌倒還是一樣的，只是言談間看起來，並不知道什麼，不過也是個**祿蠹**（ㄌㄨˋ ㄉㄨˋ）*。」

寶釵說：「你又編派人家了。怎麼就見得也是個祿蠹呢？」

寶玉說：「他說了半天，並沒個明心見性之談，不過說些什麼文章經濟，又說什麼為忠為孝。這樣的人可不是個祿蠹嗎？只可惜他也生了這樣一個相貌！我想來有了他，我竟要連我這個相貌都不要了！」

寶釵見他又說呆話，便說：「你真真說出句話來叫人發笑！這相貌怎麼能不要呢？況且人家這話是正理，做了一個男人，原該要立身揚名的，誰像你一味柔情私意？不說自己沒有剛烈，倒說人家是祿蠹！」

寶玉本聽了甄寶玉的話甚不耐煩，又被寶釵搶白了一場，心中更加不悅，悶悶昏昏，不覺將舊病又勾起來了，並不言語，只是傻笑。寶釵不知，只道自己的話錯了，也不理他。豈知那日便由此發呆，襲人等慪他，也不言語，過了一夜，次日起來，只是呆呆的，竟有前番病的樣子。

過了幾天，寶玉更糊塗了，甚至於飯食不進，家人著急起來。請了大夫來，也不見效。王夫人親自來看寶玉，見他人事不省，眾人已急得手足無措。大夫也不肯下藥了，只叫預備後事。

賈璉只得叫人料理，手頭又短，很為難。正鬧得人仰馬翻時，有一個和尚闖了進來，說是送寶玉丟失的那塊通靈寶玉來的，要賞銀一萬兩。那和尚進來，也不施禮，也不答話，直往裡跑。寶釵趕忙避過一邊。襲人見王夫人站著，也不敢走開。

和尚哈哈大笑，在寶玉耳邊說：「寶玉，你的『寶玉』回來了。」寶玉把眼睜開，便問：「在哪裡呢？」和尚把玉遞到他手裡。寶玉先是緊緊地攥著，後來慢慢地回過手來，放在自己眼前，細細地一看，說：「哎呀！久違了。」裡外眾人都喜得念佛。

眾人正籌畫著給那和尚賞錢，和尚卻又忽然走得不見蹤影，銀子也不要了。賈政知道是那胎裡帶來的玉有古怪，便不再多言。

寶玉日漸神清氣爽。賈政見寶玉已好，現在丁憂無事，老太太的靈柩久停寺內，終究不放心，就要扶柩回南方安葬，還有黛玉的靈柩也要一塊兒送回去，便帶了賈蓉，擇日啟程了。臨走時，賈政一再要賈璉

＊指貪求功名利祿的人。

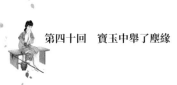

管好寶玉，讓寶玉和賈蘭到時候一起參加科舉考試。

寶玉病好後，雖然精神日長，念頭卻越發奇僻，不但厭棄功名仕進，竟把那兒女情緣也看淡了好些，只是與惜春談得很投機。

寶釵苦口婆心地勸寶玉用功讀書。寶玉點了點頭，嘆了口氣說：「考個舉人*呢，其實也不是什麼難事。我也要作幾篇文章練一練手，好去誆騙個功名。」

寶玉叫麝月、秋紋、鶯兒等人把自己常看的佛道一類的書都搬了擱在一邊，卻當真靜靜地用起功來。寶釵見他這番舉動，甚為驚訝。

寶玉從此也不出房門，天天只派人去給王夫人請安。

到了考試的那一天，寶釵不放心，一面派了襲人帶了小丫頭們給他們兩個收拾妥當，自己又都過了目，一面過來同李紈回了王夫人，揀家裡老成管事的多派了幾個，說怕人馬擁擠。

次日寶玉和賈蘭換了半新不舊的衣服，欣然過來見了王夫人。王夫人囑咐了一些話，賈蘭聽一句答應一句。

只見寶玉一聲不吭，等王夫人說完了，走過來給王夫人跪下，滿眼流淚，磕了三個頭，說：「母親生我一世，我也無可報答，只有進考場用心作了文章，好好地中個舉人出來。那時太太喜歡，便是兒子一輩子的事也完了，一輩子的不好也都遮過去了。」王夫人聽了，更覺傷心起來，便說：「你有這個心自然是好的，可惜老太太不能見你的面了！」一面說，一面拉他起來。

寶玉只管跪著不肯起來，接著說：「老太太見與不見，總是知道的、喜歡的。既能知道了，喜歡了，便不見也和見了的一樣。只不過隔了形質，並非隔了神氣呀。」李紈見王夫人和他這樣說，一則怕勾起寶玉的病來，二則也覺得這些話說得不大吉祥，連忙過來說：「太太，這是大喜的事，為什麼這樣傷心？況且寶兄弟近來很知好歹，很孝順，又肯用功，只要帶了侄兒進去好好作文章，早早地回來等著他們兩個都報了喜就完了！」

寶玉轉過身來給李紈作了個揖，說：「嫂子放心。我們兩個都會考中的。日後蘭哥兒還有大出息，大嫂子還要戴鳳冠穿霞**帔**（ㄆㄟ）呢！」李紈笑道：「但願應了叔叔的話，也不枉……」說到這裡，恐怕又惹起王夫人的傷心來，連忙咽住了。

此時寶釵早已聽得呆了，這些話不但寶玉，便是王夫人、李紈所說，句句都是不祥的話，卻又不敢認真，只得忍淚無言。寶玉走到寶釵跟前，深深地作了一個揖。眾人見他行事古怪，也不知道他是什麼意思，又不敢笑他。寶釵早已覺得寶玉言行中的不祥之兆，此時見寶玉如此，眼淚便直流下來。寶玉說：「姐姐，我要走了，你好生跟著太太聽我的喜信吧。」寶釵說：「是時候了，你不必說這些嘮叨話了。」寶玉說：「你倒催得緊，我自己也知道該走了。」回頭見眾人都在這裡，只沒見到惜春、紫鵑，便說道：「請在四妹妹和紫鵑姐姐跟前替我說一句吧，好歹是再見就完了。」眾人見他的話又像有理，又像瘋話，便說道：「外面有人等你呢，你再鬧就誤了時辰了。」寶玉仰面大笑道：「走了，走了！不用胡鬧了，完了事了！」眾人也都笑道：「快走吧！」只有王夫人和寶釵娘兒倆倒像生離死別的一般，那眼淚也不知從哪裡來的，直流下來，幾乎失聲哭出來。

＊明清兩代科舉考試中鄉試錄取之人。

到了出場日期，王夫人只盼著寶玉、賈蘭回來。等到晌午，不見回來，忙打發人到下處打聽，去了一起人，又沒有消息，連去的人也不來了。又打發了一起人，也不見回來。直到傍晚，賈蘭才一個人回來，進門也來不及請安，便哭道：「二叔丟了！」

王夫人聽了這話，便怔了半天，也不言語，便直挺挺地躺到床上，虧得丫頭等人在後面扶著，叫醒了，又開始哭起來。寶釵也是白瞪兩眼，襲人等已哭得淚人一般，只有哭著罵賈蘭道：「糊塗東西！你同二叔在一處，怎麼他就丟了？」賈蘭說：「我和二叔在下處是一處吃，一處睡。進了場，相離也不遠，刻刻在一處的。今兒一早，二叔的卷子早完了，還等我呢。我們兩個人一起去交了卷子，一同出來，在門口一擠，回頭就不見了。我們家接場的人都問我，我帶了他們，各處號裡都找遍了，還是沒有，所以這時候才回來。」

王夫人哭得一句話也說不出來，寶釵心裡已知八九分，襲人痛哭不已，賈薔等人不等吩咐，也是分頭去找。第二天，家人回來了，都說到處找了，只是找不到。

如此一連數日。直到揭榜之日，報喜的進來說寶玉中了第七名舉人，賈蘭也中了第一百三十名舉人。李紈心下喜歡，因為王夫人還沒有找到寶玉，也不敢喜形於色。茗煙便說：「『一舉成名天下聞』，寶二爺既然中了舉，自然再不會丟的。」王夫人等想來也不錯，便一心等寶玉的消息。只有寶釵心下悲苦，又不好掉淚。

賈政扶賈母靈柩，帶著賈蓉送了秦氏、鳳姐、鴛鴦的棺木到了金陵，先安了葬，又送黛玉的靈柩到姑蘇去安葬。一天，賈政接到家書，一行一行地看到寶玉、賈蘭得中，心中自是喜歡；後來看到寶玉走失，又開始煩惱，只得趕忙回來，在路上又接到家書，說是賈赦、賈珍之罪朝廷已赦免，賈珍仍襲了寧國公的世職。賈政心中更是喜歡，便日夜兼程趕回來。

這一天，賈政把船停在一個清靜去處，打發眾人上岸向朋友辭謝，自己在船中寫家書。寫到寶玉的事，便停下筆。抬頭忽然看見船頭上微微的雪影裡面有一個人，光著頭，赤著腳，身上披著一領大紅猩猩氈的斗篷，向賈政倒身下拜。賈政沒有看清，急忙出船，要問他是誰。那人已拜了四拜，站起來問了聲好。賈政正要還禮，迎面一看，不是別人，卻是寶玉。賈政吃了一大驚，忙問：「可是寶玉嗎？」那人不言語，似喜似悲。賈政又問：「你若是寶玉，如何這樣打扮，跑到這裡來？」

寶玉也不回答。只見船頭來了兩個人，一個和尚、一個道士，夾住寶玉說：「俗緣已畢，還不快走？」說著，三個人飄然登岸而去。賈政不顧地滑，急忙來趕，哪裡趕得上。只見他們轉過一個小坡，倏然不見了。只聽見一段歌聲：我所居兮，青埂之峰。我所游兮，鴻蒙太空。誰與我遊兮，吾誰與從。渺渺茫茫兮，歸彼大荒。

賈政還欲往前走，只見白茫茫一片曠野，並無一人。

那塊補天頑石變作通靈寶玉跟隨著賈寶玉在人世間經歷了許多事情，終於從凡間歸去，回到了青埂峰之下。他將自己在凡間的經歷寫在身上。過了好久好久，有一位空空道人路過，發現了上面的字跡，記錄下來，便是這《紅樓夢》的故事。

## 白白老師的國學小教室

### 繁華最終如夢

《紅樓夢》的核心思想是繁華如夢，興衰無常，所有盛況最終都會如煙、如流水消逝。不論是寶玉、黛玉的愛情，還是賈府的榮華富貴，仍舊會殞落消逝。

而《紅樓夢》的故事結局提到寶玉中舉，按理說他中舉後可以振興賈府，做官達天下，但是他卻離開了。再出現時，是在一片迷茫的雪地中，對賈政拜了四拜，便隨著一僧一道消失。

在黛玉死亡、賈府衰敗之際，寶玉其實已了然人世因果、聚散無常。寶玉中舉，是了卻俗世的功名富貴；寶玉跪拜父親，是了卻父子親情倫常。他中舉和跪拜父親，都是為了完成俗世的期待和俗願。

迷茫寬廣的雪地中，寶玉渺小的身影，對父親賈政誠懇地拜了四拜，盡他最後的孝道，這個畫面多麼令人動容。蒼茫的雪地裡只留下他飄然離開的身影，乾乾淨淨的白雪，已無人間牽掛和情慾。

學習筆記欄

故事館　故事館系列　054

# 經典文學之旅系列：紅樓夢

少年读经典：红楼梦

作　　　者　曹雪芹
編　　　著　劉敬余
審　　　訂　白白老師
封面設計　李岱玲
內文排版　李岱玲
企劃編輯　王瀅晴
主　　　編　陳如翎
行銷企劃　林思廷
出版二部總編輯　林俊安

---

出版發行　采實文化事業股份有限公司
業務發行　張世明・林踏欣・林坤蓉・王貞玉
國際版權　劉靜茹
印務採購　曾玉霞・莊玉鳳
會計行政　李韶婉・許俽瑀・張婕莛
法律顧問　第一國際法律事務所　余淑杏律師
電子信箱　acme@acmebook.com.tw
采實官網　http://www.acmebook.com.tw
采實臉書　http://www.facebook.com/acmebook01

---

I S B N　978-626-349-726-9
定　　　價　450元
初版一刷　2024年7月
劃撥帳號　50148859
劃撥戶名　采實文化事業股份有限公司
104台北市中山區南京東路二段95號9樓
電話：(02)2511-9798
傳真：(02)2571-3298

國家圖書館出版品預行編目(CIP)資料

經典文學之旅系列：紅樓夢／曹雪芹著. -- 初版.
-- 臺北市：采實文化事業股份有限公司, 2024.07
368面；17x23公分. --(故事館系列；54)
ISBN 978-626-349-726-9(平裝)

857.49　113008203



文化部部版臺陸字第113137號至第113140號，許可期間自113年5月16日起至117年3月30日止。

采實出版集團
ACME PUBLISHING GROUP

故事館

故事館